ESPRIT

DE MARIVAUX.

ESPRIT

DE MARIVAUX,

O U

ANALECTES DE SES OUVRAGES;

P R É C É D É S

DE LA VIE HISTORIQUE DE L'AUTEUR.

Non omnis moriar, multaque pars mei,
Vitabit Libitinam.   HORAT. *Od.* 24. *l.* 3.

A PARIS,

Chez la Veuve PIERRES, Libraire,
rue Saint-Jacques.

M. DCC. LXIX.

Avec Approbation, & Privilége du Roi.

AVIS
DE L'ÉDITEUR.

P E *U* d'Auteurs ont écrit avec autant de fineſſe, de naturel & de grace que M. de Marivaux : il a ſu donner le coloris le plus agréable aux matières qui paroiſſoient le moins ſuſceptibles d'agrémens. Tout devenoit intéreſſant ſous ſa plume élégante, & jamais Littérateur n'a joint à un eſprit auſſi fin, auſſi réfléchi, une Philoſophie auſſi aimable & auſſi attraiante. Ses Ouvrages font autant de plaiſir à ceux qui ne liſent que pour s'amuſer, qu'à ceux qui cherchent à s'inſtruire, même en s'amuſant. Il a ſatisfait tous les gouts, parce qu'il a ſu ſaiſir celui de ſon ſiècle.

Nous avons raſſemblé dans cette collection tout ce que M. de Marivaux a

penfé & écrit de mieux. Nous efpérons
que nos Lecteurs applaudiront au préfent que nous leur faifons, & que
notre travail leur fera agréable.

VIE *ou* ÉLOGE

HISTORIQUE

DE M. DE MARIVAUX.

IL femble que la vie d'un Homme de Lettres n'eft, à proprement parler, que l'hiftoire de fes Ouvrages : cela peut être vrai en général, mais nous croyons devoir nous écarter de cettë manière de penfer à l'égard de M. de Marivaux. En lui, l'Homme privé eft auffi bon à connoître que l'Auteur. Quelle aménité ! quel caractère ! quelle ame ! elle étoit auffi fenfible, auffi belle, que fon efprit étoit fécond & ingénieux. Les productions qui font forties de fa plume font entre les mains de tout le monde & lues avec avidité : quel plaifir n'aura-t-on pas d'apprendre que celui qui

fit honneur au fiècle de l'efprit par fes
rares talens, en a fait encore davantage
à l'humanité par l'exercice continuel de
toutes les vertus! C'eft ce que nous nous
propofons de faire voir; nous prévenons
nos Lecteurs que nous avons puifé dans
toutes les fources connues, pour leur
donner un détail circonftancié des Ouvrages & de la vie de M. de Marivaux.

Nous n'avons point travaillé pour
nous ; nous n'avons penfé qu'à éviter,
à ceux qui nous liront, la pénible re-
cherche de ce que nous raffemblons ici.
Nous n'avons rien négligé de ce qui
pouvoit contribuer à la gloire de notre
Auteur & à la fatisfaction du Public.

Nous ferons entrer dans cet Éloge
hiftorique deux lettres de M. de Marivaux, qui fervent à en développer le
caractère, & qui n'ont point encore pa-
rues. Elles font écrites avec cette légè-
reté, ce naturel, & cette philofophie
aimable qui font le principal mérite de
fes ouvrages.

Des Perfonnes de la plus grande confidération, qui paffoient leur vie avec

M. de Marivaux , nous ont communiqué des anecdotes qui ne font point connues , & qu'on ne lira point fans admiration , ou fans attendriffement. Tout intéreffe dans la vie d'un Homme célèbre : nous commençons celle de notre Auteur.

PIERRE CARLET DE MARIVAUX , naquit à Paris fur la paroiffe de S. Gervais en 1688 ; fon enfance fut comme celle de prefque tous les grands Hommes : il annonça de bonne heure , par des progrès rapides dans fes études , la fineffe d'efprit qui lui étoit propre & qui caractérife fes Ouvrages. Son pere étoit d'une famille ancienne dans le Parlement de Normandie ; il jouiffoit d'une fortune honnête , & ne négligea rien pour faire donner à fon fils une belle éducation. Ses heureufes difpofitions lui firent profiter de celle qu'il reçut. Il fut admiré de fes Maîtres , & il a fait les délices de tous ceux qui l'ont connu.

Dans l'âge des paffions , où l'ame eft avide des plaifirs frivoles qui la flattent ,

M. de Marivaux ne fut livré qu'à l'inquiétude de l'esprit qui cherche la pâ-
ture qui lui est propre : il sentoit en lui
le germe des talens qui devoient l'illu-
strer. Il ne se décida point pour les Lettres, il fut entraîné par elles. Il ne cher-
cha point à devenir Auteur, il fut étonné
de l'être devenu.

Son premier Ouvrage le fit connoître
avantageusement, quoiqu'il soit bien
loin de la perfection de ceux qu'il nous
a donnés ensuite dans ce genre. Nous
parlons des *Folies romanesques*, roman
connu sous le nom de *Dom Quichotte
moderne*. Il ne sauroit être comparé au
chef-d'œuvre de *Michel Cervantes*, qui
lui a servi de modèle. *Pharsamon* est le
Héros de cette fiction ; *Cliton* en est le
Sancho-Pansa. Il participe aux aventures
de son Maître, il en a de très-plaisantes,
& en général il y a de l'esprit & de la
gaieté dans cet Ouvrage.

M. de Marivaux écrivoit déjà avec
une si grande facilité au sortir du Col-
lége, que dès-lors aucune production
de l'esprit ne l'étonnoit. Il ne pensoit

point, il ne difoit point, *& moi auffi je fuis peintre* ; mais il le fentoit. S'étant trouvé dans une compagnie où l'on parloit des difficultés de faire une bonne Comédie, il foutint imprudemment que ce n'étoit pas une chofe bien difficile. Quelqu'un lui répondit qu'il parloit en jeune homme. Ce reproche, juftement mérité, piqua fon amour propre & l'engagea à travailler à une piéce de Théâtre. Il fit en un jour le plan de celle qui a pour titre *le Pere prudent* ; il le montra à un de fes amis qui lui confeilla d'achever fon Ouvrage : il le fut en huit jours. Cette Comédie eft en vers, & fi la rapidité avec laquelle elle a été compofée n'en excufoit pas les négligences & les défauts, du moins annonçoit-elle ce que l'Auteur étoit capable de faire dans ce genre, où il s'eft frayé, avec tant de fuccès, une route nouvelle.

L'Homère travefti eft encore un des premiers Ouvrages de notre Auteur. Il a voulu prouver, dans cet ingénieux badinage, combien il eft facile de donner

A iv

une tournure rifible aux chofes les plus grandes & les plus férieufes. Le comique de Scaron , qu'on croyoit inimitable , eft plus dans le tour & dans l'expreffion que dans les chofes ; celui de l'Homère travefti eft plus dans les chofes que dans la manière de les dire. Il y a beaucoup de mérite à avoir bien fu faifir ce genre de burlefque.

M. de Marivaux s'effaya dans le genre tragique. Il donna en 1720 , *la Mort d'Annibal :* fa piéce fut jouée , les pre-mières repréfentations firent plaifir ; mais elle n'eut pas un fuccès affez bril-lant pour décider l'Auteur à fournir cette carrière : nous croyons qu'il y au-roit réuffi. Le caractère d'Annibal eft bien frappé , bien foutenu & prouve que l'Auteur avoit beaucoup de talent ; mais entraîné par fon génie qui le por-toit davantage aux chofes agréables , qu'aux fujets fombres & terribles , il fe livra entièrement au comique. Perfonne n'ignore qu'il a foutenu feul pendant long-tems la fortune des Italiens, & qu'il

a travaillé pour les François avec un égal
fuccès. Prefque toutes fes piéces font
fi ingénieufement écrites qu'elles ont
refté aux deux Théâtres ; & le Public
les voit toujours avec un nouveau plaifir. Celles dont M. de Marivaux faifoit le
plus de cas, font *la Double inconftance ,*
les Deux furprifes de l'Amour, la Mère confi-
dente, les Sermens indifcrets, les Sincères &
l'Ifle des Efclaves. Ce qui prouve combien
fon gout étoit fûr, puifque ce font fes
meilleurs piéces,

   Tous les genres de Comédies de caractère étant épuifés, M. de Marivaux
donna toute fon application à la compofition des piéces d'intrigue, dans lefquelles il a été fon modèle lui-même.
Il a introduit le vrai ton de la converfation fur la fcène ; & dans des dialogues
où le fentiment pétille, il analyfe le
cœur humain ; il en montre les replis
les plus cachés ; il en dévoile tous les
mouvemens ; il en peint toutes les paffions, Les perfonnages qu'il fait mou-
voir font des Philofophes aimables &
ingénus, dont les penfées font dévelop-

pées avec art, avec fineffe, & adroitement accommodées à la fcène.

Si toutes les Comédies de M. de Marivaux n'ont pas eu un égal fuccès, on
ne lui difputera point le mérite d'avoir
affujéti par-tout l'imagination aux principes de la fageffe, le bel efprit à la décence, & de n'avoir été prodigue de
l'un & de l'autre qu'au profit des bonnes
mœurs.

L'Ifle de la Raifon ou *les Hommes petits*,
Comédie très-ingénieufe de notre Auteur, fut repréfentée aux François le
2 Septembre 1727 ; elle ne fut point du
gout des Spectateurs. Cette piéce ne
devoit pas réuffir au Théâtre. Comment
les yeux auroient-ils pu fe faire à des
hommes petits qui devenoient fictive-
ment grands ? Comment fe prêter à une
pareille illufion ? Elle n'eft plus jouée,
mais elle fera toujours très-bonne à
lire.

La repréfentation d'une des piéces de
notre Auteur, qui fait beaucoup de
plaifir à la lecture, ne fut point ache-
vée. Nous parlons de celle qui a pour

titre, *les Sermens indiscrets.* Cette Comédie demande de l'attention, & le spectacle étoit trop nombreux ce jour-là pour qu'on pût en suivre l'intrigue & en sentir les beautés. Bien des gens ont prétendu qu'il y avoit une cabale pour la faire tomber ; on le dit à M. de Marivaux, il répondit : « Je n'en crois rien. » Ma piéce est d'un genre dont la sim- » plicité auroit pu toute seule lui tenir » lieu de cabale , sur-tout dans le tu- » multe d'une première représentation ; » & d'ailleurs je ne supposerai jamais » qu'il y ait des hommes capables de » n'aller au spectacle que pour y livrer » une honteuse guerre à un Ouvrage » fait pour les amuser. » Il falloit avoir un cœur excellent & une vertu sublime pour faire une pareille réponse. Les Gens de Lettres ne donnent pas souvent l'exemple d'une modération aussi louable.

On a accusé M. de Marivaux de se ressembler, & M. le Marquis d'Argens a dit quelque part qu'on pourroit donner à toutes les piéces de notre Auteur le

titre de la furprife de l'amour. Ce reproche ne nous paroît pas fondé ; on le
lui avoit fait à lui-même, & il y a répondu, « pourquoi dit-on que plufieurs
» de mes piéces de Théâtre fe reffem-
» blent ? En voici la raifon. C'eft qu'on
» y a vu le même genre de converfa-
» tion & de ftyle ; c'eft que ce font tou-
» jours des mouvemens de cœur que
» je peins, & c'eft parce que j'ai étudié
» & fuivi la nature qu'on m'a cru uni-
» forme : mais je ne faurois trop le répé-
» ter, ce n'eft pas moi, c'eft elle que
» j'ai copiée, c'eft le ton de la converfa-
» tion en général que j'ai tâché de pren-
» dre. Ce ton a plu d'abord comme fin-
» gulier, mais mon deffein étoit qu'il
» plût comme naturel, & c'eft peut être
» parce qu'il l'eft effectivement qu'on le
» croit fingulier, & que, regardé comme
» tel, on me reproche d'en ufer tou-
» jours.

   » On eft accoutumé au ftyle des Au-
» teurs ; car ils en ont un qui leur eft
» particulier : on n'écrit prefque jamais
» comme on parle, la compofition

» donne un autre tour à l'esprit, c'est
» par-tout un gout d'idées, pensées &
» réfléchies, dont on ne sent point l'uni-
» formité parce qu'on y est fait. Mais si
» par hazard vous quittez ce style, &
» que vous portiez le langage des hom-
» mes dans un Ouvrage, & sur-tout
» dans une Comédie, il est sûr que vous
» serez d'abord remarqué ; & si vous
» plaisez, vous plaisez beaucoup &
» d'autant plus que vous paroissez nou-
» veau : mais revenez-y souvent, ce
» langage des hommes ne vous réussira
» plus; car on ne l'a pas regardé comme
» tel, mais simplement comme le vôtre,
» & on croira que vous vous répétez. »

   M. le Marquis d'Argens a encore fait
un reproche bien injuste à notre Auteur, il dit dans un de ses Ouvrages,
quand on a autant d'esprit que M. de Marivaux,
on devroit négliger d'en faire tant paroître.
Il n'a point recherché d'en montrer.
Son style étoit à lui, il étoit analogue
à sa manière de voir & de sentir. Ses
expressions, qui ont paru singulières,
étoient une suite de la finesse de ses

penfées qui ne pouvoient être rendues autrement. Il faudroit avoir fon
ame pour écrire comme lui, il en fuivoit
l'impulfion, & il feroit dangereux de le
prendre pour modèle fans avoir fa pénétration ; c'eft elle qui lui a donné fon
ftyle, & fon ftyle étoit celui qu'il falloit
à fon efprit.

Il faut convenir que peu d'Auteurs
ont traité, comme M. de Marivaux ,
leurs fujets avec autant de fécondité &
de grace ; qu'il y en a peu dont la
Philofophie ait tant fourni de reffource à l'imagination, & tant de fail-
lies à l'efprit.

M. de Marivaux a été fi fupérieur à
la petite vanité de paffer pour Auteur, qu'il étoit réfolu de garder l'ano-
nyme. On avoit déjà joué plufieurs de
fes piéces fans qu'il fût connu ; mais un
Ecrivain auffi célèbre ne pouvoit pas
être long-tems ignoré. Voici de quelle
manière le Public fut inftruit qu'il travailloit pour le Théâtre. Il avoit donné aux Italiens fa première *Surprife de
l'Amour*, qui eft dialoguée avec un art

infini (*a*) , mais dont toute la fineffe
n'étoit pas bien faifie par les Acteurs.
Mademoifelle *Sylvia* , qui avoit beaucoup de talens, fentoit que fon rôle
étoit fufceptible d'une nuance d'efprit
& de fentiment qu'elle n'y mettoit
point, que fa pénétration & fa fenfibilité ne pouvoient atteindre. Elle en
étoit défefpérée , & difoit continuellement à un de fes amis, qui l'étoit de
M. de Marivaux, je donnerois tout au
monde pour connoître l'Auteur de
cette piéce. Celui-ci , fans rien pro-
mettre à Mademoifelle Sylvia , fit
tous fes efforts pour l'engager à lui
rendre une vifite. Il y confentit enfin,
mais à condition qu'il garderoit l'*inco-
gnito*. Ils fe rendirent donc chez elle;
ils la trouvèrent à fa toilette ; elle leur
fit politeffe. M. de Marivaux la pria de ne
point fe déranger, & lui dit qu'il venoit
pour l'admirer chez elle , comme il

(*a*) Les perfonnes qui connoiffent la fublimité de
l'art du dialogue , font perfuadées que perfonne ne l'a
connue comme Pierre Corneille , Molière & Marivaux.

l'admiroit au Théatre ; appercevant enfuite une Brochure, il demanda fi on
pouvoit fans indifcrétion en voir le
titre. C'eft là Surprife de l'Amour, reprit Mademoifelle Sylvia, c'eft une Comédie charmante ; mais j'en veux à
l'Auteur : c'eft un méchant de ne pas
fe faire connoître , nous la jouerions
cent fois mieux s'il avoit feulement
daigné nous la lire. M. de Marivaux
prit alors fon ouvrage & y lut quelque
chofe du rôle de Mademoifelle Sylvia.
Elle fut ravie de l'entendre, la précifion,
la fineffe, la vérité avec laquelle il lifoit
furent de nouveaux traits de lumière
pour elle. Ah ! Monfieur , s'écria-t-elle
avec chaleur, vous me faites fentir toutes les beautés de mon rôle ; vous éclai-
rez mon ame. Vous lifez comme je voulois, comme je fentois qu'il falloit jouer :
vous êtes le diable ou l'auteur de la
piéce. M. de Marivaux fourit de cette
faillie & répondit fimplement qu'il n'é-
toit pas le diable. Vous êtes dont l'Auteur. Quelle obligation n'ai-je pas à mon
ami de me procurer un bonheur que je
desirois

defirois depuis long-tems, &c. . . . C'eſt
que M. de Marivaux a été connu pour la
première fois, le hazard y a donné lieu
& on ne pouvoit pas y mettre moins de
prétention.

Marianne & le *Payſan parvenu* ſont
deux romans de M. de Marivaux, où
brillent la vivacité & la fécondité de
ſon eſprit. Il y a de la délicateſſe, du
ſentiment & de la morale dans ces Ouvrages, qui ne ſemblent d'abord annoncer que de bagatelles ingénieuſes &
agréables. On trouve dans Marianne
des nuances fines qui peignent la vertu & la font aimer. Les rafinemens
de l'eſprit & du cœur ſont prodigués
dans cette production qui fait le plus
grand plaiſir.

Il n'eſt pas néceſſaire de prévenir nos
Lecteurs que M. de Marivaux n'a point
fait la douzième partie de Marianne, &
qu'il n'a compoſé que les cinq pre-
mières parties de celui du Payſan parvenu, la différence du ſtyle eſt trop
marquée pour n'être pas généralement

B

fentie. Nous dirons feulement à l'égard
de ce dernier que fon Héros allant vivre
dans le grand monde , notre Auteur
craignit les applications qu'on pourroit
faire de ce qu'il écriroit de bonne foi ,
& fes principes lui firent préférer fon
repos à la gloire de finir un Ouvrage
auffi ingénieufement commencé.

Quelques perfonnes ont trouvé trop
de réflexions dans Marianne. C'eft , felon nous , être fâché qu'un Auteur nous
offre un traité de morale trop agréable.
On n'a point aimé non plus la Querelle du Cocher avec Madame Dutour.
Il y a des gens qui croient au-deffous
d'eux de jetter un regard fur ce que
l'opinion a traité d'ignoble ; mais ceux
qui font un peu plus philofophes &
moins dupes des diftinctions de l'orgueil , n'ont pas été fâchés de voir ce
que c'eft que l'homme dans un Cocher , & ce que c'eft que la femme dans
une petite Marchande.

La *Voiture embourbée* & le *Coquet corrigé* , font encore deux romans de notre

Auteur; il y a de la bonne gaieté dans le premier, l'un & l'autre prouvent combien le cœur humain lui étoit connu. Il a mis du fentiment & de la philofophie par-tout : fes Ouvrages inftruifent en amufant.

Ce n'eft pas le feul vice de l'homme que M. de Marivaux a attaqué : Théophrafte moderne, rien n'a échappé à fa critique fine & modérée. L'orgueil du Courtifan, l'impertinence des petits Maîtres, la coquetterie des Femmes, la fotte gravité des Importans, la fourberie des faux Dévots, tout a exercé la plume de ce Cenfeur délicat & éclairé.

Il étoit doué d'un efprit fubtil & réfléchi. Il peut être comparé à Démocrite pour la critique, à Sénéque comme moralifte, & à Fontenelle pour l'efprit & pour les graces. Son Spectateur françois lui a mérité l'honneur d'être mis par les Anglois en parallèle avec le fameux la Bruyère. C'eft dans l'Ouvrage dont nous parlons qu'il a peint avec le plus de force, fous diverfes images, la li-

cence des Mœurs, l'infidélité des Amis,
les rufes des Ambitieux, la mifère des
Avares, l'ingratitude des Enfans, la bizarre auftérité des Pères, la trahifon des
Grands, l'inhumanité des Riches, le libertinage des Pauvres, le fafte frivole
des Gens de fortune. Tous les états,
tous les fexes, tous les âges, toutes les
conditions y ont trouvé le tableau fi-
dèle de leurs défauts & la critique de
leurs vices: mais il a tout traité en Philofophe agréable & tolérant qui connoît le monde & le cœur humain; qui
fait donner à la vertu les agrémens qui
la font chérir, & au vice les couleurs
qui effarouchent la vertu.

M. de Marivaux s'eft peint dans fes
Ouvrages. Les perfonnes qui l'ont connu favent qu'il étoit dans le commerce
de la vie ce qu'il paroît dans fes écrits.
Quoique d'un caractère tranquille, il
étoit fenfible & poffédoit toutes les qualités qui rendent la fociété fure & agréable. A une probité exacte, à un noble
défintéreffement, il joignoit une can-

deur aimable, une modeftie fans fard, une affabilité pleine de fentiment, & l'attention la plus fcrupuleufe à éviter tout ce qui pouvoit offenfer ou déplaire.

Les talens de notre Auteur & une multitude d'Ouvrages dignes de l'eftime & des éloges des connoiffeurs, avoient marqué fa place à l'Académie Françoife. Il y fut reçu d'une voix unanime au mois de Février de l'année 1743. Son caractère liant, affable, obligeant, fon cœur fans vanité, fans humeur, fans ces petiteffes dont l'amour propre fe nourrit en révoltant celui des autres, lui attirèrent bien-tôt l'amitié de tous les Membres de cette illuftre Compagnie. Il difoit fincèrement à fes amis qu'on lui avoit fait trop d'honneur, & qu'il n'avoit pas affez de mérite pour en être. Il eft bien rare de trouver tant de modeftie réunie à tant de talens.

On a fait une édition complette des Ouvrages de M. de Marivaux en vingt-un volumes in-douze. Le Dom-Qui-

chotte moderne , l'Homère travefti &
quelques autres œuvres pofthumes en
compofent quatre. Son Théâtre François & Italien eft en fept. Marianne
en contient quatre , le Payfan parvenu quatre , & le Speſtateur François
deux.

Nous voici enfin parvenus à la partie
la plus intéreffante de la vie de notre
Auteur. Nous allons faire connoître
l'homme en peignant plus particulière-
ment le caraſtère de M. de Marivaux ;
il étoit fimple , attentif dans le commerce de l'amitié. Il y portoit également
la délicateffe & la fincérité. Lorfque fes
amis & fur-tout les Gens de Lettres le
confultoient, toute autre confidération
cédoit au defir de leur être utile , &
il ne refufa jamais ce qu'il pouvoit accorder. Sa vertu qui étoit connue avoit
rendu fon cabinet l'afyle des malheureux, & il leur fauvoit, en les foulageant,
la mauvaife honte qu'on a attachée aux
bienfaits qu'un état peu aifé nous met
dans le cas de recevoir.

Un honnête homme, qu'une chaîne de malheurs avoit réduit dans la cruelle situation de manquer même du nécessaire phyſique, connoiſſant M. de Marivaux de réputation, crut pouvoir ſe préſenter chez lui ſans autre recommandation que ſa misère & ſon honnêteté pour l'engager à lui procurer un emploi. Un reſte de vanité le porta à ſe parer autant qu'il put pour cacher ſous des dehors aiſés une pauvreté réelle, dont il ne vouloit l'inſtruire que par des gradations ménagées qui lui dérobaſſent à lui-même une partie de ce qu'un pareil aveu a d'humiliant d'après nos préjugés. Il fut donc le voir avec l'habit d'un homme opulent, & demanda à lui parler en particulier; M. de Marivaux ne ſe douta point que quelqu'un d'auſſi bien mis eût des beſoins preſſans. Il étoit occupé à la compoſition d'une de ſes Comédies, le reçut avec politeſſe, mais avec aſſez de diſtraction, & lui dit qu'à moins qu'il n'eût à lui communiqner des choſes

de la dernière importance, il le prioit
de vouloir bien permettre qu'il le remit à un jour qu'il lui indiqua. Celui-ci
n'eut pas la hardieſſe d'inſiſter, les malheureux qui ſont honnêtes en ont fort
peu & ſe retira. Eſt-ce donc ainſi, diſoit-il
en lui-même en s'en allant, que le plus
vertueux des hommes reçoit ceux qui
devroient l'intéreſſer puiſqu'il eſt né
ſenſible ? Il oublioit que ſon extérieur
n'étoit pas fait pour émouvoir & que
ſa réflexion étoit injuſte. Cette penſée
lui vint, il la ſaiſit, s'y arrêta, & au jour
déterminé il ſe rendit chez M. de Marivaux , pour ainſi dire, avec des haillons. Il le trouva auſſi occupé que la
première fois, mais à l'aſpect d'un malheureux ſes entrailles s'émeurent, il courut vers lui avec un viſage riant & lui
demanda, avec cet air ouvert, bon &
prévenant qui engage à tout dire, quel
étoit le ſujet de ſa viſite & ce qu'il pouvoit faire pour lui. L'honnête indigent
s'expliqua avec franchiſe ſur ſes beſoins,
l'homme compâtiſſant promit de l'obli-

ger, eut la fatisfaction de le placer en
Province peu de tems après, & lui prêta de quoi faire fon voyage. Voilà de
ces traits qui font trop d'honneur à l'humanité pour les laiffer dans la nuit du
filence. Nous apprenons avec plaifir à
nos Lecteurs que c'eft la reconnoiffance
qui publie celui-ci, & qu'elle n'a pu
parler qu'à la mort de M. de Marivaux
qui avoit demandé le fecret fur cette
bonne œuvre, ainfi que fur mille autres
que l'ingratitude nous cache peut-être.

M. de Marivaux eut à dix - huit ans
une paffion violente pour une Demoifelle de condition & de fon âge, qui
paroiffoit joindre à la figure la plus féduifante, la plus grande indifférence
pour fes charmes. Notre jeune Philofophe fut enchanté de trouver une
Beauté fans coquetterie, & s'y attacha
fincérement ; mais il furprit un jour
cette naïve perfonne devant un miroir
qui fe parloit à elle - même , & qui
étudioit toutes les mignardifes qui
pourroient rendre fa phyfionomie plus

agréable. Il fut humilié d'avoir mis fur
le compte de la nature des attraits que fa
maîtreffe fe compofoit, pour ainfi dire,
à force de rafinement. Il devoit l'épou-
fer, & rompit brufquement avec elle
fans en déclarer le motif. Il paffa pour
un homme extraordinaire, & il fut depuis un vrai Sage, qui ne ceffa d'examiner le cœur humain qu'il a fi bien connu. C'eft peut-être à cette petite aventure qu'il a dû toutes les réflexions
philofophiques qu'il a fait pendant fa
vie.

Son premier penchant lui avoit infpiré un dégoût décidé pour les femmes,
mais ce dégoût étoit plutôt le réfultat
de fes réflexions, qu'un éloignement naturel pour un fexe charmant, fait pour
aimer & pour plaire. Son cœur fur cette
matière n'étoit pas toujours d'accord
avec fon efprit, & fon cœur l'emporta.
En 1721 M. de Marivaux époufa Mademoifelle Martin, qu'il aima de tout fon
cœur. Elle étoit d'une bonne famille
de Sens, & il falloit qu'elle eût un mé-

rite diftingué pour avoir infpiré à notre
Auteur un attachement folide. Il eut le
malheur de la perdre en 1723, & il l'a
regrettée toute fa vie.

Il eût une fille unique de ce mariage
qui fe fit Religieufe à l'Abbaye du
Thréfor; feu M. le Duc d'Orléans, qui
connoiffoit la médiocrité de la fortune
de notre Auteur & qui l'honoroit de fa
bienveillance, dota Mademoifelle de Marivaux, & fournit avec générofité à tous
les frais de la profeffion.

M. de Marivaux, au moyen d'une
penfion dont il jouiffoit fur la caffette
du Roi, pouvoit avoir environ quatre
mille livres de revenu. Il auroit pu fe
faire avec une pareille fomme une fituation auffi aifée que commode, s'il avoit
été moins fenfible aux malheurs d'autrui
& moins libéral; mais il n'en dépenfoit
que quinze cens pour fes befoins, & le
refte étoit employé à ceux des autres.

Il faifoit une penfion à une orpheline
qui devoit entrer dans une Troupe de
Comédiens, & qu'il fit confentir à vivre

dans une Communauté de Religieufes. Elle fe deftinoit aux rôles de Sou-
brette , quoiqu'elle eût un talent médiocre pour les remplir. La Troupe alloit en Pologne, M. de Marivaux difoit
très-plaifamment à fes amis, que la petite orpheline auroit long-tems fait
bâiller les Polonois avant de les faire
rire. Ceux qui nous ont rapporté cette
anecdote nous ont affuré qu'il n'avoit
fait qu'une fois cette plaifanterie , &
que fon cœur la reprochoit toujours à
fon efprit.

M. de Marivaux décidoit peu & con-
fultoit beaucoup. Il n'aimoit point à
contefter ni à prouver qu'il avoit raifon. Il ne répondit jamais à la critique ,
il en profitoit fi elle étoit jufte , & l'abandonnoit au jugement du Public fi elle
ne l'étoit pas. J'aime mon repos, difoit-
il toujours , & je ne veux point troubler
celui des autres. Il étoit né pareffeux autant que fenfible , & il n'auroit jamais
cherché à augmenter fa fortune fi fes
amis ne s'en étoient mêlés. Une des

lettres que nous avons promifes de lui, trouve ici naturellement fa place, & nous allons la tranfcrire en entier.

LETTRE fur la Pareffe , écrite l'an 1740.

« Oui, mon cher Ami, je fuis paref-
» feux & je jouis de ce bien-là , en
» dépit de la fortune qui n'a pu me l'en-
» lever & qui m'a réduit à très-peu de
» chofe fur tout le refte : & ce qui eft
» fort plaifant, ce qui prouve combien
» la pareffe eft raifonnable , combien
» elle eft innocente de tous les blâmes
» dont on la charge, c'eft que je n'au-
» rois rien perdu des autres biens fi des
» gens , qu'on appelloit fages à force de
» me gronder, ne m'avoient pas fait ceffer
» un inftant d'être pareffeux. Je n'avois
» qu'à refter comme j'étois, m'en tenir
» à ce que j'avois, & ce que j'avois m'a-
» partiendroit encore : mais ils vou-
» loient, difoient-ils, doubler , tripler,
» quadrupler mon patrimoine à caufe
» de la commodité du tems (a) , & moi-

(a) C'étoit dans le tems du Syftême.

» tié honte dé paroître un fot en ne fai-
» fant rien, moitié bêtife d'adolefcence
» & adhérence de petit garçon au con-
» feil de ces gens fenfés, dont l'auto-
» rité étoit regardée comme refpectable,
» je les laiffai difpofer, vendre pour
» acheter, & ils me menoient comme ils
» vouloient. Un Abbé Maingui fur-tout,
» devant Dieu foit fon ame, fit taire mon
» peu d'avidité naturelle, & cet hon-
» nête homme, vraiment homme d'hon-
» neur à force de bonté, de foins & d'in-
» térêt pour ce blan-bec, qu'il appelloit
» le petit garçon de la fociété, déna-
» tura tant de *bribes* de mon aveu qu'il
» ne leur eft pas refté miete de nature.
» Ah! fainte pareffe! falutaire indolence!
» fi vous étiez reftées mes gouvernantes,
» je n'aurois pas vraifemblablement écrit
» tant de néant plus ou moins fpirituels,
» mais j'aurois eu plus de jours heureux
» que je n'ai eu d'inftans fupportables.
» Mon ami, le repos ne vous rend pas
» plus riche que vous ne l'êtes; mais il ne
» vous rend pas plus pauvre : avec lui

» vous conſervez ce que vous n'au-
» gmentez pas, encore ne ſais-je ſi l'au-
» gmentation ne vient pas quelquefois
» récompenſer la vertueuſe inſenſibilité
» pour la fortune.

» M. le Marquis de...... eſt arrivé avec
» Madame. Il eſt venu ici, je n'y étois
» pas. Madame a envoyé une carte chez
» moi pour m'inviter à diner. J'ai été
» chez eux, je n'ai pu vous mettre ſur
» le tapis; j'ai promis d'y retourner mar-
» di, vous ferez un article de mon col-
» loque. Le mari part jeudi pour Com-
» piégne; le Prince de..... doit le pren-
» dre pour voyager avec lui. Je ne lui
» envie pas ſa courſe, qu'il me céderoit
» pour rien s'il pouvoit, à ce que je
» penſe; mais il a l'honneur d'appartenir
» à un Prince, il faut qu'il marche; &
» moi j'ai la douceur de n'appartenir qu'à
» moi, & je ne marcherai point.

» Rendez mille graces pour moi à
» Madame la Comteſſe de.......... de
» l'obligeante mention qu'elle fait quel-
» quefois de moi. Vous êtes bien mieux

» chez elle qu'on ne fera à l'armée, &
» le culte que vous rendez à fon bon
» cœur & à fa belle ame, aux graces
» de fon caractère & à fa raifon, eft bien
» plus noble, bien plus libre, plus con-
» folant & plus doux que ne l'eft le fer-
» vice du plus grand des Princes. Dites-
» lui que je me mets à genoux devant
» fon idée, comme devant une image;
» l'hommage de mon ame n'a jamais
» appartenu qu'à ce qui lui reffemble;
» ni mon eftime qu'à ceux qui penfent
» & fentent comme vous. Bon jour,
» mon Ami, je vous embraffe mille fois;
» Mademoifelle de..... vous embraffe
» une. »

M. de Marivaux étoit né avec des
heureux penchans, que fes infortunes
perfonnelles avoient nourris & fortifiés
dans fon cœur, & fon premier plaifir
fut toujours de les fatisfaire.

Il difoit qu'il ne croyoit point aux
ingrats, mais que s'il étoit poffible qu'il
y en eût, on étoit trop heureux d'en
faire; apparemment qu'à force d'en
faire

faire., il s'étoit convaincu qu'il y en avoit, voici une Lettre qui le prouve.

Lettre fur les Ingrats, écrite l'an 1740.

« N'en doutez pas, mon cher Ami ;
» Dieu récompenfe toujours les bons
» cœurs, à la vérité ce n'eft pas toujours
» par ceux que les bons cœurs ont obli-
» gé. Il y a des ingrats de qui vous ne
» tirez rien, mais en revanche il y a des
» belles ames qui vous paient pour eux,
» & qui regardent comme un fervice
» tout rendu, la feule envie que vous
» auriez de leur en rendre ; ainfi vous
» ne perdez rien, ainfi les ingrats font
» punis, parce qu'ils vous perdent pen-
» dant qu'il vous refte fur eux l'avantage
» de les connoître & de les laiffer hon-
» teux du tort qu'ils ont avec vous : car
» ils ont beau faire, mon Ami, leur
» confcience ne fauroit être ingrate,
» tout s'y retrouve. Elle a des replis, où
» les reproches que nous méritons fe
» confervent, où nos devoirs fe plaignent

C

» de n'avoir pas été satisfaits ; oui , mon
» Ami , des replis où se sauve la dignité
» de notre être , & où elle se venge
» contre nous de lui avoir manqué.
» Ainsi , mon cher Enfant , si vous avez
» souffert des injustices , tant pis pour les
» injustes , & tant mieux pour vous que
» la Providence en dédommage par le
» caractère de Madame la Comtesse de...
» Je l'ai toujours , sur sa physionomie ,
» soupçonnée d'être une de ces ames
» dont la noblesse & la vertu servent
» d'équilibre à la mesure du mal qui se
» trouve sur la terre , & je ne suis point
» du tout surpris de tous les motifs que
» vous avez de vous louer d'elle. Sa phy-
» sionomie , dont je vous parlois tout à
» l'heure , m'a dit les qualités de son
» cœur. Je connois le vôtre , il est digne
» d'en trouver de bons , & ce sera tou-
» jours lui qui payera ses dettes & non
» pas une autre. Remerciez cette Dame
» pour moi , mon cher Ami , du ressou-
» venir dont elle m'honore, & assurez-la
» de mon respect. Je n'envie pas votre

» place , mais je voudrois y être & la
» partager avec vous. J'ai paffé quel-
» ques jours à la campagne & je vous
» répond dès que j'arrive. Adieu. »

Je voudrois rendre les hommes plus
juftes & plus humains, difoit continuellement M. de Marivaux , je n'ai que
cet objet en vue. Une de fes maximes
favorites étoit *que pour être affez bon , il
falloit l'être trop.* Auffi l'a-t-on vu fouvent
facrifier jufqu'à fon néceffaire pour rendre la liberté & même la vie à des particuliers qu'il connoiffoit à peine ; mais
qui étoient ou pourfuivis par des créan-
ciers impitoyables ou réduits au défefpoir. Il fuffifoit d'être dans l'indigence
& dans l'adverfité pour avoir un droit
affuré fur fes générofités. Lorfque la reconnoiffance publioit fes bienfaits il n'en
convenoit qu'avec peine , & il avoit la
même attention à recommander le fecret à ceux qu'il obligeoit, qu'à cacher
à fes plus intimes amis fes chagrins domeftiques & fes propres befoins.

M. de Fontenelle ayant appris qu'il

étoit malade, & craignant qu'il manquât de quelque chofe, fe rendit fur le
champ chez lui, demanda à le voir
en particulier & lui dit, mon Ami, dans
la fituation où vous vous trouvez on
peut avoir befoin d'argent : les amis ne
doivent point attendre qu'on leur en
demande, l'amitié doit le deviner, voilà une bourfe où il y a cent louis que je
laiffe à votre difpofition. Je les regarde
comme reçus, lui répondit M. de Marivaux ; je m'en fuis fervi, & je vous les
rends avec la reconnoiffance qu'un tel
fervice exige. Quelle humanité, quelle
générofité dans l'un ! quelle délicateffe,
quelle grandeur d'ame dans l'autre !

M. de Marivaux étoit né le plus humain des hommes, & ce caractère de
douceur a toujours préfidé fur toutes
fes actions. « Il difoit quelquefois ; fi mes
» amis venoient m'affurer que je paffe
» pour un bel efprit, je ne fens pas en
» vérité que je fuffe plus content de
» moi-même : mais fi j'apprenois que
» quelqu'un eût fait quelque profit en

» lifant mes ouvrages , fe fût corrigé
» d'un défaut ; oh ! cela me toucheroit ,
» & ce plaifir-là feroit de ma compé-
» tence. » Cette façon de penfer eft fublime , nous aimons à reconnoître la
bonté du cœur, & la philofophie de
notre illuftre Académicien dans les plus
petites chofes. Voici deux 'de fes traits
qui feront plaifir.

Il partoit un jour pour la campagne
avec Madame Lallemand de Bez. Elle
donnoit quelques ordres à fes domeftiques avant de monter en carroffe , où fa
fœur & M. de Marivaux étoient déjà.
Dans cet intervalle un jeune homme de
dix-huit à vingt ans, gras, potelé , du
teint le plus frais & le plus vermeil, vint
à la portière demander l'aumône. M. de
Marivaux , frapé du contrafte de l'action
& de la figure de ce jeune homme , fe
pencha vers lui & lui dit : *N'as-tu pas*
honte , miférable , jeune comme tu es , & te
portant le mieux du monde , d'avoir la baffeffe
de mendier ton pain que tu pourrois gagner par
un honnête travail ? Ce jeune homme con-

C iij

sterné de ce propos, lui répondit en se
grattant l'oreille & moitié sanglotant :
Ah! Monsieur, si vous saviez, je suis si pa-
resseux. Sur cet aveu M. de Marivaux ti-
ra six livres de sa poche qu'il lui donna.
Madame de Bez entroit dans ce moment dans son carrosse, & s'appercevant de ce qu'il donnoit, elle lui dit,
vous êtes bien magnifique, Monsieur,
dans vos aumônes. M. de Marivaux ré-
pliqua, je n'ai pu me refuser à récom-
penser un trait de sincérité qui est échappé à ce pauvre garçon, & lui raconta le
fait; alors Madame de Bez & sa sœur lui
donnèrent aussi très-largement.

Un ami de M. de Marivaux, homme
d'esprit & de gout, se promenoit un
jour d'été au Palais-Royal, & pour jouir
plus délicieusement de la fraîcheur du
tems, il lisoit, quoiqu'il y eut beaucoup de monde à la promenade. Notre
Auteur l'apperçoit & l'aborde : *Quelle*
lecture fais-tu là, lui demanda-t-il? *Je lis*
les Pensées de Pascal, répondit-il. M. de
Marivaux pensoit que c'étoit le meil-

leur livre de morale qui eût jamais été écrit..... Il s'éloigna un peu de son ami, le regarda attentivement, & lui dit ensuite : *Permets-moi d'admirer l'homme qui fait se promener ainsi & oublier les fous que voilà.*

Rien ne prouve mieux la philosophie de notre Auteur que son indifférence pour les richesses & les distinctions. Il ne sollicita jamais les faveurs des Grands, jamais il n'imagina que ses talens dussent les lui procurer. Il négligea la fortune, mais il ne refusa point ses dons lorsqu'ils lui furent offerts par un Roi qui fait le bonheur de son peuple, & qui est le Protecteur déclaré des sciences, des talens & des arts.

Les solides vertus de M. de Marivaux le préparoient d'elles-mêmes à son dernier moment. Ses infirmités le lui firent envisager, & il le vit arriver avec la tranquillité d'un Philosophe chrétien qui regarde la mort comme le terme nécessaire de la vie, & comme un bienfait de la Providence qui nous attire à

C iv

elle. M. de Marivaux finit ſa glorieuſe carrière le 11 Février 1763, à la ſoixante & quinzième année de ſon âge. Ses amis ont arroſé ſon tombeau de leurs larmes, les malheureux qu'il ſoulageoit n'oublieront jamais & regretteront toujours le meilleur des hommes.

ESPRIT
DE MARIVAUX.

CHAPITRE PREMIER.
Des Portraits.

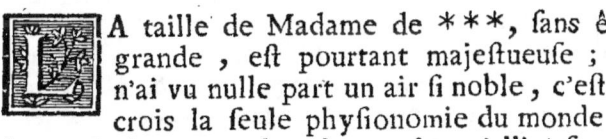

Portrait de Madame de ***.

LA taille de Madame de ***, fans être grande , eft pourtant majeftueufe ; je n'ai vu nulle part un air fi noble , c'est je crois la feule phyfionomie du monde où l'on voie les graces les plus tendres s'allier fans y rien perdre à l'air le plus impofant , le plus mo-defte , & peut être le plus auftère ! On ne fauroit s'empêcher de l'aimer , mais d'un amour timide & comme effrayé du refpect qu'elle imprime ; elle eft jeune , non de cette jeuneffe étourdie , qui m'a toujours déplu , qui n'a que des agrémens imparfaits , & qui ne fait encore qu'amufer les yeux , fans mériter d'aller au cœur : non , elle eft dans cet âge vraiment aimable , qui met les graces dans toutes leurs forces , où l'on jouit de tout ce que l'on eft ; dans cet âge où l'ame moins diffipée ajoute à la beauté des traits , au rayon

de la fineſſe qu'elle a acquiſe. Ses geſtes ont je ne
fais quoi de doux, de généreux & d'affable qui
perce à travers un maintien grave & modeſte qui
ſéduit.

Portrait d'une Coquette qui voudroit ne pas le paroître.

Il y a bien des choſes à dire dans ce portrait-
là : en gros je vous dirai qu'elle eſt vaine, en-
vieuſe & cauſtique ; elle eſt ſans quartier ſur
vos défauts, vous garde le ſecret ſur vos bonnes
qualités, impitoyablement muette à cet égard
& muette de mauvaiſe humeur ; fière de ſon caractère ſec & formidable qu'elle appelle auſtérité
de raiſon ; elle épargne volontiers ceux qui trem-
blent ſous elle, & ſe contente de les entretenir
dans la crainte. Aſſez ſenſible à l'amitié, pourvu
qu'elle y prime, il faut que ſon amie ſoit ſa ſu-
jette & jouiſſe avec reſpect de ſes bonnes graces :
c'eſt vous qui l'aimez, c'eſt elle qui vous le permet ; vous êtes à elle, vous la ſervez & elle vous
voit faire. Généreuſe d'ailleurs, noble dans ſes
façons ; ſans ſon eſprit qui la rend méchante,
elle auroit le meilleur cœur du monde : vos
louanges la chagrinent, dit-elle ; mais c'eſt
comme ſi elle vous diſoit, louez-moi encore du
chagrin qu'elles me font. Quant à moi, j'ai là-
deſſus une petite manière qui l'enchante, c'eſt
que je la loue bruſquement, du ton dont on querelle ; je boude en la louant comme ſi je la gron-
dois d'être louable ; & voilà ſur-tout l'eſpèce
d'éloge qu'elle aime, & que ſa vanité hypocrite
peut ſavourer ſans indécence. C'eſt moi qui l'ajuſte
& qui la coëffe ; dans les premiers jours je tâchai
de faire de mon mieux, je déployai tout mon

favoir faire. Eh! mais finis donc, me difoit-elle ;
tu y regarde de trop près, tes fcrupules m'ennuient. Moi, j'eus la bêtife de la prendre au
mot, & je n'y fis plus tant de façons ; je l'expé-
diois un peu aux dépens des graces. Oh! ce n'é-
toit pas là fon compte : auffi me brufquoit-elle ;
je la trouvois aigre , acariâtre. Que vous êtes
gauche! laiffez-moi , vous ne favez ce que vous
faites. Je me demandai d'où cela pouvoit venir ?
Je le devinai. C'eft que c'étoit une Coquette qui
vouloit l'être fans que je le fuffe , & qui préten-
doit que je le fuffe pour elle ; fon intention, ne
vous déplaife , étoit que je fiffe violence à la profonde indifférence qu'elle affectoit là-deffus. Il
falloit que je ferviffe fa coquetterie fans la connoître, que je priffe cette coquetterie fur mon
compte , & que Madame eût tout le bénéfice des
friponneries de mon art fans qu'il y eût de fa
faute.

Portrait d'un Homme fingulier.

IL dit ce qu'il penfe de tout le monde , mais il
n'en veut à perfonne ; ce n'eft pas par malice qu'il
eft fincère, c'eft qu'il a mis fon affection à fe diftinguer par là. Si pour paroître franc il falloit
mentir, il mentiroit : c'eft un homme qui vous
demanderoit volontiers, non pas m'eftimez-vous,
mais êtes-vous étonné de moi ? Son but n'eft pas
de perfuader qu'il vaut mieux que les autres, mais
qu'il eft autrement fait qu'eux , qu'il ne reffemble
qu'à lui. Ordinairement vous fâchez les autres en
leur difant leurs défauts ; vous le chatouillez,
vous le comblez d'aife en lui difant les fiens ,
parce que vous lui procurez le rare honneur d'en
convenir : auffi perfonne ne dit-il tant de mal de

lui que lui-même ; il en dit plus qu'il n'en fait. A son compte il eſt ſi imprudent, il a ſi peu de capacité, il eſt ſi borné, quelquefois ſi imbécille : je l'ai entendu s'accuſer d'être avare, lui qui eſt libéral, ſur quoi on lève les épaules, & il triomphe. Il eſt connu par-tout pour un homme de cœur, & je ne déſeſpère pas que quelque jour il ne diſe qu'il eſt poltron ; car plus les médiſances qu'il fait de lui ſont groſſes, & plus il a de goût à les faire, à cauſe du caractère original que cela lui donne. Voulez-vous qu'il parle de vous en meilleurs termes que de ſon ami ? Brouillez-vous avec lui, la recette eſt ſure. Vanter ſon ami, cela eſt trop peuple ; mais louer ſon ennemi, le porter aux nues, voilà le beau. Je vais l'achever d'un trait. L'autre jour un homme contre qui il avoit un procès preſque ſûr vint lui dire : Tenez, ne plaidons plus, jugez vous-même ; je vous prends pour arbitre, je m'y engage. Là-deſſus voilà mon homme qui s'allume de la vanité d'être extraordinaire ; le voilà qui peſe, qui prononce gravement contre lui, & qui perd ſon procès pour gagner la réputation de s'être condamné lui-même : il fut huit jours enyvré du bruit que cela fit dans le monde.

Portrait d'un Fat.

Cléon eſt un jeune homme de vingt-huit à trente ans, un fat, toujours agité du plaiſir de ſe ſentir fait comme il eſt ; il ne ſauroit s'accoutumer à lui, auſſi ſa petite ame n'a-t-elle qu'une fonction, c'eſt de promener ſon corps comme la merveille de nos jours, c'eſt d'aller toujours diſant : Voyez mon enveloppe, voilà l'attrait de tous les cœurs, voilà la terreur des maris & des

amans ; voilà l'écueil de toutes les sageffes. Imaginez-vous qu'il n'a qu'un objet dans la penfée,
c'eft de fe montrer; quand il rit, quand il s'étonne,
quand il vous approuve, c'eft qu'il fe montre. Se
tait-il, change-t-il de contenance, fe tient-il férieux, ce n'eft rien de tout cela qu'il veut faire,
c'eft qu'il fe montre. C'eft qu'il vous dit : regardez-moi, remarquez mes geftes & mes atti-
tudes, voyez mes graces dans tout ce que je
fais, dans tout ce que je dis. Voyez mon air fin,
mon air lefte, mon air cavalier, mon air diffipé ; en voulez-vous du vif, du fripon, de l'agréablement étourdi ? en voilà. Il diroit volontiers
à tous les amans : n'eft-il pas vrai que ma figure
vous chicane ? A leurs maîtreffes : où en feroit
votre fidélité, fi je voulois ? A l'indifférente : vous
n'y tenez point, je vous réveille, n'eft-ce pas ? A
la prude : vous me lorgnez en deffous ? A la vertueufe : vous réfiftez à la tentation de me regarder ? A la jeune fille : avouez que votre cœur eft
ému ? Il n'y a pas jufqu'à la perfonne âgée, qui,
à ce qu'il croit, ne dife en elle-même en le voyant:
quel dommage que je ne fois plus jeune ! Il a parlé
d'un mariage qui a penfé fe conclure pour lui,
mais que trois ou quatre femmes jaloufes, défef-
pérées & méchantes, ont trouvé fourdement le
fecret de faire manquer ; cependant il ne fait pas
encore ce qui en arrivera : il n'y a que les parens
de la fille qui fe font dédits, mais elle n'eft pas de
leur avis. Il fait de bonne part qu'elle eft trifte,
qu'elle eft changée, il eft même queftion de
pleurs ; elle ne l'a pourtant vu que deux fois,
& ce que je vous dis-là, je vous le rends un peu
plus clairement qu'il ne l'a conté. Un fat fe doute
toujours un peu qu'il l'eft, & comme il a peur
qu'on ne s'en doute auffi, il biaife, il eft fat le

plus modeſtement qu'il lui eſt poſſible ; & c'eſt juſtement cette modeſtie-là qui rend ſa fatuité ſenſible.

Portrait d'une nouvelle Mariée.

JULIE peut avoir environ trente ans. Elle a un de ces viſages d'un blanc fade, qui font une phyſionomie longue & ſotte. Cette nouvelle épouſée, telle que je vous la dépeins avec ce viſage, qui, à dix ans, étoit antique, prend des airs enfantins dans la converſation, ſemblables à ceux d'une petite fille qui vient de ſortir de deſſous l'aile de père & mère : figurez-vous qu'elle eſt toute étonnée de la nouveauté de ſon état ; elle n'a point de contenance aſſurée, ſes innocens appas ſont encore tous confus de ſon aventure ; elle n'eſt pas encore bien ſûre qu'il ſoit honnête d'avoir un mari ; elle baiſſe les yeux quand on la regarde ; elle ne croit pas qu'il ſoit permis de parler ſi on ne l'interroge. Elle me faiſoit toujours une inclination de tête, en me répondant, comme ſi elle m'avoit remercié de la bonté que j'avois de faire comparaiſon avec une perſonne de ſon âge. Elle me traitoit comme une mère, moi qui ſuis plus jeune qu'elle.

Portrait d'une Veuve âgée qui veut encore plaire.

ARAMINTE eſt une groſſe & grande femme de cinquante-cinq à ſoixante ans, qui étale glorieuſement ſon embonpoint & qui prend l'épaiſſeur de ſes charmes pour de la beauté. Elle eſt veuve & fort riche. Je la vis chez une de mes amies, elle avoit auprès d'elle un jeune homme, un cadet qui n'a rien & qui s'épuiſoit en platitude pour

lui faire fa cour. On a parlé du dernier bal de
l'Opéra : j'y étois, a t-elle dit, & j'y trompai mes
meilleurs amis ; ils ne me reconnurent point.
Vous, Madame, a-t-il repris, vous, n'être pas
reconnoiffable ; ah ! je vous en défie. Je vous
reconnus du premier coup d'œil à votre air de
tête : eh ! comment cela, Monfieur ? Oui, Madame, à je ne fais quoi de noble & d'aifé qui
ne pouvoit appartenir qu'à vous, & puis vous
ôtâtes un gand, & comme, graces au ciel, nous
avons une main qui ne reffemble guère à d'autres,
en la voyant je vous nommai, & cette main fans
pair, fi vous l'aviez vue eft affez blanche, mais
large, mais charnue, mais bourfouflée, mais
courte, & tient au bras le mieux nourri que j'aie
vu de ma vie ; je vous en parle favamment, car la
groffe Dame au grand air de tête prit long-tems
du tabac pour expofer cette main unique qui a
de l'étoffe pour quatre, & qui finit par des doigts
d'une groffeur & d'une briéveté qui la rendent
difforme. Il me parut qu'elle avoit la plus grande
envie de plaire, & cette envie fi fingulière à
fon âge, répandoit fur toute fa perfonne une
dofe de ridiculité qu'elle feule n'apperçut point
& qui fit rire tout le monde.

Portrait d'un Homme fuffifant.

DAMIS eft étonné de la nobleffe de fa figure,
& compte fur un égal étonnement dans les autres. Je le vis au fortir de l'Opéra, il étoit vain,
mais très-férieufement vain & comme chargé de
l'obligation de l'être : je l'interprétois. Quand on
eft fait comme je fuis, penfoit-il apparemment,
on laiffe agir à l'aife le fentiment qu'on a de fes
avantages en marchant fuperbement. Moi, je

vais mon pas , ma figure est un fardeau de graces
nobles , imposantes & qui demande tout le re-
cueillement de celui qui la porte. Qu'en dites-
vous, hommes étonnés ? Qui de vous songe à faire
quelque chicane à ce maintien ? Qui de vous
n'avouera pas qu'il me sied bien de me rendre
justice ? N'est-il pas vrai que je vous surprends &
que la critique est muette à mon aspect : gare ;
reculez-vous, vous empêchez le jeu de mes mouvemens, vous ne voyez mon geste qu'à demi.
Place au phénomène de la nature : humiliez vous,
figures médiocres ou belles ; car c'est tout un , &
vous êtes toutes au même rang auprès de la
mienne. Je ne dis pas que Damis pensa très-
distinctement tout ce que je lui fais penser , mais
tout cela étoit dans sa tête & je ne fais que dé-
brouiller le cahos de ses idées. J'expose en détail
ce qu'il sent en gros ; & voilà, pour ainsi dire, la
monnoie de sa piéce.

Portrait d'une Femme légère.

CIDALISE se fait remarquer par sa légéreté , son
air & sa physionomie annoncent je ne sais quoi de
si enjoué , une coquetterie si folâtre , si bruyante ;
qu'on ne peut s'empêcher de dire , en jettant les
yeux sur elle : Elle fait la passion de bien des gens,
& son mari en est jaloux. Il a toujours peur qu'elle
ne vienne elle-même à aimer quelqu'un de ceux
qui l'aiment ; mais il n'y a rien à craindre, elle est
trop folle pour s'attacher. Elle n'acheve jamais ni
de vous bien voir, ni de vous entendre, & vous
n'avez pas le tems de lui plaire autant qu'il le
faudroit pour lui faire impression. Pourquoi cela ?
c'est qu'une mouche vole & vous croise, de la
mouche elle passe à un miroir qui se présente, de-

là à fa cornette , puis à un ruban , puis à autre
chofe : mais vous la ratraperez ou elle reviendra
à vous par diftraction , & vous recommencez ;
mais elle n'y eft déjà plus, votre habit vous l'a
dérobée , & quand vous lui direz qu'elle eft charmante , elle vous répondra que la couleur en
eft de bon goût. Elle ne veut plaire à perfonne
en particulier , c'eft à tout le monde, & ce tout le
monde affemblé ; voilà fon amant , celui qu'elle
écoute & qu'elle aime. Il fixe toutes fes vues , il
réunit toutes fes diftractions : car elle ne le quitte
à droite, que pour le reprendre à gauche : ce qu'un
côté de l'objet perd avec elle , un autre côté la
gagne. Oh ! vous avouerez qu'il eft difficile de
furprendre une femme qui ne vous prête fes yeux
& fes oreilles qu'une minute.

Portrait d'un jeune Homme.

ERGASTE eft un jeune homme qui parle beaucoup , & qui s'eftime tant qu'il ne peut s'en taire.
Il feroit bien mortifié qu'on le foupçonnât de vouloir fe louer, & pourtant il veut faire fon éloge,
de forte que tout fon embarras eft de l'agencer
dans ce qu'il dit, de façon qu'il s'y trouve fans
qu'il paroiffe qu'il y ait de fa faute : mais il manque toujours fon coup , toujours il y a de fa faute.
Enfin c'eft de lui que je fais qu'il eft bien fait,
qu'il eft beau, qu'il eft adroit, qu'il a plus d'efprit qu'un autre , qu'il eft couru des femmes ; &
peut-être dit-il vrai dans ce dernier article. Je
l'en croirois volontiers fur le caractère qu'il m'expofe : il eft plein de lui-même, il a du caquet,
il fe dit perfécuté de bonnes fortunes , il ment
joliment à fon honneur & gloire. Oh ! parbleu !
voilà des grands avantages avec les femmes :

D

vous m'avouerez que c'eſt là du mérite, non pas
du mérite effectif & vrai, il ne vaudroit rien celui-là, mais de ce mérite badin, comment vous
dirai-je, de ce ridicule galant, enfin de ce mérite impertinent qui agace une femme qui veut
plaire, non qu'on ne critique un pareil homme &
qu'on ne doute quelquefois qu'il ſoit auſſi aimable
qu'il croit l'être ; mais qu'il le ſoit ou non, il a
toujours cela d'heureux qu'il y gagne une réputation, à la vérité équivoque, mais c'eſt toujours
une réputation, on parle de lui. Oh ! quel honneur n'eſt-ce pas pour une femme que de fixer
un pareil homme ? A la vérité en le voulant fixer,
il peut bien arriver qu'elle ſe fixe elle-même.
L'ambition d'être aimée joue ſouvent de mauvais tours aux femmes, ainſi notre jeune homme
pourroit en être auſſi couru qu'il le dit.

Quoiqu'il en ſoit, il n'a tenu qu'à moi de le
regarder comme un petit prodige. Vain comme
il eſt, ſi je lui montrois ſon portrait tel qu'il me
l'a fait, il s'évanouiroit j'en ſuis ſûr : car il n'y
a point d'homme plus honteux de ſe trouver
fat que le fat même quand il eſt pris ſur le fait.

Portrait de Julie.

JULIE ſans être belle eſt une brune fort aimable, c'eſt un de ces viſages de goût, dont les
traits ont je ne ſais quelle heureuſe irrégularité
& qui n'en valent que mieux pour n'être pas
beaux. J'ai toujours appellé ces phyſionomies-là,
d'agréables fantaiſies de la nature, qui n'amuſent
jamais les yeux qu'au dépend du cœur. Oui, ce
ſont de ces phyſionomies à part qui ne reſſemblent à rien, on aime à les voir, ſans s'aviſer de
les craindre ; on les regarde avec un plaiſir de

bonne foi, qui n'avertit pas de ce qu'il eſt. Il y
a des viſages d'oſtentation, déclarés dangereux :
quand on vient à les aimer on n'en a point été
la dupe, on avoit préſagé l'aventure ; mais les
phyſionomies dont je parle ne font point de fracas, rien n'eſt d'abord plus familier : leur charme
agit ſans faſte, il ne prélude pas avec un cœur
& l'on eſt tout ſurpris de ſe trouver un amour,
dont on n'avoit pas eu la moindre nouvelle.

Portrait de Lucinde.

Lucinde eſt une coquette badine, qui, quand
un amant lui plaît, n'y fait d'autre façon que de
l'aimer ; que de l'oublier ſans peine, quand il
l'oublie ; & quand il eſt abſent, que de ſe divertir en l'attendant, des cœurs étrangers qui
lui viennent ; & d'employer dans cet agréable
exercice de coquetterie, le tems qu'une autre
donneroit au deſir impatient de recevoir ce qu'elle
aimeroit.

C'eſt une femme dont le cœur en amour eſt
fermé à toute impreſſion fâcheuſe, acceſſible à
toute impreſſion agréable autant de fois que le
hazard le veut ; un cœur enfin qui tire parti de
tout, qui, devenu tendre pour un objet, ne renonce pas pour cela aux autres ; mais qui rètient
pour ſa vanité ceux dont ſon penchant ne s'accommode pas, & qui ſouvent dans le même
jour, ſe trouve ſenſible autant de fois qu'il eſt
coquet.

Portrait d'Eugénie.

Eugénie eſt d'un caractère ſérieux. C'eſt une
femme dont le cœur eſt tendre, neuf & ſage,

& qui paroît avoir toujours regardé l'amour comme un péril , dont elle avoit honte de s'approcher : mais le péril apparemment l'a pourfuivie , & comme on fuit avec pareffe ce que l'on fuit à contre cœur , le péril l'a furprife : elle aime.

Oh ! vous favez que plus une femme a craint l'amour, plus fcrupuleufement le fert elle, quand les forces lui ont manqué & qu'elle ne peut plus s'en défendre ; c'eft en aimant de tout fon cœur qu'elle fe délaffe de la fatigue qu'elle a foufferte en combattant ; mais elle aime comme une autre remplit un devoir, je veux dire, avec une exactitude de fentimens, qui n'eft jamais en défaut, & dont elle fe fait comme une obligation religieufe.

L'amant eft-il abfent pour un demi-jour ? Il faut y rêver folitairement, fuir ou défier toute occafion qui oferoit réjouir.

Revoit-on cet amant ? Il faut un épanchement modefte de tendreffe ; mais cependant plus tendre que ne pourroit être une joie libertine : il faut foupçonner cet amant de n'avoir eu ni l'air, ni le cœur affez mortifié pendant fa courte abfence, & perdre fes foupçons après avoir eu le plaifir de fa juftification, lui jurer après cent fois qu'on l'aimera toujours : car cette répétition de fermens n'eft que dans les paroles ; mais le fentiment en eft toujours nouveau.

Enfin il entre dans la tendreffe d'une femme de ce caractère, une infinité d'autres petites formalités, qui font toutes de l'invention des cœurs qui étoient fages & timides avant que d'être tendres.

Tel eft le caractère d'Eugénie.

Portrait d'une Belle évanouie.

SA tête penchoit sur le chevet, un de ses bras pendoit hors du lit, & l'autre étoit étendu sur elle, tous deux (il faut en convenir) tous deux d'une forme admirable.

Figurez vous des yeux qui avoient une beauté particulière à être fermés.

Je n'ai rien vu de si touchant que ce visage-là, sur lequel cependant l'image de la mort étoit peinte ; mais c'en étoit une image qui attendrissoit & qui n'effrayoit pas.

En voyant cette jeune personne, on eût plutôt dit, elle ne vit plus, qu'on n'eût dit, elle est morte. Je ne puis vous représenter l'impression qu'elle faisoit ; qu'en vous priant de distinguer les deux façons de parler qui paroissent signifier la même chose, & qui dans le sentiment en signifient de différentes. Cette expression, elle ne vit plus, ne lui ôtoit que la vie, & ne lui donnoit pas les laideurs de la mort.

Enfin avec ce corps délassé, avec cette belle tête penchée, avec ces traits dont on regrettoit les graces qui y étoient encore, quoiqu'on s'imaginât ne les y plus voir, avec ces beaux yeux fermés, je ne sache point d'objet plus intéressant qu'elle l'étoit, ni de situation plus propre à remuer le cœur que celle où elle se trouvoit alors.

Portrait de Madame de Miran.

MA bienfaitrice que je ne vous ai pas encore nommée s'appelloit Madame de Miran ; elle pouvoit avoir cinquante ans ; quoiqu'elle eût été belle femme, elle avoit quelque chofe de fi bon & de fi raifonnable dans la phyfionomie, que cela avoit pu nuire à fes charmes, & les empêcher d'être auffi piquans qu'ils auroient dû l'être ; quand on a l'air fi bon, on en eft moins belle ; un air de franchife & de bonté fi dominant, eft tout-à-fait contraire à la coquetterie ; il ne fait fonger qu'au bon caractère d'une femme, & non pas à fes graces ; il rend la belle perfonne plus eftimable, mais fon vifage plus indifférent, de forte qu'on eft plus content d'être avec elle, que curieux de la regarder.

Et voilà, je penfe, comme on avoit été avec Madame de Miran ; on ne prenoit pas garde qu'elle étoit belle femme, mais feulement la meilleure femme du monde ; auffi, m'a-t-on dit, n'avoit-elle guère fait d'amans, mais beaucoup d'amis & même d'amies : ce que je n'ai pas de peine à croire, vû cette innocence d'intention qu'on voyoit en elle, vû cette mine fimple, confolante & paifible qui devoit raffurer l'amour propre de fes compagnes, & la faifoit plus reffembler à une confidente qu'à une rivale.

Les femmes ont le jugement fûr là-deffus. Leur propre envie de plaire leur apprend tout ce que vaut un vifage de femme, quel qu'il foit, beau ou laid, il n'importe, ce qu'il a de mérite, fut-il imperceptible, elles l'y découvrent, & ne s'y tient pas ; mais il y a des beautés entr'elles qu'elles ne craignent point, elles fentent fort bien que ce font des beautés fans conféquence ; & apparemment que c'étoit ainfi qu'elles avoient jugé de Madame de Miran.

Or, à cette phyfionomie plus louable que féduifante, à ces yeux qui demandoient plus d'amitié que d'amour, cette chère Dame joignoit une

taille bien faite , & qui auroit été élégante , fi
Madame de Miran l'avoit voulu ; mais qui faute
de cela n'avoit jamais que des mouvemens naturels & néceffaires , & tels qu'ils pouvoient
partir de l'ame du monde de la meilleure foi.

Quant à l'efprit, je crois qu'on n'avoit jamais
fongé à dire qu'elle en eût , mais qu'on n'avoit
jamais dit auffi qu'elle en manquât. C'étoit de
ces efprits qui fatisfont à tout fans fe faire remarquer en rien , qui ne font ni forts ni foibles , mais
doux & fenfés ; qu'on ne critique , ni qu'on ne
loue , mais qu'on écoute.

Fut-il queftion des chofes les plus indifférentes,
Madame de Miran ne penfoit rien , ne difoit rien
qui ne fe fentit de cette abondance de bonté qui
faifoit le fond de fon caractère.

Et n'allez pas croire que ce fût une bonté
fotte , aveugle , de ces bontés d'une ame foible
& pufillanime , & qui paroiffent rifibles , même
aux gens qui en profitent.

Non , la fienne étoit une vertu , c'étoit le fentiment d'un cœur excellent ; c'étoit une bonté
proprement dite , qui tiendroit lieu de lumière
même aux perfonnes qui n'auroient pas d'efprit ,
& qui , parce qu'elle eft vraie bonté , veut avec
fcrupule être jufte & raifonnable , & n'a plus envie de faire un bien , dès qu'il en arriveroit un
mal.

Je ne vous dirai pas même que Madame de
Miran eût ce qu'on appelle de la nobleffe d'ame ,
ce feroit auffi confondre les idées ; la bonne qualité que je lui donne , étoit quelque chofe de plus
fimple , de plus aimable & de moins brillant.

Souvent ces gens qui ont l'ame fi noble , ne
font pas les meilleurs cœurs du monde ; il s'en-
têtent trop de la gloire & du plaifir d'être géné-

reux, & négligent par là bien des petits devoirs.
Ils aiment à être loués , & Madame de Miran ne
fongeoit pas feulement à être louable ; jamais elle
ne fut généreufe à caufe qu'il étoit beau de
l'être , mais à caufe que vous aviez befoin qu'elle
le fût ; fon but étoit de vous mettre en repos, afin
d'y être auffi fur votre compte.

Lui marquiez-vous beaucoup de reconnoiffance , ce qui l'en flattoit le plus, c'eft que c'é-
toit un figne que vous étiez content. Quand on re-
mercie tant d'un fervice, apparemment qu'on fe
trouve bien de l'avoir reçu, & voilà ce qu'elle
aimoit à penfer de vous : de tout ce que vous
lui difiez, il n'y avoit que votre joie qui la ré-
compenfoit.

J'oubliois une chofe affez fingulière, c'eft que
quoiqu'elle ne fe vantât jamais des belles actions
qu'elle faifoit , vous pouviez vous vanter des
vôtres avec elle en toute fureté, & fans craindre
qu'elle y prît garde ; le plaifir de vous entendre
dire que vous étiez bon, ou que vous l'aviez
été, lui fermoit les yeux fur votre vanité, on
lui perfuadoit qu'elle étoit fort légitime, auffi
contribuoit-elle à l'augmenter tant qu'elle pouvoit ; où vous aviez raifon de vous eftimer, il
n'y avoit rien de plus jufte, & à peine pouviez-
vous vous trouver autant de mérite qu'elle vous
en trouvoit elle-même.

A l'égard de ceux qui s'eftiment à propos de
rien, qui font glorieux de leur manger, de leurs
richeffes, gens infupportables & qui fâchent tout
le monde , ils ne fâchoient point Madame de
Miran ; elle ne les aimoit pas, voilà tout, ou
bien elle avoit pour eux une antipathie froide,
tranquille & polie.

Les médifans par babil, je veux dire, ces

gens à bons mots contre les autres, à qui pourtant ils n'en veulent point, la fatiguoient un peu davantage, parce que leur défaut choquoit fa bonté naturelle ; au lieu que les glorieux ne choquoient que fa raifon & la fimplicité de fon caractère.

Elle pardonnoit aux grands parleurs, & rioit bonnement en elle-même de l'ennui qu'ils lui donnoient, & dont ils ne fe doutoient pas.

Trouvoit-elle des efprits bizares, entêtés, qui n'entendoient pas raifon, elle prenoit patience, & n'en étoit pas moins leur amie : hé bien! c'étoient d'honnêtes gens qui avoient leurs petits défauts, chacun n'avoit-il pas les fiens, & voilà qui étoit fini. Tout ce qui n'étoit que faute de jugement, que petiteffe d'efprit, bagatelle que cela avec elle ; fon bon cœur ne l'abandonnoit pour perfonne, ni pour les menteurs qui lui faifoient pitié, ni pour les fripons qui la fcandalifoient fans la rebuter, pas même pour les ingrats qu'elle ne comprenoit pas, elle ne fe refroidiffoit que pour les ames malignes ; elle auroit pourtant fervi les perfonnes de cette efpèce, mais à contre cœur & fans goût ; c'étoit-là fes vrais méchans, les feuls qui étoient brouillés avec elle, & contre qui elle avoit une rancune fecrette & naturelle, qui l'éloignoit d'eux fans retour.

Une coquette qui vouloit plaire à tous les hommes, étoit plus mal dans fon efprit, qu'une femme qui en auroit aimé quelqu'un plus qu'il ne falloit ; c'eft qu'à fon gré il y avoit moins de mal à s'égarer, qu'à vouloir égarer les autres, & elle aimoit mieux qu'on manquât de fageffe que de caractère, qu'on eût le cœur foible, que l'efprit impertinent & corrompu.

Madame de Miran avoit plus de vertus morales que de chrétiennes, respectoit plus les exercices de sa religion qu'elle n'y satisfaisoit, honoroit fort les vrais dévots sans songer à devenir dévote, aimoit plus Dieu qu'elle ne le craignoit, & concevoit sa justice & sa bonté un peu à sa manière, & le tout avec plus de simplicité que de philosophie ; c'étoit son cœur & non pas son esprit qui philosophoit là-dessus.

Telle étoit Madame de Miran, sur qui j'aurois encore bien des choses à dire, mais à la fin je serois trop long ; & si par hazard vous trouvez que je l'aie été trop, songez que c'est ma bienfaitrice, & que je suis bien excusable de m'être un peu oublié dans le plaisir que j'ai eu de parler d'elle.

Portrait de Madame d'Orsin.

MADAME d'Orsin étoit beaucoup plus jeune que ma bienfaitrice, il n'y a guère de physionomie comme la sienne, & jamais aucun visage de femme n'a tant mérité que le sien qu'on se servit de ce terme de physionomie pour le définir, & pour exprimer tout ce qu'on en pensoit en bien.

Ce que je dis-là, signifie un mélange heureux de mille choses dont je ne tenterai pas le détail.

Cependant voici en gros ce que j'en puis expliquer. Madame d'Orsin étoit belle, encore n'est-ce pas là dire ce qu'elle étoit ; ce n'auroit pas été la première idée qu'ont eût eu d'elle en la voyant, on avoit quelque chose de plus pressé à sentir, & voici un moyen de me faire entendre.

Perfonnifions la beauté & fuppofons qu'elle s'ennuie d'être fi férieufement belle , qu'elle veuille effayer du feul plaifir de plaire , qu'elle tempère fa beauté fans la perdre , & qu'elle fe déguife en graces ; c'eft à Madame d'Orfin à qui elle voudra reffembler ; & voilà le portrait que vous devez vous faire de cette Dame.

Ce n'eft pas-là tout , je ne parle ici que du vifage tel que vous l'auriez pu voir dans un tableau de Madame d'Orfin.

Ajoutez à préfent une ame qui paffe à tout moment fur cette phyfionomie , qui va y peindre tout ce qu'elle fent , qui y répand l'air de tout ce qu'elle eft , qui la rend auffi fpirituelle , auffi délicate , auffi vive , auffi fière , auffi férieufe , auffi badine qu'elle l'eft , tour à tour elle-même ; & jugez par là des accidens de force , de grace , de fineffe , & de l'infinité des expreffions rapides qu'on voyoit fur ce vifage.

Parlons maintenant de cette ame , puisque nous y fommes. Quand quelqu'un a peu d'efprit & de fentiment , on dit d'ordinaire qu'il a les organes épais ; & un de mes amis à qui je demandai ce que cela fignifioit , me dit gravement, & en termes favans , c'eft que notre ame eft plus ou moins bornée , plus ou moins embarraffée fuivant la conformation des organes auxquelles elle eft unie.

Et s'il m'a dit vrai , il falloit que la nature eût donné à Madame d'Orfin des organes bien favorables ; car jamais ame ne fut plus agitée que la fienne & ne fouffrit moins de diminution dans la faculté de penfer.

La plûpart des femmes qui ont beaucoup d'efprit , ont une certaine façon d'en avoir qu'elles n'ont pas naturellement , mais qu'elles fe donnent.

Celle-ci s'exprime nonchalamment & d'un air
diſtrait, afin qu'on croie qu'elle n'a preſque pas
beſoin de prendre la peine de penſer, & que
tout ce qu'elle dit lui échappe.

C'eſt d'un air froid, férieux & décifif que celle-
là parle, & c'eſt pour avoir auſſi un caractère
d'eſprit particulier.

Une autre s'adonne à ne dire que des choſes
fines, mais d'un ton qui eſt encore plus fin que
tout ce qu'elle dit ; un autre ſe met à être vive
& pétillante : Madame d'Orſin ne débitoit de ce
qu'elle diſoit dans aucune de ſes petites manières de femme, c'étoit le caractère de ſes
penſées qui régloit bien franchement le ton dont
elle parloit, elle ne ſongeoit à avoir aucune
ſorte d'eſprit ; mais elle avoit l'eſprit avec lequel on en a de toutes les ſortes, ſuivant que
le hazard des matières l'exige, & je crois que
vous m'entendrez ſi je vous dis qu'ordinairement ſon eſprit n'avoit point de ſexe, & qu'en
même-tems ce devoit être de tous les eſprits de
femme le plus aimable, quand Madame d'Orſin
vouloit.

Il n'y a point de jolie femme qui n'ait un
peu trop envie de plaire ; delà naiſſent ces petites minauderies plus ou moins adroites par leſ-
quelles elle vous dit, regardez-moi.

Toutes ces ſingeries n'étoient point à l'uſage
de Madame d'Orſin, elle avoit une ſureté d'a-
mour propre, qui ne lui permettoit pas de s'y
abaiſſer, & qui la dégoutoit des avantages qu'on
en peut tirer, ou ſi dans la journée elle ſe re-
lâchoit un inſtant là-deſſus, il n'y avoit qu'elle
qui le ſavoit, mais en général, elle aimoit mieux
qu'on penſât bien de ſa raiſon que de ſes charmes ; elle ne ſe confondoit pas avec ſes graces,

c'étoit elle que vous honoriez en la trouvant raisonnable ; vous n'honoriez que la figure en la trouvant aimable.

Voilà quelle étoit sa façon de penser, aussi auroit-elle rougi de vous avoir plu, si dans la réflexion vous aviez pu vous dire, elle a tâché de me plaire ; de sorte qu'elle vous laissoit le soin de sentir ce qu'elle valoit, sans se faire l'affront de vous y aider.

A la vérité ce dégoût qu'elle avoit pour tous ces petits moyens de plaire, peut-être étoit-elle bien-aise qu'on le remarquât, & c'étoit-là le seul reproche qu'on pouvoit hazarder contre elle, la seule espèce de coquetterie dont on pouvoit la soupçonner en la chicanant.

Et en tout cas si c'est là une foiblesse, c'est du moins de toutes les foiblesses la plus honnête, je dis même la plus digne d'une ame raisonnable, & la seule qu'elle pourroit avouer sans conséquence ; il est naturel de souhaiter qu'on nous rende justice, la plus grande de toutes les ames, ne seroit pas insensible au plaisir d'être connue pour telle.

J'ignore si jamais l'esprit de Madame d'Orsin a été cause qu'on ait moins estimé son cœur ; mais comme vous avez été frappé du portrait que je vous ai fait de la meilleure personne du monde, qui du côté de l'esprit n'étoit que médiocre, je suis bien-aise que vous soyez disposé à voir sans prévention un autre portrait de la meilleure personne du monde aussi, mais qui avoit un esprit supérieur ; ce qui fait d'abord un peu contre elle, sans compter que cet esprit va nécessairement mettre des différences dans la manière d'être bonne, comme dans tout le reste du caractère.

Par exemple, Madame de Miran, avec tout
le bon cœur qu'elle avoit, ne faifoit pour vous
que ce que vous la priez de faire, on ne vous
rendoit précifément que le fervice que vous
ofiez lui demander; je dis que vous ofiez, car
on a rarement le courage de dire tout le fervice dont on a befoin, n'eft-il pas vrai? On y
va d'ordinaire avec une diftraction qui fait qu'on
ne s'explique qu'imparfaitement.

Et avec Madame de Miran, vous y perdiez;
elle n'en voyoit pas plus que vous lui en difiez,
& vous fervoit littéralement.

Voilà ce que produifoit la médiocrité de fes
lumières, fon efprit bornoit la bonté de fon
cœur.

Avec Madame d'Orfin, ce n'étoit pas de
même; tout ce que vous n'ofiez lui dire, fon
efprit le pénétroit; il en inftruifoit fon cœur,
il l'échauffoit de fes lumières, & lui donnoit
pour vous tous ces dégrés de bonté qui vous
étoient néceffaires.

Et ce néceffaire alloit toujours plus loin que
vous ne l'aviez imaginé vous-même. Vous n'auriez pas fongé à demander tout ce que Madame
d'Orfin lui faifoit.

Auffi pouviez-vous manquer d'attention, d'efprit, d'induftrie, elle avoit de tout cela pour
vous?

Ce·n'étoit pas elle que vous fatiguiez du
foin de ce qui vous regardoit, c'étoit elle qui
vous en fatiguoit; c'étoit vous qu'on preffoit,
qu'on avertiffoit, qu'on faifoit reffouvenir de
telle ou telle chofe, qu'on grondoit de l'avoir
oublié; en un mot, votre affaire devenoit réellement la fienne. L'intérêt qu'elle y prenoit n'a-
voit plus l'air généreux à force d'être perfonnel,

il ne tenoit qu'à vous de trouver cet intérêt incommode.

Au lieu d'une obligation que vous comptiez avoir à Madame d'Orfin, vous étiez tout furpris de lui en avoir plufieurs que vous n'aviez pas prévues, vous étiez fervi pour le préfent, vous l'étiez pour l'avenir dans la même affaire. Madame d'Orfin voyoit tout, fongeoit à tout, devenant toujours plus ferviable, & fe croyant obligée de le devenir à mefure qu'elle vous obligeoit.

Il y a des gens qui, tout bons cœurs qu'ils font, eftiment ce qu'ils ont fait ou ce qu'ils font pour vous, l'évaluent, en font glorieux & fe difent, je le fers bien, il doit être bien reconnoiffant.

Madame d'Orfin difoit, je l'ai fervi plufieurs fois, je l'ai donc accoutumé à croire que je dois le fervir toujours ; il ne faut donc pas tromper cette opinion qu'il a, & qui m'eft fi chère ; il faut donc que je la continue & que je la mérite.

De forte qu'à la manière dont elle envifageoit cela, ce n'étoit pas elle qui méritoit votre reconnoiffance, c'étoit vous qui méritiez la fienne ; à caufe que vous comptiez qu'elle vous ferviroit, elle concluoit qu'elle devoit vous fervir, & le concluoit avec un plaifir qui la payoit de tout ce qu'elle avoit fait pour vous.

Votre hardieffe à redemander d'être fervi faifoit fa récompenfe, fon fublime amour propre n'en connoiffoit point de plus touchante ; & plus là-deffus vous en agiffiez fans façon avec elle, plus vous la charmiez, plus vous la traitiez felon fon cœur, & cela eft admirable.

Une ame qui ne vous demande rien pour

les fervices qu'elle vous a rendus , finon que
vous en preniez droit d'en exiger d'autres , qui
ne veut rien que le plaifir de vous voir abufer
de la coûtume qu'elle a de vous obliger ; en
vérité une ame de ce caractère a bien de la
dignité.

Peut être l'élévation de pareils fentimens eft-
elle trop délicieufe , peut-être Dieu défend-il
qu'on s'y complaife ? Mais moralement parlant,
elle eft bien refpectable aux yeux des hommes.
Venons au refte.

La plûpart des gens d'efprit ne peuvent s'accommoder de ceux qui n'en ont point , ou qui
n'en ont guère , ils ne favent que leur dire
dans une converfation, & Madame d'Orfin qui
avoit bien plus d'efprit que ceux qui en ont beaucoup , ne s'avifoit point d'obferver fi vous en
manquiez avec elle , & n'en defiroit jamais plus
que vous n'en aviez , & c'eft qu'en effet elle
n'en avoit elle-même alors pas plus qu'il vous
en falloit.

Non pas qu'elle vous fit la grace de régler
fon efprit fur le vôtre , il fe trouvoit d'abord
tout réglé , & elle n'avoit point d'autre mérite
à cela , que celui d'être née avec un efprit naturellement raifonnable & philofophe , qui ne
s'amufoit pas à dédaigner ridiculement l'efprit
de perfonne , & qui ne fentoit rapidement le
vôtre que pour s'y conformer fans s'en appercevoir.

Madame d'Orfin ne faifoit pas réflexion qu'elle
defcendoit jufqu'à vous , vous ne vous en dou-
tiez pas non plus ; vous lui trouviez pourtant
beaucoup d'efprit , & c'eft que celui qu'elle gar-
doit avec vous ne fervoit qu'à vous en donner
plus que vous n'en aviez d'ordinaire , & l'on
en

en trouve toujours beaucoup à qui nous en donne.

D'un autre côté, ceux qui en avoient, tâchoient d'en montrer le plus qu'ils pouvoient avec elle ; non qu'ils cruffent qu'il falloit en avoir, ni qu'elle examineroit s'ils en avoient ; mais afin qu'elle leur fit l'honneur de leur en trouver : c'étoit la feule forte d'eftime qu'ils avoient pour le fien qui les mettoit fur ce ton-là.

Les femmes fur-tout s'efforçoient de faire preuve d'efprit devant elle, fans exiger qu'elle en fit autant ; fes preuves étoient toujours faites. Ainfi elle ne venoient pas pour voir combien elle avoit d'efprit, elles venoient feulement lui montrer combien elles en avoient.

Auffi les laiffoit-elle étaler le leur tout à leur aife, & ne les interrompoit-elle le plus fouvent que pour approuver, que pour louer, que pour les remettre en haleine ?

Il me fembloit lui entendre dire ; allons, brillez, Mefdames, & effectivement elles brilloient, ce qui demande beaucoup d'efprit ; & Madame d'Orfin fe contentoit de les y aider ; forte d'inaction ou de défintéreffement, qui en demande bien davantage, & d'un efprit bien plus mâle.

Vous auriez dit que c'étoit de jolis enfans, qui, pour avoir un juge de leur adreffe, venoient jouer devant un homme fait.

Voici encore un effet fingulier du caractère de Madame d'Orfin.

Allez dans quelque maifon du monde que ce foit, voyez-y des perfonnes de différentes conditions, ou de différens états, fuppofez-y un Militaire, un Financier, un Homme de robe,

E

un Ecclésiastique , un habile homme dans les Arts, qui n'a que fon talent pour toute diftinction, un Savant qui n'a que fa fcience , ils ont beau être enfemble , tous réunis qu'ils font , ils ne fe mêlent point, jamais ils ne fe confondent ; ce font toujours des étrangers les uns pour les autres , & comme gens de différentes nations ; toujours des gens mal aſſortis , qui fe fervent mutuellement de fpectacle.

Vous y verrez auſſi une fubordination fotte & gênante , que l'orgueil cavalier ou le maintien impofant des uns , & la crainte de s'émanciper dans les autres , y confervent entr'eux.

L'un interroge hardiment l'autre avec poids & gravité ; l'autre attend pour parler qu'on lui parle.

Celui-ci décide & ne fait ce qu'il dit ; celui-là a raifon & n'ofe le dire : aucun d'entr'eux ne perd de vue ce qu'il eſt , & y ajufte fes difcours & fa contenance : quelle mifère !

Oh ! je vous affure qu'on étoit bien au-deffus de cette puérilité-là chez Madame d'Orfin, elle avoit le fecret d'en guérir ceux qui la voyoient fouvent.

Il n'étoit point queſtion de rangs ni d'états chez elle , perfonne ne s'y fouvenoit du plus ou moins d'importance qu'il avoit : c'étoit des hommes qui parloient à des hommes , entre qui feulement les meilleures raifons l'emportoient fur les plus foibles ; rien que cela.

Ou fi vous voulez que je vous dife un grand mot , c'étoit comme des intelligences d'une égale dignité , finon d'une forte égale , qui avoient tout uniment commerce enfemble ; des intelligences entre lefquelles il ne s'agiſſoit plus des titres que le hazard leur avoit donnés ici-bas., & qui ne croyoient pas que leurs fonctions fortuites duffent plus humilier les uns qu'enorgueillir les autres. Voilà comme on l'entendoit chez Madame d'Orfin, voilà ce qu'on devenoit avec elle , par l'impreffion qu'on relevoit de cette façon de penfer raifonnable & philofophe que je vous ai dit qu'elle avoit , & qui faifoit que tout le monde étoit philofophe auffi.

Ce n'eft pas d'un autre côté que pour entretenir la confidération qu'il lui convenoit d'avoir , étant née ce qu'elle étoit, elle ne fe conformât aux préjugés vulgaires , & qu'elle ne fe prêtât volontiers aux chofes que la vanité des hommes eftime : comme , par exemple , avoir des liaifons d'amitié avec des gens puiffans , qui ont du crédit & des dignités , & qui compofent ce qu'on appelle le grand monde , ce font-là des attentions qu'il ne feroit pas fage de négliger ; elles contribuent à vous foutenir dans l'imagination des hommes.

Et c'étoit dans ce fens-là que Madame d'Orfin les avoit. Les autres les ont par vanité , & elle ne les avoit qu'à caufe de la vanité des autres.

Je vous ai dit que je ferois long fur fon compte, & , comme vous voyez , je vous tiens parole.

Encore un petit article , & je finis ; car je renonce à je ne fais combien de chofes que je voulois dire , & qui tiendroient trop de place.

On peut ébaucher un portrait en peu de mots ; mais le détailler exactement comme je vous avois promis de le faire , c'eft un ouvrage fans fin. Venons à l'article qui fera le dernier.

Madame d'Orfin , à cet excellent cœur que je lui ai donné , à cet efprit fi diftingué qu'elle avoit , joignoit une ame forte , courageufe &

E ij

réfolue ; de ces ames fupérieures à tous événemens, dont la hauteur & la dignité ne plient
fous aucun accident humain, qui retrouvent toutes
leurs reffources où les autres les perdent ; qui
peuvent être affligées, jamais abbatues ni trou-
blées ; qu'on admire plus dans leurs afflictions
qu'on ne fonge à les plaindre ; qui ont une
triftefle froide & muette dans les plus grands
chagrins, une gaieté toujours décente dans les
plus grands fujets de joie.

Je l'ai vue quelquefois dans l'un & dans
l'autre de ces états & je n'ai jamais remarqué
qu'ils priffent rien fur fa préfence d'efprit, fur
fon attention pour les moindres chofes, fur la
douceur de fes manières & fur la tranquillité
de fa converfation avec fes amis ; elle étoit tout
à vous quoiqu'elle eût lieu d'être tout à elle ; &
j'en étois quelquefois fi furpris que, malgré moi
& ma tendreffe pour elle, je m'occupois plus
à la confidérer, qu'à partager ce qui la touchoit
en bien ou en mal.

Je l'ai vue dans une longue maladie, où elle
périffoit de langueur, où les remèdes ne la foula-
geoient point, où fouvent elle fouffroit beaucoup.
Sans fon vifage abbatu vous auriez ignoré fes
fouffrances ; elle vous difoit, je fouffre, fi vous
lui demandiez comment elle étoit ; elle vous
parloit de vous ou de vos affaires, ou fuivoit
paifiblement la converfation, fi vous ne lui demandiez point.

Je fuis fure que toutes les femmes fentoient ce
que valoit Madame d'Orfin ; mais il n'y avoit que
les femmes du plus grand mérite qui, je penfe,
euffent la force de convenir de tout le fien, &
pas une d'entr'elles qui n'eût été glorieufe de fon
eftime.

Elle étoit la meilleure de toutes les amies ; elle auroit été la plus aimable de toutes les maîtresses.

N'eût-on vu Madame d'Orsin qu'une ou deux fois, elle ne pouvoit pas être une simple connoissance pour personne ; & quiconque disoit, je la connois, disoit une chose qu'il étoit bienaise qu'on sût, & une chose qui étoit remarquée par les autres.

Enfin ses qualités & son caractère la rendoient si considérable & si importante, qu'il y avoit de la distinction à être de ses amis, de la vanité à la connoitre & du bon air de parler d'elle équitablement ou non. C'étoit être d'un parti que de l'aimer & de lui rendre justice, & d'un autre parti que de la critiquer.

Ses domestiques l'adoroient ; ce qu'elle auroit perdu de son bien, ils auroient cru le perdre autant qu'elle, & par la même méprise de leur attachement pour elle, ils s'imaginoient être riches de tout ce qui appartenoit à leur maîtresse ; ils étoient fâchés de tout ce qui la fâchoit, réjouis de tout ce qui la réjouissoit ; avoit-elle un procès, ils disoient, nous plaidons ; achetoit-elle, nous achetons ; jugez de tout ce que cela supposoit d'aimable dans cette maîtresse, & de tout ce qu'il falloit qu'elle fût pour enchanter, pour apprivoiser jusque-là, comment diraije, pour jetter dans des pareilles illusions cette espèce de créatures, dont les meilleures ont bien de la peine à nous pardonner leur servitude, nos aises & nos défauts, qui même en nous servant bien ne nous aiment, ni ne nous haïssent, & avec qui nous pouvons tout au plus nous réconcilier par nos bonnes façons. Madame d'Orsin étoit extrêmement généreuse, mais ses

domeftiques étoient fort éconômes, & malgré
qu'elle en eût, l'un corrigeoit l'autre.

Portrait de Marianne.

J'AI eu un petit minois qui ne m'a pas mal
couté de folies, quoiqu'il ne paroiffe guère les
avoir méritées à la mine qu'il fait aujourd'hui ;
auffi il me fait pitié quand je le regarde, &
je ne le regarde que par hazard ; je ne lui fais
prefque plus cet honneur-là exprès : mais ma
vanité en revanche s'en eft bien donné autrefois ; je me jouois de toutes les façons de
plaire, je favois être plufieurs femmes en une.
Quand je voulois avoir un air fripon, j'avois
un maintien & une parure qui faifoient mon
affaire ; le lendemain on me trouvoit avec des
graces tendres, enfuite j'étois une beauté modefte, férieufe, nonchalante. Je fixois l'homme
le plus volage ; je dupois fon inconftance, parce
que tous les jours je lui renouvellois fa maîtreffe, & c'étoit comme s'il en avoit changé.

Quand je fortois toute feule j'étois un peu
embarraffée de ma contenance, parce que je
m'imaginois qu'il y en avoit une à tenir, &
qu'étant jolie & parée, il falloit prendre garde
à moi de plus près qu'à l'ordinaire. Je me re-
dreffois, car c'eft par où commence une vanité
novice ; & autant que je puis m'en reffouvenir,
je reffemblois affez à une aimable petite fille,
toute fraîche fortie d'une éducation de village,
& qui fe tient mal, mais dont les graces encore
captives ne demandent qu'à fe montrer.

Je ne faifois pas valoir non plus tous les
agrémens de mon vifage, je laiffois aller le
mien fûr fa bonne foi, comme vous le difiez

plaifamment l'autre jour d'une certaine Dame.
Malgré cela nombre de paffans me regardèrent
beaucoup , & j'en étois plus rejouie que furprife , car je fentois fort bien que je le méritois :
& férieufement il y avoit peu de figures comme
la mienne ; je plaifois au cœur autant qu'aux
yeux , & mon moindre avantage étoit d'être
belle.

Portrait de Mademoifelle Fierville.

MADEMOISELLE Fierville étoit une petite
perfonne d'environ quinze ans & qui étoit affez
jolie pour fe croire belle ; mais qui fe la croyoit
tant (je dis belle) qu'elle en étoit fotte ; on ne
la fentoit occupée que de fon vifage , occupée
avec réflexion ; elle ne fongeoit qu'à lui ; elle ne
pouvoit pas s'y accoutumer , & ont eût dit quand
elle vous regardoit , que c'étoit pour vous faire
admirer fes grands yeux qu'elle rendoit fiers ou
doux , fuivant qu'il lui prenoit fantaifie de vous
en impofer , ou de vous plaire , mais elle les
adouciffoit rarement : elle aimoit mieux qu'ils
fuffent impofans , que gracieux ou tendres , à
caufe qu'elle étoit fille de qualité & glorieufe.

Portrait de Madame de Farre.

MADAME de Farre pouvoit avoir cinquante ou
cinquante-cinq ans ; petite femme brune , affez
ronde , très-laide , qui avoit le vifage large &
quarré , avec de petits yeux noirs , qui d'abord
paroiffoient vifs , mais qui n'étoient que curieux
& inquiets ; de ces yeux toujours remuans ,
toujours occupés à regarder , & qui cherchent
de quoi fournir à l'amufement d'une ame vuide ,

oifive , & qui n'a rien à voir en elle-même ;
car il y a de certaines gens dont l'efprit n'eft
en mouvement que par pure difette d'idées ;
c'eft ce qui les rend fi affamés d'objets étrangers , d'autant plus qu'il ne leur refte rien , que
tout paffe en eux , que tout en fort ; gens toujours regardans , toujours écoutans , jamais penfans ; je les compare à un homme qui pafferoit
fa vie à fe tenir à fa fenêtre ; voilà l'image
que j'euffe fait d'eux & des fonctions de leur
efprit.

Portrait de Mademoifelle de Farre.

JE n'ai encore rien vu de l'âge de Mademoifelle de Farre qui lui reffemble , jamais la jeuneffe n'a tant paré perfonne : il n'en fut jamais
de fi agréable , de fi riant à l'œil que la fienne. Il
eft vrai que la Demoifelle n'avoit que dix-huit
ans ; mais il ne fuffit pas de n'avoir que cet âge-
là pour être jeune comme elle l'étoit , il faut y
joindre une figure faite exprès pour s'embellir de
ces airs leftes , fins & légers , & de ces agrémens fenfibles mais inexprimables que peut y
jetter la jeuneffe ; & on peut avoir une très-
belle figure fans l'avoir propre & flexible à tout
ce que je dis.

Il eft queftion ici d'un charme à part , de je ne
fais quelle gentilleffe qui répand dans les mouvemens , dans le gefte même , dans les traits ,
plus d'ame & plus de vie qu'ils n'en ont d'ordinaire.

On difoit l'autre jour à une Dame qu'elle étoit
au printems de fon âge , ce terme de printems me
fit reffouvenir de la jeune Demoifelle dont je
parle , & je gagerois que c'eft quelque figure

comme la ſienne, qui a fait imaginer cette ex-
preſſion-là.

Je ne lis jamais les mots de Flore ou d'Hébé,
que je ne ſonge tout d'un coup à elle, repréſen-
tez-vous une taille haute, agile & dégagée. A
la manière dont Mademoiſelle de Farre alloit &
venoit, & ſe tranſportoit d'un lieu à un autre,
vous euſſiez dit qu'elle ne peſoit rien.

Enfin c'étoit des graces de tout caractère :
c'étoit du noble, de l'intéreſſant : mais de ce
noble aiſé & naturel, qui eſt attaché à la perſonne, qui n'a pas beſoin d'attention pour ſe
ſoutenir, qui eſt indépendant de toutes conte-
nances que ni l'air folâtre, ni l'air négligé n'al-
tèrent, & qui eſt comme un attribut de la figure ;
c'étoit de cet intéreſſant qui fait qu'une perſonne
n'a pas un geſte qui ne ſoit au gré de votre
cœur. C'étoit de ces traits délicats, mignons,
& qui font une phyſionomie vive, ruſée & non
pas maligne.

Vous êtes une eſpiegle, lui diſois-je quelquefois, & il y avoit en effet quelque choſe de
ce que je dis-là dans ſa mine ; mais cela y étoit
comme une grace qu'on aimoit à y voir, & qui
n'étoit qu'un ſigne de gaieté dans l'eſprit.

Mademoiſelle de Farre n'étoit pas d'une forte
ſanté, mais ſes indiſpoſitions lui donnoient l'air
plus tendre que malade : elle auroit ſouhaité
plus d'embonpoint qu'elle n'en avoit, mais je ne
ſais ſi elle y auroit tant gagné ; du moins ſi jamais un viſage a pu s'en paſſer, c'étoit le ſien ;
l'embonpoint n'y auroit ajouté qu'un agrément,
& lui en auroit ôté pluſieurs de plus piquans &
de plus précieux.

Mademoiſelle de Farre, avec la fineſſe & le
feu qu'elle avoit dans l'eſprit, écoutoit volontiers

en grande compagnie, y penſoit beaucoup, **y** parloit peu, & ceux qui y parloient bien ou mal, n'y perdoient rien.

Je ne lui ai jamais rien entendu dire qui ne fut bien placé, & dit de bon goût.

Etoit-elle avec ſes amies, elle avoit dans ſa façon de penſer & de s'énoncer toute la franchiſe du bruſque ſans en avoir la dureté.

On lui voyoit une ſagacité de ſentiment prompte, ſubite & naïve, une grande nobleſſe dans les idées, avec une ame haute & généreuſe, mais mêlée de je ne ſais quelle douceur qui la rendoit très-aimable.

Portrait de Madame Darſire.

C'ÉTOIT une grande femme bienfaite, à qui on auroit donné près de cinquante ans ; elle ne les avoit cependant pas, on eût dit qu'elle relevoit de maladie ; mais malgré ſa pâleur & ſon peu d'embonpoint, on lui voyoit les plus beaux traits du monde, avec un tour admirable de viſage, & je ne ſais quoi de fin qui faiſoit penſer qu'elle étoit une femme de diſtinction. Toute ſa figure avoit un air d'importance naturelle qui ne vient pas de fierté, mais de ce qu'on eſt accoutumé aux attentions & même aux reſpects de ceux avec qui l'on vit dans le grand monde.

Portrait de deux Dames de Qualité.

JE me trouvai hier dans le cercle le plus ennuyeux, où je remarquai ſur-tout deux femmes dont je veux vous eſquiſſer le portrait.

Il y en eut une qui parla fort peu, ne prit preſque point de part à ce que l'on diſoit, ne

fit que remuer la tête pour en varier les atti-
tudes, & les rendre avantageufes, enfin qui ne
fongea qu'à elle & à fes graces ; & il eſt vrai
qu'elle en auroit eu quelques-unes, fi elle s'étoit
moins occupée de la vanité d'en avoir ; mais
cette vanité gâtoit tout, & ne lui en laiſſoit pas
une de naturelle. Il y a beaucoup de femmes,
comme elle, qui feroient fort aimables, fi elles
pouvoient oublier un peu qu'elles le font. Celle-
ci, j'en fuis fûr, n'alloit & ne venoit par le monde
que pour fe montrer, que pour dire, voyez-moi ;
elle ne vivoit que pour cela.

L'autre Dame plus âgée étoit une femme fort
férieufe, & cependant fort frivole. C'eſt-à-dire
qui parloit gravement & avec dignité d'un équipage qu'elle faifoit faire ; d'un repas qu'elle avoit
donné ; d'une vifite qu'elle avoit rendue ; d'une
hiſtoire que lui avoit conté la Marquife une telle ;
& puis c'étoit Madame la Ducheſſe de... qui
fe portoit mieux, mais qui avoit pris l'air de
trop bonne heure ; qu'elle l'en avoit querellée ; &
que cela étoit effroyable : & puis c'étoit une
repartie haute & convenable qu'elle avoit fait
la veille à cette Madame une telle, qui s'oublioit
de tems en tems, à caufe qu'elle étoit riche, qui
ne diſtinguoit pas d'avec elle les femmes d'une
certaine façon ; & mille autres chofes d'une
auſſi plate & auſſi vaine efpèce qui firent le
fujet de cet entretien, pendant lequel d'autres
vifites auſſi fatigantes arrivèrent encore.

Portrait de M. de Tervire.

Monsieur de Tervire étoit un de ces hommes ordinaires qui font incapables de s'élever à
rien de généreux, qui ne font ni bons ni méchans ;

de ces petites ames qui ne vous font jamais d'autre
juftice que celle que les loix vous accordent,
qui fe font un devoir de ne vous rien laiffer quand
elles ont droit de vous dépouiller de tout, & qui,
fi elles vous voient faire une action généreufe,
la regardent comme une étourderie dont elles
s'applaudiffent de n'être pas capables, & vous
diroient volontiers, j'aime mieux que vous la
faffiez que moi.

Portrait de Madame d'Auteuil.

MADAME d'Auteuil étoit une Veuve d'environ
quarante ans, bienfaite & de bonne mine, & à
qui fa fraicheur & fon embonpoint laiffoient encore un affez grand air de beauté : ce qui, joint
à la vie régulière qu'elle menoit, à des mœurs
qui paroiffoient auftères, & à fes liaifons avec
tous les dévots du pays, lui attiroit l'eftime &
la vénération de tout le monde ; d'autant plus
qu'une belle femme édifie plus qu'une autre,
quand elle eft pieufe, parce qu'ordinairement
elle a befoin d'un plus grand effort pour l'être.

Quelques perfonnes n'étoient pas abfolument
fûres de cette grande piété qu'on lui croyoit ;
parmi les dévots qui alloient fouvent chez elle,
on remarquoit qu'il y avoit toujours eu quelques
jeunes gens, foit féculiers, foit eccléfiaftiques
ou abbés, & toujours bienfaits. Elle avoit d'ailleurs de grands yeux affez tendres ; fa façon
de fe mettre, quoique fimple & modefte, avoit
un peu trop bonne grace, & les gens dont je
viens de parler fe défioient de tout cela ; mais à
peine ofoient-ils montrer leur défiance, dans la
crainte de paffer pour de mauvais efprits.

Portrait d'une Abbesse.

CETTE Abbesse étoit âgée, d'une grande naissance, & me parut avoir été belle fille. Je n'ai rien vu de si serein, de si posé & en même-tems de si grand que cette physionomie-là.

Je viens de vous dire qu'elle étoit âgée, mais on ne remarquoit pas cela tout d'un coup ; c'étoit de ces visages qui ont l'air plus anciens que vieux ; on diroit que le tems les ménage, que les années ne s'y font point appésanties, qu'elles n'y ont fait que glisser, aussi n'y ont-elles laissé que des rides douces & légères.

Ajoutez à tout ce que je dis-là, je ne sais quel air de dignité ou de prud'hommie monachal ; & vous pourrez vous représenter l'Abbesse en question, qui étoit grande & d'une propreté exquise ; imaginez-vous quelque chose de simple, mais d'extrêmement net & d'arrangé, qui rejaillit sur l'ame, & qui est comme une image de sa pureté, de sa paix, de sa satisfaction, & de la sagesse de ses pensées.

Portrait de M. de Sercourt.

MONSIEUR de Sercourt étoit à peu près un homme de quarante ans, infirme, presque toujours malade, souvent mourant ; un asthmatique qui auroit, disoit-on, fort aimé la dissipation & le plaisir ; mais à qui sa mauvaise santé & la nécessité de vivre de régime, n'avoient point laissé d'autre chose à faire que d'être dévot, & dont la mine, au moyen de cette dévotion & de ses infirmités, étoit devenue maigre, pâle, sérieuse & austère.

Cet homme, comme je vous le dépeint, quoique languissant & à demi-mort, à travers ses langueurs & son extérieur mortifié, éprouvoit toujours de l'émotion à la vue d'une jolie femme, & l'on voyoit bien qu'il auroit été libertin si la nature ne l'en avoit pas empêché.

Portrait d'une Religieuse.

LA Mere Saint-Ange étoit une petite personne courte, ronde & blanche, à double menton, & qui avoit le tein frais & reposé. Il n'y a point de ces mines là dans le monde ; c'est un embonpoint tout différent de celui des autres ; un embonpoint qui s'est formé plus à l'aise & plus méthodiquement, c'est-à-dire, où il entre plus d'art, plus de façon, plus d'amour de soi-même que dans le nôtre.

D'ordinaire, c'est ou le tempérament, ou la quantité de nourriture, ou l'inaction & la mollesse qui nous acquièrent le nôtre, & cela est tout simple ; mais pour celui dont je parle, on sent qu'il faut pour l'avoir acquis, s'en être saintement fait une tâche ; il ne peut être l'ouvrage que d'une délicate, d'une amoureuse, & d'une dévote complaisance qu'on a pour le bien & pour l'aise de son corps ; il est non-seulement un témoignage qu'on aime la vie, & la vie saine, mais qu'on l'aime douce, oisive & friande, & qu'en jouissant du plaisir de se porter bien, on s'accorde encore autant de douceurs & de priviléges que si on étoit toujours convalescente.

Aussi cet embonpoint religieux n'a-t-il pas la forme du nôtre, qui a l'air plus profane ; aussi grossit-il moins un visage qu'il ne le rend grave

& décent, auffi donne-t-il à la phyfionomie, non pas un air joyeux, mais tranquille & content.

A voir les Religieufes en général, vous leur trouvez un extérieur affable, & pourtant un intérieur indifférent : ce n'eft que leur mine & non pas leur ame qui s'attendrit pour vous : ce font de belles images qui paroiffent fenfibles, & qui n'ont que des fuperficies de fentiment & de bonté.

Portrait de Madame de Fécourt.

MADAME de Fécourt n'étoit plus jeune, mais je crois que dans fa jeuneffe elle avoit été jolie ; ce qu'on remarquoit le plus dans fa phyfionomie c'étoit un air franc & cordial qui la rendoit affez agréable à voir.

Elle n'avoit pas dans fes mouvemens la pefanteur des femmes trop graffes ; fon embonpoint ni fa gorge ne l'embarraffoient pas, & on voyoit cette maffe fe démener avec une vigueur qui lui tenoit lieu de légereté. Ajoutez à cela un air de fanté robufte, & une certaine fraicheur qui faifoit plaifir ; de ces fraicheurs qui viennent d'un bon tempérament, & qui ont pourtant effuyé de la fatigue.

Il n'y a pas de femme qui n'ait des minauderies, ou qui ne veuille perfuader qu'elle n'en a point ; ce qui eft une autre forte de coquetterie, & de ce côté-là Madame de Fécourt n'avoit rien de femme, c'étoit même une de fes graces de ne point fonger à en avoir.

Elle avoit la main belle, & ne le favoit pas ; fi elle l'avoit eu laide, elle l'auroit ignoré de même ; elle ne penfoit jamais à donner de l'amour ; mais elle étoit fujette à en prendre ; ce n'étoit jamais elle qui s'avisoit de plaire, c'étoit toujours à elle à qui on plaisoit; les autres femmes en vous regardant vous disent finement, aimez-moi pour ma gloire; celle-ci vous disoit naturellement; je vous aime, le voulez-vous bien; & elle auroit oublié de vous demander m'aimez-vous, pourvu que vous eussiez fait comme si vous l'aimiez.

De tout ce que je dis là, il résulte qu'elle pouvoit quelquefois être indécente & non pas coquette.

Quand vous lui plaisiez, par exemple, cette gorge dont j'ai parlé, il sembloit qu'elle vous la présentât, & c'étoit moins pour tenter votre cœur, que pour vous dire que vous touchiez le sien; c'étoit une maniere de déclaration d'amour.

Madame de Fécourt étoit bonne convive, plus joyeuse que spirituelle à table, plus franche que hardie, pourtant plus libertine que tendre; elle aimoit tout le monde, & n'avoit d'amitié pour personne; vivoit du même air avec tous; avec le riche comme avec le pauvre, avec le seigneur comme avec le bourgeois; n'estimoit le rang des uns, ni ne méprisoit le médiocre état des autres; ses gens n'étoient point ses valets; c'étoit des hommes & des femmes qu'elle avoit chez elle; ils la servoient, elle en étoit servie; voilà tout ce qu'elle y voyoit.

Monsieur, que ferons-nous, vous disoit-elle? Et si Bourguignon venoit, Bourguignon, que faut-il que je fasse? Jasmin étoit son conseil, s'il étoit là; c'étoit vous qui l'étiez, si vous restiez auprès d'elle; il s'appelloit Jasmin, & vous, Monsieur? c'étoit toute la différence qu'elle y sentoit; car elle n'avoit ni orgueil ni modestie.

Encore

Encore un trait de son caractère, par lequel je finis, & qui est bien singulier.

Lui disiez-vous, j'ai du chagrin ou de la joie, telles ou telles espérances, ou tel embarras : elle n'entroit dans votre situation qu'à cause du mal & non pas de la chose ; ne pleuroit avec vous qu'à cause que vous pleuriez, & non pas à cause que vous aviez sujet de pleurer ; rioit de même, s'intriguoit pour vous sans s'intéresser à vos affaires, sans savoir qu'elle ne s'y intéressoit pas, & seulement parce que vous lui aviez dit, intriguez-vous, en un mot, c'étoient les termes & le ton avec lequel vous les prononciez, qui la remuoient : si on lui avoit dit, votre ami ou bien votre parent est mort, & qu'on le lui eut dit d'un air indifférent, elle eut répondu du même air, est-il possible ? Lui eussiez-vous réparti avec tristesse qu'il n'étoit que trop vrai, elle eût repris d'un air affligé, cela est bien fâcheux.

Enfin c'étoit une femme qui n'avoit que des sens & point de sentimens, & qui passoit pourtant pour la meilleure femme du monde, parce que ses sens en mille occasions, lui tenoient exactement lieu de sentiment, & lui faisoient autant d'honneur. Ce caractère, tout particulier qu'il pourra paroître, n'est pas si rare qu'on le pense, c'est celui d'une infinité de personnes qu'on appelle communément des bonnes gens dans le monde ; ajoutez seulement de bonnes gens, qui ne vivent que pour le plaisir & pour la joie, qui ne haïssent rien de ce qu'on leur fait haïr ; ne font que ce qu'on veut qu'ils soient, & n'ont jamais d'avis que celui qu'on leur donne.

F

Portrait de M. de Fécourt.

MONSIEUR de Fécourt paroiſſoit avoir cinquante-cinq à ſoixante ans ; un aſſez grand homme
de peu d'embonpoint, très - brun de viſage, d'un
férieux, non pas à glacer, car ce ſérieux - là
eſt naturel & vient du caractère de l'eſprit ;
mais le ſien glaçoit moins qu'il n'humilioit,
c'étoit un air fier & hautain qui vient de ce
qu'on ſonge a ſon importance, & qu'on veut
la faire reſpecter. Les gens qui nous approchent
ſentent ces différences-là plus ou moins confu-
fément ; nous nous connoiſſons tous ſi bien en
orgueil, que perſonne ne ſauroit nous faire un
ſecret du ſien : c'eſt quelquefois même ſans y
penſer, la première choſe à quoi l'on regarde
en abordant un inconnu ; Monſieur de Fécourt
vous laiſſoit à cet égard une impreſſion qui ne
laiſſoit aucun doute ſur le ſien, & on ne lui
parloit jamais ſans cette émotion qu'on a lorſqu'on eſt un petit perſonnage, & qu'on vient
demander une grace à quelqu'un d'important qui
ne vous aide ni ne vous encourage, & qui
même ne vous regarde point.

Portrait de Cléantis.

CLÉANTIS eſt vaine, minaudière & coquette,
voilà en deux mots ſon caractère, qui a beſoin
d'être bien détaillé pour être bien connu. Mais
par où commencer, je n'en ſais rien, je m'y
perds ; il y a tant de choſe à dire d'elle, j'en ai
tant vu, tant remarqué de toutes les eſpeces,
que cela me brouille. Elle ſe tait, elle parle,
elle regarde, elle eſt triſte, elle eſt gaie ; ſilence,

difcours, regards, trifteffe & joie, c'eft tout
un, il n'y a que la couleur de différente : c'eft
une vanité muette, contente, ou fâchée ; c'eft
coquetterie babillarde, jaloufe ou férieufe ;
c'eft toujours Cléantis, toujours vaine ou coquette, l'une après l'autre, ou tous les deux à
la fois : voilà ce que c'eft, voilà par où je dé-
bute ; continuons. Elle fe leve, a-t-elle bien
dormie, le fommeil l'a-t-il rendu belle ? Se fent-
elle du vif & du femillant dans les yeux ? Vite
fous les armes, la journée fera glorieufe : qu'on
m'habille, Madame verra du monde aujourd'hui ;
elle ira aux fpectacles, aux promenades, aux
affemblées, fon vifage peut fe manifefter, peut
fouténir le grand jour, il fera plaifir à voir, il
n'y a qu'à le promener hardiment, il eft en état,
il n'y a rien à craindre. Madame au contraire
a-t-elle mal repofé ? Ah ! qu'on m'apporte un
miroir ; comme me voilà faite ! Que je fuis mal
bâtie ! Cependant on fe mire, on éprouve fon
vifage de toutes les façons, rien ne réuffit ; des
yeux abattus, un tein fatigué ; voilà qui eft fini,
il faut envelopper ce vifage-là, nous n'aurons
que du négligé ; Madame ne verra perfonne aujourd'hui, pas même le jour, fi elle peut ; du
moins fera-t-il fombre dans fa chambre. Cependant il vient compagnie, on entre : que va-
t-on penfer du vifage de Madame ? On croira
qu'elle eft enlaidie : donnera-t-elle ce plaifir-là à
fes bonnes amies ? Non ; il y a remède à tout :
vous allez voir. Comment vous portez-vous,
Madame ? Très-mal, Madame ; j'ai perdu le
fommeil ; il y a huit jours que je n'ai fermé
l'œil, je n'ofe pas me montrer ; je fais peur.
Et cela veut dire, Meffieurs, figurez-vous que
ce n'eft point moi au moins ; ne me regardez

pas ; remettez à me voir ; ne me jugez pas aujourd'hui ; attendez que j'aie dormi.

Cléantis étoit un foir avec un joli cavalier , à
qui elle vouloit plaire fans faire femblant de
rien , elle lui parloit d'une femme qu'il voyoit
fouvent : cette femme - là eft aimable , difoit-
elle , elle a les yeux petits , mais très-doux ;
là-deffus elle ouvroit les fiens , elle fe donnoit
des tons , des geftes de tête , des petites con-
torfions , des vivacités. Oh ! rien n'étoit fi rifible ; elle réuffit cependant ; le cavalier fe prit
à fes mines - là , il offrit fon cœur , à moi lui
dit-elle ; oui , Madame , à vous-même , à tout
ce qu'il y a de plus aimable au monde : continuez, folâtre , continuez , reprit-elle , en ôtant
fes gants , fous prétexte d'en demander d'autres ;
mais elle avoit la main belle , on la vit , on la
prit , on la baifa , cela anima la déclaration ,
& c'étoit-là les gants qu'on demandoit.

Mais ce n'eft pas encore le plus plaifant ,
écoutez une efpiéglerie de fa foubrette qui fert
à en développer le caractère. Un jour que fa
maîtreffe pouvoit l'entendre , & qu'elle croyoit
qu'elle ne s'en doutoit pas , elle parloit d'elle ,
& difoit : oh ! pour cela il faut l'avouer , Madame eft une des plus belles femmes du monde :
que de bontés pendant huit jours ce petit mot-
là ne lui valut-il pas ? Elle effaya en pareille
occafion de dire que Madame étoit une femme
très-raifonnable : oh ! elle n'eut rien , cela ne
plût point ; & c'étoit bien fait , car elle la
flattoit.

L'article des vapeurs eft inépuifable , celui
des mignardifes eft infini ; la tête d'une femme
les reproduit cent fois par jour ; à l'infçu de
Cléantis on mit des fleurs dans la ruelle de fon

lit pour voir ce qui en feroit ; on attendoit une vapeur, elle eft encore à venir : le lendemain en compagnie une rofe parut, crac, la vapeur arrive. Voilà bien les femmes ; celle dont nous parlons plus coquette qu'une autre, s'abftient fouvent de fe parer pour mettre un habit négligé qui lui marque tendrement la taille ; c'eft encore une finefle que cet habit là, on diroit qu'une femme qui le met ne fe foucie pas de paroître : mais à d'autres, on s'y ramafle dans un corfet appetiffant ; on y montre fa bonne façon naturelle, on y dit aux gens : regardez mes graces, elles font à moi celles-là ; & d'un autre côté on veut leur dire auffi : voyez comme je m'habille, quelle fimplicité ! il n'y a point de coquetterie dans mon fait. Une autre fois c'eft un bel habit qu'on prend, & avec cet habit qui donne des graces plus nobles, on va au fpectacle, on entre dans une loge avec emphafe, avec un air impofant, avec une dignité réfléchie, quoiqu'on paroiffe ne point penfer à fes charmes, & avoir l'air diftrait ; c'eft la belle éducation qui donne cet orgueil-là, & c'eft elle qui fait jetter un regard indifférent & dédaigneux fur des femmes qui font auprès de nous, & qu'on ne connoît pas : tel eft le caractère de Cléantis.

Portrait d'un Miniftre.

Monsieur de ... étoit un homme âgé, mais grand, d'une belle figure & de bonne mine, d'une phyfionomie qui vous raffuroit en la voyant, qui vous calmoit, qui vous rempliffoit de confiance, & qui étoit comme un gage de la bonté

qu'il auroit pour vous , & de la juſtice qu'il
alloit vous rendre.

C'étoit de ces traits que le tems a moins
vieillis , qu'il ne les a rendu reſpeʧables. Figurez-vous un viſage qu'on aime à voir , ſans
ſonger à l'âge qu'il a ; on ſe plaiſoit à ſentir
la vénération qu'il inſpiroit , la ſanté même qu'on
y voyoit , avoit quelque choſe de vénérable ;
elle y paroiſſoit encore moins l'effet du tempérament que le fruit de la ſageſſe , de la
ſérénité & de la tranquillité d'ame.

Cette ame y faiſoit rejaillir la douceur de
ſes mœurs : elle y peignoit l'aimable & conſolante image de ce qu'elle étoit ; elle l'embel-
liſſoit de toutes les graces de ſon caraʧère , &
ces graces-là n'ont point d'âge.

Tel étoit l'extérieur du Miniſtre dont je parle ;
je n'approfondirai point ce qui regarde ſon miniſtère ; j'en rapporterai ſeulement ce que j'en
ai entendu dire.

C'eſt qu'il y avoit dans ſa façon de gouverner
un mérite bien particulier , & qui étoit juſqu'a-
lors inconnu dans tous les Miniſtres.

Nous en avons eu dont le nom eſt pour jamais
conſacré dans nos hiſtoires ; c'étoient de grands
hommes , mais qui durant leur miniſtère avoient
eu ſoin de tenir les eſprits attentifs à leurs actions , & de paroître toujours ſuſpeʧs d'une
profonde politique ; on les imaginoit toujours
entourés de myſtères , ils étoient bien aiſes
qu'on attendit d'eux de grands coups , même
avant qu'ils les euſſent faits , que dans une affaire épineuſe on penſât qu'ils ſeroient habiles ,
même avant qu'ils le fuſſent ; c'étoit-là une opinion flatteuſe dont ils faiſoient enſorte qu'on les

honorât : induftrie fuperbe, mais que leurs
fuccès rendoient à la vérité bien pardonnable.

En un mot, on ne favoit point où ils alloient, mais on les voyoit aller ; on ignoroit
où tendoient leurs mouvemens, mais on les
voyoit fe remuer ; & ils fe plaifoient à être
vus, & ils difoient, regardez moi.

Celui-ci au contraire difoit tout, gouvernoit
à la manière des fages dont la conduite eft
douce, fimple, fans fafte, & défintéreffée pour
eux-mêmes ; qui fongent à être utiles, & jamais à être vantés ; qui font de grandes actions
dans la feule penfée que les autres en ont befoin, & non pas à caufe qu'il eft glorieux de
les avoir faites. Ils n'avertiffent point qu'ils feront habiles, ils fe contentent de l'être, & ne
remarquent pas même qu'ils l'ont été. De l'air
dont ils agiffent, leurs opérations les plus dignes
d'eftime fe confondent avec leurs actions les plus
ordinaires ; rien ne les en diftingue en apparence, on n'a point eu de nouvelles du travail
qu'elles ont couté, c'eft au génie fans oftenta-
tion qu'il les a conduites ; il a tout fait pour
elles, & rien pour lui ; d'où il arrive que ceux
qui en retirent le fruit, le prennent fouvent
comme on le leur donne, & font plus contens
que furpris ; il n'y a plus que les gens qui penfent, qui ne font point les dupes de la fimplicité du procédé de celui qui les mene.

Il en étoit de même à l'égard du Miniftre
dont il eft queftion ; falloit-il furmonter des difficultés prefque infurmontables, remédier à tel
inconvénient prefque fans remède, procurer une
gloire, un avantage, un bien néceffaire à l'état,
rendre traitable un ennemi qui l'attaquoit, &
que fa douleur, que l'embarras des tems où il

fe trouvoit, ou que la modeſtie de fon miniſ-
ſtère abuſoit ; il faiſoit tout cela , mais auſſi
diſcrétement , auſſi uniment, avec auſſi peu d'a-
gitation qu'il faiſoit tout le reſte ; c'étoit des
meſures ſi paiſibles , ſi imperceptibles ; il ſe
ſoucioit ſi peu de vous préparer à toute l'eſtime
qu'il alloit mériter , qu'on eût pu oublier de le
loüer, malgré toutes ſes actions louables.

C'étoit comme un pere de famille , qui veille
au bien, au repos & à la conſidération de ſes
enfans , qui les rend heureux ſans leur vanter
les ſoins qu'il ſe donne pour cela , parce qu'il
n'a que faire de leur éloge ; les enfans de leur
côté n'y prennent pas trop garde , mais ils
l'aiment.

Et ce caractère une fois connu dans un Miniſtre, eſt bien neuf & bien reſpectable ; il
donne peu d'occupation aux curieux , mais
beaucoup de confiance & de tranquillité aux
ſujets.

A l'égard des étrangers , ils regardoient ce
Miniſtre - ci comme un homme qui aimoit la juſtice , & avec qui ils ne gagneroient rien à ne
la pas aimer eux-mêmes ; il leur avoit appris à
régler leur ambition , & à ne craindre aucune
mauvaiſe tentative de la ſienne : voilà comme
on parloit de lui.

Portrait de Madame de Ferval.

MADAME de Ferval avoit cinquante ans , &
étoit bienfaite ; j'ai vu peu de femmes d'une
taille auſſi noble & d'un ſi grand air ; elle ſe
mettoit toujours d'une manière modeſte , d'une
manière pourtant qui n'ôtoit rien à ce qui luí
reſtoit d'agrémens naturels.

Une femme auroit pu se mettre comme cela pour plaire, sans être accusée de songer à plaire ; je dis une femme intérieurement coquette , car il falloit l'être pour tirer parti de cette parure là ; il y avoit de petits ressorts secrets à y faire jouer pour la rendre aussi gracieuse que décente , & peut-être plus piquante que l'ajustement le plus déclaré.

C'étoit de belles mains & de beaux bras sous du linge uni : on les en remarque mieux là-dessous , cela les rend plus sensibles.

C'étoit un visage un peu ancien, mais encore beau , qui auroit paru vieux avec une cornette de prix , qui ne paroissoit qu'aimable avec une cornette toute simple : c'est se négliger trop , que de l'orner si peu , avoit-on envie de dire.

C'étoit une gorge bien faite , (il ne faut pas oublier cet article là qui est presque aussi considérable que le visage dans une femme ,) gorge fort blanche, fort enveloppée , mais dont l'enveloppe se dérangeoit quelquefois par un geste qui en faisoit apparoitre la blancheur , & le peu qu'on en voyoit alors en donnoit la meilleure idée du monde.

C'étoit de grands yeux noirs qu'on rendoit sages & sérieux , malgré qu'ils en eussent ; car foncièrement ils étoient vifs, tendres & amoureux.

Je ne les définirai pas en entier ; il y auroit tant à parler de ces yeux-là , l'art y mettoit tant de choses , la nature y en mettoit tant d'autres , que ce ne seroit jamais fait si on en vouloit tout dire , & peut-être qu'on n'en viendroit pas à bout. Est-ce qu'on peut dire tout ce qu'on sent ? Ceux qui le croient ne sentent guères , & ne voient apparemment que la moitié de ce qu'on peut voir.

Venons à la physionomie que composoit le tout ensemble.

Au premier coup d'œil on eut dit de celle qui la portoit, voilà une personne bien grave & bien posée.

Au second coup d'œil, voilà une personne qui a acquis cet air de sagesse & de gravité ; elle ne l'avoit pas. Cette personne-là est elle vertueuse ? La physionomie disoit oui , mais il lui en coute ; elle se gouverne mieux qu'elle n'est souvent tentée de le faire : elle se refuse au plaisir, mais elle l'aime , gare qu'elle n'y cede. Voilà pour les mœurs.

Quant à l'esprit, on la soupçonnoit d'en avoir beaucoup, & on soupçonnoit juste ; je ne l'ai pas assez connue pour en dire davantage là-dessus.

A l'égard du caractère , il me seroit difficile de le définir aussi : ce que je vais en rapporter va pourtant en donner une idée assez étendue & assez singulière.

C'est qu'elle n'aimoit personne, qu'elle vouloit pourtant plus de mal à son prochain, qu'elle ne lui en faisoit directement.

L'honneur de passer pour bonne l'empêchoit de se montrer méchante ; mais elle avoit l'adresse d'exciter la malignité des autres , & cela tenoit lieu d'exercice à la sienne.

Par tout où elle se trouvoit la conversation n'étoit que médisance, & c'étoit elle qui mettoit les autres dans cette humeur-là, soit en louant, soit en défendant quelqu'un mal à propos : enfin, par une infinité de rubriques, en apparences toutes obligeantes pour ceux qu'elle

vous donnoit à déchirer , & puis quand on le
mettoit en piéces , c'étoit des exclamations
charitables , & en même-tems encourageantes ;
mais que me dites-vous-là , ne me trompez-vous
point ? Cela eſt-il poſſible ? De façon qu'elle
ſe retiroit toujours innocente des crimes qu'elle
faiſoit commettre , (j'appelle ainſi tout ce qui
eſt ſatyre ,) & toujours protectrice des gens
qu'elle perdoit de réputation par la bouche des
autres.

Et ce qui eſt de plaiſant , c'eſt que cette
femme, telle qu'elle eſt dépeinte , ne ſavoit pas
qu'elle avoit l'ame ſi méchante ; le fond de ſon
cœur lui échappoit , ſon adreſſe la trompoit ,
elle s'y attrapoit elle-même ; & parce qu'elle
feignoit d'être bonne , elle croyoit l'être en
effet.

Telle étoit Madame de Ferval , je vous la
dépeint d'après ce que j'en ai entendu dire ,
d'après le peu de commerce que nous avons
eu enſemble , & d'après les réflexions que j'ai
faites depuis.

Il y avoit huit ou dix ans qu'elle étoit veuve ;
ſon mari , à ce qu'on diſoit , n'étoit pas mort
content d'elle : il l'avoit accuſée de quelque
irrégularité de conduite ; & pour prouver qu'il
avoit eu tort , elle s'étoit depuis ſon veuvage
jettée dans une dévotion qui l'avoit écartée du
monde , & qu'elle avoit ſoutenue, tant par
fièreté , que par habitude ; & par la raiſon de
l'indécence qu'il y auroit eu à reparoître ſur
la ſcène avec des appas qu'on n'y connoiſſoit
plus , que le tems avoit un peu uſés , & que
la retraite même avoit flétris ; car elle fait cet
effet-là ſur les perſonnes qui en ſortent. La retraite , ſur-tout la chrétienne , ne ſied bien qu'à

ceux qui y demeurent, & jamais on n'en rap-
porta un vifage à la mode, il en devient toujours ou ridicule ou fcandaleux.

Portrait d'une Préfidente.

MADAME de . . . avoit une de ces phyfionomies où la bonté de l'ame fe peint ; il n'en
faut qu'une comme celle-là dans une compagnie
pour fe faire aimer de toutes les autres : non
pas que Madame la Préfidente fût belle, il
s'en falloit bien : je ne vous dirai pas non
plus qu'elle fût laide, je n'oferois : car fi la
bonté, fi la franchife, fi toutes les qualités
qui font une ame aimable prenoient une phyfionomie en commun, elles n'en prendroient
point d'autres que celle de cette Préfidente.

Portrait de Madame Habert.

C'ÉTOIT une dévote, grande, laide, maigre,
d'une phyfionomie féche, févère & critique ;
imaginez-vous une de ces laides femmes qui ont
bien fenti qu'elles feroient négligées dans le
monde, qu'elles auroient la mortification de voir
plaire les autres, & de ne plaire jamais ; &
qui pour éviter cet affront là, pour empêcher
qu'on ne voie la vraie caufe de l'abandon où elles
refteront, difent en elles-mêmes, fans fonger
à Dieu ni à fes Saints, diftinguons-nous par
des mœurs auftères, prenons une figure inacceffible, affectons une fière régularité de
conduite ; afin qu'on fe perfuade que c'eft ma
fageffe, & non pas mon vifage qui fait qu'on ne
me dit mot.

Et effectivement cela réuffit quelquefois, &

la Dame en queſtion paſſoit quelquefois pour
une femme hériſſée de cette eſpèce de ſageſſe-là.

Portrait d'un Directeur.

Monsieur Doucin étoit un aſſez petit homme, mais bien fait dans ſa taille un peu ronde ; il
avoit le tein frais, d'une fraicheur repoſée ; l'œil
vif, mais de cette vivacité qui n'a rien d'étourdi
ni d'ardent.

N'avez-vous jamais vu de ces viſages qui
annoncent dans ceux qui les ont je ne ſais quoi
d'accommodant, d'indulgent & de conſolant pour
les autres, & qui ſont comme les garans d'une ame
remplie de douceurs & de charité ; c'étoit-là
poſitivement la mine de notre Directeur.

Du reſte, imaginez-vous de courts cheveux
dont l'un ne paſſe pas l'autre, qui ſiéent on ne
peut pas mieux, & qui ſe relèvent en demi-
boucles autour des joues par un tour qu'ils
prennent naturellement, & qui ne doit rien au
ſoin de celui qui les porte ; joignez à cela des
lévres aſſez vermeilles, avec de belles dents,
qui ne ſont belles & blanches à leur tour que
parce qu'elles ſe trouvent heureuſement ainſi,
ſans qu'on y tâche.

Tels étoient les agrémens, ſoit dit innocens,
de cet Eccléſiaſtique, qui dans ſes habits n'avoit
pas oublié que la Religion même veut qu'on
obſerve ſur ſoi une propreté modeſte, afin de
ne choquer les yeux de perſonne ; il excédoit
ſeulement un peu cette propreté de devoir,
mais il eſt difficile d'en trouver le point bien
juſte ; de ſorte que notre Eccléſiaſtique, contre
ſon intention ſans doute, avoit été juſqu'à l'a-
juſtement.

Portrait de Madame Harpin.

C'ÉTOIT la veuve d'un Procureur, qui lui avoit laiffé affez abondamment de quoi vivre , & qui vivoit à proportion de fon bien : femme avenante & ayant à peu près cinquante ans , affez fraîche pour fon âge , & un peu commère par babil ; mais commère d'un bon efprit , qui vous prenoit d'abord en amitié , qui vous ouvroit fon cœur , vous contoit fes affaires , vous demandoit les vôtres , & puis revenoit aux fiennes , & puis à vous. Vous parloit de fa fille , car elle en avoit une ; vous apprenoit qu'elle avoit dix-huit ans , vous racontoit les accidens de fon bas âge , fes maladies ; tomboit enfuite fur le chapitre de défunt fon mari , en prenoit l'hiftoire du tems qu'il étoit garçon , & puis venoit à leurs amours , difoit ce qu'ils avoient durés ; paffoit de là à leur mariage , enfuite au récit de la vie qu'ils avoient menée enfemble ; c'étoit le meilleur homme du monde , très-appliqué à fon étude ; auffi avoit-il gagné du bien par fa fageffe & fon économie : un peu jaloux de fon naturel , & auffi parce qu'il l'aimoit beaucoup ; fujet à la gravelle : Dieu fait ce qu'il avoit fouffert ! Les foins qu'elle avoit eus de lui : enfin , il étoit mort bien chrétiennement. Ce qui fe difoit en s'effuyant les yeux , qui en effet larmoyoient , à caufe que la trifteffe du récit le voúloit , & non pas à caufe de la chofe même ; car de là on alloit à un accident de ménage , qui demandoit d'être dit en riant , & on rioit.

Portrait de Mademoiselle Agathe Harpin.

MADEMOISELLE Agathe pouvoit avoir quinze ans ; dans fon éducation bourgeoife, elle avoit bien plus d'efprit que fa mère, dont les épanchemens de cœur & la naïveté babillarde lui paroiffoient ridicules ; ce que je connoiffois par certains petits fourires malins qu'elle faifoit de tems en tems, & dont la fignification paffoit la mère qui étoit trop bonne & trop franche pour être fi intelligente.

Agathe n'étoit pas belle, mais elle avoit beaucoup de délicateffe dans les traits, avec des yeux vifs & pleins de feu, mais d'un feu que la petite perfonne retenoit & ne laiffoit éclater qu'en fournoife ; ce qui tout enfemble lui faifoit une phyfionomie piquante & fpirituelle, mais friponne, & de laquelle on fe méfioit d'abord, à caufe de ce je ne fais quoi de rufé, qui brochoit fur le tout, & qui ne la rendoit pas bien fûre.

Agathe, à vue de pays, avoit du penchant à l'amour ; on lui fentoit plus de difpofition à être amoureufe que tendre, plus d'hypocrifie que de mœurs, plus d'attention pour ce qu'on diroit d'elle, que pour ce qu'elle feroit dans le fond : c'étoit la plus intrépide menteufe que j'ai connue : je n'ai jamais vu fon efprit en défaut fur les expédiens ; vous l'auriez crue timide, il n'y avoit point d'ame plus ferme, plus réfolue, point de tête qui fe démontât moins ; il n'y avoit perfonne qui fe fouciât moins dans le cœur d'avoir fait une faute de quelque nature qu'elle fût ; perfonne en même tems qui fe fouciât tant de la couvrir, ou de l'excufer ; perfonne qui en craignit moins le reproche , quand elle ne pouvoit l'éviter ; & alors vous parliez à une coupable fi tranquille , que fa faute ne vous paroiſſoit plus rien.

Portrait de Madame Alhain.

C'ÉTOIT une femme qui paſſoit fa vie dans toutes les diſſipations du grand monde ; qui alloit aux ſpectacles , ſoupoit en ville , ſe couchoit à quatre heures du matin , ſe levoit à une heure après midi ; qui avoit des amans , qui les recevoit à fa toilette , qui y liſoit les billets doux qu'on lui envoyoit , & puis les laiſſoit traîner par-tout, les liſoit qui vouloit ; mais on n'en étoit point curieux , ſes femmes ne trouvoient rien d'étrange à tout cela , le mari ne s'en ſcandaliſoit point. On eût dit que c'étoit-là pour une femme des dépendances naturelles du mariage. Madame chez elle ne paſſoit point pour coquette , elle ne l'étoit point non plus ; car elle l'étoit ſans réflexion , ſans le ſavoir ; & une femme ne dit point qu'elle eſt coquette , quand elle ne ſait pas qu'elle l'eſt , & qu'elle vit dans ſa coquetterie comme on vivroit dans l'état le plus décent & le plus ordinaire.

Telle étoit Madame Alhain , qui menoit ce train de vie tout auſſi franchement qu'on boit & qu'on mange ; c'étoit, en un mot , un petit libertinage de la meilleure foi du monde.

Je dis petit libertinage , & c'eſt dire ce qu'il faut : car quoiqu'il fut fort franc de ſa part , & qu'elle n'y réfléchit point , il n'en étoit pas moins ce que je dis.

Du reſte , je n'ai jamais vu une meilleure femme ;

femme ; fes manières reffembloient à fa phyſionomie toute ronde.

Elle étoit bonne , généreuſe , ne ſe formali-
ſoit de rien , familière avec ſes domeſtiques ,
abregeant les reſpects des uns , les révérences
des autres ; la franchiſe avec elle tenoit lieu
de politeſſe : enfin , c'étoit un caractère ſans
façon. Avec elle on ne faiſoit point de fautes
capitales , il n'y avoit point de réprimandes à
eſſuyer ; elle aimoit mieux qu'une choſe allât
mal , que de ſe donner la peine de dire qu'on
la fît bien. Aimant de tout ſon cœur la vertu ,
ſans inimitié pour le vice , elle ne blâmoit
rien , pas même la malice de ceux qu'elle entendoit blâmer les autres. Vous ne pouviez
manquer de trouver éloge ou grace auprès
d'elle : je ne lui ai jamais vu haïr que le
crime , qu'elle haïſſoit peut-être plus fortement
que perſonne. Au demeurant , amie de tout le
monde , & ſur-tout de toutes les foibleſſes
qu'elle pouvoit vous connoître.

CHAPITRE II.

Lettres diverſes.

Lettre d'un Père ſur l'ingratitude de ſon Fils.

JE ſuis infirme , accablé d'années , rélegué à
la campagne , où l'on a livré ma vieilleſſe à la
diſcrétion de deux ou trois domeſtiques ſans cha-

G

rité pour mon âge, ni pour mes infirmités, qui m'oublieroient toujours, li je n'étois importun, & dont il faut que j'impatiente la brutalité, pour en arracher quelqu'attention à mes besoins ; enfin auprès de qui l'on ne m'a laissé d'autre appui que la pitié que je devrois leur faire, & que je leur fais si peu, qu'ils abusent de l'oubli cruel où m'a laissé leur maitre. Hélas! ce qui m'afflige le plus, ce qui fait toute l'amertume de mes peines, c'est que le maitre dont je parle, vous le dirai-je, Monsieur ? C'est qu'il est mon fils. Je suis sûr que mon état vous touche ; mais quelque bon cœur que vous soyez, vous n'en sauriez comprendre toute la misère : il faut être à ma place, il faut être père pour en sentir toute l'étendue.

C'est sans doute un étrange malheur que d'être à mon âge rebuté de tout le monde, ou de se voir à la merci de l'humanité des étrangers, de gens qui ne sont ni vos amis, ni vos parens ; de ne trouver qui que ce soit qui s'intéresse véritablement à vous, & qui vous soulage & vous aide à supporter ce reste de vie languissante, où vous ne pouvez plus rien pour vous, & où vous êtes à charge à vous-même. Dans de pareilles extrémités un homme est fort à plaindre, enfin il souffre beaucoup, & puis il meurt. Eh bien! Monsieur, soyez-en persuadé, l'infortune de cet homme-là n'est rien auprès de la mienne, s'il n'a point d'enfans, si Dieu ne l'a pas fait le père d'un fils qui l'abandonne. Non, ce n'est rien que d'être délaissé des autres hommes, de n'avoir à se plaindre que de leur peu de compassion : il n'est pas étonnant qu'ils soient durs, impitoyables ; vous ne leur êtes rien. Ce sont des indifférens, des inconnus que vous pressez d'être généreux ; ils ne veulent pas l'être pour

vous , ils le font peut être pour d'autres ; & fi
vous ne fouffriez pas, vous n'en exigeriez rien.

Mais, Monfieur , vous imaginez vous bien ce
que c'eft qu'un fils ? Savez-vous comment on le
regarde , ce qu'on en attend , ce qu'il vous eft ?
Eft-il pour vous un homme comme un autre ?
Ah ! c'eft ici où les expreffions me manquent ;
c'eft ici où mon cœur eft faifi, où je fouffre
ce qui n'eft point douleur , ce qui n'eft point
défefpoir ; mais quelque chofe de plus cruel que
tout cela. Oui , l'on vit encore ; il refte encore
du courage & des forces, quand on fent de la
douleur & du défefpoir : & moi , Monfieur , je
ne vis plus , je ne tiens plus à la vie que par
un fentiment de triftefle qui me pénétre , qui
confond & qui glace mon ame, qui ne me laifle
ni crainte , ni efpérance, qui m'anéantit. Les
hommes d'aujourd'hui me rejettent & m'aban-
donnent ; & ce n'eft encore là qu'être rejetté &
abandonné des hommes : mais mon fils me re-
jette & m'abandonne comme eux, & c'eft être
rejetté & abandonné de la nature entière. Il
étoit mon unique appui, ma reffource ; mais une
reffource qu'il me femble que rien ne pouvoit
m'ôter, qui étoit à moi, qui ne dépendoit ni
de la faveur , ni de l'humanité des hommes : que
mon fils fût généreux ou non, la nature, les
préjugés mêmes, l'éducation qu'on donne à fes
enfans , la tendreffe qu'on prend pour eux ,
l'habitude qu'ils ont de refpecter leur père, tout
me garantiffoit l'amour de mon fils pour moi ;
tout m'affuroit que cet amour étoit mon bien ;
tout dans fon cœur devoit m'excepter des autres
hommes ; eût-il été fans honneur pour eux , tout
le lioit à moi , comme tout me lioit à lui ;
fût-il né l'homme du monde le plus haïffable,

aurois-je pu le haïr, en aurois-je moins fenti
que j'étois fon père ? Nos enfans pour nous
éprouver fenfibles, ont-ils befoin de le mériter, d'être bons & aimables ? Hélas ! que font
fur nous leurs vices ? Qu'affliger notre amour fans
le rebuter.

Oui, mon fils, du fond de l'état où vous
m'avez mis, de cet état d'abattement où je
languis, c'eft mon amour qui s'élève : vous
n'avez pu me l'ôter ; c'eft lui qui fe plaint de
vous : il ne m'eft dur de vivre encore que parce
que je vous aime toujours. Non, je ne fouffre
que parce que c'eft vous qui me maltraitez : votre
cœur ne me connoit plus, & ma tendreffe fubfifte
encore : je n'ai pu ceffer d'être votre pere : comment avez-vous fait pour ceffer d'être mon fils ? Il
n'y a donc plus rien qui tienne à moi dans la nature. Tout s'y eft donc défuni d'avec moi, je n'y
vois plus qu'un défert. J'y fuis feul ignoré de
tout l'univers, de mon fils que je regrette, que
j'appelle à mon fecours, & qui m'ignore comme
tout le refte des hommes.

Cependant, Monfieur, qu'ai-je fait contre ce
fils ? De fix enfans que j'avois il me refta feul.
Je n'étois pas riche, mais je l'aimois tendrement ; & dans l'éducation que je lui donnai, mon
économie & l'induftrie de mon amour, me tin-
rent lieu de richeffes : il répondit à mes foins.
Je l'envoyai à Paris y fuivre le barreau, je m'ôtois
prefque le néceffaire pour l'y foutenir ; il y fit
effectivement des progrès qui lui acquirent l'eftime
de ceux qui le connoiffoient ; & comme il étoit
affez bienfait, qu'on le voyoit laborieux, une
Dame riche, dont il faifoit les affaires, en eut
fi bonne opinion, qu'elle lui offrit fa fille, pourvu qu'en fe mariant il eut du moins un bien

médiocre : ce bien médiocre étoit entre mes
mains ; il confiftoit en deux petites terres qui venoient, partie de mon patrimoine, partie de mes
épargnes, & dont le revenu avoit fervi à l'avancer & à me faire vivre.

Il m'écrivit la propofition de la Dame, me
marqua tous les avantages du parti qu'on lui offroit, & me dit que fa fortune étoit entre mes
mains. Hélas ! elle ne pouvoit être plus fûre : je
partis pour Paris, & je convins tout d'un coup
de lui donner la moitié de ce que j'avois, & de
lui affurer l'autre.

Son mariage fe fit quelque tems après : il quitta
le barreau pour des emplois qui paroiffoient meilleurs : fa femme mourut en mettant un enfant au
monde ; je perdis beaucoup ; elle m'aimoit, &
fa mémoire me fera toujours chère.

Quatre ou cinq mois après fa mort, mon fils,
pour certains deffeins eut befoin d'une fomme
confidérable d'argent ; il en emprunta, mais il
lui en manquoit encore. J'étois alors content de
lui : je fuis né fimple & plein de franchife : je le
croyois plus amoureux de mon repos que moi-
même ; & en vendant ce qui me reftoit pour
achever fa fomme, je voyois feulement que
c'étoit un bien qui changeroit de nature, fans
changer de maitre.

Je le vendis donc, fuivant fon envie, & cela fans
prendre aucune précaution pour moi ; la chofe fe
fit entre nous deux feulement : l'argent en fut
employé fuivant fes vues : elles réuffirent au-
delà même de fes efpérances. Le voilà puiffant,
après quoi il voulut jouir fans travailler davantage : fa maifon prit une autre face : il fe jetta
dans les plus grands airs : des amis plus confidérables fuccédèrent à ceux qu'il avoit eus d'abord ;

il se défit insensiblement de ces derniers, dont
le commerce lui parut alors trop bourgeois ; &
commença enfin à rougir de moi.

Je m'en apperçus ; mais d'abord je crus me
tromper : en ce tems-là je tombai malade ; &
je vis qu'il me négligeoit dans le cours de ma
maladie ; ses domestiques, à son exemple, me
négligèrent aussi, cela me chagrina sérieusement ;
je le fis prier de venir dans ma chambre, où il
n'étoit pas entré depuis quatre jours : il y vint ;
je me plaignis à lui du peu de soin qu'on avoit
de moi. C'est que vous êtes un peu difficile, mon
père, me répondit-il. Voilà la première fois que
vous me le dites, lui repartis-je, & votre réponse m'étonne. Ce n'étoit pas trop la peine de
m'envoyer chercher pour me quereller, comme
vous faites à tout le monde, me dit-il là-dessus :
on a soin de vous tout autant qu'on le peut ; cependant vous vous plaignez toujours. Que faire
à cela ? Tâchez de vous remettre : quand votre
santé sera meilleure, je vous conseille d'aller demeurer à la campagne, vous y serez plus tranquille qu'ici, vous y vivrez à votre fantaisie ; je
me trouve dans un genre de vie qui ne vous
convient pas ; & nous ne nous génerons ni l'un
ni l'autre.

Il sortit après ce discours, pendant qu'un valet, qui l'avoit entendu, tournoit la tète pour rire
& se moquer de moi.

Le procédé de mon fils m'avoit frappé : l'action
de ce valet me perça le cœur : je vis ce que
j'allois devenir ; je compris que je n'étois plus
qu'un étranger dans la maison de mon fils, &
qu'enfin lui & moi nous étions deux : je fus encore quelques jours au lit : je me levai ensuite ;
mes forces revinrent un peu ; je m'habillai de

mieux que je pus : on alloit diner, j'entendis
fonner & j'appellai quelqu'un pour m'aider à defcendre : on me répondit ; mais perfonne ne vint :
j'eſſayai donc de defcendre en me foutenant avec
ma canne, & j'étois déjà à la moitié de l'ef-
calier, quand mon fils parut à la porte de fon
appartement.

Que faites vous là, me dit-il d'un ton rude ?
Quelle fantaiſie vous prend, j'ai du monde ;
êtes-vous en état de paroître ? Avez-vous peur
qu'on ne vous envoie pas à manger chez vous ?
Ramenez mon père, ajouta t-il, en s'adreſſant à
un valet de chambre, & puis il rentra ; pour moi
je reſtai immobile, & les larmes me vinrent aux
yeux.

Ce valet de chambre fit femblant de m'aider à
remonter, en me diſant que j'étois encore vert
pour mon âge : je ne répondis rien à la raillerie
de ce domeſtique, qui faiſoit fa charge en m'in-
fultant, la douleur me rendoit muet : je rentrai
chez moi comme un homme qui ne fait plus où
il eſt : je me trouvai mal, & je demandai du
vin : on ne m'en apporta qu'un quart d'heure
après, avec un potage froid, dont je ne goutai pas
non plus que du reſte de mon diner qui vint
trop tard.

J'achevai la journée dans la plus accablante
confuſion de penſées qu'on puiſſe imaginer : mes
foupirs à tout moment fe confondoient avec mes
pleurs : où irai-je ? diſai-je ; je n'ai plus rien qui
foit à moi. Je me fuis dépouillé de tout.

Cependant je réfolus en me couchant de fortir
le lendemain de chez mon fils ; je ne pouvois
plus y refpirer, j'y expirois : je me propoſois
d'aller trouver un de mes amis, de lui con-
fier ma fituation, de le prier de me fecourir,

de me donner un conseil dans mon affliction.
Dans ce dessein je me levai le lendemain plutôt qu'à mon ordinaire, & je m'habillai.

Apparemment qu'on alla le dire à mon fils :
car il entra dans ma chambre au moment où
j'allois sortir. Où allez-vous, mon père, me-
dit-il ? Chercher, lui répondis-je, quelqu'ami
charitable qui me donne du pain de bonne
grace. Vous savez que je n'en ai plus, ma tendresse pour vous m'a tout ôté. Quel raisonne-
ment ! me répondit-il : que les gens de votre
âge ont de caprices ! vous voilà donc bien scan-
dalisé de ce que je vous ai dit hier au matin. Mon
fils, repartis-je, je suis assez consterné ; laissez-
moi aller sans me répondre : vous n'êtes plus en
état de me parler ; toutes les paroles que vous
prononcez sont autant de coups de poignard pour
moi : vous n'en connoissez pas la force, elles me
tuent. Finissons toutes ces explications, dit-il
alors avec vivacité : vous avez tort mon père ; il
est mille choses que vous auriez pu vous dire
à vous-même ; vous êtes dans un âge avancé,
vous avez presque toujours vécu dans une petite ville de Province, & vos idées, vos manières de faire, vos usages sont différens de ce
qui se passe dans le monde, vous auriez dû
vous dégouter le premier de la compagnie de
ceux qui viennent ici : mais vous ne sentez point
cela, & je le sens moi. Le bel agrément pour
votre fils, que de vous voir converser avec des
gens d'un certain rang, polis & délicats, que
vous faites rire, & à qui votre simplicité donne
la comédie ! Voilà pourtant ce que c'est : pensez-
vous que cela me soit fort avantageux ? Je suis
un homme de fortune, n'est-il pas vrai ? Eh
bien ! à quoi bon l'apprendre à ceux qui ne le

favent pas ? C'eſt cependant ce qui ſaute aux yeux , dès qu'on vous voit ; & malgré cela vous avez toujours la manie de vouloir vous mon-trer : ainſi ne nous querellons point mon père ; il n'eſt pas néceſſaire d'aller rompre la tête à perſonne de vos plaintes : je vais donner ordre qu'on vous conduiſe dès ce moment à ma cam-pagne ; vous y ſerez le maître & dans votre centre , de tems en tems j'irai vous voir , & rien ne vous manquera. Adieu , je vous quitte ; vous allez partir , & moi je vais ſortir pour mes affaires.

C'eſt ainſi , Monſieur , que mon fils ſe ſépara d'avec moi : il me quitta ſans m'embraſſer , ſans qu'il lui échappât le moindre mot de douceur , que celui de père , que ſa bouche prononçoit , & que ſon cœur ne ſentoit pas ; il ſe retira ſans être touché ni de l'abattement où il me laiſſoit , ni du triſte ſilence que je gardai , ni des larmes qu'il vit couler de mes yeux : enſuite on vint emporter mes hardes , on me dit de deſcendre , & je fus mis preſque ſans ſentiment dans une chaiſe qui me conduiſit à cette campagne , où je languis depuis près de deux ans , où mon fils n'eſt point venu , comme il me l'avoit pro-mis ; enfin où je vis dans une privation entière de toute conſolation , & ſouvent même de toutes les choſes néceſſaires à la vie.

Lettre d'une Femme vertueuse à un Homme qu'elle adore & qu'elle prend la courageuse réfolution de ne plus voir *.

Vous m'aimez, Monfieur, & quand vous ne me l'auriez pas tant dit de fois, je n'en ferois pas moins perfuadée. Oui, vous m'aimez, & je le favois même avant que vous me l'euffiez avoué. Je vous examinois quelquefois fans le vouloir ; & je vous trouvois comme il me fembloit qu'on devoit être quand on aimoit. Hélas! je ne favois pas encore que je fouhaitois de vous trouver comme vous étiez. Jufte ciel ! moi qui n'avois jamais eu d'amour, comment pénétrois-je celui que vous me cachiez ? Comment étois-je fûre que je ne me trompois pas ? Et d'où vient que je ne m'appercevois pas que je vous aimois moi-même ? Le voilà cet aveu que vous demandiez tant : voilà ce mot fi important à votre bonheur, & que je n'ofai prononcer dans votre dernier entretien. Hélas ! vous n'en aviez pas befoin non plus, & j'étois folle de n'ofer vous dire ce que vous voyiez fi clairement. Pour un aveu que vous refufoit ma bouche, combien ma complaifance pour vos difcours vous en prodiguoit-elle ? Souvenez-vous de vos careffes. Il eft vrai qu'elles étoient innocentes, mais je m'en défendois mal. Hé! n'étoit-ce pas vous les rendre ? N'importe, foyez content, je vous aime ; & tout inutile qu'il eft de vous le dire, je m'en étois fait une honte, & je vous la facrifie ; je me flattois de n'avoir

_____

* L'Amant fit une réponfe au gré de la vertu de la Dame, & partit fur le champ pour fa Province.

pas encore violé mon devoir , tant que cet aveu
restoit à faire. Malheureuse illusion ! Qu'étoit
devenue ma raison ? J'aimois, & je ne m'en
embarrassois pas. Je regardois cela comme rien :
je me croyois toujours vertueuse , seulement
pour n'avoir pas dit que je ne l'étois plus. Je
dois ma tendresse à mon mari ; cependant, au
moment où je parle ; elle est toute à vous.
Juste ciel ! pourquoi faut-il que ce soit un
crime ? Que dis-je ? Cruel que vous êtes !
Voyez le désordre que vous avez porté dans
mon cœur : voyez ce que je deviendrois , si
je continuois à vous voir. Je ne vous cele rien ;
car enfin dans l'état où je suis, j'ai besoin de
vous parler sans retenue ; ma foiblesse a besoin
de se répandre ; c'est un crime encore, mais
il m'est nécessaire ; je serois trop exposée si je
voulois combattre tous les mouvemens qui me
viennent. Je vous découvre mon état : cette
satisfaction coupable que je me donne , rendra
peut-être ma passion moins pesante. Ma passion,
justes Dieux ! n'êtes-vous point étonné vous-
même de ce que vous lisez ? Vous qui n'osiez
me déclarer votre amour, qui m'en avez fait
l'aveu avec tant de crainte ; qui m'en entre-
teniez avec tant de respect ; qui ne me demandiez le mien qu'en tremblant, me reconnoissez-
vous ; je n'avois rien à me reprocher ; j'avois
lieu d'être contente de moi : vous m'estimiez ,
je m'estimois moi-même : je vivois en repos ,
& dans l'innocence. Où sont tous ces biens-là ?
Vous m'aimez, & vous me les avez ôtés ; &
vous voulez que je vous aime ; & vous dites
que vous seriez heureux , si je vous aimois !
Quel étrange bonheur vous proposez-vous ! Mes
égaremens & la perte de ma vertu vous ren=

dront donc heureux ! & vous appellez cela
m'aimer ! voilà les fentimens que vous voulez
que je récompenfe. Ah ! jufte ciel ! qu'eft - ce
que c'eft qu'un amant ? La haine du plus mortel
ennemi me feroit-elle autant de mal que vous
m'en fouhaitez ? Hé bien ! je fuis dans le trouble, dans la douleur, dans les larmes. Mon
mari m'eft prefque odieux ; ce qui me refte de
vertu m'eft prefque infupportable. Je fuis digne
de compaffion ; je vous en ferai fans doute à
vous-même : en eft-ce affez ? Etes-vous heureux ? Non, vous vous plaindrez encore ; mon
malheur n'eft pas au point où vous le voudriez :
vous afpirez à me rendre encore plus méprifable, & vous avez raifon. Je fuis bien digne
de l'outrage que me font vos deffeins ; mais
que fais-je ? D'où vient vous rendre compte
de ce que je fens ? D'où vient que j'entre avec
tant d'abondance dans un détail fi honteux ?
D'où vient qu'il m'entraîne ? Il eft pourtant vrai
que je me repens fincèrement d'avoir bleffé
mon devoir. Hélas ! eft-il bien vrai que je m'en
repente ? Eh ! comment m'en affurer ? Puis-je
rien démêler dans mon cœur, je veux me
chercher & je me perds. Comment avec tant
d'amour puis-je favoir fi je me repens d'aimer ?
Je renonce à vous, & je vous regrette : je
veux vous ôter toute efpérance, & j'ai peur
que vous croyiez que je ne vous aime point ;
enfin, de quelque côté que je me tourne, tout
eft péril pour moi ; & la confufion où je fuis
de ma foibleffe, & les efforts que je fais pour
la combattre, & la réfolution de ne vous plus
voir, tout eft empoifonné, tout devient amour,
dès que j'y fonge. Oh ! ciel ! que je fuis égarée ! Qu'une femme à ma place eft à plaindre

d'avoir pris de l'amour ! Quelle punition pour
elle que le plaifir qu'il lui fait ! Grace au ciel ,
j'y rénonce à ce plaifir ; je le déteſte ; je vais
redevenir vertueuſe ; je retrouverai le plaiſir
que j'avois à l'être. Oui , Monſieur, mon parti
eſt pris , je ne vous verrai plus. Il ne falloit
que deux mots pour vous l'écrire , & je n'avois
pas deſſein de vous en marquer davantage :
mais je l'ai tenté inutilement dans quatre lettres
que j'ai toutes rebutées. Voici la moins hon-
teuſe pour moi que je vous envoie : c'eſt prefque vous les envoyer toutes , que vous avouer
que je les ai écrites : mais après ce qui m'eſt
échappé dans celle que vous liſez , je ne puis
guère me faire de nouveaux affronts. D'ailleurs , puiſque je ne vous verrai plus , & que je
rentre dans mon devoir , les peines que je vais
ſouffrir ſatisferont bien à mes fautes. Mais , ne
finirai-je jamais ? Ce que je dis ne reſſemble
point à ce que je veux dire. Je penſe que je
ne veux plus aimer , & toujours je répéte que
j'aime. N'importe , n'eſpérez rien d'un ſentiment involontaire ; ce n'eſt plus moi qui aime ;
je ne ſuis plus coupable ; peut-être je ne l'ai
jamais été ; c'eſt vous qui l'étiez , c'eſt la foibleſſe que vous m'aviez donné , c'eſt mon cœur
qui ne dépendoit plus de moi. Aujourd'hui ,
je romps avec ce cœur lâche , avec cette foibleſſe , avec mon ſéducteur ; enfin , avec vous :
vous n'en ſerez pas perſuadé , & vous allez
prendre ce que je dis pour de l'emportement
& du trouble : vous vous trompez , ma réſo-
lution ne vient pas d'être formée ; vous ſavez
que ma mère demeure ici ; vous connoiſſez
ſon caractère. Hier au matin je lui confiai ma
ſituation ; elle en frémit autant qu'il m'étoit

néceſſaire. Ainſi, voilà ſa vértu dans les intérêts de mon devoir. Le ſoir, mon mari &
moi, nous parlâmes de vous ; il fit votre
éloge, & ce fût un coup de poignard pour
moi : lui qui vous eſtime tant, mérite-t-il de
ſe tromper ſi cruellement ſur votre compte ?
Jettons tous deux les yeux ſur nous. Que de
devoirs violés de part & d'autre ! Perfides que
nous ſommes ! Nous nous ferions aimés ; ſans
doute nous ſerions-nous juré de nous aimer toujours. Ah ! Monſieur, à qui devois-je plus de
fidélité qu'à mon mari ? A qui, vous, en deviez-
vous plus qu'à l'honneur ? Vous auriez trahi votre
ami, j'aurois trahi mon époux ; ne voyez-vous
pas qu'enfin nous nous ferions trahi tous deux ?
Vous n auriez donc aimé qu'une femme indigne,
& je n'aurois aimé qu'un mal honnête homme.
Juſte ciel ! cette réflexion m'attendrit ſur vous,
& je ne me reproche point le mouvement de
tendreſſe qui me vient ici. Vous êtes naturellement vertueux : quel malheur, que vous ceſſaſ-
ſiez de l'être ! & ce malheur, voudriez-vous qu'il
fût mon ouvrage ? Voilà ce que je ſens ; rendez-
moi tendreſſe pour tendreſſe. Que la vôtre à préſent reſſemble à la mienne ; vous avez les mêmes
réflexions à faire ſur moi, ces mêmes horreurs
à enviſager pour nous deux. Je ſuis née vertueuſe auſſi bien que vous : auriez-vous le courage de m'ôter ma vertu ? M'ôter ma vertu !
l'amour même, dans une ame comme la vôtre,
eſt-il compatible avec cette idée-là ? Je ſais
bien que dans la ſuite, nous aurons quelque
peine à penſer toujours de même ; mais j'y ai
pourvu, j'ai fait remarquer à mon mari que vous
veniez ſouvent ici, & que vos viſites, toutes
innocentes qu'elles étoient, pouvoient nuire à

une femme de mon âge. Il vous le dira, il me
l'a promis; prenez votre parti là-deſſus. Si je
vous revois encore chez moi, mon mari ſaura
que je vous aime, j'y ſuis réſolue : j'en perdrai
peut-être ſon eſtime & ſon amour; mais pour les
mériter, il faut me réſoudre à les perdre, & ſi
ce n'eſt encore aſſez, j'inſtruirai tous mes amis
de ma foibleſſe : ils ſeront autant de barrières que
je mettrai entre vous & moi. Voilà des extrémités où aſſurément vous êtes incapable de me
réduire ; il me ſuffit de vous les montrer. Je ne
vous demande ni votre ſouvenir, ni votre oubli : je ſuis encore trop foible, pour oſer m'examiner là - deſſus ; & je ne veux pas ſavoir lequel
des deux je ſouhaiterois. Pour moi je vais tâcher
de vous oublier ; je ne ſuis point obligée d'y réuſ-
fir, mais je ſuis obligée de faire toute ma vie ce
que je pourrai pour cela, & je vais remplir mes
devoirs : je ne vous verrai plus. Adieu.

Lettre d'une Amante abuſée à l'Auteur de ſon infortune.

JE ſuis cette malheureuſe qui vous fut ſi chere ;
à qui vous le fûtes tant vous-même, à qui vous
l'êtes encore, toute déshonorée qu'elle eſt par
vous. Je ſuis cette déplorable fille, ſans réputation, ſans honneur aux yeux de tout le monde,
& dans cet état pourtant plus reſpectable pour
vous, qu'avant ma honte & ma miſère, dont
vous êtes l'auteur. Je ſuis celle avec qui il vous
fallut feindre d'être ſi eſtimable, pour pouvoir
enſuite être ſi perfide : celle qui, pour vous
convaincre qu'elle vous croyoit honnête homme,
vous mit, comme vous le vouliez, en état de
manquer d'honneur; & celle qui s'eſt vue trom-

pée, pour avoir voulu vous convaincre qu'elle
ne craignoit pas de l'être : enfin je fuis cette
époufe à qui vous niez la foi que vous lui
avez donnée , parce qu'elle n'en a que le ciel
pour témoin , parce que vous pouvez la nier
devant les hommes , parce qu'elle n'eft pas re-
vêtue de formalités qui ne la rendroient ni
plus fainte, ni plus légitime , & dont le défaut
tourne plus à la honte du miférable qui s'en pré-
vaut , qu'à la confufion de l'infortunée qui les
a négligées dans fa tendreffe. Quoi ! des formalités , qui ne font néceffaires , difiez-vous , qu'avec
des fcélérats dont il faut prévoir la noirceur , &
gêner la perfidie , qui étonnent par leurs fermens , & qui les font terribles , pour rendre le
parjure incroyable ! & je péris pourtant , pour
n'avoir pas pris avec vous les précautions qu'il
faut prendre avec des fcélérats. Quelle affreufe
aventure que la mienne ! je croyois honorer la
probité , & je n'ai fatisfait qu'un traitre. Cette
injure m'eft échappée ; elle m'accable : vous méritez bien que je vous la faffe. Mais , méritois-je ,
moi , la douleur que je fens à vous la faire ? Mon
amour devoit-il devenir ce qu'il eft aujourd'hui ;
je me vois dans l'infamie ; c'eft vous qui m'y
jettez : vous me faites horreur , & je vous aime.
Avec ce mélange affreux de fentiment , ne vous
fais-je pas un peu de pitié ? Non : la punition des
plus grands crimes n'eft point comparable aux
maux que je fouffre ; mais je n'en puis plus , je
finis : vous favez l'état où je fuis. Quand je vous
eu perdu de vue , pénétrée de douleur , je
vous écrivis une lettre que mon père furprit fur
ma table & qui l'inftruifit de la fituation où je
me trouvois. Quelques amis qui fe trouvèrent
au logis me fauvèrent de fa fureur qui éclata ;

&

& je fortis dans le moment même, fans favoir
où j'allois. Deux heures après, fatiguée d'avoir
marché, accablée de langueur, attendrie fur
moi-même, j'entrai chez une femme que je tou-
chai par le récit que je lui fis de mon malheur ;
elle me garde encore chez elle. Elle n'eft pas
riche, mais elle eft charitable : je n'y ferai pas
long-tems, je fuis mourante, & il n'y a pas
d'apparence que j'arrive à mon terme, que je
vive affez pour mettre au jour un enfant qui
n'a que le ciel pour garant de ce que vous lui
devez, à lui & à fa mère. S'il me furvit lui-même,
vengez-moi, par le foin que vous en aurez, de
l'état où vous m'aurez laiffée mourir, & que fon
éducation foit le fruit de vos remords. Voilà tout
ce que je vous demande : daignez me marquer
que vous me l'accordez par un billet que vous
rendrez à une femme qui vous connoît, & qui
ira vous parler le 25 de ce mois aux Carmes
du Luxembourg, à neuf heures du matin.
Adieu.

Lettre de la même à fon Père.

Mon très-cher Père, je n'ai peut-être pas
long-tems à vivre, & je vous ai offenfé. J'ai
trahi la tendreffe que vous aviez pour moi, j'ai
porté le poignard dans votre cœur ; j'ai desho-
noré celui qui m'a donné la vie ; je l'ai fait repentir de me l'avoir donnée ; j'ai rendu le jour
où je fuis née, un jour de malédiction pour lui :
enfin, mon Père, je fuis aujourd'hui votre malheur, votre défefpoir & votre opprobre : voilà
toute la récompenfe de votre amour & de vos
foins. Cependant, toute coupable que je me fuis
rendue, toute indigne que je fuis d'aucun foulage-

H

ment, je n'ai pu, malade & presque mourante, me refuser le seul bien qui me reste ; c'est de me jetter à vos genoux, de vous demander pardon, de vous montrer mon repentir, & de vous dire que de tous les malheurs où je suis plongée, de toutes les douleurs que j'éprouve, rien ne me pénétre tant, que l'injure que j'ai faite à un si bon Père, & que la désolation où je vous fais. Dans votre juste ressentiment, vous voulûtes vous venger de moi, quand je me sauvai de votre maison. Hélas! mon Pere, je ne suis pas échappée à votre vengeance, j'ai porté avec moi le ressouvenir terrible de tout ce que je vous dois, je n'ai point oublié combien vous m'aimiez ; & j'ose vous assurer, tout irrité que vous êtes, que vous auriez pitié de ce que je souffre en vous regardant, & que vous êtes vengé au-delà de ce qu'un cœur comme le vôtre auroit voulu l'être. Mes larmes & ma foiblesse ne me laissent pas la liberté d'en dire davantage ; & je ne mérite pas la consolation que je me donne en vous apprenant mon affliction : je ne vous demande rien pour moi ; tant que je vivrai, je dois vous être un objet d'horreur : mais que votre miséricorde ne se refuse pas à ce que je laisse après moi, si son indigne père l'abandonne. Hélas! je vous implore pour le fruit de mon crime : quelle espèce de cruauté restera-t-il à exercer contre lui ? ne l'aurai-je pas accablé de tous les malheurs ? Il naîtra dans la misère & dans l'infamie. Adieu, mon Pere, j'espère qu'on vous avertira bien-tôt que ma mort doit calmer votre colère.

CHAPITRE III.

Le Philosophe Solitaire.

Conté moral.

LE fameux Scythe Anacharfis, un jour furpris
par une nuit obfcure, apperçut une maifon bâtie au bas d'une montagne. Il vint y demander
l'hofpitalité, & ce fut le maître même de la
maifon à qui il parla... Entrez, dit-il à Anacharfis, d'un ton fevère. Les hommes en général
ne méritent pas qu'on les oblige ; mais ce feroit
être auffi méchant qu'eux que de les traiter comme
ils le méritent. Venez : les vices de leurs cœurs
m'ont valu des exemples de vertu.

La fingularité de ce difcours eût peut-être
étourdi tout autre homme qu'Anacharfis ; mais
ce Scythe, qui étoit un amateur de la fageffe,
& qui voyageoit pour en acquérir, fe fentit au
contraire piqué d'une curiofité de Philofophe : il
regarda cet accueil, comme la matière d'un éclair-
ciffement qui ne manqueroit pas d'être inftructif ;
il s'en promit tout d'un coup quelques nouvelles
leçons de fageffe, il lui tarda de voir le dé-
nouement d'une aventure qui, fuivant fes vues,
commençoit d'une façon fi intéreffante.

Il fuivit donc fon hôte, qui le prit par la main,
& le conduifit dans un appartement commode,
dont la propreté faifoit tout l'ornement. Anacharfis, qui étoit bon connoiffeur, vit bien alors
qu'il étoit logé chez un fage ; & cela étant, il
fe trouvoit lui, une bonne fortune pour fon hôte ;

tout comme son hôte en étoit une pour lui : il ne s'agissoit plus que d'une chose ; c'étoit que chacun sentit le mérite de l'autre, & que la découverte de ce qu'ils valoient fût entre eux réciproque.

Pour cet effet, voilà Anacharsis qui prend le maintien d'un sage, attitude grave, discours sentencieux & silence attentif.

Notre Misanthrope remarqua ces façons-là, & sur cette étiquette, il examine Anacharsis : celui-ci tient bon : déjà l'autre s'intrigue, s'arrange sur ses conjectures, prend lui-même une contenance moins distraite, & soupçonnant qu'il est devenu un sage, ne veux pas manquer le petit profit qui se présente ; c'est d'être aussi pris pour tel.

Cependant on servit, ils se mirent à table ; & dans la conversation, si je ne craignois de vous paroître trop curieux, dit-il, je vous prierois de me dire à qui j'ai fait le plaisir de donner aujourd'hui retraite. Si j'en crois les apparences, je dois vous distinguer des autres hommes pour qui je n'ai pu m'empêcher de vous montrer tant de mépris. Quand vous me confondriez encore avec eux, reprit Anacharsis, vous ne seriez point injuste : tous les hommes en effet sont méprisables ; les uns plus, les autres moins : voilà toute la différence qu'on peut mettre entre eux. Vous souhaitez de savoir qui je suis, & je vous ai trop d'obligation pour refuser de vous satisfaire. Je suis né Scythe, & je m'appelle Anacharsis. Votre nom & votre amour pour la sagesse, me sont connus, Seigneur, répondit le Solitaire ; je sais même votre rang que vous oubliez de me dire ; vous êtes Prince de la famille royale de Scythie, & je vous demanderois pardon de la manière dont je vous ai reçu d'abord, si je ne croyois devoir épargner au Philosophe Anacharsis les excuses & les respects que je dois au Prince : cependant, Seigneur, souffrez que je vous dise d'où me vient cette haine que j'ai prise pour les hommes. J'allois vous prier de m'en instruire, reprit Anacharsis, & j'attends votre récit avec impatience. Je vais, dit le Solitaire, vous exposer toute l'histoire de ma vie ; cela pourra vous amuser, & je ne serai pas long.

Je m'appelle Hermocrate, & je suis issu de parens qui furent autrefois Sénateurs dans Athènes. Mon père répara la médiocrité des biens qu'il avoit à me laisser, par une bonne éducation. J'étois dans la fleur de mon âge, quand il mourut ; je crus, après sa mort, ne devoir rien négliger de tout ce qui pouvoit augmenter ma fortune : j'avois l'ame généreuse, & de tous les plaisirs auxquels j'étois sensible, je n'en connoissois point de plus grand, de plus cher, ni qui me fût plus nécessaire, que le plaisir d'obliger les autres. Quand je pouvois rendre un service à quelqu'un, je n'avois pas besoin d'étudier mes façons, pour sauver aux gens la petite confusion qu'on a souvent d'être obligé dans bien des choses ; j'étois là-dessus tout sentiment ; je n'avois qu'à laisser faire mon cœur, il n'y avoit rien à ajouter à son industrie naturelle, non plus qu'au talent qu'il avoit de cacher son industrie même.

Né avec de pareilles dispositions, j'envisageois avec volupté toutes les sortes de partages que je ferois de ma fortune aux autres. Quand je serois riche, je ne puis subsister avec mon bien, disois-je en moi-même ; car il ne suffit que pour

moi ; & mon cœur, pour ainſi dire, n'a pas le
néceſſaire. Etre né bon & ne pouvoir exercer ſa
bonté, n'eſt-ce pas vraiment n'avoir pas de quoi
vivre ; quoi ! voir les beſoins d'un honnête-
homme, & n'être point en état de les ſoulager,
n'eſt-ce pas les avoir ſoi même ? Je ſerai donc
pauvre avec les indigens, ruiné avec ceux qui
ſont ruinés, & je manquerai de tout ce qui leur
manquera ; tâchons de me mettre à l'abri d'une
vie ſi triſte.

Dans ce projet je me reſſouvins qu'il y avoit
un Philoſophe qui s'étoit entièrement retiré du
monde, & qui demeuroit à un quart de lieue
de ma ville. Il cultivoit les ſciences dans ſa retraite, & beaucoup de perſonnes l'alloient ſouvent conſulter ſur une infinité de matières : ſes
réponſes & ſes conſeils avoient été utiles à tout
le monde, & ſon étude lui avoit même acquis
des ſecrets qui le faiſoient paſſer pour un Magi-
cien dans l'eſprit du peuple : il falloit l'interro-
ger en peu de paroles, & il répondoit de
même.

J'allai donc le trouver ; je n'avois qu'une queſtion fort courte à lui faire. Comment faut-il s'y
prendre, lui dis je, pour avoir l'amitié des
hommes ? Car je comptois qu'avec leur amitié il
n'y avoit rien dont je ne vinſſe à bout. Etre bon
avec eux, & dans ſes diſcours & dans ſes actions,
me répondit-il ; & puis il ſe retira. Sur ce pied-
là, ils m'aimeront, dis-je en me retirant auſſi ;
car, pour être bon, je n'ai qu'à reſter comme je
ſuis.

Je revins chez moi avec cet oracle qui s'aju-
ſtoit ſi bien à mon caractère ; & dès ce moment
je me mis en beſogne. Vous concevez bien que
je n'eus pas de peine à donner des témoignages

de cette bonté qu'on m'avoit recommandée , & dont mon cœur ne respiroit que la pratique.

Le Philosophe ne s'étoit point trompé , & en effet je fus bientôt regardé comme le meilleur garçon du monde ; je ne voyois personne qui ne fit mon éloge ; on s'attendrissoit en me louant ; on se répandoit en caresses ; tous les discours qui rouloient sur mon compte étoient affectueux ; & ce qu'on me disoit , il est certain qu'on le sentoit. Sur le rapport de ceux qui me connoissoient, j'avois pour amis tous ceux qui ne me connoissoient pas ; & je vous l'avoue , les espérances de crédit & de fortune que j'avois conçues me parurent alors infaillibles au point où je voyois les choses. Je comptois en homme sensible , que mes amis me seroient obligés des services que j'exigerois d'eux ; ils seront charmés de m'être utiles, me disois-je, ils m'aiment ; & les requerir de quelques graces, c'est un bonheur que leur doit ma reconnoissance ; il est vrai que je n'ai pas le talent de demander pour moi , & qu'assurément je m'y prendrois mal ; mais à cet égardlà leur amitié leur épargnera bien des frais de complimens : & d'ailleurs c'est un titre de bon cœur , que de ne savoir pas parler pour soi ; l'homme généreux , quand il prie son ami de le servir, s'imagine presqu'à cause de cela être un mauvais ami lui-même.

C'étoit ainsi que je m'entretenai avec moi , quand un poste honorable & qui me convenoit se présenta. Je témoignai à différentes personnes que j'avois envie de l'avoir. Remarquez que ceux à qui je m'adressois me sembloient les plus touchés de mon caractère : j'en avois reçu en toutes occasions de ces tendres serremens de main , par lesquels on semble dire à un homme qu'il est doux

d'être avec lui ; de ces protestations de bienveillance , qui partent d'un abondance de goût pour
vous ; ils tenoient ordinairement avec moi de
ces discours familiers , qui feroient des injures
entre gens indifférens , & qui, entre amis , ne
font qu'un badinage joyeux & careffant.

Les uns me dirent d'un air penfif & réfléchi
que la chofe étoit difficile ; qu'ils ne voyoient
pas bien encore comment ils s'y prendroient pour
s'employer en ma faveur ; mais j'y rêverai ,
ajoutoit chacun d'eux ; & je vous promets là-
deffus une réponfe pofitive : les autres me re-
fufèrent tout-à fait , cordialement , en homme
d'honneur , par telles & telles raifons , je ne puis
rien là dedans , mon cher ami : j'en fuis fâché ;
mais ne vous rebutez pas ; remuez-vous ; voilà
à peu près les tours que je vous confeille de
prendre pour arriver à vos fins. C'étoit - là le
langage de chacun de ceux d'auprès de qui je
revenois chargé d'inftruction que m'avoit pro-
digué leur zèle.

De ces amis-là je paffois à d'autres ; & par-
tout je trouvai des fentimens du même ftyle :
j'en étois furpris, je n'y comprenois rien ; c'étoit
une énigme pour moi, que de voir qu'on m'aimoit véritablement , & que pourtant on ne fe
foucioit point de moi.

Je manquai le pofte , un autre l'emporta ; &
cet autre , c'étoit un homme dangereux, malin
& vindicatif, qui avoit le courage de dire de
bons mots contre ceux qui ne lui plaifoient pas ,
& qui , à l'égard des ridicules de fon prochain ,
étoit d'un commerce auffi cavalier , que le mien
étoit doux & humain ; enfin , qui étoit mon
contrafte : avec cela , voyez la différence de
nos aventures. Il s'attiroit des ennemis qui s'em-

preſſoient à le ſervir , pendant que je me fai-
ſois des amis qui refuſoient de m'être utiles.
N'auriez-vous pas cru que les hommes ſe trom-
poient , & que par mépriſe ils me donnoient la
part qui lui étoit due , & lui tranſportoient la
mienne ? A qui penſez vous qu'il eût obligation
du poſte dont il s'agiſſoit ? Aux mêmes perſonnes
que j'avois tâché d'intéreſſer pour moi , & qui
m'avoient toujours mal parlé de lui. Ce n'eſt pas
tout , quelque tems après on me pria d'un repas , où tous les conviés , me diſoit on , ſeroient
charmés de m'avoir. L'homme en queſtion ſçut
ce repas , il en voulut être ; il apprit que
je m'y trouverois , & témoigna n'en être pas
content. Savez-vous ce qui arriva ? On m'avoit
prié , on m'aimoit , & il étoit craint. Hé bien !
le repas ſe fit , & pour mettre à l'aiſe le malin
perſonnage , on envoya dire au meilleur garçon
du monde que la partie étoit rompue , pour je
ne ſais quel accident qu'on imagina , & dont
l'impoſture fut de l'invention de tous les conviés. Oh ! alors informé de cela , je crus pour
le coup que les hommes étoient devenus fous.
A peine étois-je ſorti du chagrin que cela me
donna , que je tombai dans mille autres dégoûts.
Chaque jour je m'appercevais que j'ennuyois
tout le monde qui continuoit à m'aimer. Vou-
loît-on ſe réjouir ? Ma compagnie ne tenoit pas
mes plus intimes , & l'on préféroit celle des
gens ſur qui , s'il en avoit été queſtion , le cœur
de ceux qui me laiſſoient-là m'eût donné mille
fois la préférence. On diſoit que j'avois de l'eſprit , & que j'étois gai ; & on le diſoit ſans ſe
ſoucier ni de mon eſprit , ni de ma gaieté. On les
eſtimoit, ſans y prendre goût : le plus petit des plaiſirs , une minutie , ſi je la demandois à quelqu'un,

il falloit, pour l'obtenir, me donner la peine de l'arracher à la diftraction qu'on avoit pour moi.

Me voyant enfin fi mal traité des hommes, & du côté du bien, de moitié moins à mon aife que je ne l'avois été d'abord, il me prit un jour une fi grande colère contre mon Philofophe, pour la tromperie que je croyois qu'il m'avoit faite quand j'avois été le confulter, que je partis tout d'un coup pour aller lui témoigner mon reffentiment. J'arrivai bientôt chez lui, & je frappai avec emportement à fa porte ; il fe préfenta d'un air auffi froid que s'il avoit eu affaire à l'homme le plus tranquille. Me reconnoiffez-vous, lui dis-je ? Oui, répondit-il ; que me voulez-vous ? Vous reprocher, répondis-je, la fourberie de vos confeils. Dites plutôt mon ignorance, s'il eft vrai que mes confeils vous aient fait tort, repartit-il. Non, non, m'écriai-je, vous vous êtes joué de ma jeuneffe : Je vous ai demandé ce qu'il falloit faire pour être aimé des hommes, vous avez eu la cruauté de me dire que je n'avois qu'à être bon, & c'eft cette bonté que vous m'avez confeillé qui m'a perdu auprès d'eux ; loin qu'elle m'ait conduit à la fortune, comme je l'efpérois, & peu s'en faut qu'elle n'ait caufé ma ruine entière. Vouloir faire fortune, eft une autre chofe, que de fouhaiter d'être aimé des hommes, me répondit-il. Que ne vous expliquiez-vous mieux quand vous m'avez interrogé ? Comment ! reprisje, pouvois-je m'imaginer que j'échouerois foutenu de l'amitié de ces hommes ? par quelle fatalité m'a-t-elle donc été fi nuifible ? Prenez, me dit-il, cette poudre que j'ai compofée de fimples, & dont les effets font naturels ; allez chez vous, affemblez vos amis, & mêlez-en dans le vin qu'ils boiront ; plaignez-vous enfuite de leur procédé pour vous , & ils vous diront pourquoi leur amitié a trahi vos projets.

J'exécutai ce qu'il me prefcrivit : pendant le repas , il me fembla qu'ils railloient adroitement jufqu'à la profufion des mets exquis que je leur donnois. Il ne tenoit qu'à moi de deviner qu'ils m'appelloient dupe , de ce que j'étois fi généreux : je choifis cet inftant pour leur parler.

Vous êtes d'étranges gens , leur dis-je ; je fens toute l'ingratitude que vous enveloppez dans votre façon de louer mon repas ; & ce n'eft pas d'aujourd'hui que vous n'êtes envers moi que des ingrats. Cependant il n'y a pas un de vous ici qui ne m'aime. Cela eft vrai , me dirent-ils. Pas un de vous , continuais je , qui ne convienne que je fuis le meilleur cœur qu'on puifle trouver. C'eft une juftice que nous vous devons , dirent-ils encore. Avec cette qualité , repris-je , on peut fe vanter d'être aimable & d'un commerce fûr , quand on y joint un peu d'efprit. Pourquoi donc chacun de vous me fuit-il , & paroit-il en toute occafion fe foucier fi peu de moi , pendant qu'il s'amufe volontiers avec Diléarque , qui eft un rapporteur éternel de ce qu'on dit , & de ce qu'on ne dit point ; avec Delphire , qui eft une ame double ; avec Diocle , qui ne s'attache à perfonne ; avec Thelphe , qui n'a jamais obligé qui que ce foit ; avec Amyntas , railleur impitoyable , avec qui , dans un cercle , votre amour propre effuie mille petits affronts qui vous le font haïr ? Pourquoi rendre fervice à tous ces gens là , préférablement à moi que vous aimez? Pourquoi femblez-vous vous-mêmes en faire plus de cas que de moi ? C'eft que leurs vices , me répondit un de la bande , leur donnent une importance que

votre vertu ne vous donne point. Voulez-vous
que nous vous parlions franchement, ma foi,
rien n'eſt d'une moindre reſſource, rien ne tarit
tant au plaiſir de la ſociété, qu'un hommme auſſi
effectivement bon que vous l'êtes à tous égards :
ſon entretien n'a rien de vif, rien qui flatte
la curioſité maligne que nous avons tous mutuellement ſur ce qui nous regarde. Que diantre faire avec un homme contre l'eſprit de qui
le vôtre n'a point à ſe précautionner dans la
converſation ? De quoi s'occuperoit-on avec lui,
de qui on ne peut eſpérer aucun trait de malice,
& à qui par conſéquent on n'en peut rendre ;
qui ne médit de perſonne, & qui par-là ne vous
apprend rien ; qui ne vous diſpute jamais ſon ſuf-
frage quand vous avez de l'eſprit avec lui, qui
n'eſt point jaloux de cet eſprit ; ce qui ôte la
vanité d'en avoir ; d'un homme avec qui votre
amour propre languit dans une éternelle ſécu-
rité, d'où naît l'ennui ; d'un homme de qui vous
ne craignez rien, ni ſur vos intérêts, ni ſur
votre réputation ; de qui vous n'attendez rien à
votre avantage contre celui des autres : ce qui
n'établit aucun motif de liaiſon, ni d'intrigues
entre vous & lui ? Hé bien ! vous êtes un bon
garçon, je vous aime, parce que vous ſerez
toujours bon pour moi ; mais vous me laſſez,
parce que vous ne ſerez jamais mauvais pour
perſonne. Nous ne vous avons point rendu ſervice, dites-vous. Eh ! par où nous excitez-vous
à vous ſervir ? Etes-vous capable de vous venger
de nos refus là-deſſus ? Non, je vous l'ai dit,
vous ſerez toujours bon, toujours généreux ;
ainſi, ce n'eſt pas la peine de ſe donner du
mouvement pour un homme dont on ne peut
rebuter la bonté, ni s'attirer la rancune. Pour

ceux que vous venez de nommer, je paſſe le
tems, ou à me tenir ſur mes gardes avec eux,
ou à m'en faire craindre, ou à m'en divertir :
mais vous, vous n'êtes qu'aimable : & quoi encore ? Aimable : & en vérité cela n'anime point ;
car on vous aime, & puis c'eſt tout.

Il alloit continuer ; mais moi, ſaiſi de fureur,
à la vue de l'iniquité des hommes, je dis à tous
ces indignes de ſortir ; ce qu'ils firent en ſe
moquant de moi. Le lendemain je vendis le reſte
de mon bien ; & m'éloignant de ma patrie,
auſſi bien que des hommes qui m'étoient odieux,
je fis bâtir cette maiſon dans ce déſert, où je
vis de ce que me rapportent quelques arpens
de terre que j'y cultive.

CHAPITRE III.

Mémoires d'une Coquette retirée du monde.

J'AI ſoixante-quatorze ans paſſés, quand j'écris
ceci : il y a donc bien long-tems que je vis ;
bien long-tems, hélas ! je me trompe : à proprement parler, je vis ſeulement dans cet inſtant-
ci qui paſſe ; il en revient un autre qui n'eſt déjà
plus, où j'ai vécu, il eſt vrai ; mais où je ne
ſuis plus ; & c'eſt comme ſi je n'avois pas été :
ainſi, ne pourrois-je pas dire que ma vie ne
dure pas ; qu'elle commence toujours ? Ainſi,
jeunes & vieux nous ſerions tous du même âge.
Un enfant naît en ce moment où j'écris ; & dans
mon ſens, toute vieille que je ſuis, il eſt déjà

auſſi ancien que moi. Voilà ce qui me ſemble,
& ſur ce pied là, qu'eſt-ce que la vie? Un rêve
perpétuel, à l'inſtant près dont on jouit, & qui
devient rêve à ſon tour. Je connois un pauvre
homme qui a beaucoup ſouffert depuis trente
ans : je connois un grand Seigneur qui a paſſé
tout ce tems-là dans la joie : lequel aimeriez-
vous mieux avoir été, ou le pauvre, ou le grand
Seigneur? Quelque choix que vous faſſiez, vous
n'en ferez ni mieux, ni plus mal : voilà pourtant à quoi aboutiſſent le bonheur ou le malheur
de cette vie ; peines paſſées, plaiſirs paſſés,
tout ſe confond, tout eſt égal : les Rois n'ont
qu'à profiter de l'inſtant dont ils jouiſſent, ils ne
ſont heureux que cet inſtant ; & de ce court
bonheur qu'ils ont, c'eſt à eux à en bien choiſir
l'eſpace, tant court qu'il eſt, il a d'éternelles
conſéquences.

Je ſuis vieille, ceux qui liront ceci doivent
me pardonner les réflexions par où je commence : réfléchir ſur ces matières-là, eſt, je
crois, un tribut qu'il faut payer une fois en ſa
vie : il vaudroit mieux le payer quand on eſt
jeune, cela procureroit un vie plus tranquille
& plus innocente, & diminueroit beaucoup de
la valeur que nous trouvons à je ne ſais combien de petites doctrines hardies dont nous nous
gâtons les uns les autres, & qui nous paroîtroient bien foibles, ſi nous n'avions pas un
intérêt préſent à les trouver fortes, ou ſi nous
n'avions pas le ſang trop chaud.

Quoi qu'il en ſoit, voilà mon exorde : ce
qui me reſte à dire va m'engager d'abord à des
détails plus amuſans, & me ramenera enſuite
aux réflexions les plus ſérieuſes.

On me maria à dix-huit ans : je dis qu'on

me maria ; car je n'eus point de part à cela :
mon père & ma mère me promirent à mon
mari, que je ne connoissois pas : mon mari me
prit fans me connoître ; & nous n'avons point
fait d'autres connoissances ensemble que celle
de nous trouver mariés, & d'aller notre train,
fans nous demander ce que nous en penfions ;
de forte que j'aurois dit volontiers : quel est
donc cet étranger dont je fuis la femme.

Cet étranger cependant étoit un fort honnête
homme, de trente-cinq à quarante ans, avec
qui j'ai vécu comme avec le meilleur ami du
monde ; car je n'eus jamais pour lui ce qu'on
appelle amour ; il ne m'en demanda jamais :
nous n'y fongeâmes ni l'un ni l'autre, & nous
nous fommes très-tendrement aimés fans cela.

Sept ou huit mois après notre mariage, un
aimable homme de notre fociété s'avifa de prendre du goût pour moi : dès que je m'en apperçus, je le condamnai à foupirer en vain,
car j'étois fage ; mais nous autres femmes, lorfqu'un homme nous aime, il n'y a pas moyen
que nous le congédiions fans retour ; la vertu
nous dit, il ne faut point avoir d'amant ; &
là-deffus nous renvoyons celui qui nous vient :
mais il ne s'en retourne pas fi vîte ; car notre
vanité lui fait figne d'attendre : & il attend,
comme fit le mien, que je traitois avec froideur,
& que j'agaçois par mille petites bagatelles,
dont il ne dépendoit pas de moi de m'abftenir, parce que j'étois femme, & qu'on ne peut
être femme fans être coquette ; il n'y a que
dans les romans qu'on en voit d'autres ; mais
dans la nature, c'eft chimère, & les véritables
font toutes comme j'étois : par exemple, lorfque je me fentois dans un jour de beauté,

que j'étois avantageusement parée , j'étois bien
aise que l'amant dont je parle me vît alors ;
je l'en rebutois de meilleur courage , parce
que je savois bien qu'il n'y avoit point de danger à le faire : je l'aurois défié de me quitter,
j'étois trop belle pour lors : ainsi , je laissois
ma sagesse se donner carrière , j'affligeois hardiment mon homme , quand mes agrémens pouvoient soutenir tout ce fracas-là : mais j'allois
plus doucement , quand je me sentois moins
forte.

Et qu'on n'aille pas dire que c'est-là une grande
coquetterie ; car c'est la moindre de toutes celles
qu'une femme peut avoir : ce n'est encore-là
qu'une coquetterie machinale. Vraiment quand
la réflexion s'en mêle c'est bien autre chose.

Cependant l'épouse de cet honnête homme
connut , à n'en pouvoir douter , qu'il m'aimoit :
elle s'en allarma , comme de raison , & vint me
rendre visite un jour qu'il étoit avec moi ; ils
parurent déconcertés en se voyant ; un moment
après il sortit , & j'allois continuer la conversation avec elle , quand elle me dit en souriant,
mon mari vous aime , Madame , & vous méritez
d'être aimée plus que personne au monde : ainsi
je n'entreprends point de le détacher de vous ,
j'y perdrois mes efforts ; il vaut mieux que j'aie
recours à vous même , & que je remette mes
intérêts entre vos mains. C'est donc à vous , à
votre amitié pour moi , que je redemande mon
mari : j'ai de l'attachement pour lui , & il le
mérite , au penchant près qu'il sent , & qu'il est
bien difficile de ne pas sentir pour une femme
aussi bienfaite que vous l'êtes : je suis sûre
que ce penchant vous est à charge , & il m'afflige ; je ne lui ai rien dit encore : j'ai cru
que

que vous le ramèneriez mieux que moi , &
qu'il feroit plus touché du chagrin qu'il me donne
fi vous l'y rendiez fenfible. Il m'aimoit autrefois ; difpofez-donc fon cœur à plaindre du moins
le mien ; l'eftime & le refpect qu'il a pour vous
donneront du poids à ce que vous lui direz en ma
faveur ; feignez que je fuis aimable , & il vous
croira : vous l'en perfuaderez encore mieux que
ne feroient mes reproches.

A peine eut-elle achevé de parler que je
l'embraffai de tout mon cœur , je me jettai dans
fes bras , je crois même que nous pleurâmes ; &
le moyen à mon égard que je ne me fuffe pas
attendrie , que je n'euffe pas été remplie de zèle
pour les intérêts d'une femme qui venoit me
dire que j'étois plus aimable qu'elle , & qui
demandoit quartier à mes charmes : le tour étoit
trop adroit. Auffi je n'y réfiftai pas , je l'embraffai
encore , & puis je recommençai , je l'accablai
de careffes , je la trouvai adorable , cent fois
plus belle que moi ; car l'amour propre , quand
il a fon compte , eft fi tendre , fi reconnoiffant ,
fi modefte ; il rend tout ce qu'on lui donne.

Je ne rapporterai point les difcours que nous
nous tînmes ; notre attendriffement rendit la fcène
affez muette , je l'affurai qu'elle feroit contente ,
& elle me quitta.

Son mari rentra qu'il n'y avoit pas un demi-
quart d'heure qu'elle étoit fortie ; la joie étoit
peinte fur fon vifage. Madame , me dit-il , voilà
qui eft fini , je ne vous ferai plus importun ;
je viens vous demander pardon de l'avoir été :
je vous admire , vous êtes la vertu même : (&
je me ferois bien paffée de ces éloges-là ; ils me
déplurent par preffentiment.) J'écoutois à la
porte de votre chambre lorfque ma femme vous

I

a parlé, ajouta-t-il ; je fuis charmé d'elle :
quelle femme ! quel caractère ! Voyez comme
elle m'aime, elle redemande mon cœur ; elle
veut le tenir de vous : elle l'aura, Madame,
vous avez promis d'y faire vos efforts, & je
vous obéis. Je ne vous ai pas encore parlé,
lui répondis-je affez vivement : oh ! vous avez
raifon, ajouta-t-il, fans m'entendre : oui, j'a-
vois un grand tort, je le fens tout entier : la
pauvre enfant ! quelle tendreffe ! vous ferez contente, vous m'eftimerez ; car je vais l'aimer plus
que jamais.

　　Là deffus il partit, ou plutôt il vola, fans
me donner le tems de lui répondre un mot : pour
moi je reftai immobile : je me regardai comme
une dupe. Si j'avois revu fa femme dans ce moment-là, elle n'auroit pas eu fi bon marché de
moi : je ne l'aurois pas trouvée fi charmante ; je
ne lui avois dit qu'elle l'étoit qu'à condition que je
la ferois toujours plus qu'elle : fon mari ne tenoit
pas la condition, & cela ne m'accommodoit point.

　　Je fus long-tems étourdie de ce que je venois
d'entendre : à la fin fortant de ma place, où il
m'avoit comme fixé, & fouriant de dépit : voilà
une petite femme qui va être bien glorieufe ; mais
je l'humilierai peut-être ; & fon mari n'eft qu'un
étourdi.

　　En effet j'arrêtai dans mon efprit que je tra-
vaillerois à la rechute de ce mari : je lui deftinai
quelques regards qui n'étoient guère charitables
pour la femme : mais d'autres incidens me firent
oublier ce malin projet. Cette femme là vit encore ; & il n'y a pas plus de dix ans que je lui ai
pardonné : avant ce tems-là fa figure m'a toujours
déplu ; je voyois bien qu'elle étoit aimable, &
avec tout cela je la voyois fans en rien croire :

un peu de vanité rend ces circonſtances là poſſibles.

Après cette aventure, je plus à un jeune homme, beau, bienfait, qui, de l'air dont il m'annonça ſon amour, m'en parla comme d'une faveur qu'il me faiſoit ; mais je trouvai la faveur impertinente, & je l'en remerciai ſans en vouloir : autant que je m'en ſouviens mon remerciment fut plaiſant.

Vous m'aimez donc, lui dis-je ? à la bonne-heure : continuez mon cher ; apportez-moi ſouvent votre belle figure, & ces beaux airs de tête, ils me divertiſſent déjà ; c'eſt toujours quelque choſe. Eh ! que ſait-on ? à force de rire de la bonne opinion que vous en avez, je m'y accoutumerai peut-être, on ſe fait à tout : tenez je gagerois que vous avez pu plaire à quelque femme ; continuez, vous dis-je.

Apparemment que l'épreuve que je lui propoſois lui parut trop douteuſe ; car il me quitta. Hélas ! s'il avoit tenu bon, je n'aurois voulu répondre de rien, il auroit pu réuſſir : les femmes l'appelloient le beau garçon : cette réputation là eſt bien intéreſſante pour nous ; car nous ſommes ſi ſottes, ou ſi diſpoſées à le devenir ; ſi ce n'avoit pas été lui que j'aurois aimé, ç'auroit été le titre qu'on lui donnoit, cela revient au même, & même tout auſſi bien.

Après que je l'eus congédié, mon mari eut une affaire de conſéquence, dont le jugement dépendoit d'un homme en place ; mon mari l'alloit voir ſouvent, & n'en rapportoit pas de grandes eſpérances ; j'allai le voir à mon tour, j'en reçus l'accueil le plus obligeant : il me pria d'entrer dans ſon cabinet ; & là me fit la réuſſite de notre affaire d'une difficulté inſurmontable : je ferois

pourtant l'impossible ; ajouta-t-il, pour obliger
une aussi belle Dame que vous. Là-dessus il me
baisoit la main, avec des yeux qui applanissoient
toutes les difficultés, si j'avois voulu aller par le
chemin qu'il m'enseignoit. Monsieur, lui dis-
je d'un air sec & sérieux, notre affaire est perdue, je l'abandonne. Un homme aussi zélé que
vous l'êtes pour moi n'est plus en état de rendre
justice : cependant j'informerai mon mari des
dispositions où je vous laisse, & je suis persuadé
qu'il a trop d'honneur pour abuser du mépris que
vous feriez du vôtre.

Je vis à ces mots son visage s'allonger de
moitié : je lui fis la charité de ne vouloir pas
le regarder fixement, & je sortis dans une situation d'esprit que je ne puis bien exprimer.
Une autre femme que moi à qui pareille chose
feroit arrivée, & qui en la racontant voudroit
se peindre un peu en beau, diroit qu'elle sortit
toute scandalisée, & s'arrêteroit-là : mais voici
ce qu'elle supprimeroit, & ce que j'avoue ;
c'est que je fus scandalisée aussi, mais en hypocrite ; car je n'étois pas fâchée qu'on m'eut donné
le scandale : ma colère étoit sans rancune : au
bout du compte, une laide auroit été plus res-
pectée.

Notre affaire auroit eu sans doute un mauvais succès, si elle étoit restée entre les mains de cet honnête arbitre que j'avois fait rougir de ses bontés
pour moi : mais on la remit au jugement d'un autre
par je ne sais quel accident qui arriva. Cet autre étoit un vieillard gracieux, qui en son tems
avoit été grand ami des Dames, & qui dans
ses vieux jours ne pouvant plus être aimé d'elles,
s'amusoit à leur montrer qu'il les aimoit toujours, & les prioit de lui pardonner le peu

d'agrémens qu'il avoit pour elles, en récompense du plaisir qu'elles lui faisoient encore.

On me mena chez cet aimable vieillard, que je trouvai effectivement tel qu'on me l'avoit dépeint; c'étoit un homme qui avoit plus d'âge que de vieillesse : voilà comment mes yeux en jugèrent, & la distinction n'est pas si frivole. Il me fit mille politesses, me promit une prompte décision, & remercia joliment le sort qui lui donnoit occasion de m'obliger.

Les jeunes gens seroient trop dangereux, si dans leurs procédés ils ressembloient à ce bon homme. Que deviendrions-nous, si leurs manières étoient aussi charmantes que leur jeunesse ? En vérité nous n'aurions pas assez de vertu contre eux : mais ils sont impertinens, cela nous dégoûte d'eux : & franchement nous nous sauvons mieux avec ce dégoût-là, qu'avec de la vertu ; il nous est plus aisé d'être sages, quand nous ne sommes plus tentées d'être folles.

Huit jours après ma visite chez ce vieillard nous fumes avertis qu'il avoit réglé notre affaire plus favorablement que nous ne l'avions demandée : en effet, je crois qu'il nous accorda par galanterie, ce que nous aurions eu de la peine à mériter par justice.

Il faut l'avouer, les hommes galans en pareil cas, quand une jolie femme leur parle, sont sujets à s'exagérer la valeur de ses raisons : c'est un défaut sans doute ; mais je l'aimerois encore mieux que celui de ces hommes austères, que j'ai connus, qui, afin de n'être point surpris par une femme aimable, commencent par trouver toutes ses raisons mauvaises pour ne point risquer de les trouver trop bonnes : ce qui est de vrai, c'est qu'il est bien difficile d'être juste quand on

est si austère ; & pour moi, je crois qu'on est
déjà surpris, quand on craint tant de l'être. Je
souhaite que ce que je dis ici engage à quelques réflexions les personnes du caractère dont
je parle. Je n'écris l'histoire de ma vie que dans
l'espérance qu'elle pourra servir à l'instruction
des autres. Revenons à moi.

Je recevois tous les jours tant de preuves
que j'étois aimable, & ces preuves-là me faisoient tant de plaisir, que je n'oubliois rien pour
en recevoir tous les jours de nouvelles. Quand
je dis que je n'oubliois rien, quelque forte que
soit cette expression, elle ne signifie rien en
comparaison de ce que je veux dire ; mais comment faire ? Nous avons tant de foiblesses qu'on
ne peut exprimer, qui n'ont point encore de
nom dans la langue, & qui peut-être n'en auront jamais ; le tout en conséquence de l'envie
que nous avons de plaire à ces hommes, dont
nous avons gâté le goût, & que nous ne pi-
quons plus, si nous ne donnons à nos agrémens naturels, un certain assaisonnement dont
nous ne saurions nous parer qu'au dépens de la
pudeur, qui devroit être la plus aimable de
nos graces : de sorte qu'aujourd'hui ce n'est pas
assez d'être née belle ou jolie, cela ne vous
sert de rien ; vous avez affaire à des yeux vicieux, qui trouvent la beauté insipide, si vous ne
l'animez d'un air de corruption qu'on est obligé
d'y mettre, qu'il est difficile d'attraper, si vous
n'avez vous-même les sentimens un peu libertins,
& qu'il ne faut pas outrer pourtant ; car vous
vous déshonoreriez si vous ne vous arrêtiez
pas au point requis. A la vérité, on l'a poussé
si loin, qu'il faudroit être bien mal à droite,
ou bien effrontée pour le passer.

Pour moi, j'eus d'abord de la peine à me jetter dans cet excès de coquetterie : la mienne étoit encore timide ; mais petit à petit elle s'enhardissoit : un dégré d'immodestie que je me promettois le matin, m'effrayoit. Je le soutenois en femme embarrassée, mais je m'y accoutumois dans la journée : à la fin je riois de moi, comme j'aurois ri d'une provinciale ; & le soir n'étoit pas venu, que je méditois pour le lendemain une liberté de plus.

Cependant il me restoit encore de légers scrupules qui me retardoient quand le hasard me lia avec une demi - douzaine de femmes plus courageuses que moi, & dont le commerce acheva de me défaire de ce peu de retenue poltronne qui me restoit. D'ailleurs, mes années commençoient à me quitter ; leur course me sembloit plus rapide qu'à l'ordinaire : j'étois jeune encore ; mais je ne me voyois pas loin de ce terme, où la jeunesse d'une femme devient équivoque, où l'on ne sait plus quel âge elle a ; & je croyois qu'avec une figure galante j'en paroîtrois plus long-tems jeune : mais que de fatigues pour l'avoir cette figure galant eaussi bien que pour la varier ! Comment se coëfferat-on ? Quel habit mettra-t-on ? Quels rubans ? De quelle couleur seront-ils ? Celle-ci est plus douce ; celle-là plus vive. Comment se déterminer ? Un air de douceur est bien touchant, un air de vivacité bien frappant. Où prendre un conseil pour un choix qui va décider pour nous de la gloire de toute une journée ? Choisir l'air doux, c'est peut-être manquer son coup : prendre l'air vif, c'est peut-être se rendre les yeux trop rudes. Il s'agit de consulter son miroir, & si jamais l'ame a porté des jugemens

I iv

d'une justesse admirable , si jamais ses attentions
sur quelque chose , ses examens , ses discutions
furent des prodiges de force , de goût , d'exactitude & de finesse ; de ces prodiges si éton-
nants , n'allez pas l'en croire capable ailleurs que
dans une femme qui est à sa toilette. Et voyez
après combien cette ame est petite de n'être jamais si judicieuse , & de n'y regarder jamais de
si près , que dans une occasion de si peu d'importance.

Je ne dirai rien des habits , ni de l'embarras
que j'avois quelquefois à savoir si je me parerois
beaucoup ou guère : combien de fois suis-je sor-
tie de chez moi dans un ajustement que je me
repentois d'avoir pris ! & quand je voyois venir
des hommes de loin dans une promenade , avec
quelle inquiétude n'attendois-je pas qu'ils me re-
gardassent préférablement à celles avec qui j'é-
tois ! en tenant alors ma meilleure amie sous le
bras , mon amitié pour elle alloit & venoit , suivant qu'on étoit plus ou moins curieux d'elle ou
de moi : & ne vous imaginez pas , lorsqu'il passoit une belle femme , que je la regardasse ;
j'avois trop de peur de la trouver belle , & qu'elle
ne le remarquât.

C'étoit ainsi que je vivois , quand un homme
veuf , qui s'étoit rendu mon amant , & qui avoit
une fille de dix-sept à dix-huit ans , rompit le
commerce que nous avions ensemble cette jeune
personne & moi , & lui défendit à mon insu de
me voir.

Il l'envoya d'abord à la campagne chez une
de ses parentes , afin de m'accoutumer d'une
façon plus honnête à la perdre de vue ; mais elle
revint , & depuis son retour , je ne la vis pas
deux fois en un mois ; j'en étois étonnée , & j'at-

tribuois cela à un de ces caprices qui prennent
souvent aux femmes. Son père même en levoit
les épaules avec moi, & traitoit son humeur de
volage : mais la fille m'aimoit, & comme elle
obéissoit à contre cœur, elle confia à quelqu'un
les véritables raisons de son procédé avec moi.
Ce quelqu'un ne put se coucher sans venir en
secret me faire cette confidence ; & voilà comme
nous sommes faites, cela est dans l'ordre : quand
nous trouvons occasion de mortifier notre prochain, & que la malignité naturelle qui nous y
porte peut se mettre à l'abri d'un air de bienveillance, oh! elle est bien charmée.

J'appris donc pourquoi cette fille ne me voyoit
plus, & je l'appris au moment que je venois de
quitter son père, qui ne m'avoit jamais paru plus
tendre que ce jour-là.

Je rougis au rapport qu'on me fit, & je ne
me ressouviens point d'avoir jamais reçu de leçon
d'honneur plus vive ; car je me doutai tout d'un
coup des motifs qu'avoit eu le père, quand il
avoit fait cette défense. Je compris l'affront qui
m'en revenoit & je fus honteuse de le mériter ;
j'étois si outrée que je fus m'enfermer sur le champ
pour lui écrire : je ne le ménageai point dans ma
lettre, & je la finis en lui défendant à mon
tour d'une façon terrible de revenir jamais chez
moi.

On me dit que la lecture de ma lettre l'avoit fait
rire ; il y répondit aussi-tôt, & voilà à peu près
quelle étoit sa réponse.

Il est vrai que j'ai défendu à ma fille de vous
voir : eh bien ! en vérité cela vaut-il la peine
que nous nous brouillons ensemble, ma charmante. En conscience, mon intention a été pardonnable : j'avoue que je ne vous l'ai pas dit,

parce que j'ai regardé cela comme un petit ar-
rangement domeftique, dont il n'eft pas befoin
de vous étourdir, ma reine. Ecoutez-moi fans
vous fâcher : je veux marier ma fille ; cela eft
jufte : or ma fille, en vous voyant fi aimable,
voudroit la devenir autant que vous l'êtes ; &
moi j'ai cru bonnement qu'il ne lui appartenoit
pas encore de fe donner tant de graces, &
qu'elles pourroient nuire au projet que j'ai formé
de lui trouver un époux. Dès qu'elle fera mariée, je vous la rends ; êtes-vous contente ?
Bonfoir, plus de promptitude, ma déeffe. J'aurois
grande envie d'aller me jetter à vos genoux
pour vous demander pardon d'une faute malheureufement néceffaire : ce fera quand il vous
plaira : j'attendrai patiemment, fans murmurer,
comme on attend les faveurs des dieux : entre
nous pourtant je me veux mal, d'être le père
d'une petite friponne qui eft caufe que vous m'a-
vez tant querellé. Je vous dirai que cette étourdie ne veut plus être qu'en corfet, pour ne vous
avoir jamais vue autrement ; voyez, je vous prie,
fi je n'ai pas befoin d'ufer de précaution avec
elle.

Je déchirai cette lettre en mille morceaux,
mais comme on voit je l'ai gardée long-tems
dans ma mémoire ; & fans que je m'en apper-
cuffe trop, cet événement tempéra beaucoup ma
coquetterie, fans m'en délivrer entièrement.

Je n'étois plus jeune, mais j'avois de l'embonpoint, & dans mon efpèce je me trouvois très-
aimable ; non pas aimable comme une jeune
femme : mais n'y a-t-il pas des charmes de différens caractères ? Une femme faite & d'un certain âge, n'a-t-elle pas les fiens ? Voilà comme
je raifonnois pour le repos de mon ame, &

effectivement je durai quelque tems avec le fecours de cette idée-là : mais dès-lors mes appas
étoient déjà fi confirmés ; j'étois tellement une
femme faite, que je la fus bien-tôt trop, & que
toute reffource épuifée, il fallut au bout du
compte en venir à la raifon, & voir au vrai ce
que j'étois.

Je le vis donc, & avec moins de chagrin qu'on
ne penfe ; car à travers toutes mes chimères, de
tems en tems la vérité avoit percé comme un
éclair ; de forte que, quand elle parut tout-à-
fait, je la vis comme une chofe dont j'avois déjà
eu des nouvelles.

Me voilà donc vieille, & reconnue par moi
pour telle, & avec ces débris de beauté qui font
connoitre aux autres qu'on a été belle. Eh bien !
puifqu'il faut le dire, ces débris-là me flattoient
encore ; je m'intéreffois à ce qu'on en penfoit :
cela eft bien fort, j'en conviens ; mais auffi c'eft
l'hiftoire d'une femme que je rapporte. Coquettes quand nous fommes aimables ; coquettes
quand nous ne le fommes plus : dans le premier
cas, nous travaillons à être aimées ; dans le fecond, nous travaillons à montrer que nous avons
mérité de l'être ; de façon que fouvent je faifois
encore l'agréable, & quelquefois j'ofois efpérer
que je plairois : ce qui jettoit un ridicule dans
mes actions, qui m'attira une rigoureufe correction.

Allant un jour rendre vifite à une Dame, qui
la veille avoit été avec moi d'une partie de campagne avec d'autres perfonnes, on me dit qu'elle
n'étoit point chez elle, mais qu'elle alloit revenir.

J'entrai dans fon cabinet pour l'attendre, &
j'y cherchois fur des tablettes un livre pour

m'amufer , quand je vis tomber un billet à mes
pieds : (nous fommes curieufes nous autres :) je
ramaffai le billet , & l'ouvris , me doutant bien
qu'on y traitoit d'amour , & je ne me trompois
pas : mais ce que je n'aurois pas deviné , c'eft
qu'il y étoit traité à mes dépens ; l'honnête
homme qui écrivoit fe plaignoit à la Dame de la
gêne où j'avois mis fon cœur , en l'accompagnant
à une promenade particulière qu'ils firent à
cette campagne. Et remarquez que cet homme ,
qui m'en voulois tant , m'avoit alors au fortir du
dîner fait des complimens dont je m'étois , je
l'avoue , félicitée , comme d'une bonne fortune ;
& il eft vrai qu'en conféquence de ces mêmes
complimens , qui m'avoient toute réjouie , je
m'étois plu à être avec lui , & l'avois perdu de
vue le moins qu'il m'avoit été poffible. Voici à
préfent quel étoit fon ftyle dans le billet.

Au nom de notre amour , ma chère Maîtreffe ,
rompez avec cette vieille Madame de . . . c'eft
une charité que vous me ferez , car je la hais
autant que je vous aime. Savez-vous bien pourquoi elle vous fuivit hier dans cette allée où
nous nous promenâmes ? Vous ne le devineriez
pas : c'eft qu'elle tomba fubitement amoureufe
de moi ; & cet amour-là , c'eft un mauvais tour
que m'a joué une honnêteté que je lui fis. Pefte
foit de la politeffe ! Imaginez-vous qu'au fortir
du repas j'eus le malheur de la gracieufer fans
réflexion , parce que vous veniez de me ferrer
la main , & que j'en avois une joie qui atten-
driffoit toutes mes expreffions , & qui m'auroit
fait gracieufer ma bifaïeule fi elle avoit été-là.
La bonne Dame a pris ma diftraction pour un
hommage , & s'eft mife à m'aimer fans autre
forme de procès. Ainfi me voilà chargé de fon

cœur, pour n'avoir fçu ce que je lui difois. Que
ferai-je de cette antiquaille-là ? Défaite-m'en,
je vous prie ; car cette femme-là voudra que
je l'aime de gré ou de force ; elle le voudra,
vous dis-je : vous ne favez pas ce que c'eft que
la coquetterie de ces femmes-là ; il n'y a rien
de fi opiniâtre, & j'ai bien peur, fi vous n'y
mettez ordre, qu'elle ne vienne relancer fon
infidèle chez vous. Oh parbleu ! épargnez-moi
l'embarras de faire le cruel. Faudra-t-il que je
lui demande quartier ? Tout de bon, mon amour,
brouillez-vous avec elle, pour m'en délivrer ; &
fi cela ne fuffit pas, dites-lui que je médis d'elle,
& que je fais fon âge. Bonjour, mes belles
mains, je vous adore ; & j'irai vous le jurer dans
un quart d'heure.

Je repliai le billet bien proprement après l'a-
voir lu, & m'en allai fur le champ digérer mon
aventure ; & après bien des réflexions, bien
des projets de vengeance, bien des foupirs, & beaucoup de honte, je conclus . . .
Hélas ! je ne conclus rien : je me couchai feulement trifte, vaine & humiliée ; mais un mois
après je conclus quelque chofe.

Un de nos amis nous avoit invités à venir
dîner chez lui, mon mari & moi : nous y al-
lâmes au jour marqué. Le portier nous laiffe entrer fans nous rien dire : je monte, je rencontre
une femme de chambre qui pleure, & paffe
fans me voir : inquiété de ce que cela fignifie,
je parviens jufqu'à la chambre de la Dame avec
qui j'étois fort liée, & de qui j'étois la confidente,
comme elle étoit la mienne : je la vois par der-
rière dans un fauteuil ; d'auffi loin que je l'apperçois, je cours à elle pour la furprendre &
l'embraffer : je me jette à fon col ; dans l'in-

ftant j'entens des cris & des fanglots dans un cabinet prochain, je vois que c'eft une femme morte, que je tiens embraffée.

Tout mon fang fe glaça dans mes veines, & je tombai fur elle évanouie : le cri que je fis en tombant fit fortir les perfonnes qui étoient dans le cabinet : c'étoient fon mari & fon fils, jeune homme âgé de dix-huit ans. Des prêtres arrivèrent : mon mari entra : on me fit revenir : mon évanouiffement fut court : j'ouvris les yeux dans le moment qu'on emportoit le corps de mon amie : j'en frémis encore : fa tête penchoit, je vis fon vifage. Jufte ciel ! quelle différence de ce qu'il étoit alors, à ce que je l'avois vu trois jours avant ! L'apoplexie, dont elle étoit morte, en avoit confondu les traits. Ah ! quelle bouche & quels yeux ! quel mêlange de couleurs horribles !

J'ai vu dans ma vie bien des figures, que l'imagination du peintre avoit tâché de rendre affreufe ; mais les traits qui me frappèrent, ne peuvent tomber dans l'imagination : la mort feule peut faire un vifage comme celui-là ; il n'y a point d'homme intrépide que cela ne rappellât fur le champ à une trifte confidération de lui-même. Toutes ces laideurs funeftes, on les trouve en foi, elles nous appartiennent. On croit être ce que l'on voit, & l'on frémit intérieurement de fe reconnoître.

Mais paffons : il fallut prefque me porter jufqu'à mon carroffe, & je me mis au lit dès que je fus arrivée chez moi

Milles triftes penfées vinrent m'affaillir alors, & pour la première fois, je fongeai que j'étois deftinée à mourir. Hélas ! mon amie n'avoit pas eu le tems de faire cette réflexion-là. Je favois

que lorfqu'elle mourut , il y avoit bien loin des
idées qui l'occupoient à l'idée de la mort , &
je me demandois ce qu'elle étoit devenue par
inquiétude pour ce que je pourrois devenir moi-
même. Où étoit-elle alors ? Ne reftoit-il rien
d'elle que ce corps fans mouvement , que j'avois
vu emporter ? Cette ame fubitement enlevée à
tant de chimères , quel étoit fon fort ? Et moi
je mourrai donc auffi , me difois-je , & j'ai vécu
jufqu'ici fans le favoir ; mais qu'eft-ce que mourir ? Et quelle aventure eft-ce que la mort ?
Qu'elle eft terrible , fi j'en crois ma religion !
A Dieu ne plaife qu'on me foupçonne d'avoir un
feul inftant de ma vie douté de ce qu'elle nous
dit : je rapporte fimplement la manière dont fe
tournoient alors mes penfées. Eh ! y a-t-il quelqu'un parmi nous qui puiffe douter de la vérité de
fa religion ? L'efprit pourroit-il s'égarer jufques-
là ? Eft-il de perverfité du cœur qui puiffe entraîner tant de bêtife ? Non , je ne l'imagine pas.
Et s'il y a même des impies , qu'ils faffent les
incrédules là-deffus tant qu'ils voudront ; mais
qu'ils ne fe flattent pas de l'être : car ils fe
trompent , & confondent les chofes ; qu'ils s'exa-
minent bien férieufement ; je ne fuis qu'une
femme , & je leur affure qu'ils ne trouveront
en eux qu'un profond oubli de Dieu , qu'un violent dégoût pour tout ce qui peut les gêner dans
leur libertinage , & qu'une malheureufe habitude de vivre à cet égard-là , fans réflexion :
c'eft tout cela qu'ils prennent pour incrédulité ;
il ne peut pas y en avoir d'autre. Quand on
n'aime pas fes devoirs , en fentant qu'ils font incommodes , on croit voir qu'ils font inutiles.
Voilà la méprife funefte qu'un cœur corrompu
fait faire à l'efprit ; voilà ce qui fournit aux

libertins toute leur philofophie : mais , grace
au ciel , toute folle & toute diffipée que j'avois
été pendant ma vie , Dieu ne m'avoit pas abandonnée jufques-là. J'avois eu plus de négligence
que de haine pour mes devoirs ; & quand je
penfois que la mort étoit terrible , fi j'en croyois
ma religion , c'eft que je me reprochois de l'avoir
crue cette religion , comme font une infinité
d'honnêtes gens dans le monde , qui n'ont jamais
fongé à la révoquer en doute , qui frémiroient
de le voir faire ; mais qui , contens de s'appeller
chrétiens , vivent avec ce nom-là qu'ils pro-
feffent tout auffi tranquilles que s'ils profeffoient
la chofe. Je paffai plufieurs jours dans les réflexions , pendant lefquelles le monde prit à mes
yeux une autre face.

Mon mari tomba malade , & mourut quelque
tems après , plein d'une amitié pour moi , que
je devois à fon bon cœur plus qu'à mes foins.
Je lui demandai mille fois pardon de ne lui
avoir pas donné d'affez vifs témoignages de la
mienne : je verfai un torrent de larmes , il me
ferra la main , & mourut.

Je fus quelques jours enfevelie dans la douleur la plus profonde. Il ne m'avoit point laiffé
d'enfans. Sa niéce , qui étoit orpheline , me
tint lieu de fille ; je me chargeai de fon éducation & de fa fortune , & je rompis fans retour
avec tout ce qu'on appelle plaifirs du monde ,
& avec toutes les perfonnes qui les aimoient.
Je ne fréquentai plus qu'un certain nombre de
femmes retirées qui m'affocièrent à leurs fonctions dévotes ; mais je me rebutai bientôt de
leur commerce : je ne leur entendois parler que
de leur Directeur ; leur vie fe paffoit en fcrupules , qui demandoient qu'on le revit quand on
                                        venoit

venoit de le quitter, & puis qu'on y retournât
après qu'on l'avoit vu ; & puis qu'on l'envoyât
prier de revenir, quand on ne pouvoit l'aller
chercher : cela ne me plaifoit point, je trouvois beaucoup d'imperfection dans le befoin
éternel qu'on avoit de la créature pour aimer
le créateur. Je croyois voir là-dedans que la
chair étoit plus dévote que l'efprit, & il me
paroiffoit enfin que le violent amour pour Dieu
pouvoit fort bien ne fervir au cœur que de prétexte pour une autre paffion.

Un de ces Directeurs mourut, & la Dame
à qui il appartenoit en penfa devenir folle. Son
pieux défefpoir me fcandalifa. Dieu qui lui reftoit, ne lui fuffifoit pas pour la confoler : je quittai tout-à-fait ces compagnes, qui ne pouvoient
s'accommoder de fes volontés, pour me retirer
à la campagne, où je fais mon féjour ordinaire,
& où mon Curé prend foin de ma confcience,
fans avoir rien à démêler avec mon cœur.

CHAPITRE V.

Le Miroir.

Si vous aimez, Monfieur, les aventures un peu
fingulières, en voici une qui a de quoi vous con-
tenter. Je ne vous prefferai point de la croire ;
vous pouvez la regarder comme un pur jeu d'efprit, elle a l'air de cela ; cependant c'eft à moi
qu'elle eft arrivée.

Je ne vous dirai point au refte dans quel endroit de la terre j'ai vu ce que je vais vous dire.

K

C'eſt un pays dont les Géographes n'ont jamais fait mention ; non qu'il ne ſoit très-fréquenté ; tout le monde y va, vous y avez ſouvent voyagé vous-même, & c'eſt l'envie de m'y amuſer qui m'y a inſenſiblement conduit. Commençons.

Il y avoit trois ou quatre jours que j'étois à ma campagne, quand je m'aviſai un matin de me promener dans une allée de mon parc ; retenez bien cette allée, car c'eſt delà d'où je ſuis parti pour le voyage dont j'ai à vous entretenir.

Dans cette allée je liſois un livre qui me jetta dans de profondes réflexions ſur les hommes.

Et de réflexions en réflexions, toujours marchant, toujours allant, je marchai tant, j'allai tant, je réfléchis tant, & ſi diverſement, que ſans prendre garde à ce que je devenois, ſans obſerver par où je paſſois, je me trouvai inſenſiblement dans le pays dont je parlois tout à l'heure, où j'achevai de m'oublier, pour me livrer tout entier au plaiſir d'examiner ce qui s'offroit à mes regards, & en effet, le ſpectacle étoit curieux. Il me ſembla donc, mais je dis mal, il ne me ſembla point ; je vis ſûrement une infinité de fourneaux plus ou moins ardents, dont le feu ne m'incommodoit point, quoique j'en approchaſſe de fort près.

Je ne vous dirai pas à préſent à quoi ils ſervoient ; il n'eſt pas encore tems.

Ce n'eſt pas là tout ; j'ai bien d'autres choſes à vous raconter. Au milieu de tous les fourneaux étoit une perſonne, où ſi vous voulez une divinité, dont il me ſeroit inutile d'entreprendre le portrait ; auſſi n'y tâcherai-je point.

Qu'il vous ſuffiſe de ſavoir que cette perſonne, ou cette divinité, qui en gros me parut avoir l'air jeune, & cependant antique, étoit dans un mouvement perpétuel, & en même-tems ſi rapide, qu'il me fut impoſſible de la conſidérer en face.

Ce qui eſt de certain, c'eſt que dans le mouvement qui l'agitoit, je la vis ſous tant d'aſpects, que je crus voir ſucceſſivement paſſer toutes les phyſionomies du monde, ſans pouvoir ſaiſir la ſienne, qui apparemment les contenoit toutes:

Ce que je démêlai le mieux, & ce que je ne perdis jamais de vue, malgré ſon agitation continuelle, ce fut une eſpèce de bandeau, ou de diadême, qui lui ceignoit le front, & ſur lequel on voyoit écrit la nature.

Ce bandeau étoit large, élevé, & comme partagé en deux miroirs éclatans, dans l'un deſquels on voyoit une repréſentation inexplicable de l'étendue en général, & de tous les myſtères ; je veux dire des vertus occultes de la matière, de l'eſpace qu'elle occupe, du reſſort qui la meut, de ſa diviſibilité à l'infini ; en un mot, de tous ſes attributs dont nous ne connoiſſons qu'une partie.

L'autre miroir qui n'étoit ſéparé du premier que d'une ligne extrêmement déliée, repréſentoit un être encore plus indéfiniſſable.

C'étoit comme une image de l'ame ou de la penſée en général ; car j'y vis toutes les façons poſſibles de penſer & de ſentir des hommes, avec la ſubdiviſion de tous les degrés d'eſprit & de ſentiment, de vices & de vertus, de courage & de foibleſſe, de malice & de bonté, de vanité & de ſimplicité que nous pouvons avoir.

Enfin tout ce que les hommes ſont, tout ce qu'ils peuvent être, & tout ce qu'ils ont

été, se trouvoit dans ce tableau des grandeurs &
des misères de l'ame humaine.

J'y vis, je ne sais comment, tout ce qu'en
fait d'ouvrages, l'esprit de l'homme avoit jusqu'ici produit ou rêvé ; j'y vis depuis le plus
mauvais conte de Fée jusqu'aux systêmes anciens & modernes le plus ingénieusement ima-
ginés ; depuis le plus plat écrivain jusqu'à l'auteur des mondes : c'étoit y trouver les deux extrémités. J'y remarquai l'obscure philosophie
d'Aristote ; & malgré son obscurité, j'en admirai l'Auteur dont l'esprit n'a point eu d'autres
bornes que celles que l'esprit humain avoit de
son tems ; il me sembla même qu'il les avoit
passées.

J'y observai l'incompréhensible & merveilleux tour d'imagination de ceux qui, durant
tant de siècles, ont cru non-seulement qu'Aristote avoit tout connu, tout expliqué, tout entendu ; mais qui ont encore cru tout comprendre
eux-mêmes, & ne pouvoir rendre raison de tout
d'après lui.

J'y trouvai cette idée du P. Mallebranche,
ou si vous voulez, cette vision aussi raisonnée
que subtile & singulière, & qui n'a pu s'arran-
ger qu'avec tant d'esprit, qui est que nous voyons
tout en Dieu.

Le systême du fameux Descartes, cet homme
unique, à qui tous les hommes des siècles à venir
auront l'éternelle obligation de savoir penser,
& de penser mieux que lui ; cet homme qui a
éclairé la terre, qui a détruit cette ancienne
idole de l'ignorance ; je veux dire le tissu de
suppositions, respecté depuis si long-tems, qu'on
appelloit philosophie, & qui n'en étoit pas moins
l'ouvrage des meilleurs génies de l'antiquité ;

cet homme enfin, qui, même en s'écartant quelquefois de la vérité, ne s'en écartoit plus en enfant, comme on faifoit avant lui, mais en homme, mais en philofophe, qui nous a appris à
remarquer quand il s'en écarte; qui nous a laiffé
le fecret de nous redreffer nous - mêmes; qui
d'enfans que nous étions, nous a changés en
hommes à notre tour : & qui, n'eût-il fait qu'un
excellent roman, comme quelques - uns le difent, nous a du moins mis en état de n'en plus
faire.

Le fyftême du célèbre, du grand Newton, &
par la fagacité de fes découvertes, peut-être
plus grand que Defcartes même, s'il n'avoit pas
été bien plus aifé d'être Newton après Defcartes, que d'être Defcartes fans le fecours de
perfonne, & fi ce n'étoit pas avec les forces
que ce dernier a données à l'efprit humain,
qu'on peut aujourd'hui furpaffer Defcartes même.
Auffi vois-je qu'il y a des génies admirables,
pourvu qu'ils viennent après d'autres, & qu'il y
en a de faits pour venir les premiers. Les uns
changent l'état de l'efprit humain; ils caufent
une révolution dans les idées : les autres, pour
être à leur place, ont befoin de trouver cette
révolution toute arrivée; ils en corrigent les
Auteurs, & cependant ils ne l'auroient pas
faite.

J'obfervai tous les Poëmes qu'on appelle épi-
ques. Celui de l'Iliade dont je ne juge point,
parce que je n'en fuis pas digne, attendu que je
ne l'ai lu qu'en françois, & que ce n'eft pas là
le connoître, mais qu'on met le premier de tous;
& qui auroit bien de la peine à ne pas l'être,
parce qu'il eft grec & le plus ancien. Celui de
l'Énéide, qui a tort de n'être venu que le fecond;

K iij

& dont j'admirai l'élégance, la fageffe & la majefté ; mais qui eft un peu long.

Celui du Taffe qui eft fi intéreffant, qui eft un
ouvrage fi bienfait, qu'on lit encore avec tant
de plaifir dans la dernière traduction françoife,
qu'un habile Académicien en a faite, qui y a
confervé tant de grace ; qui ne vous enlève pas,
mais qui vous mene avec douceur par un attrait
moins apperçu que fenti ; enfin qui vous gagne,
& que vous aimez à fuivre, en françois comme
en italien, malgré quelques petits concetti qu'on
lui reproche, & qui ne font pas fréquens.

Celui de Milton, qui eft peut-être le plus
fuivi, le plus contagieux, le plus fublime écart
de l'imagination qu'on ait jamais vu jufqu'ici.

J'y vis le paradis terreftre imité de Milton, par
Madame du Bo.... ouvrage dont Milton même
eut infailliblement adopté la fageffe & les corrections, & qui prouve que les forces de l'efprit
humain n'ont point de fexe ; ouvrage enfin fait
par un Auteur qui par-tout y a laiffé l'empreinte
d'un efprit à fon tour créateur de ce qu'il imite,
& qui tient en lui, quand il voudra, de quoi
mériter l'honneur d'être imité lui-même.

Celui de la Henriade, ce poëme fi agréablement irrégulier, & qui à force de beautés vives,
jeunes, brillantes & continues, nous a prouvé
qu'il y a une magie d'efprit, au moyen de laquelle un ouvrage peut avoir des défauts fans
conféquence.

J'oubliois celui de Lucain qui mérite attention, & où je trouvai une fierté tantôt romaine,
& tantôt gafcone, qui m'amufa beaucoup.

Je n'aurois jamais fait, fi je voulois parler de
tous les poëmes que je vis ; mais j'avoue que
je confidérai quelque tems celui de Chapelain,

cette Pucelle ſi fameuſe & ſi admirée avant
qu'elle parut , & ſi ridicule dès qu'elle ſe
montra.

L'eſprit que Chapelain avoit eu de ſon vi-
vant , étoit là auſſi bien que ſon poëme , & il
me ſembla que le poëme étoit bien au deſſous
de l'eſprit.

J'examinai en même-tems d'où cela venoit ,
& je compris , à n'en pouvoir douter , que ſi Chapelain n'avoit ſu que la moitié de la bonne opinion qu'on avoit de lui , ſon poëme auroit été
meilleur ou moins mauvais.

Mais cet Auteur , ſur la foi de ſa réputation ,
conçut une ſi grande & ſi ſérieuſe vénération
pour lui-même , ſe crut obligé d'être ſi merveilleux , qu'en cet état il n'y eut point de vers ſur
lequel il ne s'appeſantit gravement pour le mieux
faire ; point de rafinement difficile & biſare dont
il ne s'aviſât ; & qu'enfin il ne fit plus que des
efforts de miſérable pédant , qui prend les con-
torſions de ſon eſprit pour de l'art , ſon froid
orgueil pour de la capacité , & ſes recherches
hétéroclites pour du ſublime.

Et je vois que tout cela ne lui ſeroit point
arrivé , s'il avoit ignoré l'admiration qu'on avoit
eue d'avance pour ſa pucelle.

Je voyois que Chapelain moins eſtimé en ſeroit devenu plus eſtimable ; car dans le fond il
avoit beaucoup d'eſprit , mais il n'en avoit pas
aſſez pour voir clair à travers tout l'amour propre qu'on lui donna ; & ce fut un malheur pour
lui d'avoir été mis à une ſi forte épreuve que
bien d'autres que lui n'ont pas ſoutenue.

Il n'y a guères que les hommes abſolument
ſupérieurs qui la ſoutiennent & qui en profitent ;
parce qu'ils ne prennent jamais de ce ſentiment

K iv

d'amour propre que ce qui leur en faut pour
encourager leurs efprits.

Auffi le public peut il préfumer de ceux-là
tant qu'il voudra, il n'y fera point trompé, &
ils n'en feront que mieux. Ce n'eft qu'en les ad-
mirant un peu d'avance, qu'il les met en état
de devenir admirables ; ils n'oferoient pas l'être
fans cela, ou peut-être ignoreroient-ils combien
ils peuvent l'être.

Voici encore des hommes d'une autre efpece
à cet égard-là, & que je vis auffi dans la glace.
L'eftime du public perdit Chapelain ; elle fut
caufe qu'il s'excéda pour s'élever au deffus de
la haute idée qu'on avoit de lui, & il en périt.
Ceux-ci au contraire fe relâchent en pareil cas ;
dès que le public eft prévenu d'une certaine manière en leur faveur, ils ofent en conclure qu'il
le fera toujours, & qu'ils ont tant d'efprit, que
même en le laiffant aller cavalièrement à ce qui
leur en viendra, fans tant fe fatiguer, ils ne
fauroient manquer d'en avoir affez & de refte,
pour continuer de plaire à ce public déjà fi prévenu.

Là-deffus ils fe négligent, & ils tombent.
Veulent-ils fe corriger de cet excès de confiance qui leur a nui, je compris qu'ils s'en corrigent tant, qu'après cela ils ne favent plus où
ils en font. Je vis que dans la peur qui les prend
de mal faire, ils ne peuvent plus fe remettre à
cet heureux point de hardieffe & de retenue où
ils étoient avant leur chute, & qui a fait le
fuccès de leurs premiers ouvrages.

C'eft comme un équilibre qu'ils ne trouvent
plus, & quand ils le retrouveroient, le public
ne s'en apperçoit pas d'abord : il renonce dif-
ficilement à fe moquer d'eux ; il aime à prendre

ſa revanche de l'eſtime qu'il leur a accordée ;
leur chute eſt une bonne fortune pour lui.

Il faut pourtant faire une obſervation : c'eſt
que parmi ceux dont je parle, il y en a quelques-uns que leur diſgrace ſcandaliſe plus qu'elle
ne les abbat, & qui ramaſſant fièrement leurs
forces, lancent pour ainſi dire un ouvrage qui
fait taire les rieurs, & qui rétablit l'ordre.

En voilà aſſez là deſſus. Je me ſuis peut-être un
peu trop arrêté ſur cette matière ; mais on fait volontiers de trop longues relations de choſes qu'on
a conſidéré avec attention.

Venons à d'autres objets : j'en remarquai
quatre ou cinq qui me frappèrent, & qui chacun dans leurs genres étoient d'une beauté ſublime.

C'étoit l'inimitable élégance de Racine, le
puiſſant génie de Corneille, la ſagacité de l'eſprit
de la Motte, l'emportement admirable du ſentiment de Rhadamiſte, & le charme des graces
de l'Auteur de Zaïre.

Je m'attendriſſois avec Racine, je me trouvois grand avec Corneille ; j'aimois mes foibleſſes avec l'un, elles m'auroient déshonoré
avec l'autre.

L'Auteur de Zaïre ennobliſſoit mes idées,
celui de Rhadamiſte m'inſpiroit des paſſions terribles ; il fondoit les profondeurs de mon ame,
& je penſois avec la Motte ... permettez-moi
de m'arrêter un peu ſur le dernier.

C'étoit un excellent homme, quoiqu'il ait eu
tant de contradicteurs ; on l'a mis au-deſſous de
gens qui étoient bien au-deſſous de lui, & le
miroir m'a appris d'où cela venoit en partie.

C'eſt qu'il étoit bon à tout, ce qui eſt un
grand défaut ; il vaut mieux avec les hommes,

n'être bon qu'à quelque chofe ; & la Motte avoit ce tort.

Qu'eft-ce qu'un homme qui ne fe contente pas d'être un des meilleurs efprits du monde en profe, & qui veut encore faire des opéra, des tragédies, des odes pindariques, anacréontiques, des comédies mêmes, & qui réuffit en tout ce que je dis-là, qui plus eft ? cela eft ridicule.

Il faut prendre un état dans la République des Lettres, & ce n'eft pas y en avoir un que d'y faire le métier de tout le monde : auffi fes critiques ont-ils habillement découvert que la Motte, avec toute fa capacité prétendue, n'étoit qu'un Philofophe adroit qui favoit fe déguifer en ce qu'il vouloit être, au point que, fans fon excellent efprit qui le trahiffoit quelquefois, on l'auroit pris pour un très-bel efprit : c'étoit comme un fage qui auroit très-bien contrefait le petit maître.

On dit que la première Tragédie, dont on ignoroit qu'il fut l'Auteur, paffa d'abord pour être un ouvrage pofthume de Racine.

Dans les Fables mêmes qu'on a tant décriées, il y en a quelques-unes où il abufe tant de fa foupleffe, que des gens d'efprit qui les avoient lues fans plaifir dans le recueil, mais qui ne s'en reffouvenoient plus, & à qui un mauvais plaifant, quelque tems après, les récitoit comme de la Fontaine, les trouvèrent admirables, & crurent en effet que c'étoit la Fontaine qui les avoit faites. Voilà le plus fouvent comme on juge, & cependant l'on croit juger. Car pourquoi leurs avoient-elles paru mauvaifes la première fois qu'ils les avoient lues ? C'eft qu'ils favoient alors que la Motte en étoit l'auteur ; c'eft qu'à la tête du livre ils avoient vu le nom d'un homme qui vouloit avoir trop de fortes de mérites à la fois, qui effectivement les auroit eus, fi on n'avoit pas empêché le public de s'y méprendre, & qui même n'a pas laiffé de les avoir à travers les contradictions qu'il a éprouvées ; car on l'a plus perfécuté que détruit malgré l'efpèce d'oftracifme qu'on a exercé contre lui, & qu'il méritoit bien.

Il faut pourtant convenir qu'on lui a fait un reproche affez jufte, c'eft qu'il remuoit moins qu'il n'éclairoit, qu'il parloit plus à l'homme intelligent qu'à l'homme fenfible ; ce qui eft un défavantage avec nous qu'un Auteur ne peut affectionner ni rendre attentifs, qu'en donnant pour ainfi dire des chairs à fes penfées Ne nous donner que des lumières, ce n'eft encore embraffer que la moitié de ce que nous fommes, & même la moitié qui nous eft la plus indifférente : nous nous foucions bien moins de connoître que de jouir ? Et en pareil cas l'ame jouit quand elle fent.

Mais venons à d'autres objets, parmi les génies de l'antiquité qu'on admire le plus, & par l'excellence de leurs talens, & par une ancienne tradition d'eftime qui s'eft confervée pour eux, Sophocle & Euripide furent ceux que je diftinguai le mieux dans le miroir : j'y appris qu'ils ont été pour le moins les Corneille, les Racine, les Crébillon & les Voltaire de leur tems ; & qu'ils auroient été tout cela d'un autre, de même que nos modernes, à ce que je voyois auffi, auroient été à peu près les Sophocle & les Euripide du tems paffé.

J'avouerai pourtant, que la glace n'eft pas de l'avis des premiers, fur le prétendu affoibliffement des efprits d'aujourd'hui.

Non, Monfieur, la nature n'eft pas fur fon déclin, du moins ne reffemblons-nous guères à des vieillards, la force de nos paffions, de nos folies, & la médiocrité de nos connoiffances, malgré les progrès qu'elles ont faits, devroient nous faire foupçonner que cette nature eft encore bien jeune en nous.

Quoiqu'il en foit, nous ne favons pas l'âge qu'elle a; peut-être n'en a-t-elle point, & le miroir ne m'a rien appris là-deffus.

Mais ce que j'y ai remarqué, c'eft que depuis les tems fi renommés de Rome & d'Athènes, il n'y a pas eu de fiècle où il n'y ait eu d'auffi grands efprits qu'il en fut jamais, ou qu'il n'y ait eu d'auffi bonnes têtes que l'étoient celles de Cicéron, de Démofthène, de Virgile, de Sophocle, d'Euripide, d'Homère même, de cet homme divin, que je fuis comme effrayé de ne pas voir excepté dans la glace, mais enfin qui ne l'eft point ?

Voilà qui eft fort, m'allez-vous dire ! comment donc votre glace l'entend-elle ?

Où font ces grands efprits comparables à ceux de l'antiquité ? & depuis les Grecs & les Romains, où prendrez vous les Cicéron, les Démofthène, &c. dont vous parlez.

Sera-ce dans notre Nation, chez qui pendant je ne fais combien de fiècles & jufqu'à celui de Louis XIV, il n'a paru, en fait de Belles-Lettres, que de mauvais ouvrages, que des ouvrages ridicules.

Oui, Monfieur, vous avez raifon, très-ridicules, & le miroir lui-même en convient, & n'en fait pas plus de cas que vous; & cependant il affure qu'il y eut alors des génies fupérieurs, des hommes de la plus grande capacité,

Que firent-ils donc ? de mauvais ouvrages auffi, tant en vers, qu'en profe ; mais des ouvrages infiniment moins mauvais, (pefez ce que je vous dis-là,) infiniment moins ridicules que ceux de leurs contemporains.

Et la capacité qu'il fallut avoir alors, pour n'y laiffer que le degré de ridicule dont je parle, auroit fuffi dans d'autres tems pour les rendre admirables.

N'imputez point à leurs Auteurs ce qu'il y refte de vicieux ; prenez vous-en aux fiècles barbares, où ces grands efprits arrivèrent, & à la déteftable éducation qu'ils y reçurent en fait d'ouvrages d'efprit. Ils auroient été les premiers efprits d'un autre fiècle, comme ils furent les premiers efprits du leur : il ne falloit pas pour cela qu'ils fuffent plus forts ; il falloit feulement qu'ils fuffent mieux placés.

Cicéron auffi mal élévé, auffi peu encouragé qu'eux, né comme eux dans un fiècle groffier, où il n'auroit trouvé ni cette tribune aux harangues, ni le Sénat, ni ces affemblées du peuple, devant qui il s'agiffoit des plus grands intérêts du monde, ni enfin toute cette forme de gouvernement qui foumettoit la fortune des Nations & des Rois au pouvoir & à l'autorité de l'éloquence, & qui déféroit les honneurs & les dignités à l'Orateur qui favoit le mieux parler ; Cicéron privé des fecours que je viens de dire, ne s'en feroit pas mieux tiré que ceux dont il eft ici queftion ; & quoiqu'infailliblement il eut été l'homme le plus éloquent de fon tems, l'homme le plus éloquent de ce tems-là ne feroit pas aujourd'hui l'objet de notre admiration ; il nous paroîtroit bien étrange que la glace en fit un homme fupérieur, & ce feroit pourtant Cicéron, c'eft à dire, un des plus grands hommes du monde, que nous n'eſtimerions pas plus que ceux dont nous parlons, & à qui, comme je l'ai dit, il n'a manqué que d'avoir été mieux placés.

Quand je dis mieux placés, je n'entend pas que l'eſprit manquât dans les ſiècles que j'appelle barbares. Jamais encore il n'y en avoit eu tant de répandu ni d'amaſſé parmi les hommes, comme j'ai remarqué que l'auroient dit Euripide & Sophocle, que j'ai fait parler plus bas.

Jamais l'eſprit humain n'avoit encore été le produit de tant d'eſprit; c'eſt une vérité que la glace m'a rendu ſenſible.

J'y ai vu que l'accroiſſement de l'eſprit eſt une ſuite infaillible de la durée du monde, & qu'il en auroit toujours été une ſuite, à la vérité plus lente, quand l'écriture d'abord & enſuite l'imprimerie n'auroient jamais été inventées.

Il ſeroit en effet impoſſible, Monſieur, que tant de générations d'homme euſſent paſſé ſur la terre ſans y verſer de nouvelles idées, & ſans y en verſer beaucoup plus que les révolutions, ou d'autres accidens n'ont pu en anéantir ou en diſſiper.

Ajoutez que les idées qui ſe diſſipent ou qui s'éteignent, ne ſont pas comme ſi elles n'avoient jamais été; elles ne diſparoiſſent pas en pure perte; l'impreſſion en reſte dans l'humanité, qui en vaut mieux ſeulement de les avoir eues, & qui leur doit une infinité d'idées qu'elle n'auroit pas eues ſans elles.

Le plus ſtupide ou le plus borné de tous les peuples d'aujourd'hui, l'eſt beaucoup moins que ne l'étoit le plus borné de tous les peuples d'autrefois.

La difette d'efprit dans le monde connu, n'eft nulle part auffi grande à préfent qu'elle l'a été : ce n'eft plus la même difette.

La glace va plus loin. Par-tout où il y a des hommes bien ou mal affemblés, quelqu'inconnus qu'ils foient au refte de la terre, ils fe fuffifent à eux-mêmes pour acquérir des idées ; ils en ont aujourd'hui plus qu'ils n'en avoient il y a deux mille ans ; l'efprit n'a pu demeurer chez eux dans le même état.

Comparez, fi vous voulez, cet efprit à un infiniment petit, qui par un accroiffement infiniment lent, perd toûjours quelque chofe de fa petiteffe.

Enfin je le répéte encore, l'humanité en général reçoit toujours plus d'idées qu'il ne lui en échappe, & fes malheurs mêmes lui en donnent fouvent plus qu'ils ne lui en enlèvent.

La quantité d'idées qui étoient dans le monde avant que les Romains l'euffent foumis, & par conféquent tout agité, étoit bien au-deffous de la quantité d'idées qui y entra par l'infolente profpérité des vainqueurs, & par le trouble & l'abbaiffement du monde vaincu.

Chacun de ces états enfanta un nouvel efprit, & fut une expérience de plus fur la terre.

Et de même qu'on n'a pas encore trouvé toutes les formes dont la matière eft fufceptible, l'ame humaine n'a pas encore montré tout ce qu'elle peut être ; toutes fes façons poffibles de penfer & de fentir ne font pas épuifées.

Et de ce que les hommes ont toûjours les mêmes paffions, les mêmes vices & les mêmes vertus, il ne faut pas en conclure qu'ils ne font plus que fe répéter.

Il en eft de cela comme des vifages ; il n'y en

a pas un qui n'ait un nez, une bouche & des yeux ; mais aussi pas un qui n'ait tout ce que je dis-là, avec des différences & des singularités qui l'empêchent de ressembler exactement à tout autre visage.

Mais revenons à ces esprits supérieurs de notre Nation, qui firent de mauvais ouvrages dans les siècles passés.

J'ai dit qu'ils y trouvèrent plus d'idées qu'il n'y en avoit dans les précédens, mais malheureusement ils n'y trouvèrent point de goût : de sorte qu'ils n'en eurent que plus d'espace pour s'égarer.

La quantité d'idées en pareil cas, Monsieur, est un inconvénient & non pas un secours ; elle empêche d'être simple, & fournit abondamment les moyens d'être ridicule.

Mettez beaucoup de richesses entre les mains d'un homme qui ne sait pas s'en servir, toutes ses dépenses ne feront que des folies.

Et les anciens n'avoient pas de quoi être aussi fous, aussi ridicules qu'il ne tient qu'à vous de l'être.

En revanche, jamais ils n'ont été simples avec autant de magnificence que nous ; il en faut convenir. C'est du moins le sentiment de la glace qui, en louant la simplicité des anciens, dit qu'elle est plus littérale que la nôtre, & que la nôtre est plus riche : c'est simplicité de grand Seigneur.

Attendez, me direz-vous encore, vous parlez de siècles où il n'y avoit point de goût, quoiqu'il y eût plus d'esprit & plus d'idées que jamais : cela n'implique-t-il pas quelque contradiction ?

Non, Monsieur, si j'en crois la glace, une grande quantité d'idées & une grande disette de

goût

goût dans les ouvrages d'efprit , peuvent fort
bien fe rencontrer enfemble , & ne font point du
tout incompatibles.

L'augmentation des idées eft une fuite infaillible de la durée du monde : la fuite de cette
augmentation ne tarit point tant qu'il y a des
hommes qui fe fuccédent, & des aventures qui
leur arrivent.

Mais l'art d'employer les idées pour les ouvrages d'efprit peut fe perdre : les Lettres tombent, la critique & le goût difparoiffent, les Auteurs deviennent ridicules ou groffiers , pendant
que le fond de l'efprit humain va toujours croiffant
parmi les hommes.

CHAPITRE VI.

Les avantages de la Vertu.

Ouvrage de fentiment.

JE fuis né dans les Gaules , d'une famille affez
médiocre , & de parens, qui pour tout héritage
ne me laiffèrent que des exemples de vertu à
fuivre. Mon père , par fa conduite , étoit parvenu à des emplois qu'il exerça avec beaucoup
d'honneur , & qui avoient déja rendu fa fortune affez brillante , quand une longue maladie ,
qui le rendit très-infirme , l'obligea de les quitter
dans un âge peu avancé.

A peine s'en fut-il défait , qu'une banqueroute
fubite lui enleva les deux tiers de ce qu'il avoit
acquis ; il ne lui refta pour toute reffource qu'un

L

bien de campagne d'un très-modique rapport, où il alla vivre, ou plutôt languir, avec fa petite famille, compofée de ma mère, de ma fœur, qui avoit dix-fept ans, de moi qui en avoit près de feize, & qui fortois de mes claffes.

Ma mère, qui avoit une extrême tendreffe pour fes enfans, & qui les voyoit pauvres, foutint d'abord notre malheur avec moins de force que mon père. Toute vertueufe qu'elle étoit, fon efprit parut entièrement fuccomber fous le coup qui venoit de nous frapper. Dès qu'elle fut à la campagne, la grande économie qu'il falloit y garder pour y vivre, le retranchement total de mille petites délicateffes qu'elle nous avoit laiffé prendre, & dont elle nous voyoit privés ; le chagrin de voir fes enfans devenus fes dome-ftiques, & changés, pour ainfi dire, en valets de campagne ; enfin, je ne fais quelle trifteffe muette & honteufe qu'elle voyoit en nous, que la mifère peint fur le vifage des honnêtes gens qu'elle humilie, & qui fait plus de peine à voir aux perfonnes qui ont du fentiment, que la douleur la plus déclarée : tout cela jettoit ma mère dans une affliction dont elle n'étoit pas la maitreffe. Elle ne pouvoit nous regarder fans pleurer : mon père qui l'aimoit, & à qui nous étions chers, s'enfuyoit quelquefois à fes pleurs, & quelquefois ne pouvoit à fon tour s'empêcher de joindre fes larmes aux fiennes.

Un jour que je revenois fur le foir de cueillir quelques fruits dans un petit verger que nous avions, je furpris mon père & ma mère qui fe parloient auprès de notre maifon, & je les écoutai à la faveur d'une haie qui me couvroit. J'entendis que ma mère foupiroit, & que mon père s'ef-forçoit de calmer fa douleur.

Dans les premiers jours de notre infortune, lui difoit-il, je n'ai point condamné l'excès de votre affliction. Vous vous y êtes abandonnée ; je ne vous ai rien dit ; il n'eſt pas étonnant que la raiſon ne plie pas d'abord ſous de certains revers : les mouvemens naturels doivent avoir leur cours ; mais on ſe retrouve après cela, on revient à ſoi-même, on s'appaiſe, & vous ne vous appaiſez point. J'ai dévoré mes chagrins autant que j'ai pu, de peur d'augmenter les vôtres. Pour vous, vous ne me ménagez point ; vous m'accablez, vous me faites mourir, & vous ne vous en ſou-ciez pas. J'aime nos enfans autant que vous les aimés : j'ai été auſſi ſenſible que vous au mal-heur qui leur ôte ce que jeſpérois leur laiſſer. D'ailleurs je ſuis infirme, ſuivant toute appa-rence vous me ſurvivrez, vous ſerez à plaindre, & vous aurez de la peine à vivre. Que croyez-vous qu'il ſe paſſe dans mon cœur, quand j'en-viſage tout ce que je vous dis-là ? Depuis trente ans que je vis avec vous dans une ſi grande union, n'ai-je pas appris à m'intéreſſer à ce qui vous regarde ? N'avez-vous pas eu le tems de me de-venir chère ? Mes chagrins tels qu'ils font ne me ſuffiſent-il pas ? Voulez-vous toujours en redou-bler l'amertume ? Mes forces diminuent tous les jours, la fin de ma vie n'eſt que trop perſécutée, ne contribuez point à la rendre plus triſte. Vous avez toujours eu de la religion ; j'eſpérois que vous me conſoleriez, que nous nous conſolerions l'un l'autre : mais tout me manque à la fois. Dieu veut apparemment que je meure environné de trouble & de déſolation. Il m'a ôté mes biens, ma ſanté ; & vous m'ôtez la ſatisfa-ction de vous voir ſoumiſe à ſa volonté. C'eſt-là le ſeul bien qui pouvoit me reſter, la ſeule paix que mon cœur pouvoit goûter ; votre vertu me la promettoit ; mais tout m'est refusé : il faut que l'affliction me suive jusqu'au tombeau , & que Dieu m'éprouve jusqu'au dernier moment de ma vie.

Je n'entendis après ces mots qu'un mêlange confus de soupirs qui me glacèrent le cœur : ensuite ils recommencèrent à se parler, mais très-bas , & comme en se promenant ; ce qui me fit perdre ce qu'ils disoient. J'allois donc me retirer , quand mon père haussant un peu plus la voix , m'arrêta.

Ne vous embarrassez point de nos enfans, dit-il, mon fils a des sentimens d'honneur , & sa sœur est née vertueuse : ne songeons qu'à cultiver ces heureuses dispositions : depuis le malheur qui nous est arrivé, j'ai découvert en eux un cara-ctère qui me charme. Ils vous ont vu pleurer pour le peu de fortune que nous leur laisserons ; ils m'en ont vu affligé moi-même. Vos pleurs & mes chagrins ne sont pas demeurés sans re-connoissance : leur cœur y a répondu , & notre affliction pour eux a réchauffé leur tendresse pour nous : je l'ai remarquée dans mille petites choses ; & je vous avoue que cela me donne une grande idée d'eux. Mettons à profit ces attendrisse-mens où notre amour les a mis pour nous. Voici l'instant de leur donner des leçons : jamais leur cœur n'y sera plus docile : ils sont infortunés & attendris ; il n'y a point de situation plus amie de la vertu, que celle où ils se trouvent.

Mon père & ma mère , après s'être encore entretenus quelque tems , rentrèrent dans la maison ; je m'y retirois moi-même , quand je rencontrai ma sœur qui venoit d'un autre côté ; comme elle me vit fort triste , elle me demanda

ce que j'avois. Hélas ! ma sœur, lui répondis-je
la larme à l'œil, si vous sçaviez la conversation
que je viens d'entendre, entre mon père & ma
mère, sur notre chapitre, vous seriez aussi affligée que moi ; je n'étois pas loin d'eux, ils
ne me voyoient point : ma mère est toujours au désespoir de nous voir ruinés ; elle
nous aime trop, nous serons la cause de sa mort :
mon père n'oublie rien pour la consoler, & je
sens bien qu'il auroit besoin de consolation lui-
même : vous savez qu'il n'a point de santé : ma
mère depuis quelque tems est toujours malade :
nous les perdrons peut-être tous deux, ma sœur,
ils ne peuvent pas y résister ; & où en serions-nous
après ? Que ferions-nous au monde s'ils n'y étoient
plus ? De quel côté nous tourner ? Qui est-ce qui
nous aimera autant qu'ils nous aiment ? Est-ce
que nous pourrions vivre sans les voir, nous
qui n'avons plus qu'eux, nous qui n'aimons qu'eux ?
Aussi, ma sœur, je vous l'avoue, j'aimerois
mieux mourir que de nous voir abandonnés comme
nous le serions.

Nous n'y sommes pas encore, me répondit-
elle avec amitié ; (car nous étions très-tendrement unis ;) ne vous mettez point des choses si
funestes dans l'esprit : sur-tout, mon frere, n'allez
point pleurer devant eux ; prenez-y garde, vous
les chagrineriez encore davantage : tâchons au
contraire de leur paroître gais ; peut-être que
cela diminuera l'affliction où ils sont : puisqu'ils
nous aiment tant, ils méritent bien que nous
fassions pour eux tout ce que nous pourrons.

Mon père qui, au bruit que nous faisions,
s'étoit arrêté sur le pas de la porte, s'appro-
cha doucement dans l'obscurité, & entendit aisément tout ce que nous disions ; son cœur n'y

L iij

put tenir, il vint à nous pénétré de tendreſſe.
Ah! mes enfans, que vous êtes aimables! nous
dit-il, en nous ſerrant entre ſes bras, & que
vous méritez bien vous-mêmes toute l'inquiétude
que vous m'avez donnée juſqu'ici! Venez, ſui-
vez-moi, ajouta-t-il, en nous prenant par la
main; allons dire à votre mère ce que je fais de
vous; venez lui payer ſes larmes: je la connois,
quel bonheur pour elle! quelle récompenſe de
ſa douleur! quelle mère eût jamais plus de graces
à rendre au ciel!

Mon père continuoit toujours à nous parler,
quand il entra avec nous dans une ſalle où étoit
ma mère qui liſoit. Quittez votre lecture, lui
dit-il, je viens vous apprendre qu'il n'y a plus
d'affliction ni pour vous, ni pour moi. Embraſſez
vos enfans, jamais père ni mère n'en ont eu
de plus dignes de leur tendreſſe: ne les plaignez plus, réjouiſſez-vous; nous nous trompions,
nous avions du chagrin pour eux, & il ne leur eſt
point arrivé de vrai malheur: rien ne leur manque, ma chère femme, ils ont de la vertu; je
viens d'en être convaincu, je les écoutois ſans
qu'ils le ſuſſent. Votre fille diſoit tout-à-l'heure
à ſon frère qui pleuroit, que puiſque nous les
aimions tant, nous méritions bien qu'ils s'effor-
çaſſent d'adoucir nos inquiétudes: que dites-
vous de ces ſentimens-là? Y a-t-il de richeſſes
qui les vaillent? Nos enfans reſteront-ils ſi malheureux? Serez-vous encore affligée? Le pourrez-
vous? N'obtiendront-ils rien? Pour moi je me
ſuis déjà acquitté envers eux, mon cœur eſt en
paix: je ſuis content, & j'oſe leur répondre
que vous le ferez auſſi; pour de la triſteſſe,
il n'en en eſt plus queſtion: je crois que vous,
ni moi n'en ſaurions plus avoir après cela: mais

ce n'eſt pas aſſez que de ceſſer d'être triſtes ;
nous devons nous croire heureux, nous devons
l'être, comme nous le ſommes effectivement,
d'avoir des enfans qui ont le cœur ſi bon.

Ma mère, à ce diſcours, verſa encore des
larmes ; mais ce fut des larmes de joie. Oui,
s'écria-t-elle en nous faiſant des careſſes, auxquelles mon père joignoit encore les ſiennes ; oui,
mon mari, vous avez eu raiſon de répondre pour
moi, je ſuis contente.

Je ne ſavois où j'étois, pendant que ma mère
nous parloit ainſi, le raviſſement où je la voyois,
ſes careſſes, celles de mon père avoient mis
mon cœur dans une ſituation qu'on ne peut exprimer : je me rappelle ſeulement que dans tout
le cours de ma vie je n'ai jamais ſenti de mouvemens dont mon ame ait été auſſi tendrement
pénétrée qu'elle le fut dans ce moment.

De ce jour-là finit notre triſteſſe commune.
Nous paſſâmes ſix mois dans toute la paix &
toute la gaieté que peut donner un état où l'on
ne deſire plus rien. Je me promenois ſouvent
avec mon père, & de tout ce qui s'offroit à
nos yeux, il en prenoit occaſion de m'inſtruire ;
je ne ſai comment il faiſoit en m'inſtruiſant :
mais je regardois nos entretiens comme des
heures de récréation pour moi ; je craignois de
les voir finir ; il avoit l'art de les rendre inté-
reſſans ; j'aimois à ſentir ce qu'il diſoit ; ma jeu-
neſſe & ma vivacité qui pouvoient me dégoû-
ter de ce qui étoit ſérieux & raiſonnable, comme
pour l'ordinaire elles en dégoûtent les jeunes
gens, ne contribuoient avec lui qu'à me rendre
plus attentif à tous ſes diſcours : j'en valois mieux
entre ſes mains d'être jeune & vif, parce que
j'en avois plus d'ardeur pour le plaiſir, & que

ce plaifir , il avoit fu faire enforte que je le miffe
à m'entretenir avec lui.

Un jour que nous nous promenions , comme
de coutume , nous vîmes paffer un feigneur extrêmement âgé , qui fe promenoit comme nous
affez près de fon château ; il avoit l'air trifte , abbatu & rêvoit profondément. D'où vient donc que
ce feigneur eft ici, dis-je , en le voyant ? Il me
femble ne l'avoir jamais vu à la campagne. C'eft
qu'il a eu ordre de fe retirer de la Cour , me dit
mon père : & pourquoi cela ? Repartit-je. Oh !
pourquoi ? me dit-il , pour n'avoir pas eu l'adreffe
de fe maintenir dans la faveur , pour n'avoir pas
eu une intrigue fupérieure à celle de fes ennemis ,
pour n'avoir pas perdu lui-même ceux qni l'ont
perdu ; car ordinairement voilà les crimes de
ces fameux difgraciés. Mais , mon père , vous
m'étonnez , lui dis-je , les moyens de fe maintenir en faveur me paroiffent bien étranges ; c'eft
donc un coupe-gorge que la Cour des Princes ?
Eh ! comment d'honnêtes gens peuvent-ils s'accommoder de cette faveur ? Je n'en fais rien , reprit-il ; tout ce que je puis dire , c'eft que les ambitieux s'en accommodent. Sur ce pied-là , répondis-je , quand on dit d'un homme qu'il eft ambitieux , on en dit bien du mal ; mais ne pourroit-on
pas s'exempter de la néceffité de nuire aux autres ? Il n'y auroit qu'à ne fe point faire des
ennemis. Cela ne ferviroit de rien , dit mon
père ; car dans ce pays là les ennemis fe font
d'eux-mêmes. Avez-vous du crédit , êtes-vous
en place ? Vous voilà brouillé fans rémiffion ,
avec je ne fais combien de gens à qui pourtant
vous rendez fervice. Eh ! m'écriai-je , quel mal
peut-on vouloir à un homme qui oblige ? On lui
veut du mal de ce qu'il eft en état d'obliger ,

reprit-il, de ce qu'on a befoin d'être fon ami ;
au lieu qu'on voudroit que ce fut lui qui eut
befoin d'être le nôtre. Eh! de quelle manière
faut-il donc fe comporter avec des gens fi méchans, lui dis-je ? Hélas! mon fils, me répondit-il, il faut être méchant foi-même ; encore eft-il bien difficile de l'être avec fuccès :
car il s'agit d'avoir une méchanceté habile, qui
perde finement vos ennemis, fans qu'ils voient
comment vous vous y prenez : fouvent même
eft-il néceffaire que ceux que vous employez
pour les perdre ne s'apperçoivent pas de votre
deffein. Sais-tu bien qu'à la Cour, c'eft le chef-
d'œuvre de l'efprit humain que cette méchan-
ceté-là ? On dit de celui qui y parvient, voilà
un habile homme, voilà un homme de tête ; il
a culbuté fes ennemis ; il a fu écarter tout ce
qui lui faifoit ombrage ; il faut avoir bien de
l'efprit pour fe tirer d'affaire comme il a fait.
Mais, mon père, lui répondis-je, parmi des
perfonnes comme nous, quelqu'un qui reffem-
bleroit à cet habile homme-là, nous dirions de
lui que c'eft un fourbe, un perfide, un homme
fans confcience & fans honneur, un homme qui
ne vaut rien. Bon, me dit mon père, en riant :
tu fais-là une plaifante comparaifon. Eh! qu'eft-
ce que c'eft que des gens comme nous ? Il appartient bien à des hommes d'un état médiocre
d'avoir le privilége d'être fourbes ou perfides
avec gloire ; ne voilà-t-il pas de beaux intérêts que les nôtres, pour mériter qu'on honore
du nom d'habileté les perfidies que nous em-
ployerions, pour avancer nos affaires, pour
ruiner celles de nos femblables. Oh! mon fils,
ce n'eft pas-là l'efprit du monde ; tu vois les
chofes comme elles font, toi, tu as les yeux trop

fains ; mais fi un peu d'extravagance humaine
s'emparoit malheureufement de ton cerveau ,
égaroit ta raifon , & mitigeoit tes principes de
vertu , tu penferois bien d'une autre manière.
Sachez , mon fils , que ce qu'on appelle noirceur
de caractère , méchanceté fine , fcélérateffe de
cœur, iniquité de toute efpèce , porte toujours fon
nom naturel , & ne change jamais pour des gens
comme nous : parmi nous un fourbe eft un
fourbe , un méchant eft un méchant ; à notre
égard on explique les chofes à la lettre , on
les prend pour ce qu'elles font : nos poftes font
fi petits , nos intérêts de fi peu de valeur , que
nous ne pouvons en impofer à perfonne : le moyen
qu'on fe trompât fur notre chapitre ! nous ne
fommes revêtu de rien qui foit refpectable pour
les autres hommes , de rien qui étourdiffe , qui
fubjugue leur imagination en notre faveur ; rien
ne nous couvre , pour ainfi dire : nous fommes
tous nuds , ou nous n'avons que des haillons qui
ne font pas graciables , qui font qu'on nous
juge fans miféricorde , & comme nous le méritons : de forte que nous avons beau être faux
avec foupleffe , méchans avec toute l'induftrie du
monde, toute cette induftrie , toute cette foupleffe
nous tourne à mal , & ne fait qu'ajouter de nouveaux traits de laideur à notre indignité (comme
cela eft jufte :) en un mot , chez nous tout cela
eft mifère d'efprit & du cœur , plus ou moins
odieufe , fuivant qu'elle eft plus ou moins
rufée.

Mais quand on eft environné d'honneurs , qu'on
eft revêtu de dignités , de grands emplois , oh !
pour lors mon enfant , les chofes prennent une
nouvelle face ; cela jette un fard fur cette mifère
dont je viens de parler, qui en corrige, qui en em-

bellit même les difformités : pour lors foyez méchant & vous brillerez : nuifez à vos rivaux, trouvez le fecret de les accabler ; ce ne fera-là qu'un
triomphe glorieux de votre habileté fur la leur :
foyez toute fraude & toute impofture ; ce ne fera
rien que politique, que manège admirable : vous
êtes dans l'élévation, & à caufe de cela les
hommes qui font vains, & qui voudroient bien
être où vous êtes, vous regardent avec autant
d'égards qu'ils croiroient en mériter, s'ils étoient
en votre place : en refpectant vos honneurs,
c'eft l'objet de leurs defirs qu'ils careffent : leur
vanité, faute de mieux, prend plaifir à confidérer votre importance, celle des affaires que vous
maniez, des relations que vous avez, l'étendue d'efprit dont vous avez befoin, & la beauté
du myftère ou des ftratagêmes qui vous font néceffaires dans toutes vos actions quelles qu'elles
foient, fuffent telles indignes, n'importe ; quelquefois même y gagnent-elles de l'être, elles
en paroiffent de plus grands coups ; on a opinion qu'elles partent d'une néceffité grave & politique, & cela leur donne un air de majefté :
les fuccès qu'elles ont, le fracas qui s'enfuit, la
ruine de celui-ci & de celui-là qu'elles apportent, les convertit en faits illuftres, en aventures notables, qu'on eft charmé de favoir, &
qu'on eft tout glorieux de raconter : ce que je
te dis-là n'eft pas encore affez ; car non-feulement les actions de cette nature fe fauvent du
mépris qu'elles mériteroient ; mais on femble les
exiger de celui qui eft en place, & s'il demeure
oifif, on ne l'eftime pas beaucoup ; c'eft un
homme de peu de valeur, qui ne donne point
de fpectacle, & qui languit dans la carrière.

Voilà, mon enfant, pourquoi dans les grandes

situations l'iniquité la plus déliée fait tant d'honneur, pendant qu'il est si honteux à des gens comme nous, de n'être pas irréprochables dans la conduite de leur vie. Mais au bout du compte, qu'en dis-tu ? Notre lot n'est-il pas incomparablement meilleur que celui de ces personnes-là ? Leur grandeur a beau nous masquer leurs actions, ils ont beau n'être appellés qu'habiles, quand ils sont méchans ; si c'est un bénéfice pour eux, ils en paient les charges : tu ne saurois croire ce que c'est que leur vie : quand j'y songe je ne comprends rien à eux, ni à la passion qu'ils ont pour le rang, pour le crédit, pour les honneurs ; car cette passion-là suppose des cœurs orgueilleux, avides de gloire, furieux de vanité : cependant ces gens si superbes & si vains ont la force de fléchir sous mille opprobres qu'il leur faut souvent essuyer ; le droit d'être fiers & de primer sur les autres, ils ne l'acquièrent, ils ne le conservent, ils ne le cimentent, qu'au moyen d'une infinité d'humiliations, dont ils veulent bien avaler l'amertume. Quel misérable orgueil ! aussi se sent-il presque toujours de la lâcheté qui le fait subsister ; aussi n'est-il bon qu'à donner la comédie aux gens raisonnables qui le voient.

J'écoutois avec attention mon père, pendant qu'il parloit ainsi, & je me souviens qu'en vérité j'avois pitié de ceux dont il me dépeignoit le sort. Je jettois de tems en tems les yeux sur ce Seigneur, dont j'ai parlé, & qui se promenoit encore assez près de nous, & je le voyois toujours enseveli dans une revêrie mélancolique.

Il me paroît que tu t'intéresse au chagrin de celui que tu regardes, me dit mon père ; il est vrai, lui dis-je, il me semble qu'il souffre. Je le connois, reprit mon père, il a l'ame d'un honnête homme, il eſt né obligeant, & l'on a toujours dit du bien de lui : je ſuis perſuadé qu'il n'eſt tombé que faute d'avoir cette méchanceté ardente, par laquelle on vient à bout de ſe défendre de ſes ennemis, & de les ſurprendre. Sur ce pied-là, répondis-je, il ſe conſolera bien-tôt de ſa chute ; un honnête homme ne ſauroit long-tems regretter un état incompatible avec ſa bonté naturelle. Hélas ! mon enfant, reprit-il, je ſuis ſûr que ce Seigneur ne le regrette que trop, cet état où il n'eſt plus ; ſon cœur n'y a pas fait naufrage, il y eſt reſté bon & généreux : mais l'habitude des honneurs peut lui avoir gâté l'eſprit ; il regrette ce fracas dans lequel il vivoit, ce mouvement que tant de monde ſe donnoit pour aller à lui ; il regrette ſes flateurs dont il ſe mocquoit ; mais qui regardoient comme un bonheur de ſe le rendre favorable ; il ne voit plus ces aïrs timides & rampans, qui divertiſſoient ſa vanité ; il ne fait plus la deſtinée de perſonne ; ſes amis n'ont plus tant d'intérêt à le ménager ; il ſoupire après cette place qu'il tenoit dans l'eſprit des autres, après ce reſpect craintif qu'il aimoit à inſpirer, quoiqu'il ſe plût à le diſſiper par des procédés obligeans ; enfin après mille fantômes pareils, ſans leſquels ils ne peut vivre, & qui ſont devenus la nourriture néceſſaire d'un eſprit empoiſonné d'ambition.

La nuit qui s'approchoit pendant que nous nous entretenions mon père & moi, nous fit reprendre le chemin de la maiſon.

En nous retirant, nous rencontrâmes un laboureur qui revenoit de ſon travail, & qui chantoit de toute ſa force. Voici un homme qui a le cœur bien gai, dis-je à mon père. Il y a

de bonnes raisons pour cela, me répondit-il;
c'est que la terre avoit besoin de pluie & qu'il
a plu.

Je ne pus m'empêcher de rire du ton sérieux
dont mon père me tint ce discours. Le courtisan
disgracié qui se promenoit tout à l'heure, a vu
pleuvoir aussi, repris-je; mais son esprit n'en a
pas reçu de soulagement. Tu me fais-là une belle
comparaison, me dit-il, d'un laboureur à un
courtisan. Le tems qu'il fait est excellent pour la
terre : Eh bien! le courtisan, quel avantage en
peut-il espérer? Que ses greniers en seront plus
pleins de biens; qu'il en aura plus abondamment de quoi vivre : cela est vrai; mais sa vanité de quoi vivra-t-elle? Ses besoins sont
pour le moins aussi pressans que s'ils étoient raisonnables, & la pluie, ni le soleil ne peuvent
rien pour eux; au lieu qu'ils peuvent pour les
besoins de ce laboureur, qui ne veut que vivre,
& qui voit que son champ, dont il vit, en profitera davantage. Ainsi tu comprends bien qu'il
a raison d'être gai, puisqu'il est presque sûr d'a-
voir ce qu'il souhaite. Ne le trouve-tu pas heureux, d'être si borné dans ses desirs? Qu'en
dis-tu? Que les hommes soient bons ou méchans, qu'ils se trahissent à la cour ou à la ville,
qu'un Ministre superbe les rebute ou les favo-
rise, qu'ils courent après de grands emplois,
qu'ils les manquent ou qu'ils les perdent avec
désespoir, tous leurs soucis, leurs différentes
sortes d'intérêts, tout ce que l'orgueil & l'ambition peuvent leur donner de malins plaisirs, ou
leur causer de honteuses peines, tout ce fracas
d'inquiétudes & de besoins surnuméraires dont
ils sont tourmentés, qui leur gatent le cœur,
qui égarent leur esprit, & les plongent pour

des bagatelles , dans un abîme de fourberies
& de scélératesses les uns contre les autres ;
tout cela n'est point de la connoissance du laboureur : c'est un état de trouble & de misère
que sa condition lui épargne : il pleut à propos ;
cela lui suffit , le voilà gai , mais gai comme
un homme qui n'a eu que des désirs innocens ,
& qui les voit satisfaits : sa gaieté ne suspend
ancune autre inquiétude ; elle n'a d'autre affaire
que d'en jouir ; elle ne fait trève à aucun intérêt qu'il faille ménager le lendemain ; son
ame se repose toute entière , & le bon homme
se couche content , se leve de même , reprend
son travail avec plaisir & meurt enfin aussi tran-
quillement qu'il a vécu ; car une vie passée dans
le repos a cela d'heureux , qu'elle est douce
pendant qu'on en jouit , & qu'on ne s'y trouve
point attaché quand on la quitte.

Les adieux du paysan sont bientôt faits lorsqu'il meurt ; son ame n'a pas contracté de grandes
liaisons , n'a pas souffert de ces secousses violentes qui laissent tant d'ardeur pour la vie. La
mort ne la rappelle pas de bien loin , quand il
faut qu'elle parte ; elle ne tient presque à rien.

Nous arrivâmes à la maison en nous entrete-
nant ainsi : nous trouvâmes ma mère un peu in-
disposée. Le lendemain son indisposition aug-
menta, la fièvre la prit , & quelques jours après
elle mourut.

Je passe la douleur que je ressentis à sa mort ,
& l'affliction où tomba mon père , qui ne put se
consoler ; elle mourut en lui serrant la main , pendant que nous fondions en larmes aux pieds de
son lit , ma sœur & moi.

Ce ne fut que pleurs & que gémissemens dans
notre maison pendant un mois ; aussi fimes-nous

une perte irréparable. Quelle union entre elle
& mon pere ! Que de tendreffe elle avoit pour
fes enfans ! je ne me fouviens pas de l'avoir jamais regardée comme une perfonne qui avoit
de l'autorité fur moi : je ne lui ai jamais obéi ;
parce qu'elle étoit la maitreffe , & que je dé-
pendois d'elle ; c'étoit l'amour que j'avois pour
elle qui me foumettoit toujours au fien. Quand
elle me difoit quelque chofe , je connoiffois fenfiblement que c'étoit pour mon bien ; je voyois
que c'étoit fon cœur qui me parloit ; elle favoit pénétrer le mien de cette vérité-là , elle
s'y prenoit pour cela d'une manière qui étoit pro-
portionnée à mon intelligence , & que fon amour
pour moi lui enfeignoit fans doute : car je la
comprenois parfaitement tout jeune que j'étois ,
& je recevois la leçon avec le trait de tendreffe qui me la donnoit ; de forte que mon
cœur étoit reconnoiffant auffi-tôt qu'inftruit , &
que le plaifir que j'avois en lui obéiffant m'affe-
ctionnoit bientôt à fes leçons mêmes.

Si quelquefois je n'obfervois pas exactement
ce qu'elle fouhaitoit de moi , je ne la voyois
point irritée ; je n'effuyois aucun emportement ,
aucun reproche dur & menaçant , point de ces
impatiences , de ces vivacités de tempérament , qui entrent de moitié dans les corrections ordinaires , & qui les rendent pernicieufes
par le mauvais exemple qu'elles y mêlent. Non ,
ma mère ne tomboit pas dans ces fautes-là , &
ne me donnoit pas de nouveaux défauts , en me
reprenant de ceux que j'avois ; je ne lui voyois
pas même un air févère ; je ne la retrouvois
pas d'un accès moins aifé : elle étoit feulement
plus trifte ; elle me difoit doucement que je
l'affligeois , & me careffoit même en me montrant

trant fon affliction : c'étoit-là mon châtiment ;
auffi je n'y tenois pas. Un jeune homme né avec
un cœur un peu fenfible ne fauroit réfifter à
de pareilles manières : non qu'il ne fut peut-
être dangereux de s'en fervir avec de certains caractères ; il y a des enfans qui ne fentent rien , qui n'ont point d'ame : pour moi
je pleurois de tout mon cœur , je lui promettois en l'embraffant de ne lui plus donner
le moindre fujet de chagrin , & je tenois parole ;
je me ferois même fait un fcrupule de la tromper ,
quand je l'aurois pu : ce mélange de bonté &
de plaintes , cette douleur attendriffante qu'elle
me témoignoit , quand je faifois mal , me fuivoit
par-tout ; c'étoit une fcène que je ne pouvois me
réfoudre à voir recommencer ; fon cœur que je
ne perdois jamais de vue , tenoit le mien en
refpect, je n'aurois pas goûté le plaifir de la voir
contente de moi , & fi je m'étois dit intérieurement qu'elle ne devoit pas l'être , je me ferois reproché fon erreur : ces fortes de chofes
paroîtront peut-être des délicateffes qui demandent de l'efprit : non, avec tout l'efprit poffible ,
fouvent on ne les a point ; je le répete, il ne
faut pour cela qu'un peu de fentiment, & qu'eft-ce
que ce fentiment ? C'eft un inftinct qui nous conduit & qui nous fait agir fans réflexion, en nous
préfentant quelque chofe qui nous touche, qui
n'eft pas développé dans de certaines gens, &
qui l'eft dans d'autres : ceux en qui il fe développe font de bons cœurs qui difent bien ce
qu'ils fentent ; ceux en qui il ne fe développe
pas , le difent mal , & n'en font pas moins. Cependant c'eft toujours efprit de part & d'autre
que cet inftinct-là , feulement plus ou moins confus dans celui-ci que dans celui-là ; mais c'eft

M

une forte d'efprit dont on peut manquer, quoiqu'on en ait beaucoup d'ailleurs ; & qu'on peut avoir auffi, fans être fpirituel en d'autres matières ; c'eft-là toute l'explication que j'en puis donner.

Quoi qu'il en foit, je rends compte dé la manière dont je vivois avec ma mère ; la mort me la ravit dans le tems où j'avois le plus befoin d'elle. J'entrois dans un âge fujet à des égaremens que je ne connoiffois pas encore, & où ce tendre égard que j'avois pour elle m'auroit été plus profitable que jamais.

Mon père, à qui le ciel l'avoit unie (que j'aimois autant qu'elle, & dont le caractère reffembloit au fien) ne put furvivre long-tems à fa perte : fa fanté qui étoit déjà très-mauvaife, s'altéra encore davantage ; plufieurs infirmités l'attaquèrent à la fois ; il n'agiffoit plus, & bientôt il fut réduit à garder le lit ; il ne vécut qu'un an dans ce trifte état, & il mourut entre mes bras, pendant que ma fœur étoit abfente pour affaire domeftique.

Mon fils, me dit-il, un moment avant que d'expirer, vous avez perdu votre mère, vous allez me perdre, & je vous vois au défefpoir : mais vous n'y ferez pas toujours, le tems confole de tout. Je vais répondre de mes actions à celui qui m'a donné la vie ; vous lui répondrez un jour des vôtres, fongez y : au défaut de biens que je ne puis vous laiffer, mon amour vous laiffe cette penfée ; ne la perdez point, vous y trouverez tous les confeils que je pourrois vous donner, & c'eft elle qui doit déformais vous tenir lieu de père & mère.

A peine eut-il achevé ce peu de mots, qu'il tomba dans une foibleffe qui lui ôta la parole ; il

prononça encore quelque chofe de mal articulé
& où je compris qu'il demandoit fa fille ; après
quoi fes yeux fe fixèrent fur moi , & ne ceffèrent
de me regarder que lorfqu'il expira.

Je ne faurois peindre l'état où je me trouvai
alors ; en le voyant mourir , je crus voir encore une fois mourir ma mère ; il me fembloit
que je venois de les perdre tous deux dans le
même moment.

Je ne favois plus où j'étois , je reftai dans un
accablement qui me rendoit ftupide , ma fœur
étoit déjà de retour , m'avoit parlé , avoit pouffé
des cris , que je n'étois pas encore revenu à
moi-même.

Que nous étions à plaindre !- nous n'avions
point de parens dans la province ; des amis ,
nous n'en connoiffions point : qui eft-ce qui s'attache à d'honnêtes gens qui font dans l'infortune ?
Il n'y a point d'objet plus disgracié parmi les
hommes , plus abandonné d'eux que l'homme
pauvre & vertueux tout enfemble : tous les
cœurs font glacés pour lui ; il eft comme un
étranger dans la nature : un fripon indigent eft
peut-être plus méprifé , mais mieux fervi , moins
rebuté ; du moins le mépris qu'on a pour lui eft-il
plus fans conféquence & de meilleure compofition : que dire à cela ? C'eft que la qualité du
fripon tranche moins que la vertu avec le caractère des hommes en général ; il leur reffemble
par-là davantage : peut-être qu'il y gagne à n'être
ni eftimé , ni eftimable , les hommes qui font
vains en traitent plus commodément avec lui ;
il eft rampant avec eux : cela les flatte ; ils ont
le plaifir de primer fur lui , quand ils le fervent : au lieu que l'homme vertueux eft honteux & refpectable ; & cela les degoûte , parce

qu'ils n'ofent l'humilier, en le fecourant : il faudroit l'honorer malgré fon indigence ; & ils rougiroient de la comparaifon qu'ils feroient obligés de faire avec lui. Voilà pourquoi mon père avoit été fi délaiffé ; ainfi il n'y avoit perfonne qui s'intéreffât à nous, quand nous reftâmes feuls ma fœur & moi.

Dans un fi grand abandon, je ne favois que devenir, il me fembloit que nous ne tenions plus à rien & j'étois prefque dans le défefpoir. Ma fœur eut plus de fermeté que moi, fa raifon rappella la mienne ; & fes fages confeils me décidèrent à paffer ma vie avec elle. Nous donnons tous les jours des larmes à la mort de nos refpectables parens. Ils ne nous ont point laiffé de fortune ; mais il nous ont appris à la méprifer, & cela vaut mieux. Le fouvenir de leurs vertus nous donne la force de cultiver le champ qu'ils nous ont laiffé ; notre modération regle nos befoins & ils font fatisfaits par notre fage économie. Nous jouiffons de la douceur & des charmes de l'amitié, & nous vivons heureux, parce que nous avons appris de bonne heure à favoir l'être.

CHAPITRE VII.

Tableau de la Vertu indigente & leçon d'humanité.

J'AI rencontré dans le détour d'une rue une jeune fille qui m'a demandé l'aumône : elle pleuroit à chaudes larmes : son affliction m'a touché ; je l'ai regardée avec attention ; je lui ai trouvé de la douceur & des graces dans la phyfionomie ; beaucoup d'abbatement , avec un air confus & embarraffé. Son habit , quoique mauvais , marquoit une condition honnête. Pourquoi pleurez-vous , lui ai-je dit ? Hélas ! Monfieur , c'eft que je fuis dans un état affreux, m'a-t-elle répondu : mais d'un ton qui m'a faifi , & qui marquoit une défolation profonde.

Là-deffus j'ai été tenté de la laiffer , fans lui en demander davantage , pour me fauver de l'intérêt douloureux qu'elle commençoit à m'infpirer pour elle ; mais je n'ai pu me débarraffer de la pitié qu'elle m'avoit faite : il auroit fallu prendre trop fur moi, & le ménagement pour moi-même m'auroit mis plus mal à mon aife , que la plus trifte fenfibilité pour fes malheurs.

Je l'ai donc tiré à quartier , & dans un endroit où je pouvois l'écouter paifiblement . . . . . Mademoifelle , vous me paroiffez dans une grande peine , lui ai-je dit , en lui donnant quelque argent ; que vous eft-il arrivé . . . ? Elle ne m'a répondu d'abord que par des fanglots : fes larmes ont coulé avec plus d'abondance ; enfin, s'étant un peu remife , puifque vous avez la bonté de prendre part à mon affliction, m'a-t-elle dit , je vais vous en inftruire.

M iij

Je fuis une fille de famille ; mon père avoit une charge affez confidérable en province ; il mourut il y a trois ans ; le jeu avoit dérangé fes affaires , & ma mère eft reftée veuve , chargée de trois filles , dont je fuis l'ainée. Nous fommes venues à Paris , ma mère & moi , après avoir vendu tout ce qui nous reftoit , pour hâter la décifion d'un procès dont le gain nous rétabliroit. Il y a dix-huit mois que nous fommes ici. Notre partie , qui eft puiffante , & qui prévoit qu'un arrêt ne lui peut être favorable , a eu affez de crédit pour le reculer : ces longueurs ont confommé ce que nous avions. Dans cette extrêmité nous avons tenté de nous jetter aux pieds de nos juges , pour implorer leur juftice ; mais au palais nous les avons toujours trouvé entourés de clients , parmi lefquels nous n'ofions nous mêler , mal vêtues comme nous fommes ; chez eux , foit que notre figure n'attirât pas l'attention de leurs domeftiques , ou que nous vinffions à des heures incommodes , on nous a toujours dit que ces Meffieurs étoient abfens ou occupés ; de forte que nous n'avons nul appui. On néglige de travailler pour nous , parce que nous n'avons point de quoi payer ; enfin , Monfieur , la mifère où nous fommes tombées , le chagrin , le mauvais air & l'obfcurité du lieu où nous logeons , la douleur de me voir fouffrir moi - même & le grand âge ont entièrement abbatu ma mère : elle eft malade , & tout lui manque ; je fuis au défefpoir de la voir dans cet état , il faut , Monfieur , que je combatte encore mon amour & ma compaffion pour elle. Si je les écoute , je fuis perdue : un riche bourgeois m'offre tous les fecours poffibles ; mais quels fecours , Monfieur ! ils fauveroient la vie à ma mère , ils deshono-

reroient éternellement la mienne : voilà mon
état ; en eſt-il de plus terrible ? J'aime ma mère
& je lui ſuis chère ; elle meurt, cela me fait
trembler pour nous deux. Dans mon affliction
je lui ai dit les offres de l'homme dont je vous
parle. A mon récit, j'ai cru qu'elle alloit expirer
entre mes bras ; elle m'a baigné de ſes larmes ;
elle a jetté ſur moi des yeux tout égarés, &
s'eſt retournée de l'autre côté, ſans me dire une
ſeule parole. Je ne ſais pourquoi je ne l'ai point
preſſée de me parler : il ſemble que cette femme
vertueuſe ait perdu tout courage, & ſuccombe
ſous notre malheur ; pour moi, je voudrois mourir
pour être délivrée du péril de la voir.

Tout honnête homme ſentira combien les diſcours de cette fille ont dû me toucher. Je lui ai
donné ce que j'ai pu ; j'ai joint à cela des conſeils
que j'ai cru les plus convenables, & me ſuis retiré chez moi preſqu'auſſi affligé qu'elle.

Qu'il eſt triſte de voir ſouffrir quelqu'un, quand
on n'eſt point en état de le ſecourir, & qu'on a
reçu de la nature une ame ſenſible qui pénétre
toute l'affliction des malheureux, qui l'approfondit involontairement, pour qui c'eſt comme
une néceſſité de la comprendre, & de ne rien
perdre de la douleur qui en peut rejaillir ſur elle-
même.

Juſte ciel ! quels ſont donc les deſſeins de la
providence dans le partage myſtérieux qu'elle
fait des richeſſes ? Pourquoi les prodigue-t-elle à
des hommes ſans ſentimens, nés durs & impitoyables, pendant qu'elle en eſt avare pour les
hommes généreux & compatiſſans, & qu'à peine
leur a-t-elle accordé le néceſſaire ? Que peuvent
après cela devenir les malheureux, qui par-là
n'ont de recours, ni dans l'abondance des uns, ni

dans la compaſſion des autres! mais les réflexions qui naiſſent de mon impuiſſante médiocrité, m'écartent de celles que me fournit l'aventure de la jeune fille en queſtion.

Homme riche, vous qui voulez triompher de ſa vertu par ſa miſère, de grace, prêtez-moi votre attention. Ce n'eſt point une exhortation pieuſe, ce ne ſont point des ſentimens dévots que vous allez entendre : non, je vais ſeulement tâcher de vous tenir les diſcours d'un galant homme, ſujet à ſes ſens auſſi bien que vous, foible, & ſi vous voulez vicieux, mais chez qui les vices & les foibleſſes ne ſont point féroces, & ne ſubſiſtent qu'avec l'aveu d'une humanité généreuſe. Oui, vicieux encore une fois, mais en honnête homme dont le cœur eſt heureuſement forcé, quand il le faut, de ménager les intérêts d'autrui dans les ſiens, & ne peut vouloir d'un plaiſir qui feroit la douleur d'un autre.

Je vous ſuppoſe jaloux de l'eſtime des hommes & du droit de vous eſtimer vous-même. Si vous n'êtes, comme je le dis, ce n'eſt plus à vous à qui je parle ; vous n'êtes que la moitié d'une créature humaine ; vous en avez la figure & le penchant animal, mais vous n'en avez ni la dignité ni la nobleſſe ; & pour lors, je m'adreſſe à d'honnêtes gens, qui, dans une aventure comme la vôtre, pourroient ſe démentir, & ſe livrer à l'amour d'un vice odieux, préférablement au goût de la vertu & de la généroſité qu'ils ont en eux ; goût ſecourable, qu'ils feroient peut-être avorter dans leur ame ; qui cependant les preſſeroit, qui les pourſuivroit, qu'ils écarteroient, qui reviendroit à la charge ; enfin qu'ils étoufferoient, crainte de l'aimer, d'y céder, de devenir vertueux, & d'y perdre.

Quoi qu'il en foit, écoutez-moi, fi vous le pouvez. Que vous deveniez amoureux d'une femme qui peut fe paffer de vous, que nulle affaire importante n'expofe à la néceffité de vous recevoir; que vous la tentiez par votre opulence; que vous lui infpiriez l'envie d'être mieux; qu'à la vue de votre abondance, il lui naiffe des befoins qu'elle n'auroit pas connu; que vous profitiez de ces befoins impofteurs; que vous jettiez dans fon cœur, moitié tendreffe pour l'amant, moitié foibleffe pour l'homme riche, vous faites mal, vous êtes un mauvais chrétien; mais à quelque délicateffe près, dont je comprends qu'il eft difficile d'écouter le fcrupule, vous êtes encore galant homme fuivant le monde.

De même que la jeuneffe & les graces de la fille dont nous avons parlé, vous aient donné de l'amour; ce n'eft pas là ce qui m'étonne, & ma charge n'eft pas de vous inquiéter là-def-fus; mais que ce vifage frappé de défefpoir, dont la fouffrance a défolé les traits; que les graces flétries par les larmes n'aient pas déconcerté votre amour, ou n'en aient point fait une pro-tection pour cette infortunée; que cet amour, loin de la plaindre de tant de maux, n'en ait reçu qu'une confiance plus brutale; que la mi-sère la plus féconde en impreffions touchantes, ne l'ait déterminé qu'à l'outrage, & non pas aux bienfaits: que vous dirai-je enfin? Qu'à la vue d'un pareil objet, cet amour ne foit pas fon-du en pitié généreufe; qu'en écoutant cette fille, la charité ne vous aït pas attendri fur le péril où l'expofoit fon malheur; que le décou-ragement, la laffitude qui pouvoit la prendre, n'ait pas attiré tous vos regards; que vous ayez pefé fon infortune; que vous en ayez compris

l'excès , fans en fentir vos defirs confondus , fans
être épouvanté vous-même de vous furprendre
dans le deffein horrible d'en profiter ; voilà ce
qui me paffe : c'eft une iniquité dont je ne fais
pas comment on peut foutenir le poids ; c'eft une
intrépidité de vice que mon imagination ne peut
atteindre.

Tyran que vous êtes ! qu'avez-vous dit à cette
fille , dont vous avez vu la jeuneffe en proie à
la fureur des derniers befoins ? Malheur à toi
que la faim dévore ! à qui t'adreffes-tu ? Mon in-
continence va prendre avantage de ta misère.
Si tes befoins te mettoient moins en prife , tu
pourrois n'exciter que ma compaffion ; mais ils
font extrêmes , ils me corrompent ; il ne s'agit
plus de te plaindre ; ton honneur m'échappe-
roit , fi j'étois généreux : je l'attends de ton défefpoir que ma dureté va pouffer à bout ; & miférable comme tu l'es , je te vois comme une
bonne fortune qui vient s'offrir à ma débauche.
Point de fecours qui ne faffe ton opprobre ; fu-
bis toutes les rigueurs de ton fort ; acheve d'en
être la victime ; veux-tu du pain ? deviens infâme ,
& je t'en accorde : voilà tout ce que je fens
pour toi ; voilà le fruit de l'imprudent aveu de
ton infortune.

Eft-ce là ce que vous avez dit à cette fille ?
fi ce ne font pas là vos paroles , du moins ce
font vos penfées. Vos penfées , non je ne le
puis croire ; elles ont peut-être menacé de fe
montrer ; mais vous en avez craint la laideur
trop affreufe , & vous vous y êtes refufé. Votre
ame n'auroit pu fupporter la vue d'une méchanceté fi diftincte , fon libertinage n'auroit pu la
fauver des remords , de l'horreur d'elle-même ,
ni des fentimens d'attendriffement qui l'auroient

preffée ; la victoire auroit été trop fanglante à
remporter fur tout cela ; & ce n'eft enfin qu'en
vous étourdiffant fur votre action, que vous
l'avez commife. Cependant, valoit-elle que vous
renonçaffiez à la fatisfaction d'être content de
vous-même, que vous étouffaffiez l'honnête
homme, pour mettre le monftre en liberté ?
Vous me l'avouerez : vos efforts, pour détruire
l'un, vous mettoient mal avec vous-même : vous
n'ofiez les réfléchir ; vos efforts contre l'autre
auroient été prefque des plaifirs : il y feroit entré je ne fais quelle douleur de vous trouver
dans l'ordre, hors de reproches & comme en
état de vous regarder avec tranquilité & avec
confiance : il s'y feroit mêlé je ne fais quel fentiment de votre innocence, je ne fais quelle fua-
vité, que l'ame refpire alors, qui l'encourage &
lui donne un avant-goût des voluptés qui l'attendent. Oui, voluptés ; c'eft le nom que je
donne aux témoignages flatteurs qu'on fe rend
à foi-même, après une action vertueufe ; voluptés bien différentes des plaifirs que fournit le
vice : de celles-ci, jamais l'ame n'en a fatiété,
elle fe trouve en les goûtant, dans la façon
d'être la plus délicieufe & la plus fuperbe ; ce
ne font point des plaifirs qui la dérobent à elle-
même ; elle n'en jouit pas dans les ténèbres ;
une douce lumière les accompagne, la pé-
netre, & lui préfente le fpectacle de fon excellence. Voilà les plaifirs que vous avez facrifiés à
l'aviliffement des plaifirs du vice ; car, que font-
ils ? qu'un état de proftitution pour l'ame, qu'elle
ne goûte, & ne fe pardonne qu'à la faveur du
trouble qui lui voile fon infâmie. Puiffiez-vous le
fentir & devenir meilleur.

CHAPITRE VIII.

De la Beauté & du Je ne fais quoi.

Fiction ingénieuse.

Rarement la beauté & le je ne fais quoi fe trouvent enfemble.

J'entends par le je ne fais quoi, ce charme répandu fur un vifage & fur une figure, qui rend une perfonne aimable, fans qu'on puiffe dire à quoi il tient.

J'ai lu quelque part fur ce fujet une fiction affez fingulière : elle eft d'un homme qui fuppofoit avoir trouvé la demeure de la beauté & du je ne fais quoi.

Un jour, dit-il, en me promenant, je rêvois à une des plus belles femmes du monde, que je voyois depuis huit jours à la campagne où j'étois, que j'avois regardée avec admiration la première fois que je l'avois vue, dont j'avois été moins touché à la feconde, & qu'enfin j'étois parvenu à voir avec indifférence, toute belle que je la trouvois toujours, toute belle qu'elle étoit en effet ; & je me demandois pourquoi cette beauté digne d'admiration, m'étoit devenu fi infipide, pourquoi même la beauté en général n'infpiroit pas des fentimens d'une plus longue durée.

Je cherchois donc les raifons de ce que je vous dis-là, quand je m'apperçus que j'étois entre deux jardins, dont l'un me paroiffoit fuperbe, & l'autre riant.

Les portes de ces deux jardins étoient l'une vis-à-vis de l'autre.

Sur celle du jardin fuperbe on lifoit ces mots en lettres d'or :

LA DEMEURE DE LA BEAUTÉ.

Sur celle du jardin riant étoit écrit en cara-Ctères de toutes fortes de couleurs fondues enfemble, & qui en faifoit une qu'on ne pouvoit définir :

LA DEMEURE DU JE NE SAIS QUOI.

La demeure de la beauté, dis-je d'abord en moi-même : oh ! je la verrai : car qui dit beauté, dit quelque chofe de bien plus impofant que le je ne fais quoi, & de bien plus confidérable à voir.

De forte qu'entraîné par la force du mot, je n'héfitai point à donner la préférence au jardin de beauté, & à laiffer là celui du je ne fais quoi, dont je reviendrois m'amufer enfuite.

Tout déterminé que j'étois en faveur du premier, je jettai pourtant encore un regard fur le dernier qui me fembloit fi riant : j'aurois fouhaité qu'il eût été poffible de les voir tous deux à la fois ; mais vraifemblablement il n'y avoit pas de comparaifon à faire de l'un à l'autre : il falloit commencer par le plus curieux. C'eft ce que je fis.

En entrant donc dans le jardin de beauté, je remarquai les pas de plufieurs perfonnes qui y étoient entrées auffi : mais j'en remarquai bien autant qui en étoient forties.

J'avance, & plus je découvre, plus j'admire.

Je ne vous peindrai point tout ce que j'y vis de

beau ; la defcription de ces lieux-là me paffe :
mais je fus étonné , je fus frapé. Figurez-vous
tout ce qui peut entrer de grand , de fuperbe ,
de magnifique dans un jardin ; tout ce que la
fymétrie la plus exacte , & la diftribution la
mieux entendue peuvent faire de furprenant ; à
peine vous figurez-vous ce que je vis.

Mais comment vous peindre ce que c'étoit
que le palais que je trouvai après avoir marché
quelque tems ? J'y renonce.

Si j'avois à faire des récits , ce feroit de la
perfonne que j'y vis fur une efpèce de trône ,
autour duquel étoient rangés plufieurs hommes ,
qui , à ce qu'ils me dirent , ne m'avoient pré-
cédé dans ce lieu - là que d'une heure , qui
tous fembloient être immobiles , & comme en
extafe à la vue de cette femme affife fur le
trône.

Jugez s'ils avoient tort : c'étoit la beauté
même en perfonne , qui , de tems en tems laiffoit négligemment tomber fur chacun d'eux, auffi
bien que fur moi , des regards qui nous faifoient
dire à tous : ah! les beaux yeux! & un moment après , ah! la belle bouche! ah! le beau
tour de vifage! ah! la belle taille!

A ces exclamations , la beauté , en fouriant ,
baiffoit un peu les yeux d'un air plus modefte
qu'embarraffé : & fans rien répondre , recom-
mençoit à nous regarder tous , comme pour nous
confirmer dans les fentimens d'admiration que
nous avions pour elle , & de tems en tems
elle redreffoit la tête avec un air de hauteur , qui
fembloit nous dire : joignez le refpect à l'admiration ; c'étoit - là tout fon langage.

Dans le premier quart d'heure le plaifir de
la contempler nous fit oublier fon filence ; à

la fin cependant j'y pris garde , & les autres
auffi.

Quoi ! dîmes-nous tous, rien que des fouris ,
des airs de tête , & pas un mot : cela ne fuffit
point. N'y aura-t-il que nos yeux de contens ?
Ne vit-on que du plaifir de voir ?

Là-deffus un de nous s'avança pour lui préfenter un fruit qu'il avoit cueilli dans le jardin : elle
le reçut toujours en fouriant , & avec la plus
belle main du monde ; mais fans ouvrir la bouche : elle ne remercia que du gefte : il fallut nous
en tenir à la regarder.

Apparemment que chacun de nous s'en laffa :
car petit à petit notre compagnie diminuoit : je
voyois mes camarades s'éclipfer ; & bien-tôt de
tous les admirateurs avec qui je m'étois trouvé, il ne refta plus que moi qui me retirai à mon
tour.

En traverfant une allée , pour m'en retourner,
je rencontrai encore une femme qui paroiffoit
extrêmement fière , & à qui, en paffant, je fis
une profonde révérence.

Où vas-tu ? me dit-elle d'un air dédaigneux &
mécontent. Je viens d'admirer la beauté , lui
dis-je , & je me retire. Hé ! pourquoi te retirer ?
me répondit-elle. La beauté n'a-t-elle pas dû
te fixer auprès d'elle ? Que te refte-t-il à voir
après l'avoir vue ?

Rien fans doute , lui dis-je : mais je l'ai affez
vue ; je fais fes traits par cœur ; ils font toujours
les mêmes : c'eft toujours un beau vifage qui fe
répete , qui ne dit rien à l'efprit, qui ne parle
qu'aux yeux, & qui leur dit toujours la même
chofe ; ainfi il ne m'apprendroit rien de nouveau. Si la beauté entretenoit un peu ceux qui
l'admirent , fi fon ame jouoit un peu fur fon

visage , cela le rendroit moins uniforme & plus touchant : il plairoit au cœur autant qu'aux yeux : mais on ne fait que le voir beau , & on ne sent pas qu'il l'est : il faudroit que la beauté prit la peine de parler elle - même , & de montrer l'esprit qu'elle a ; car je ne pense pas qu'elle en manque.

Eh! qu'importe qu'elle en ait ou qu'elle n'en ait point ? me dit alors cette femme ; en a-t-elle besoin faite comme elle est ? Va , tu n'y entend rien : s'il étoit question d'un visage ordinaire , je serois de ton avis ; il seroit avantageux que l'esprit l'animât , cela lui feroit grand bien , & suppléeroit aux graces qu'il n'auroit pas : mais souhaiter que l'esprit aille jouer sur un beau visage , c'est souhaiter l'altération de ses charmes : l'esprit peut ajouter quelque chose à des traits informes ; mais il nuiroit à des traits parfaits : il ne seroit bon qu'à les déranger : un beau visage est aussi achevé qu'il le peut être : il ne sauroit mieux faire que de rester tel qu'il est : ce que les mouvemens de l'esprit y mettroient , en troubleroient l'économie , puisqu'il est précisément au point qu'il faut , & qu'il ne peut en sortir qu'à son dommage : ainsi , tu critique sans jugement : c'est moi qui te le dis , qui suis l'immobile fierté des belles personnes , & la compagne de la beauté , qui ne m'écarte point d'elle , & qui ai grand soin de tenir son esprit froid & tranquille , afin qu'il laisse son visage en repos , & qu'il n'en diminue pas la noble décence. Il est vrai qu'heureusement je n'ai pas grand peine à tempérer l'esprit de la beauté ; il est de lui-même assez paisible pour l'ordinaire , ou du moins il n'ignore pas combien il est de conséquence qu'il reste grave , & qu'il ne fasse aucun

désordre

désordre sur ce beau visage : il en respecte trop les intérêts pour songer aux siens.

Ce fut là le discours que me tint cette femme, & qui me parut si singulier, que je n'y répondis que par une révérence, après laquelle je la quittai, pour gagner promptement la demeure du je ne sais quoi, où je trouvai tous ceux qui m'avoient laissé chez la beauté.

Il n'y avoit rien de surprenant dans celui-ci, & qui plus est rien d'arrangé : tout y étoit comme jetté au hazard : le désordre même y régnoit ; mais un désordre du meilleur goût du monde, qui faisoit un effet charmant, & dont on n'auroit pu démêler, ni montrer la cause.

Enfin, nous n'y desirions rien, & il falloit pourtant bien que rien n'y fût fini, ou que tout ce qu'on avoit voulu y mettre n'y fût pas, puisqu'à tous momens nous y voyons ajouter quelque chose de nouveau.

Malgré la fable qui ne compte que trois Graces, il y en avoit-là une infinité, qui, en parcourant ces lieux, y travailloient, y retouchoient par-tout : je dis en parcourant, car elles ne faisoient qu'aller & venir, que passer, que se succéder rapidement les unes aux autres, sans nous donner le tems de les bien connoître : elles étoient-là ; mais à peine les voyoit-on, qu'elles n'y étoient plus, & qu'on en voyoit d'autres à leur place, qui passoient à leur tour, pour faire place à d'autres. En un mot elles étoient par-tout sans se tenir nulle part ; ce n'en étoit pas une, c'en étoit toujours mille qu'on voyoit.

Eh bien ! Messieurs, dis-je alors à ceux qui étoient avec moi ; ce séjour-ci est charmant ; j'y passerois ma vie ; mais celui qui l'habite, je ne

N

fais quoi, où eft-il ? menez-moi à lui, je vous prie ;
car vous l'avez vu apparemment.

Pas encore, me répondirent-ils, & depuis que
nous fommes ici, nous le cherchons fans avoir
encore pu le trouver : il eft vrai que nous le
cherchons agréablement ; car avec la plus grande
envie du monde de le voir, nous ne nous impa-
tientons point de favoir où il eft ; & duffions-
nous ne le jamais trouver, nous fommes réfolus
de le chercher toujours.

Il faut pourtant qu'il foit ici, répondis-je ; je
n'eus pas plutôt prononcé ces mots, que nous
entendîmes une voix qui nous dit : me voilà.

Nous nous retournâmes tous alors, parce que
nous n'appercevions rien devant nous, & nous
eûmes beau nous retourner, nous ne vîmes rien
non plus.

Où êtes-vous donc, aimable je ne fais quoi,
dîmes-nous ? Aimez-nous tous à la fois.

Me voilà, vous dis-je, nous répondit encore la
même voix.

Et nous de nous retourner encore, attendant
toujours à le voir, & ne voyant jamais rien.

Vous nous dites, me voilà, repris-je, & vous
ne vous offrez point à nous. Vous ne voyez
pourtant que moi, nous dit il. Dans le nombre
infini de Graces qui paffent fans cefle devant vos
yeux, qui vont & qui viennent, qui font toutes
fi différentes, & pourtant également aimables,
dont les unes font plus mâles & les autres
plus tendres, regardez-les bien, j'y fuis ; c'eft
moi que vous y voyez, & toujours moi. Dans
ces tableaux que vous aimez tant, dans ces objets de toute efpèce, & qui ont tant d'agrémens
pour vous, dans toute l'étendue des lieux où
vous êtes, dans tout ce que vous appercevez

ici de simple, de négligé, d'irrégulier même, d'orné ou de non orné, j'y suis, je m'y montre, j'en fais tout le charme, je vous entoure. Sous la figure de ces Graces je suis le je ne sais quoi qui touche dans les deux sexes : ici le je ne sais quoi qui plaît en peinture ; là le je ne sais quoi qui plaît en architecture, en ameublemens, en jardins, en tout ce qui peut faire l'objet du goût. Ne me cherchez point sous une forme, j'en ai mille & pas une de fixe : voilà pourquoi on me voit sans me connoître, sans pouvoir ni me saisir, ni me définir : on me perd de vue en me voyant ; on me sent, & on ne me démêle pas ; enfin vous me voyez, vous me cherchez, & vous ne me trouvez jamais autrement ; aussi ne serez-vous jamais las de me voir.

Différence de l'Homme fier, du Glorieux & du Fanfaron.

IL y a bien de la différence entre un homme fier & un homme glorieux.

La fierté part d'un sentiment noble & louable : c'est une vertu, quand elle est réglée ; ce n'est qu'un vice quand elle ne l'est pas.

Mais la vaine gloire est toujours un ridicule.

On peut dire à un homme vous êtes trop fier, mais on ne lui dit point vous êtes trop glorieux ; parce que c'est dire une injure, c'est l'appeller fat.

Il sied bien à un homme d'être fier dans de certaines occasions ; il n'y a point d'occasion où il ne se dégrade quand il est glorieux.

Ordinairement même le glorieux n'est pas

fier. L'homme fier veut être intérieurement content de lui. Il fuffit au glorieux d'avoir contenté les autres : c'eft affez pour lui que fes actions paroiffent louables. L'autre veut que les fiennes le foient à fes yeux même.

En un mot, l'homme fier a du cœur ; le glorieux n'a que l'orgueil de perfuader qu'il en a. L'un a des vraies vertus dans l'ame, l'autre en joue qu'il n'a pas & qu'il ne fe foucie pas d'avoir.

L'un a du plaifir à être honnête homme ; l'autre voudroit bien fouvent s'exempter de faire comme s'il l'étoit. Il ne tient pas à la probité, il tient à l'honneur qu'elle procure. Auffi en manque-t-il dans mille petits détails qu'on ne fait point. L'homme fier eft un bon ami, c'eft à vous perfonnellemenr que fon amitié s'adreffe.

Le glorieux n'eft ami de perfonne, & quand il paroît le vôtre, ce n'eft pas vous qu'il aime ; c'eft votre rang, c'eft votre fortune, c'eft l'éclat qui vous environne & l'eftime où vous êtes dans le monde : c'eft-à-dire, qu'il vous aime comme iche, comme grand feigneur, comme puiffant, comme accrédité, comme honoré des autres, & jamais comme homme qu'il eftime & qui lui plaît. Vous n'êtes rien pour lui, vous ne valez pas votre habit ; il l'aime mieux que vous quand il eft magnifique.

Diftinguez pourtant le fanfaron du glorieux : on prendroit fouvent le glorieux pour un fanfaron ; mais l'homme qui n'eft que fanfaron peut être un très-honnête homme : il peut avoir toutes les vertus qu'il vous montre. Son défaut c'eft de les avoir avec fafte, de vouloir les rendre étonnantes, & quelquefois il a dans l'ame de quoi pouvoir les rendre telles, de quoi tenir tout ce qu'il promet : c'eft feulement dommage qu'il le promette.

Il peut être respectable dans le fond, pendant qu'il est un fanfaron dans la forme : il n'a quelquefois tort que dans la manière.

CHAPITRE IX.

Pensées sur les Femmes & sur l'Amour.

Pensées sur les Femmes en général.

LES austérités des fameux Anachoretes de la Thébaïde, les supplices ingénieux qu'ils inventoient contre eux-mêmes, pour tourmenter la nature, cette mort toujours nouvelle, toujours douloureuse qu'ils donnoient à leurs sens ; tout cela joint à l'horreur de leurs déserts, ne composoient peut-être pas la valeur des peines que peut éprouver une femme du monde, jeune, aimable, sensible, aimée, & qui veut être vertueuse.

Plusieurs difformités de visage jointes ensemble regardées en bloc, maniées & travaillées par une femme, qui leur cherche un joli point de vue, en dépit qu'elles en aient, prennent une bonne contenance & forment aux yeux d'une coquette un tout qui l'enchante, qui lui paroît préférable à ce tas de beautés fades qu'elle voit souvent à d'autres femmes. C'est avec ce visage de la composition de sa vanité, qu'une femme laide ose lutter contre un beau visage de la composition de la nature. Eh ! qui le croiroit ? quelquefois cela lui réussit.

Les femmes ont un fentiment de coquetterie, qui ne défempare jamais leur ame ; il eft violent dans les occafions d'éclat, quelquefois tranquille dans les indifférentes ; mais toujours préfent, toujours fur le qui-vive : c'eft en un mot le mouvement perpétuel de leur ame, c'eft le feu facré qui ne s'éteint jamais ; de forte qu'une femme veut toujours plaire fans le vouloir par une réflexion expreffe. La nature a mis ce fentiment chez elle à l'abri de la réflexion & de l'oubli : une femme qui n'eft pas coquette, c'eft une femme qui a ceffé d'être.

Le négligé des femmes eft l'équivalent de la nudité. J'ai dit qu'elles étoient coquettes fans relâche : or elles ne le font jamais plus que quand elles veulent infinuer qu'elles ne le font pas.

Le négligé eft une abjuration fimulée de coquetterie ; mais en même tems le chef-d'œuvre de l'envie de plaire.

L'habit magnifique donne de l'éclat à l'aimable femme ; elle en devient plus curieufe à voir, mais non pas fi touchante : elle en eft plus belle & moins dangereufe, cet éclat étranger qui faute aux yeux, étouffe l'impreffion des graces naturelles, & écarte le fpectateur de l'attention dangereufe qu'il donneroit au refte.

Cette façon de fe montrer eft plus fuperbe que délicate : ufer d'ornement pour plaire, c'eft s'appuyer d'un fecond, c'eft combattre avec rufe, & comme cela la victoire n'eft pas jufte. Ai-je plu comme femme ornée, ou comme femme aimable ? Voilà la queftion qu'en pareil cas fe fait une Dame ; l'amour propre qui fe connoît en vrais avantages, & qui fe juge à la rigueur, quand il prévoit n'y rien manquer, lui dicte la réponfe.

Pour vuider la question on a recours au négligé ; c'est par lui qu'on fait une épreuve de ses charmes ; c'est lui qui finit les chicanes de l'amour propre ; c'est par lui qu'on expose la vérité toute nue, qu'on semble dire, me voilà telle que la nature m'a faite ; voilà du moins une copie modeste de l'original. Mais à dire vrai cet air modeste est si superficiel, qu'il n'est presque de nulle fatigue pour l'imagination des hommes. Mais, dira-t-on, les femmes savent elles ce libertinage d'imagination ? Je ne dirai point si elles le savent, pour peu qu'elles s'en doutent, le négligé durera long-tems.

Si les femmes y pensoient bien elles rougiroient des égards & du respect que nous avons pour elles ; leur amour propre en jouit sans en approfondir les causes.

Une femme en colère dit des injures à un homme du monde, & il ne lui en répond point ; parce qu'elle a droit de pouvoir les lui dire impunément : mais il a droit, lui, de les méprifer ; & cela est bien humiliant pour elle.

Vous ne sauriez croire combien un amant tendre, soumis & respectueux, sympatise avec une femme sage & vertueuse. La passion de cet amant est-elle même si douce, si noble, si généreuse qu'elle ressemble à une vertu, & une vertu en apprivoise aisément une autre. L'amour se déclare, une femme vertueuse le reconnoit & lui impose silence ; mais bien moins parce qu'elle le hait, que parce qu'elle s'est fait un principe de le haïr & de le craindre. Elle lui résiste donc, cela est dans les règles ; mais en résistant elle entre insensiblement dans un goût d'aventure ; elle se complait dans les sentimens vertueux qu'elle oppose, ils lui font comme une

N iv

eſpèce de roman noble qui l'attache & dont
elle aime à être l'héroïne. Cependant un amant
demande pardon d'avoir parlé, en le demandant
il recommence ; bientôt elle excuſe ſon amour
comme innocent, enſuite elle le plaint comme
malheureux, elle l'écoute comme flatteur ; elle
l'admire comme généreux, elle l'exhorte à la
vertu, & en l'y exhortant elle engage la ſienne.
Elle n'en a plus, mais dans cet état il lui reſte
encore le plaiſir d'en regretter noblement la
perte. Elle va gémir avec élévation. La dignité
de ſes remords va la conſoler de ſa chute : il
eſt vrai qu'elle eſt coupable, mais elle l'eſt du
moins avec décence, moyennant le cérémonial
des pleurs qu'elle verſe, ſa foibleſſe même
s'augmente des reproches honnêtes qu'elle ſe
fait. Tout ce qu'elle a de ſentiment pour la
vertu paſſe au profit de ſa paſſion, & enfin il
n'eſt point d'égaremens dont elle ne ſoit capable
avec un cœur de la trempe du ſien, avec un
cœur noble & vertueux ; ainſi une femme comme celle-là, quand on lui parle d'amour, n'a
point d'autre parti à prendre que de fuir. La
pourſuit-on ? Qu'elle éclate. Si elle s'amuſe à
ſe ſcandaliſer tout bas du compliment qu'on lui
fait, l'air ſoumis d'un amant la gagne, ſon ton
pénétré l'attendrit, & je la garantis perdue.

Allez dire à une femme que vous trouvez aimable, & pour qui vous ſentez de l'amour :
Madame, je vous deſire beaucoup ; vous me feriez
grand plaiſir de m'accorder vos faveurs. Vous
l'inſulterez ; elle vous appellera brutal.

Mais dites-lui tendrement, je vous aime, vous
avez mille charmes à mes yeux : elle vous écoute,
vous la réjouiſſez, vous tenez le diſcours d'un
homme galant.

C'eſt pourtant lui dire la même choſe ; c'eſt préciſément lui faire le même compliment : il n'y a que le tour de changé ; & elle le ſait bien qui pis eſt.

Non, me répondrez-vous, elle ne le ſait pas, elle ne l'entend pas ainſi.

Et moi je vous dis qu'elle ne ſauroit l'entendre autrement, & que je défie de s'y tromper.

Rien de ce qu'il y a de groſſier dans ce je vous aime, ne lui échappe. Vous dirai-je plus ? C'eſt le groſſier même qui fait le mérite de la choſe, qui rend la déclaration ſi piquante & ſi flatteuſe : elle n'eſt de conſéquence qu'à cauſe de cela.

Cette prude n'en baiſſe les yeux ou n'en paroît effarouchée, que parce qu'elle eſt au fait. Cette dévote ne rougit, ne s'enfuit, ou ne ſe fâche, que parce qu'elle y eſt auſſi.

Celle-ci s'y méprend-elle, qui redouble de minauderies, pour en avoir plus de charmes ? N'eſt-ce pas en l'honneur de la choſe qu'elle ſe rend les yeux tantôt ſi doux, tantôt ſi vifs.

Que veut dire celle-là, quand elle ôte ſon gant, pour vous montrer une belle main qu'elle a ? Si elle ne vous entend pas, que vient faire là ſa main ?

Je le répete encore : toute femme entend qu'on la deſire quand on lui dit, je vous aime ; & ne vous ſait bon gré du je vous aime, qu'à cauſe qu'il ſignifie je vous deſire.

Il le ſignifie poliment, j'en conviens. Le vrai ſens de ce diſcours-là eſt impur ; mais les expreſſions en ſont honnêtes, & la pudeur vous paſſe le ſens en faveur des paroles.

Quand le vice parle il eſt d'une groſſièreté

qui révolte ; mais qu'il paroit aimable quand la galanterie traduit ce qu'il veut dire !

Toutes ces traductions n'épargnent que les oreilles d'une femme ; fon ame n'en eft pas la dupe.

Je brule d'amour pour vous, par exemple ; c'eft ce qu'on dit tous les jours , c'eft ce qu'on chante, c'eft ce qu'on écrit : comment feroit-on pour exprimer cela fans le dictionnaire de la galanterie ? Auffi ne puis-je m'empêcher de rire en moi-même , quand je vois une femme fe fcandalifer de quelques mots hardis qu'on lui dit, parce que ce n'eft qu'une traduction qui l'offenfe. J'avoue pourtant qu'il faut être bien libertin pour ne pas prendre la peine de traduire, quand on n'y perd rien, & que la vertu s'en contente.

De toutes les façons de faire ceffer l'amour, la plus fûre, c'eft de le fatisfaire.

De toutes les indifférences que peut effuyer une femme, la plus humiliante pour elle, c'eft l'indifférence d'un homme qui l'aimoit, & dont elle a fait ceffer l'amour.

Autrefois quand un amant ceffoit d'aimer une maîtreffe, c'étoit un infidèle, mais un infidèle qui la refpectoit : aujourd'hui lorfqu'un homme quitte une femme, ce n'eft qu'un vicieux qui la méprife. C'eft-à-dire, que l'amour tel qu'il eft à préfent fait plus de honte & moins de plaifir ; à quoi donc fongent les femmes de l'avoir mis dans cet état-là ? C'eft leur faute & non pas la nôtre : c'eft d'elles que l'amour reçoit fes mœurs ; il devient ce qu'elles le font.

Nous avons deux fortes d'efprit, nous autres femmes. Nous avons d'abord le nôtre qui eft celui que nous recevons de la nature, celui qui nous fert à raifonner , fuivant le degré qu'il a ; qui devient ce qui peut, & qui ne fait rien qu'avec le tems.

Et puis nous en avons encore un autre, qui eſt à part du nôtre, & qui peut ſe trouver dans les femmes les plus ſottes ; c'eſt l'eſprit que la vanité de plaire nous donne, & qu'on appelle, autrement, la coquetterie.

Oh ! celui-là, pour être inſtruit, n'attend pas le nombre des années, il eſt fin dès qu'il eſt venu ; dans les choſes de ſon reſſort, il a toujours la théorie de ce qu'il voit mettre en pratique. C'eſt un enfant de l'orgueil, qui naît tout élevé, qui manque d'abord d'audace ; mais qui n'en penſe pas moins. Je crois qu'on peut lui enſeigner des graces & de l'aiſance ; mais il n'apprend que la forme, & jamais le fond.

Fiez-vous aux femmes jalouſes du ſoin de vous connoitre, vous ne perdez rien avec elles ; la néceſſité de bien voir eſt attaché à leur miſérable paſſion ; elles vous trouvent toutes les qualités que vous avez, en vous cherchant tous les défauts que vous n'avez pas.

Qu'une femme ſoit un peu laide, il n'y a pas grand malheur ſi elle a la main belle ; il y a une infinité d'hommes plus touchés de cette beauté-là, que d'un viſage aimable : la raiſon de cela, vous la dirai-je ? Je crois l'avoir ſentie.

C'eſt que ce n'eſt point une nudité qu'un viſage, quelqu'aimable qu'il ſoit, nos yeux ne l'entendent pas ainſi ; mais une belle main commence à en devenir une, & pour fixer de certaines gens, il eſt bien auſſi ſûr de les tenter que de leur plaire. Le goût de ces gens-là, comme vous voyez, n'eſt pas le plus honnête ; c'eſt pourtant en général, le goût le mieux ſervi de

la part des femmes, celui à qui leur coquetterie
fait le plus d'avance.

Les femmes dans leurs parures ne devroient
jamais s'écarter de la décence la plus exacte,
& par sagesse naturelle & par amour propre.
Je soutiens qu'une femme qui choque la pudeur,
perd tout le mérite des graces qu'elle a, on
ne les distingue plus à travers la grossièreté des
moyens qu'elle emploie pour plaire; elle ne va
plus au cœur, elle ne peut plus même se flatter
de plaire; elle débauche; elle n'attire plus
comme aimable; mais seulement comme libertine; & par là elle se met à peu près au niveau
de la plus laide qui ne se ménageroit pas : il est
vrai qu'avec un maintien sage & modeste, moins
de gens viendront lui dire, je vous aime; mais
il y en aura peut-être encore plus qui le lui diroient, s'ils osoient; ainsi ce ne sera pour elle
que des déclarations de moins, & non pas des
amans; de façon qu'elle y gagnera du respect,
& n'y perdra rien du côté de l'amour.

Avec un joli visage, les femmes inspirent ou
de l'amour, ou des desirs. Est-ce de l'amour?
Fut-on de l'humeur la plus austère, il est le bien
venu. Le plaisir d'être aimé trouve toujours sa
place ou dans notre cœur, ou dans notre vanité. Ne fait-on que nous desirer? Il n'y a encore rien de perdu. Il est vrai que la vertu s'en
scandalise; mais la vertueuse n'est pas fâchée du
scandale.

Les femmes d'un certain état s'imaginent en
avoir plus de dignité, quand elles ont un joli
visage; elles regardent cet avantage-là comme
un rang. La vanité s'aide de tout, & remplace
ce qui lui manque avec ce qu'elle peut.

On se sent toujours de ce qu'on est : toute

femme a du caquet, ou s'amufe avec plaifir de celui des autres ; l'amour du babil eft un tribut qu'elle paie à fon fexe. Il y a pourtant des femmes filencieufes, mais je crois que ce n'eft point par caractère qu'elles le font ; c'eft l'expérience ou l'éducation qui leur ont appris à le devenir.

Les dévotes font naturellement curieufes, elles fe dédommagent des péchés qu'elles ne font pas, par le plaifir de favoir les péchés des autres.

Les regards amoureux d'un homme du monde n'ont rien de nouveau pour une jolie femme ; elle eft accoutumée à leurs expreffions, & ils font dans un goût de galanterie qui lui eft familier ; de forte que fon amour propre s'y amufe comme à une chofe qui lui eft ordinaire, & qui va quelquefois au-delà de la vérité.

On éprouve fouvent avec les femmes une émotion qu'on ne peut exprimer, on eft remué par je ne fais quelle curiofité inquiete, jaloufe, un peu libertine fi vous voulez, mais très-difficile à expliquer. Ce n'eft pas toujours du cœur d'une femme dont on eft en peine, ce n'eft fouvent que de fa perfonne ; on ne fonge point à fes fentimens, mais à fes actions ; on ne dit point, fera-t-elle infidelle, mais fera-t-elle fage ?

En fait d'amour, les dévotes hypocrites ont quelque chofe de plus piquant que les autres femmes ; il y a dans leurs façons je ne fais quel mélange indéfiniffable de myftère, de fourberie, d'avidité libertine & folitaire, & en même-tems de retenue qui tente extrêmement : vous fentez qu'elles voudroient jouir furtivement du plaifir de vous aimer, & d'être aimées fans que vous y priffiez garde ; ou qu'elles voudroient

du moins vous perfuader que dans tout ce qui
fe paffe, elles font vos dupes, & non pas vos
complices.

Quand une femme eft fidelle on l'admire : mais
il y a des femmes modeftes qui n'ont pas la vanité de vouloir être admirées.

Quand quelqu'un me vante une femme aimable, & l'amour qu'il a pour elle, je crois voir
un frénétique qui me fait l'éloge d'une vipère,
qui me dit qu'elle eft charmante, & qu'il a le
bonheur d'en être mordu. La vipère n'ôte que
la vie. Les femmes nous raviffent notre liberté,
notre raifon, notre repos ; nous raviffent à nous-
mêmes & nous laiffent vivre ; ne voilà-t-il pas
après des hommes en bel état ?. Des pauvres
foux, des hommes troublés, ivres de douleur
ou de joie, toujours en convulfions, des efclaves : & à qui appartiennent ces efclaves ? A des
femmes. Et qu'eft-ce que c'eft qu'une femme ?
Pour la définir il faudroit la connoître. Notre
fiécle peut en commencer la définition, mais
je foutiens qu'on n'en verra le bout qu'à la fin
du monde.

Mettez les modes les plus extravagantes fur
une femme, dès qu'elles auront touché fa figure
enchantereffe, c'eft l'amour & les graces qui
l'ont habillée ; c'eft de l'efprit qui lui vient, elle
embellit tout.

L'homme a le bon fens en partage, mais fur
ma foi l'efprit n'appartient qu'à la femme. A
l'égard de fon cœur, fi les plaifirs qu'il nous
donne étoient durables, ce feroit un féjour délicieux que la terre. Nous autres hommes,
nous fommes jolis en amour ; nous nous répan-
dons en petits fentimens doucereux ; nous avons
la marotte d'être délicats, parce que cela donne

un air plus tendre ; nous faifons l'amour réglé-
ment tout comme on fait une charge. Nous nous
faifons des méthodes de tendreffe ; nous allons
chez une femme, pourquoi ? Pour l'aimer, parce
que c'eft le devoir de notre emploi. Quelle pi-
toyable façon de faire ! Une femme ne veut
être ni tendre, ni délicate, ni fâchée, ni bien-
aife ; elle eft tout cela fans le favoir, & cela
eft charmant. Regardez-la quand elle aime,
& qu'elle ne veut pas le dire, nos tendreffes
les plus babillardes approchent-elles de l'amour
qui paffe à travers fon filence ? Sans l'aiguil-
lon de l'amour & du plaifir, notre cœur eft
un vrai paralytique : nous refterions comme
des eaux dormantes, qui attendent qu'on les
remue pour fe remuer. Le cœur d'une femme
fe donne fa fecouffe à lui-même ; il part fur
un mot qu'on dit, fur un mot qu'on ne dit
pas, fur une contenance. Elle a beau vous avoir
dit qu'elle aime, le répete-t-elle, vous l'ap-
prenez toujours, vous ne le faviez pas encore ;
ici par une impatience, par une froideur, par
une imprudence, par une diftraction, en baif-
fant les yeux, en les relevant, en fortant de
fa place, en y reftant ; enfin c'eft de la jaloufie,
du calme, de l'inquiétude, de la joie, du babil, & du filence de toutes couleurs : le
moyen de ne pas s'envyrer du plaifir que cela
donne ? le moyen de fe voir adoré, fans que
la tête vous tourne ? Tous les amans ont la vanité de fe croire des prodiges, & ne font que
des fots ; leur mérite les étonne. Ah ! qu'il eft
mortifiant d'en rabattre ; c'eft pourtant ce qu'ils
font tous les jours ; l'homme prodigieux difparoît, & la dupe fe montre.

Rarement les femmes quittent leurs amans pour

ne rien aimer , c'eſt toujours pour en aimer un
autre ; la ſimple infidélité ſeroit inſipide pour
elles , & ne les tenteroit pas ſans l'aſſaiſonne-
ment de la perfidie.

L'homme qui ſe croit le plus inſenſible , eſt
auſſi ſouvent qu'un autre la dupe de ſon cœur :
le hazard lui fait rencontrer une femme qui haït
l'amour comme lui ; cette heureuſe conformité
de ſentimens leur fait lier un commerce d'amitié ,
qui ſelon eux ne doit plus finir ; ils ſont indifférens , ils ne penſent point à l'amour ; voilà
qui eſt fini , ces êtres ne s'aimeront pas. Point
du tout, cela n'eſt pas fini ; on a affaire à des
caprices , à des fantaiſies , à des mignardiſes ,
équipages d'eſprit que toute femme apporte en
naiſſant ; on en eſt frappé , on y rêve , le repos
s'altère , premier dégré d'amour : on veut ſe
quitter , un pouvoir invincible en empêche ; c'eſt
l'amour qui ſe déclare , d'où vient-il ? D'une
petite fantaiſie magique qui prend à une femme ,
& ce qu'il y a de plaiſant , c'eſt que ce n'eſt
pas ſa faute à elle ; la nature a mis du poiſon
pour nous dans toutes ſes idées ; ſon eſprit ne
peut ſe tourner qu'à notre dommage ; la vocation des femmes eſt de mettre en démence
l'homme le plus raiſonnable ; elles font leur
charge involontairement , & perſonne n'eſt à
l'abri du péril auquel on s'expoſe en les voyant.

Les coquettes ſont folles & n'ont point de
foibleſſes ; les femmes à ſentimens ſont ſages ,
& en ont, on les leur reproche comme un défaut ; c'eſt preſque leur reprocher d'avoir un cœur
bon , & on a tort : que ferions - nous d'une
perſonne parfaite , ce ſeroit une divinité qui ne
nous ſeroit bonne à rien ; entendroit-elle quelque choſe à notre cœur , à ſes petits beſoins ?
                                                            Quel

Quel service pourroit-elle nous rendre avec sa raison ferme & sans quartier, qui feroit main-basse sur tous nos mouvemens ? Croyez-moi, une femme qui fait aimer est estimable, & les coquettes qui ne font que vaines, font les êtres les plus défectueux de la nature.

Imaginez-vous ce que c'est que d'être humilié, rebuté, abandonné, vous aurez quelque légère idée de tout ce qui compose la douleur d'une femme qui voudroit encore plaire, & que son âge rend dégoutante ; ah ! qu'elle se rappelle alors tristement son bonheur passé ! quel plaisir dit-elle, d'être aimé d'un homme ? C'est être l'objet de toutes ses complaisances, c'est régner sur lui, disposer de son ame ; c'est voir sa vie consacrée à vos desirs, à vos caprices ; c'est passer la vôtre dans la flatteuse conviction de vos charmes ; c'est voir sans cesse qu'on est aimable : ah ! que cela est doux à voir ; le charmant point de vue pour une femme ; en vérité tout est perdu quand vous perdez cela, nos graces nous attirent une cour brillante, nos rides font disparoître tout le monde ; quel opprobre, quelle vie, quelle fin tragique ! cela fait frémir l'amour propre.

La fausseté s'apprend, & les femmes font dans cette science les plus rapides progrès : voyez une jeune femme entre deux yeux, ils vous diront ce qu'elle sent & ce qu'elle sentira ; tout ce qui se passe dans son cœur se peint sur son visage ; à peine a-t-elle vu le monde, qu'on peut la regarder tant qu'on voudra, on n'y connoît plus rien ; l'art a gâté la nature.

O

Penſées ſur les Coquettes.

LES coquettes ne s'aiment pas , & ne ſont
pourtant bien que lorſqu'elles ſont enſemble.
Savez-vous ce qu'elles cherchent en ſe prenant
pour compagnes ? Le plaiſir de l'emporter l'une
ſur l'autre : elles vont pourvoir à la nourriture
de leur vanité , & faire aſſaut de charmes ; ce
ſont des viſages , des tailles , des mines & des
bons airs qui vont luter enſemble.

Aſſurément je ſuis ou plus belle , ou plus jolie , ou plus aimable que Doris , dit Julie en
ſon particulier : mais à la certitude que j'en ai
& que mon miroir m'en donne , il ſeroit délicieux d'y ajouter une autre preuve , & c'eſt la
preuve de fait.

Julie ne me vaut pas , dit de ſon côté Doris :
je l'efface ; j'ai bien d'autres graces qu'elle , &
je n'ai pas beſoin d'en être plus ſûre que je le
ſuis : mais quelques certitudes de plus ne gâte-
ront rien : allons les multiplier , pour les rendre
plus vives ; mon amour propre ſe chicane quelquefois là deſſus : allons le raſſaſier d'évidence.

Doris & Julie vont ſe trouver ; elles s'em-
braſſent en s'examinant ſourdement d'un œil critique. Doris croit étonner Julie par ſes graces ;
Julie s'imagine que les ſiennes inquiètent Doris ,
& lui font peur.

Il eſt cinq ou ſix heures du ſoir ; où ira-t-on ?
au ſpectacle ou aux Tuileries ? De quelque manière que les choſes tournent , que leur vanité
ait lieu de s'y applaudir , ou non, ne craignez
pas qu'il y ait aucune de nos deux femmes qui
rabatte de ſa confiance.

L'amour propre des femmes veut bien avoir

le régal de se convaincre qu'il ne s'en fait pas
trop à croire : mais s'il arrive quelque chose qui
ne lui soit pas favorable, il saura bien y remédier ; tout ce qui prouvera contre lui ne prouvera rien.

Menons nos deux coquettes aux Tuileries :
vous les voyez s'y promener : elles se tiennent
sous le bras. Ah ! les bonnes amies ! que croyez-
vous qu'elles pensent, & que chacune d'elles dise
intérieurement à l'autre ?

Venez, Madame, venez, coquette que vous
êtes ; venez orner mon triomphe, & voir confondre la vanité que vous avez sans doute de
croire que vous êtes aussi aimable que moi ;
avancez que je vous montre un peu le contraire :
nous voici en bon lieu pour vuider notre différend.

Et là-dessus elles marchent à grands pas ; vous
les entendez éclater de rire en parlant.

Eh ! de quoi parlent-elles ? Elles ne le savent
pas elles-mêmes ; ce sont des mots qu'elles pro-
noncent, afin d'ouvrir la bouche avec grace.

De quoi rient-elles ? de rien. Ce n'est-là qu'une
coquetterie ; ce n'est que pour faire du bruit,
pour en paroître plus vives, plus bruyantes,
plus dissipées ; pour tenir plus de place ; pour
attirer l'attention de ces hommes qui se promènent aussi, qui viennent à elles, & qui en
passant vont juger nos coquettes.

Quatre hommes sont passés ; il y en a trois
qui n'ont regardé que moi, dit Doris en elle-
même, & j'aurois eu le quatrième, s'il n'avoit
pas regardé ailleurs en passant, ou si par hasard
ses yeux ne s'étoient pas d'abord trouvés sur
Julie.

Ainsi je pense qu'il est clair que je vaux mieux

qu'elle : il n'y a pas à en douter ; c'est une affaire de calcul : j'ai trois contre un ; & cet un je
l'aurai au retour.

Que répond à cela Julie ? convient-elle qu'elle
a perdu ? Oh ! que non. Elle a bien vu ces trois
hommes n'honorer effectivement que sa compagne de leurs regards ; elle n'a eu que le quatrième , elle le sait : c'est un fait qu'elle ne peut
contester.

Mais qu'est-ce que cela conclut ? rien. C'est
que Doris a fixé les trois autres par un fracas
de coquetterie supérieure à la sienne , par un
éclat de rire , par un ton de voix d'une hauteur
indécente , par des regards effrontés qui ne
manquent jamais d'arrêter les hommes , qui les
débauchent, qui subornent leur jugement. Doris
n'a pas les yeux plus beaux qu'elle , pas même
si beaux : mais elle les a plus hardis ; elle les
jette à la tête : & c'est parce qu'ils ont moins
de modestie , moins de pudeur qu'on s'y est arrêté préférablement aux siens , qui , à modestie
égale , n'auroient pas souffert de concurrence.

Que Doris plaise à ce prix-là, ajoute Julie ,
je ne lui envie pas la misérable vanité qu'elle
en tire ; si elle appelle cela être plus aimable qu'une autre , à la bonne-heure : mais si
on vouloit étaler sa gorge, comme elle , avoir
les épaules aussi découvertes , l'air aussi débau-
ché , & une figure aussi cavalière , elle n'auroit
pas beau jeu.

Pendant que Julie tient ce petit dialogue en
elle-même , & se console ainsi du désagrément
de cette première aventure , une autre troupe
d'hommes passe ; & Julie, dont la gorge, (quoiqu'elle en dise ,) n'est pas mieux couverte que
celle de Doris , ne s'y prend pas plus honnête-

ment, ni plus loyalement que fa rivale, pour
triompher cette fois ci. Elle imagine à fon tour
quelque vivacité, quelque folie : par exemple,
un cri pour un faux pas, ce qui fait que ces
hommes la regardent la première.

Il eft vrai qu'enfuite pour retenir les yeux fur
elle, il en coute autant aux fiens de hardieffe
& de corruption qu'elle en a reproché à ceux
de fa compagne : mais tout cela lui échappe ;
elle ne s'en apperçoit pas : fa rivale n'a d'abord
gagné qu'en trichant ; pour elle elle a gagné de
beau jeu, comme qui diroit par la force des
cartes.

Mais, Mefdames, leur dirois-je, eft-ce là
vaincre ? êtes-vous vénues difputer d'effronterie,
ou de beauté ? Car aucune de vous, ce me femble, ne peut fe flatter de l'emporter ici comme
belle.

Et en ceci je crois cependant que je me trompe
moi-même.

Entre deux femmes qui en pareil cas fe mé-
nagent auffi peu l'une que l'autre ; c'eft, fans
difficulté, l'immodeftie de la plus jolie qui pique
le plus.

Ainfi il y a toujours combat de beautés entre
elles.

La coquette ne fait que plaire, elle ne fait pas
aimer ; voilà auffi pourquoi on l'aime tant.

Quand une femme nous aime autant qu'elle
nous plaît, pour l'ordinaire elle ne nous plaît
pas long-tems : fon amour nous a bientôt fait raifon du pouvoir de fes charmes.

La femme vertueufe, averrée pour telle, &
par conféquent inacceffible à la fleurette, quelqu'aimable qu'elle foit, n'a plus de fexe aux
yeux d'une infinité de gens ; ce n'eft plus qu'une

femme pour eux, elle ne leur eſt bonne à rien.
Dites-leur : elle eſt belle femme ; ils vous ré-
pondront, fort belle. Mais c'eſt un mot qu'ils
diſent, & non pas une réflexion qu'ils font avec
vous.

Les vraies coquettes n'ont l'ame ni tendre,
ni amoureuſe ; elles n'ont ni tempérament, ni
cœur. Je crois qu'il ne leur en couteroit rien
d'être ſages, s'il ne falloit quelquefois manquer
de ſageſſe pour garder leurs amans ; leurs bontés, toujours rares, ne ſont pas de foibleſſes,
ce ſont des prudences. Elles n'ont pas beſoin
d'être foibles ; mais vous avez beſoin qu'elles le
ſoient un peu.

Un homme feroit bien honteux de tous les
tranſports qu'il a auprès d'une coquette qu'il
adore, s'il pouvoit ſavoir tout ce qui ſe paſſe
dans ſon eſprit, & le perſonnage qu'il fait auprès d'elle ; car elle n'a point de tranſports,
elle eſt de ſang-froid, elle joue toutes les ten-
dreſſes qu'elle lui montre, & ne ſent rien que
le plaiſir de voir un fou, un homme troublé,
dont la démence, l'yvreſſe & la dégradation font
honneur à ſes charmes. Voyons, dit-elle, juſqu'où ira ſa folie ; contemplons ce que je vaux
dans les égaremens où je le jette. Que de ſoupirs ! que de ſermens ! que de diſcours empor-
tés & ſans ſuite ! comme il m'adore ! comme il
m'idolâtre ! comme il ſe tait ! comme il me regarde ! comme il ne ſait ce qu'il dit ! alors ma
vanité doit être bien contente : il faut que je
ſois prodigieuſement aimable ; car il eſt prodigieuſement fou.

Quelquefois auſſi ſe trompe-t-elle. Cet homme, qu'elle appelle fou, peut n'être de ſon côté
qu'un fripon, qui croit avoir attendri la fri-

ponne, & qui s'écrie lui-même : ah ! que je fuis aimable, & qu'elle eſt folle.

On parle des coquettes, on en parle devant des coquettes mêmes. On leur dit qu'il eſt honteux de l'être. Elles le diſent auſſi de la meilleure foi du monde. Elles ne s'aviſent pas de penſer qu'on parle d'elles ; & ce qu'il y a de plus ſingulier, c'eſt qu'on n'en parle point non plus. Elles plaiſent à tous les hommes qui ſont-là, on ne trouve point coquette une femme qui plaît, on ne la trouve qu'aimable.

Je n'aime pas les coquettes, vous dit un homme qui fait le délicat en fait de femmes ; & de toutes les femmes, la plus-coquette, eſt celle qu'il aime & qu'il adore.

Que veulent dire la plûpart des romans ? Ils nous font des amans ſi fidèles, qu'ils ont le courage de faire les cruels avec les plus belles femmes du monde qui ſe jettent à leur tête. Ils ne ſont pas ſeulement tentés de jetter un regard ſur elles : le tout parce qu'ils ont une maîtreſſe. Cela ne vaut rien, & n'eſt ni vrai, ni vraiſemblable.

Il ſeroit pourtant beau qu'un homme en pareil cas réſiſtât, encore ſeroit-ce du beau qui choqueroit la vue. On le ſouffriroit dans un chrétien, on ne l'aimeroit pas dans un galant homme.

Penſées ſur les Femmes mariées.

LES hommes diſent que les femmes ont la foibleſſe en partage : cela peut être vrai en ſoi. Mais avons-nous droit de le dire, ou même de le croire ? Examinons, par exemple, la diſtribution des devoirs que nous avons faits dans le

O iv

mariage entre des créatures qui font fi foibles, & nous qui fommes fi forts ; nous verrons fi la balance eft égale.

Marions une fille à un brutal : il n'y a que trop de ces Meffieurs-là ; de quel ton quelquefois ne parle-t-il pas à fa femme ? Taifez vous, Madame ; je le veux : laiffez-moi en repos ; vous ne favez ce que vous dites : je le veux.

Que ce fuperbe je le veux, eft humiliant! le dernier des efclaves s'y accoutume-t-il ? Y a-t il d'ame pour qui il ne foit pas fanglant ? Il écrafe l'amour propre ; & j'ai pitié d'une femme, dont on outrage jufqu'à la dignité de compagne, dont on a anéantit la volonté, jufqu'à cet excès.

L'infortunée fe plaint-elle ? (vous diroient les femmes :) c'eft encore pis ; ce brutal s'en offenfe. Se révolte-t-elle à force de récidives ? Elle eft perdue ; les loix l'attendent pour la condamner, pour la punir de n'avoir pas la force de mourir dans le filence.

Que faut-il donc qu'elle faffe ? Hélas! lui dira-t-on, cela eft bien fâcheux ; tâchez de prendre patience ; vous n'avez de reffources que dans vos vertus : & c'eft comme fi on lui difoit : fouffre, pleure, gemis, foupire, pratique des vertus impraticables, & tâche de traîner ainfi jufqu'à la mort, d'attraper le mieux que tu pourras la fin de ta vie ; voilà tous les remédes qu'on fache à ta peine, la patience & la mort.

Qu'on nous cite un feul article où nous ne foyons pas maltraitées ? (ajouterons les femmes ;) car ce font toujours elles que je fais parler,

Une femme fe comporte mal ; elle a des amans: elle trahit la fidélité conjugale. Point de quartier pour elle : on l'enferme, on la féqueftre, on la

réduit à une vie dure & frugale, on la déshonore, & elle le mérite.

Mais que fait-on à un mari qui est infidèle, qui
a des maîtresses, qui vit avec elles, qui ruine
pour elles, lui, sa femme & ses enfans ? Que
lui fait-on, le voilà dans le cas où on enferme
sa femme ?

Remarquez que cette femme a caché son libertinage autant qu'elle l'a pu ; elle étoit même
hypocrite, de peur d'être scandaleuse. Son vice
étoit timide, il se sauvoit dans les ténèbres, à
peine en a-t elle joui.

Jettez les yeux sur un mari infidèle. Y a-t-il
rien de plus effronté que son libertinage ? Prend-
il quelques mesures pour le cacher à sa femme ?
Eh ! qu'importe qu'elle le sache ? Il en sera quitte
pour la voir pleurer. Le cachera-t-il à ses amis ?
Ils n'en feront que rire. Aux indifférens ? Que lui
diront-ils ? N'est-il pas le maître de ses actions ?
Ne lui est-il pas permis de corrompre les mœurs,
& de donner des exemples de vices ? Bagatelle
que tout cela.

Mais sa femme est punie encore une fois. Eh !
que lui fait-on ? Nous le demandons. Que lui en
arrive-t-il ?

Où sont les maris qu'on enferme, qu'on sé-
questre ? Sont-ils seulement deshonorés dans le
monde ? Point du tout.

Monsieur, un tel est un homme qui se dérange,
dira-t-on. Sa femme est aimable, sa maîtresse ne
la vaut pas.

Qu'est-ce que cela signifie, sa femme est aimable ? Est-ce là tout ce qu'il y a à dire.

Et quand lui-même n'est qu'un magot, qu'il
est laid de visage & d'esprit, vous ne pardonnez pas à cette aimable femme de le trahir ;

pendant que vous lui pardonnez de la trahir avec éclat, toute aimable qu'elle eſt ! cette injuſtice-là paſſe toute imagination.

Nous diſons qu'on pardonne à ce mari ; que même, on ne s'en tient pas-là.

Comment donc ! ſon libertinage ou plutôt ſa galanterie le rend illuſtre ; elle en fait un héros qu'on eſt curieux de voir ; on ſe le montre au ſpectacle ; on épie le moment qu'il voüs ſalue. Où eſt-il, ſe dit on ? il vient de paroître ; tenez, le voilà : c'eſt lui, c'eſt-là ce fameux violateur de l'ordre.

Auſſi faut-il voir combien il ſe tient droit, les airs qu'il ſe donne, & avec quelle ſuperbe confiance il produit ſon viſage.

Eh ! pour qui donc nous prend-on ? (continueront les femmes.) Que les hommes s'expliquent : nous abandonnent-ils l'exercice de la vertu, comme une choſe aiſée, & qui ne paſſe pas nos forces ? ou bien cette vertu eſt-elle ſi pénible, qu'elle ne puiſſe appartenir qu'à nous ſeules, à cauſe de l'excellence de notre ſexe ? méritons-nous d'en avoir, de la ſuivre & d'être punies, quand nous en manquons ?

Les hommes au contraire, ne ſont-ils pas dignes d'être vertueux ? Leur indignité eſt-elle ſans conſéquence ? Si cela eſt, qu'ils ſe déclarent, & nous ne dirons mot ; nous ſerons les premières à trouver juſtes ces punitions dont on nous accable, quand nous nous égarons, & qui ſeront alors des titres de grandeurs.

Mais que les hommes aient l'audace de nous mépriſer comme foibles, pendant qu'ils prennent pour eux toutes la commodité des vices, & qu'ils nous laiſſent toutes la difficulté des vertus ; en vérité cela n'eſt-il pas abſurde ?

Nous accufons les femmes d'être coquettes, d'être fourbes & méchantes, laiffons-les parler là-deffus.

Si notre coquetterie eft un défaut, tyrans que vous étes, (nous diroient elles,) qui devons-nous en accufer, que les hommes?

Nous avez-vous laiffé d'autres reffources que le miférable emploi de vous plaire?

Nous fommes méchantes, dites-vous? Ofez-vous nous le reprocher? Dans la trifte priva-tion de toute autorité, où vous nous tenez; de tout exercice qui nous occupe; de tout moyen de nous faire craindre comme on vous craint; n'a-t-il pas fallu qu'à force d'efprit & d'indu-ftrie, nous nous dedommageaffions des torts que nous fait votre tyrannie? Ne fommes-nous pas vos prifonnieres, & n'étes-vous pas nos géoliers? Dans cet état que nous refte-t-il que la rufe? Que nous refte-t-il qu'un courage impuiffant, que vous réduifez à la honteufe néceffité de devenir fi-nefle? Notre malice n'eft que le fruit de la dé-pendance où nous fommes. Notre coquetterie fait tout notre bien. Nous n'avons point d'autre fortune que de trouver grace devant vos yeux. Nos propres parens ne fe défont de nous qu'à ce prix-là; il faut vous plaire, ou vieillir ignorées dans leurs maifons: nous n'échappons à votre ou-bli, à vos mépris, que par ce moyen, nous ne fortons du néant, nous ne faurions vous tenir en refpect, faire figure, être quelque chofe, qu'en nous faifant l'affront de fubftituer une in-duftrie humiliante, & quelquefois des vices, à la place des qualités, des vertus que nous avons, dont vous ne faites rien, & que vous tenez ca-ptives.

Un amant eft une efpèce de créancier qui a

donné fon cœur à une femme , & qui vient lui
demander d'en être payé en même valeur.

Donnez-moi le vôtre , lui dit-il d'abord : elle
le renvoie , & ne veut point entendre parler de
cette dette-là.

Là-deffus , grand procès entr'eux : il l'affiége
de galanteries , de refpeɛts , d'affiduités , de
mille tendres foins. C'eft la manière de plaider
de l'amour.

Elle y répond par des froideurs , par des refus redoublés, par des fiertés , par des fuites ,
par des affurances qu'il prend des peines inutiles ; & enfin ne fachant plus que dire , par des
incrédulités fur le befoin infupportable qu'il a ,
dit-il , d'en être payé.

Laiffez-moi , vous me fatiguez ; vous êtes
importun : & puis vous me parlez d'une chimère, je ne vous dois rien. Elle a beau dire ,
point de trève de la part de l'amant : c'eft un
plaideur obftiné qui redouble de chicanes ;
c'eft-à-dire, d'empreffemens , d'ardeur ; de
plaintes , de défefpoir, & d'écritnres en billets
doux.

Que fera-t-elle ? Il faudra bien en venir à un
accommodement.

Mais eft-il bien vrai que je vous doive ? La
dette eft-elle conftante , je ne faurois me le perfuader.

Ne tient-il qu'à cela ? L'amant en jure , & en
eft cru fur fon ferment.

Eh bien ! nous verrons , ne me preffez point.
Soit , dit-il , mais donnez-moi toujours quelque
chofe à compte : & quoi ? Un mot ; dites feulement que je ne vous déplais point : eh ! qui vous
dit que vous me déplaifez.

A ce difcours elle rougit ; c'eft-à-dire, qu'elle

entre en paiement. Sa réponfe & fa rougeur font deux à comptes.

On eſt interrompu ; l'amant fort. Quand vous verra-t-on ? Autre à compte.

Il revient le lendemain, mais plus tard qu'à l'ordinaire. On boude ; encore un à compte.

Il s'excuſe, il a eu des affaires indiſpenſables ; il ſe met à ſes genoux, il ſoupire : on ne boude plus. Autre à compte.

Et ainſi d'à compte en à compte, qu'elle lui diſtribue peu à peu, qu'elle fait durer plus ou moins : il eſt enfin tems de vous payer tout-à-fait, lui dit-elle ; je vous ai diſputé mon cœur autant que j'ai pu : mais il eſt juſte que vous l'ayez, je vous le dois tout entier ; je vous le donne, & je vous aime. Vous m'aimez ! s'écrie-t-il. Ah ! vous me raviſſez ! eſt-il bien vrai ?

Oui : je vous aime, mais prouvez-moi le donc ? En faut-il d'autres preuves que ce que je vous dis ? Oui, Madame, vous ne me donnez pas tout ce qui m'eſt dû : vous me payez mon cœur, mais vous ne m'en payez pas les intérêts, ajoute-t-il, en lui ſerrant la main, qu'elle lui permet de baiſer mille fois, pendant qu'elle lui dit : eh bien ! vos intérêts, les voilà : êtes-vous content ? Il ne répond rien ; car elle eſt bien loin de ſon compte, mais elle y viendra. Rien ne va ſi vite que le paiement de ces intérêts, quand il eſt une fois commencé.

Si pourtant elle ne l'acheve pas, ſi elle refuſe de le conſommer, elle gardera long-tems ſon créancier.

Si elle le conſomme, ſerviteur à la débitrice ; la chance tourne : c'eſt elle qui devient la créancière, & le tout finit par une banqueroute qui la déshonore , quoi que ce foit à elle à qui on la faffe.

Penfées fur l'Amour.

RIEN ne nuit tant à l'amour que de s'y ren-dre fans façon , bien fouvent il vit de la réfi-ftance qu'on lui fait , & ne devient plus qu'une bagatelle quand on le laiffe en repos.

L'amour a fes expreffions , l'orgueil a les fien-nes ; l'amour foupire de ce qu'il perd , l'orgueil méprife ce qu'on lui refufe.

L'amour honnête & vertueux eft le feul digne de nos cœurs ; le vice a beau faire avec fes douceurs brutales & raffafiantes , il ne lui ap-partient pas de piquer l'ame autant que le fen-timent tendre & délicat dont je parle. Ah ! fi l'on favoit bien ce que c'eft que cet amour ; quelles font fes reffources & le charme des pro-grès qu'il fait dans l'ame , combien il l'a pénètre & tient fa fenfibilité en vigueur , en combien de façons délicieufes il l'a remué : fi l'on fa-voit combien à mille momens avec cet amour , deux amans fe trouvent grands , nobles & dé-licats , combien ils font glorieux & contens de fe trouver tels. Si l'on favoit avec quelle fatif-faction ils fouffrent d'être fages ; car on s'ima-gine qu'il n'y a point de plaifirs à cela : on fe trompe , la vertu dédommage de la peine qu'elle coute , & de cette vertu , on en devient alors tout auffi amoureux que de la perfonne qu'on aime : on les confond tous deux , ce n'eft plus qu'un ; cela ne fait-il pas un objet bien aima-ble ? N'a-t-on pas bien du plaifir à l'aimer ? Et par deffus ce marché , n'eft-ce rien que d'avoir une paffion fi diftinguée , & d'en infpirer une

pareille ? Eh ! l'on a de la fageffe à l'envi l'un
de l'autre, pour fe rendre à l'envi plus digne
d'être aimé. Voilà le plus grand bonheur qu'on
puiffe éprouver fur la terre ; mais peut-être
n'eft-il qu'une belle chimère.

N'avez-vous jamais vu des enfans qu'on amufe
avec des contes de fées ? Ils croient tout ce
qu'on leur dit ; une femme livrée à une paffion
violente y reffemble fort : elle devient enfant
comme eux, & ce font des vrais contes de
fées que les idées dont fon imagination eft
remplie.

Il y a des perfonnes du fexe qu'il eft encore
tems d'avertir, & que l'amour n'a pas jetté dans l'enfance dont je parle ; qui leur infpire une frayeur falutaire. Rien n'eft plus rapide que le mouvement qui les égare, lorfqu'elle le font, rien de plus miférable qu'elles,
rien de plus abandonné, rien de plus inacceffible à tout fecours ; & pour comble de
malheur, que devient-on quand on ceffe d'aimer ?
Car on n'aime pas toujours : hélas ! le repentir
nous prend ou l'amour nous laiffe.

Quelque aimé que foit un amant, quelque
amour qu'il ait lui-même, s'il n'eft pas glorieux
d'avoir acquis le cœur de fa maîtreffe, c'eft un
amant manqué.

Je me fuis toujours défié en amour des paffions qui commencent par être extrêmes ; c'eft
mauvais figne pour leur durée. Les gens faits
pour être conftans, deftinés à cela par leur caractère, font difficiles à émouvoir.

Vient-il un objet qu'ils aimeront ? ils le diftinguent long-tems avant de l'aimer : il ne
fait d'abord fur eux qu'une impreffion imperceptible ; ils fe plaifent froidement à le voir,

ne le fentent prefque pas abfent , & peut-être
point du tout , quand il l'eft ; ils fe pafferoient
de le retrouver , le trouvent pourtant avec plaifir , mais avec un plaifir tranquille ; s'en fépare-
ront encore fans aucune peine ; mais plus contens de lui , enfuite ils pourront le chercher ;
mais fans favoir qu'ils le cherchent ; le defir
qu'ils ont de le revoir eft fi caché , fi loin d'eux ,
fi reculé de leur propre connoiffance , qu'il les
mene fans fe montrer à eux , fans qu'ils s'en
doutent. A la fin pourtant ce defir fe montre,
il parle en eux , ils le fentent , & n'en vont encore guère plus vite ; mais ils vont , & favent
qu'ils vont , & c'eft beaucoup. La lenteur ne fait
rien à l'affaire : le tout dans ces gens-là , c'eft
d'aller , de chercher l'objet , & de fe dire : je
le cherche.

Après cela cependant ne les croyez pas encore entièrement pris.

Cette pareffe ou cette lenteur de fentimens
qu'ils ont , pourra fort bien faire qu'ils en re-
ftent-là , fi quelque difficulté les arrête en chemin , s'il faut de la peine pour retrouver ce
qu'ils cherchent , fi le hazard ne les aide pas :
car ils n'aideront à rien.

Ils feront pourtant fâchés en ce cas-là : ils
voudroient bien ne pas perdre leurs pas ; mais
ils s'accommodent de les avoir perdus , & fe
tiennent en repos auffi froidement qu'ils fe font
mis en haleine.

N'y a-t-il point de difficulté à vaincre ? Ils
vont comme je l'ai dit : ils cherchent avec le
paifible defir d'avoir , qu'ils fatisfont tout doucement & à leur aife , qui petit à petit , prend
des forces , qui demande enfuite à être fatisfait
par préférence à d'autres envies ; qui obtient

cette

cette préférence, enfuite qui la veut fur-tout, & qui l'emporte : mais fans déranger le fang-froid de ces ames-là, l'amour s'y introduit fans bruit, s'y établit, & s'en rend le maitre.

Voilà comment cela fe paffe dans les gens dont je parle.

Jamais vous ne les voyez hors d'eux-mêmes : il n'y a point de tranfports chez eux, point de ces mouvemens violens, de ces fougues impé-tueufes d'amour qui prennent à d'autres perfon-nes, & qui à vrai dire, ne font que des débauches de tendreffe dont le cœur, pour l'ordinaire ne fort que vuide & épuifé de fentiment, parce qu'il diffipe en un jour ce qui devroit durer des mois entiers.

Rien de tout cela dans ceux-ci ; ce font des cœurs bons ménagers, pour ainfi dire, qui ne dépenfent leur amour qu'avec économie, qui en amaffent de jour en jour, & qui en ont toujours beaucoup au-delà de ce qu'ils en montrent.

Auffi ni l'habitude ni le tems ne ruinent pas aifément ces cœurs-là ; il faudra que vous ayez grand tort avec eux, s'ils vous quittent.

Les cœurs ardens & fenfibles, au contraire, ne ceffent bientôt d'aimer que parce qu'ils fe hâtent trop d'aimer & de fentir qu'ils aiment ; ils ne fe donnent pas le tems de faire un fond, ils diffipent prefque tout leur amour à mefure qu'il vient ; & comme il ne leur en vient pas toujours, non plus qu'à perfonne, il s'enfuit que bientôt il ne s'en trouve plus.

Prévenez-vous un homme inconftant ? Votre amour ceffe-t-il avant le fien ? Il éclate, il s'a-gite, il crie, il fe défefpère ; & le voilà guéri, le voilà fans rancune ; fon cœur, & peut être fa vanité vous pardonnent.

P

En fait d'amour, ce font des ames d'enfant que les ames inconſtantes. Auſſi n'y a-t-il rien de plus amuſant, de plus aimable, de plus agréablement vif & étourdi que leur tendreſſe.

Quittez-vous un homme conſtant ? Ceſſez-vous de l'aimer ? Vous le bleſſez mortellement : mais il ſera affligé, à peu près comme il eſt amoureux ; c'eſt-à-dire, ſans bruit, ſans faire d'éclats. Sa douleur ne ſort preſque point : il pourroit mourir de ſang-froid. Il n'y a que le tems qui le ſecoure.

Auſſi ſont-ce des ames trop ſérieuſes à cet égard-là, que ces ames conſtantes : elles n'entendent pas aſſez raillerie là-deſſus. J'aimerois mieux l'enfance des autres : elle ſied encore mieux à l'amour.

A peindre l'amour, comme les cœurs conſtans le traitent, on en feroit un homme.

A le peindre ſuivant l'idée qu'en donnent les cœurs volages, on en feroit un enfant ; & voilà juſtement comme on l'a compris de tout tems.

Il faut cependant convenir qu'il eſt mieux rendu, & plus jòli en enfant, qu'il ne le feroit en homme.

C'eſt une qualité dans un amant bien traité, que d'être d'un caractère exactement conſtant ; mais ce n'eſt pas une grace, c'eſt même le contraire : on diroit que c'eſt celle d'un mari qui fait bon ménage.

Tout ce qui ſent la règle, tout ce qui n'eſt que conduite meſurée, enfin tout ce qui n'eſt qu'eſtimable, eſt trop froid aux yeux de l'amour. Il veut plus de graces que de vertus.

Auſſi les amans conſtans ne ſont-ils pas les plus aimés. La conſtance leur donne quelque

chofe de grave & d'arrangé, qui glace l'amour,
qui n'eft plus dans fon efprit, & qui ne s'ajufte
point à fon humeur folâtre.

On commence pourtant à louer beaucoup de
pareils amans ; mais on finit par perdre le goût
qu'on a pour eux.

En amour, querelle vaut encore mieux qu'é-
loge.

Tenez toujours les gens inquiets , & jamais
tranquilles. Paroiffez plutôt coupable, que trop
innocent. Du moins foyez conftant avec art, je
veux dire qu'il ne foit jamais bien décidé, fi
vous le ferez, ni même fi vous l'êtes.

On fe plaindra quelquefois de vous avec cette
méthode ; tant mieux ; raffurez ces gens : ré-
pondez à leur reproche par plus d'amour que
de bonnes raifons ; foyez plus tendre que bien
juftifié.

Voilà en quoi confifte toute l'induftrie des
amans de part & d'autre, eft-elle praticable ?
Peut-être que non : la raifon la recommande
bien, mais le cœur n'en fauroit faire ufage.

Si l'amour fe menoit bien, on n'auroit qu'un
amant, ou qu'une maîtreffe en dix ans : & il
eft de l'intérét de la nature qu'on en ait vingt
& davantage.

Voilà fans doute pourquoi la nature n'a eu
garde de rendre les amans fufceptibles de prudence ; ils aimeroient trop long-tems, & cela
ne feroit pas fon compte.

Pour favoir de quelle manière il faudroit gouverner l'amour, voyez combien un amant eft
aimé, quand il eft ingrat, ou combien lui eft
chère une ingrate dont il fe plaint.

Je ne voudrois pourtant paroître abfolument
ni ingrat, ni ingrate ; & je confentirois à n'être

point aimé, plutôt qu'à ne devoir la tendreſſe d'un cœur qu'à la douleur où je le plongerois : je veux qu'on ſoit adroit & point cruel ; & ma maxime eſt que, pour entretenir l'amour qu'on a pour nous, il eſt bon quelquefois d'allarmer la certitude qu'on a du nôtre.

Pourquoi les gens qui paient pour être aimés, (& il y a tant de ces gens-là,) aiment-ils plus long-tems que ceux qu'on aime gratis ?

C'eſt qu'ils ne ſont jamais bien ſûrs qu'on les aime ; c'eſt qu'ils ſe méfient toujours un peu d'un cœur qu'ils achetent ; ils ne ſavent pas s'il s'eſt li-vré, ils ſe flattent pourtant qu'ils l'ont ; mais ils ſe doutent en même tems qu'ils pourroient bien ſe tromper ; ce doute qui ne les quitte pas, fait durer le goût qu'ils ont pour la perſonne qu'ils aiment : ils ſouhaitent toujours d'être aimés, & on ne ſauroit ſouhaiter cela, qu'on n'aime tou-jours.

Au lieu que la certitude d'être aimé nous di-ſtrait du deſir de l'être : on dit, je ſuis aimé, tout eſt fait ; on en reſte-là.

Comment peut-on ſe flatter d'être aimé d'une femme dont on achete les faveurs ? Dès que ſon avarice vous a vendu ce que ſon cœur pouvoit vous donner, de quoi ce cœur ſe mêleroit-il encore ? Il n'a plus de préſens à vous faire.

Les paſſions des hypocrites ſont naturellement lâches, quand on les déſeſpère ; elles ne ſe pi-quent pas de faire une retraite bien honorable ; c'eſt un vilain amant, qu'un homme qui vous deſire plus qu'il ne vous aime ; non pas que l'a-mant le plus délicat ne deſire à ſa maniere ; mais du moins, c'eſt que chez lui les ſentimens du cœur ſe mêlent avec les ſiens ; tout cela ſe fond enſemble, ce qui fait un amour tendre,

& non pas vicieux ; quoiqu'à la vérité capable du vice ; car tous les jours en fait d'amour , on fait très-délicatement des chofes très-groffières.

La premiere fois qu'on aime , on éprouve un mêlange de trouble , de plaifir & de peur : oui de peur ; car , une jeune fille qui en eft là-deffus à fon apprentiffage , ne fait point où tout cela mene ; ce font des mouvemens inconnus qui l'enveloppent , qui difpofent d'elle ; qu'elle ne poffède point , qui la poffédent ; la nouveauté de cet état l'allarme. Il eft vrai qu'elle y trouve du plaifir ; mais, c'eft un plaifir fait comme un danger , fa pudeur même en eft effrayée ; il y a là quelque chofe qui la menace , qui l'étourdit , & qui prend déjà fur elle.

On fe demanderoit volontiers dans ces inftans : que vais-je devenir ? Car en vérité l'amour ne nous trompe point ; dès qu'il fe montre, il nous dit ce qu'il eft, & de quoi il fera queftion ; l'ame fent la préfence d'un maitre qui la flatte ; mais avec une autorité déclarée qui ne la confulte pas , & qui lui laiffe hardiment les foupçons de fon efclavage futur.

L'inconftance naît fouvent de la certitude d'être aimé ; on ne le croiroit pas ; mais les ames tendres & délicates ont volontiers le défaut de fe relâcher dans leur tendreffe, quand ils ont obtenu toute la vôtre ; l'envie de vous plaire , leur fournit des graces infinies , leur fait faire des efforts qui font délicieux pour elles ; mais dès qu'elles ont plu , les voilà défœuvrées.

Il y a bien des amours où le cœur n'a point de part, il y en a plus de ceux-là que d'autres ; dans le fond , c'eft fur eux que roule la nature , & non pas fur nos délicateffes de fentimens , qui ne lui fervent de rien. C'eft nous le

P iij

plus souvent qui nous rendons tendres, pour orner nos paffions ; mais c'eft la nature, qui nous
rend amoureux ; nous tenons d'elle l'utile que
nous enjolivons de l'honnête, j'appelle ainfi ce
fentiment qu'on n'enjolive pourtant plus guère ;
la mode en eft affez paffée dans le tems où j'écris.

Quelle différence entre une perfonne qu'on
aime, parce qu'on ne fauroit faire autrement,
parce qu'on eft né avec un penchant naturel & invincible pour elle ; & une femme à qui on ne
s'arrête que parce qu'il faut faire quelque chofe ;
que parce que c'eft une de ces coquettes qui
s'avifent de s'adreffer à vous, qui ne fauroient
fe paffer de vous, à qui on parle d'amour fans
qu'on les aime ; qui s'imaginent elles-mêmes vous
aimer feulement parce qu'elles vous le difent ; &
qui s'engagent avec vous par oifiveté, par capri-
ce, par vanité, par étourderie ; & par un
goût paffager, qui ne mérite pas le nom d'amour !
Quelle différence encore une fois, entre une auffi
fade, auffi languiffante, auffi indigne liaifon ; &
la vérité des fentimens qu'un amant tendre & délicat, a pour une femme vertueufe & fenfible !
l'un, n'eft qu'un fimple amufement ; l'autre, une
inclination férieufe & profonde.

CHAPITRE X.

Penfées diverfes.

IL faut avoir des vertus pour s'appercevoir qu'on en manque, ou du moins pour être fâché de n'en avoir point.

Il n'eſt point de gens plus extrêmes dans leur excès, que ceux qui l'étoient dans leurs ſcrupules : ils vont toujours plus loin que la tentation ne le leur propoſoit, elle n'a qu'à ſe préſenter pour être obéie.

Pour peu qu'on ſoit généreux par ſoi-même, on ne doit jamais ſe fouſtraire aux bienfaits d'une ame vertueuſe.

Le haut rang, dans lequel le ciel fait naître les Rois, ne les empêche pas d'être quelquefois vaincus ; mais il ne leur permet jamais de reconnoître un maître.

C'eſt faire une bonne action, que de tenter d'en faire une.

Le plus digne uſage qu'on puiſſe faire de ſon bonheur, c'eſt de s'en ſervir à l'avantage des autres.

Rien ne donne moins de patience que les traités qui en parlent.

C'eſt aſſez d'appercevoir les défauts des autres, pour les avoir bien vus ; on a malgré ſoi de trop bons yeux là-deſſus : Il n'y a que le mérite des gens qui a beſoin d'être extrêmement conſidéré pour être connu ; on croit toujours s'être trompé quand on a fait que le voir.

Un Savant eſt exempt d'admirer les plus grands génies de ſon tems ; il tient leur mérite en échec, il leur fait face, il en a bien vu d'autres.

La nature eſt trop ſage, pour avoir permis que les grands hommes de chaque ſiécle, aſſiſtaſſent en perſonne à la plénitude des éloges qu'ils méritent, & qu'on pourra leur donner un jour. Il feroit indécent pour eux, & injurieux pour les autres, qu'ils en fuſſent témoins.

Nous aimons mieux vanter un étranger, qu'un compatriote : un homme abſent, qu'un homme préſent. De deux citoyens illuſtres, celui dont on eſt le plus voiſin, eſt celui qu'on loue le plus ſobrement.

L'honnête homme eſt preſque toujours triſte, preſque toujours ſans biens, preſque toujours humilié ; il n'a point d'amis, parce que ſon amitié n'eſt bonne à rien : on dit de lui, c'eſt un honnête homme ; mais ceux qui le diſent, le fuient, le dédaignent, le mépriſent, rougiſſent même de ſe trouver avec lui : & pourquoi ? c'eſt qu'il n'eſt qu'eſtimable.

Quand on demande des graces aux grands, & qu'on a le cœur bien placé, on a toujours l'haleine courte.

Les hommes ne ſont bons qu'en qualité d'amans : c'eſt la plus jolie choſe du monde que leur cœur, quand l'eſpérance les tient en haleine ; ſoumis, reſpectueux & galans, pour peu que les femmes ſoient aimables avec eux. Leur amour propre eſt enchanté, il eſt ſervi délicieuſement ; on le raſſaſie de plaiſir, folie, fierté, dédain, caprices, impertinences ; tout leur réuſſit, tout eſt raiſon, tout eſt loi. Mais épouſent-il l'objet de leur idolâtrie, le charme ceſſe où ſes bontés commencent. Dès qu'ils ſont heureux, les ingrats ne méritent plus de l'être.

Un Auteur eſt un homme à qui dans ſon loiſir il prend un envie vague de penſer ſur une ou plu-

fieurs matieres ; & l'on pourroit appeller. cela réfléchir à propos de rien. Ce genre de travail nous
a fouvent produit d'excellentes chofes, j'en
conviens ; mais pour l'ordinaire, on y fent plus
de foupleffe d'efprit, que de naïveté & de vérité.
Du moins eft il vrai de dire qu'il y a toujours
je ne fais quel goût artificiel dans la liaifon des
penfées auxquelles on s'excite. Car enfin, le
choix de ces penfées eft alors purement arbitraire, & c'eft-là réfléchir en Auteur : ne feroit-il
pas plus curieux de nous voir penfer en hommes ? En un mot, l'efprit humain, quand le ha-
·zard des objets, ou l'occafion l'infpire, ne pro-
duiroit-il pas en nous des idées plus fenfibles &
moins étrangères, qu'il n'en produit dans cet
exercice forcé qu'il fe donne en compofant ?

Pour moi, ce fut toujours mon fentiment ; ainfi
je ne fuis point Auteur, & j'aurois été je penfe
fort embarraffé pour le devenir. Quoi ! donner la
torture à fon efprit pour en tirer des réflexions
qu'on n'auroit point, fi l'on ne s'avifoit d'y tâcher ;
cela me paffe : je ne fais point créer, je fais feulement furprendre les penfées que le hazard me
fait naître ; & je ferois fâché d'y mettre rien du
mien. Je n'examine point fi celle-ci eft plus fine,
fi celle-ci l'eft moins ; car mon deffein n'eft de
penfer ni bien ni mal, mais feulement de recueil-
lir fidélement ce qui me vient d'après le tour
d'imagination, que me donnent les chofes que je
vois ou que j'entends ; & c'eft de ce tour d'imagination, ou pour mieux dire, de ce qu'il produit, que je voudrois que les hommes nous ren-
diffent compte, quand les objets les frappent.

Grands de ce monde, fi les portraits qu'on a
faits de vous dans tant de livres, étoient auffi
parlans que l'eft le tableau fous lequel vous en-

visage un infortuné que vous repouffez , vous
frémiriez des injures dont votre orgueil contri-
ste , étonne & défefpère la généreufe fierté de
l'honnête homme qui a befoin de vous. Ces
preftiges de vanité qui vous font oublier qui vous
êtes ; ces preftiges fe diffiperoient, & la nature
foulevée , en dépit de toutes vos chimères, vous
feroit fentir, qu'un homme, quel qu'il foit, eft
votre femblable. Vous vous amufez dans un Auteur des traits ingénieux qu'il emploie pour
vous peindre. Le langage de l'homme en queftion
vous corrigeroit ; fon cœur, dans fes gémiffe-
mens, trouveroit la clef du vôtre. Il y auroit
dans fes fentimens une convenance infaillible
avec les fentimens d'humanité, dont vous êtes
encore capables, & qu'interrompent vos illu-
fions.

Dans le mariage pour bien vivre enfemble , il
faut que la volonté d'un mari s'accorde avec celle
de fa femme , & cela eft difficile ; car de ces
deux volontés , il y en a toujours une qui va
de travers , & c'eft affez la manière d'aller des
volontés d'une femme.

La fotte chofe que l'humanité! qu'elle eft ridicule! que de vanité! que de duperies! que
de petiteffe! & tout cela , faute de fincérité de
part & d'autre. Si les hommes vouloient fe parler franchement , fi on n'étoit point applaudi
lorfqu'on s'en fait accroire , infenfiblement l'a-
mour propre fe rebuteroit d'être impertinent ,
& chacun n'oferoit plus s'évaluer que ce qu'il
vaut. Mais depuis que je vis , je n'ai encore vu
qu'un homme vrai ; & en fait de femme, je n'en
connois point de cette efpèce.

Un homme né plein d'efprit & de talent ;
fi le hazard ou fa naiffance l'ont mal placé , c'en

eſt fait ; il a beau nous voir, nous parler tous les jours, voilà notre diſcernement en défaut ſur ſon compte : rien ne nous avertit de ce qu'il vaut, la médiocrité de ſon état l'enveloppe, pour ainſi dire, d'un nuage qui nous le dérobe ; c'eſt un perſonnage inutile, confondu dans la foule que nous mépriſons ; il n'a ni bien, ni rang, ni cré‑ dit ; voilà le fantôme qui nous frappe, à la place de l'homme que nous n'appercevons pas ; voilà le maſque qui nous cache ſes vrais talens.

Rois, Princes de la terre, ce n'eſt ni la garde qui vous environne, ni cette foule d'hommes ſoumis qui compoſent votre Cour, ni vos richeſ‑ ſes, ni votre puiſſance, qui feroient mon en‑ vie. Ceux qui parmi vous ne ſont ſenſibles qu'à ces avantages, ſont ſimplement des hommes ri‑ ches, redoutables, puiſſants, & ne ſont pas des Rois. Aſſis ſur le trône, ils ne regnent pas ; je les vois dans le ſein du bonheur, ſans qu'ils en profitent. Autant que leur vie a d'inſtans, autant s'ils veulent, vont‑ils goûter de plaiſirs vraiment dignes de leur rang, & dont le ciel n'a deſtiné l'abondance que pour eux ſeuls. Rois, qu'eſt‑ce donc que votre condition a de flatteur ? Quel eſt celui qui regne ? Quel eſt le Prince qui jouit des vrais biens attachés au trône ? C'eſt celui qui fait faire un généreux uſage de la crainte & du reſ‑ pect, que la majeſté de ſon rang inſpire ; cette crainte & ce reſpect ſont les moindres de ſes droits, où plutôt ils ne font que lui préparer ſes véritables droits. Craint, il n'eſt encore que le maître ; aimé, le voilà Roi. Eh ! comment l'ai‑ me‑t‑on ? comptez tous les ſentimens de vénéra‑ tion, d'eſtime, d'admiration ; tous les mouve‑ mens de tendreſſe, de dévouement, de con‑ fiance dont l'homme eſt capable ; voilà de quoi fe compofe l'amour qu'on a pour un maître, dans qui l'on eft charmé de trouver un Roi ; enfin, voilà les tréfors d'un rang. fuprême. Un accueil obligeant, un fentiment de bonté, un fourire, un gefte, une parole, Princes, ce font-là pour vous les clefs de ces tréfors. Oui : foyez doux, affables, généreux, compatiffans, careffans dans vos difcours ; & vous êtes poffeffeurs de ces biens, dont l'ambition a fait les grands hommes, & dont à peine ont-ils pu s'acquérir une petite partie.

Rien n'eft plus vrai, qu'un homme oifif fe plaife à difputer fon eftime à la conduite des perfonnes en place ; il entre dans les dégoûts qu'il prend pour elle, certaine audace qui lui rit, qui le venge de fon peu de relief, de l'inaction dans laquelle il paffe fa journée, & lui donne je ne fais quel air d'importance momentanée, dont il s'amufe.

Nous avons beau diffimuler le mérite qui nous bleffe ; nous avons beau l'attaquer, il a cet avantage fur notre malice, qu'elle ne peut fe fauver d'en faire l'aveu. Oui, il en faut venir là de bonne ou mauvaife grace ; le reconnoître avec une franchife généreufe, ou lui rendre hommage par les marques honteufes de notre jaloufie.

De tous les menfonges, le plus difficile à bien faire, c'eft celui par qui nous voulons feindre d'ignorer une vérité glorieufe à nos rivaux ; notre amour propre, avec toute fa foupleffe, eft alors fi défaillant en ce point, qu'il ne peut dans fes fourberies fe défendre de la paffion qui l'agite ; cette paffion le fuit, il ne peut fe l'affujettir, ni la fouftraire, elle eft empreinte dans tout ce qu'il nous fait dire ; on la voit, & cela trahit fa malice & l'en punit.

Volontiers louons-nous les gens qui ne nous
valent pas ; rarement ne cenfurons nous pas ceux
qui valent mieux que nous ; ainfi, prefque toujours
nous ne louons le mérite d'autrui , que pour fous-
entendre la fupériorité du nôtre ; & quand nous
le blâmons , c'eft la douleur de le fentir fupérieur
au nôtre , qui nous échappe.

Je ne fuis pas étonné du peu d'effet des pré-
dications ; la plûpart ne font que des pieces
d'éloquence , où le prédicateur nous exhorte
bien moins à devenir pénitens, qu'à le trouver
habile.

Je me fouviens qu'un jour j'étois dans une
petite églife où prêchoit un bon religieux ; on
ne l'eftimoit pas beaucoup , car il n'avoit que
du zèle : ce bon homme monta en chaire , il
prêcha , je veux dire qu'il n'étoit pas habile
homme.

Cependant je l'écoutai , je ne pus m'en empêcher ; il gagna mon attention, fans que je m'en
apperçuffe. Je ne fongeai pas feulement s'il y
avoit de l'efprit au monde, le mien fe familia-
rifa , je ne fais comment, avec la fimplicité du
fien ; moi, qui n'étois pas dévot, je m'intéreffois à tout ce qu'il difoit ; cela me regardoit, il
traitoit de mes affaires, il parloit comme un
homme qui vous apporte la vérité , comme homme qui la croit ; & qui, fans y employer d'art
inutile, n'a d'autres fecrets pour vous perfuader
de ce qu'il dit , que d'en être perfuadé lui-même.
Vous ne fauriez croire combien ce ton-là eft
infinuant, il reffemble aux entretiens intérieurs
que nous avons avec nous-mêmes , quand nous
réfléchiffons fur quelque chofe qui nous importe ;
vous fentez bien que nous n'y cherchons point
de façon , & que nous ne voulons ni briller ,

ni nous trouver de l'esprit ; nous voulons simplement voir, connoître & nous déterminer. Eh bien ! ce que disoit ce bon religieux étoit de ce genre là ; cela imitoit tout naturellement notre façon de penser, telle est la vraie éloquence de la chaire.

Il y a un certain dégré d'esprit & de lumière, au-delà duquel vous n'êtes plus senti. Celui qui le passe, fait qu'il le passe ; mais il le fait presque tout seul, ou du moins si peu de gens le savent avec lui, que ce n'est pas la peine de le passer.

Bien plus, c'est que c'est même un désavantage qu'une si grande finesse de vue ; ce que vous en avez de plus que les autres, se répand toujours sur tout ce que vous faites, & embarrasse leur intelligence : Vous ajoutez à ce que vous dites de sensible, des choses qui ne le font pas assez ; de sorte que ce qu'on entend bien dans vos pensées, dégoute de ce qu'on y entend mal ; on vous croit obscur, & non pas fin ; on vous accuse de vouloir briller, quand vous n'avez d'autre tort que celui d'exprimer tout ce qui vous vient.

Peignez la nature à un certain point, mais abstenez-vous de la saisir dans ce qu'elle a de trop caché ; sinon vous paroîtrez aller plus loin qu'elle, & la manquer.

En fait d'esprit, dans le monde on confond deux sortes d'hommes ; l'homme qui tâche d'être fin, & l'homme qui l'est naturellement.

Le langage de ces deux hommes, a je ne sais quel air de ressemblance, qui fait qu'on ne les distingue point. Il faut avoir de bons yeux, pour distinguer la finesse du rafinement.

Quand on est éclairé à un certain point, on

ne ſauroit être injuſte ſur l'eſprit des autres ; on
eſt leur juge , & jamais leur partie.

Voulez-vous faire d'honnêtes gens de vos enfans ? Ne ſoyez que leur père , & non pas leur juge
& leur tyran. Et qu'eſt-ce que c'eſt que d'être leur
père ? c'eſt les perſuader que vous les aimez.
Cette perſuaſion commence par vous gagner
leur cœur. Nous aimons toujours ceux dont nous
ſommes ſûrs d'être aimés ; quand vos enfans
vous aimeront, quand ils regarderont l'autorité
que vous conſervercz ſur eux , non comme un
droit odieux dont vous êtes ſuperbement jaloux ; mais, comme l'effet d'une tendreſſe inquiète , qui veut leur bien , qui ſemble les prier
de ce qu'elle leur ordonne de faire , qui veut
plus obtenir que vaincre , qui ſouffre de les forcer , bien loin d'y prendre un plaiſir mutin,
comme il arrive ſouvent ; oh ! pour lors vous
ſerez le père de vos enfans : ils vous craindront,
non comme un maître dur ; mais, comme un ami
reſpectable , par ſon amour, & par l'intérêt
qu'il prend à eux : ce ne ſera plus votre autorité
qu'ils auront peur de choquer , ce ſera votre
cœur qu'ils ne voudront pas affliger ; & vous
verrez alors avec quelle facilité la raiſon paſſera
dans leur ame, à la faveur de ce ſentiment tendre que vous leur aurez inſpiré pour vous.

On élève les enfans juſqu'à ſept ou huit ans
comme de vraies machines , qu'on montre à dire ;
Je ſuis votre ſerviteur ; vous me faites bien de l'hon-
neur , &c. Eh ! mon Dieu , duſſent les enfans ne répondre que des impertinences , laiſſons leur avoir
des penſées en propre : à quoi leur ſervent ce qu'ils
répétent en perroquet ? Ecoutons leurs impertinences , & diſons-leur après : ce n'eſt pas cela
qu'il faut dire. Rien ne rend leur eſprit plus pa-

reſſeux que cette proviſion de petites phraſes qu'on leur donne, & à laquelle ils s'attendent.

Des époux ne ſont préciſément que des amans heureux, qui ne doivent point s'attacher ailleurs; mais qui, malgré le mariage, peuvent toujours reſter glorieux & jaloux de l'hônneur & du plaiſir de ſe plaire; en ce que ce n'eſt pas le nœud qui les unit, mais ſeulement le goût qu'ils ont d'un pour l'autre, qui les rend mutuellement aimables; leur devoir eſt de ſe comporter en amans, mais ils ne ſont pas réellement obligés de l'être: de ſorte que lorſqu'ils ceſſent de s'aimer, c'eſt un amant qui n'eſt plus aimable aux yeux de ſa maîtreſſe, c'eſt une maîtreſſe qui n'a plus de charmes pour ſon amant; & cela devroit humilier ce me ſemble: je ne puis comprendre comment l'amour propre ne regarde pas cela comme une diminution de ſes avantages, comment il ne ſonge pas à s'en épargner l'affront; car, c'en eſt un, tout de même qu'entre amans que le mariage n'a point unis. C'eſt poſitivement la même choſe. Quoi! nous qui nous eſtimons tant & preſque toujours mal-à-propos; nous, qui avons tant de vanité, qui aimons tant à voir des preuves de notre mérite, ou de celui que nous nous ſuppoſons; faut-il que ſans en devenir ni plus louables, ni plus modeſtes, nous ceſſions d'être orgueilleux & vains, dans la ſeule occaſion peut-être où il y va de notre profit, & de tout l'agrément de notre vie à l'être? Des gens s'épouſent, ils s'adorent en ſe mariant; ils ſavent bien ce qu'ils ont fait pour s'inſpirer mutuellement de la tendreſſe, elle eſt le fruit de leurs égards, de leur complaiſance, & du ſoin qu'ils ont eu de ne s'offrir de part & d'autre que dans une certaine propreté, qui mit

leur

leur figure en valeur, ou qui du moins l'empê-
chât d'être désagréable ; ils ont respecté leur
imagination, qu'ils connoissoient foible, & dont
ils ont craint, pour ainsi dire, d'encourir la
disgrace en se présentant mal-vêtus. Que ne
continuent-ils sur ce ton-là quand ils sont mariés ;
& si c'est trop, que n'ont-ils la moitié de leurs
attentions passées ? pourquoi ne se piquent-ils
plus d'être aimés, quand il y a plus que jamais
de la gloire & de l'avantage à l'être ?

Je me suis connu autant qu'il est possible de
se connoître ; ainsi, c'est du moins un homme
que j'ai développé ; & quand j'ai comparé cet
homme aux autres, ou les autres à lui, j'ai cru
voir que nous nous ressemblions presque tous ;
que nous avions tous à peu-près le même volume
de méchanceté, de foiblesse & de ridicule : qu'à
la vérité nous n'étions pas tous aussi fréquemment
les uns que les autres, foibles, ridicules & mé-
chants ; mais, qu'il y avoit pour chacun de nous,
des positions où nous serions tout ce que je dis
là, si nous ne nous empêchions pas de l'être.

Que les coutumes, que les usages particuliers des hommes, soient défectueux, cela se
peut ; aussi ces usages sont-ils de la pure invention des hommes ; aussi ces coutumes sont-elles
aussi variées qu'il y a de nations diverses : mais
la loi, qui nous prescrit d'être justes & vertueux,
est par-tout la même ; les hommes ne l'ont pas
inventée, ils n'ont fait que convenir qu'il falloit
la suivre, telle que la raison où Dieu même la
leur présentoit, & leur présente toujours d'une
manière uniforme. Il n'a pas été nécessaire que
les hommes aient dit ; voilà comment il faut être
justes & vertueux : ils ont dit seulement, soyons
justes & vertueux, & en voilà assez : cela s'en-

Q

tend par-tout , cela n'a befoin d'explication dans aucun pays ; en quelque endroit que j'aille , je trouve dans la confcience de tous les hommes une uniformité de fcience fur ce chapitre , qui convient à tout le monde. Si j'ai des befoins ou des intérêts qui me foient perfonnels & particuliers , je n'ai qu'à les dire , & l'on fait tout d'un coup ce qu'il me faut.

L'homme , mille fois dans fa vie , reffemble à un enfant à qui l'on emporte fa poupée. L'enfant crie d'abord ; une gouvernante vient , qui le confole : allons , mon fils , doucement ; fi , qu'il eft vilain de crier comme vous faites : ah ! que vous êtes laid , quand vous pleurez : l'enfant s'appaife. L'homme eft de même : dérobez lui le moindre petit plaifir qu'il attendoit , c'eft fa poupée , c'eft fon joujou qu'on lui emporte ; l'enfant de cinquante ou foixante ans crie. La réflexion , qui eft alors fa gouvernante , vient , lui dit : Eh ! pauvre innocent ! vous n'y penfez-pas ; qu'eft-ce que c'eft que votre efprit ? qu'eft-ce que c'eft que l'eftime qu'on lui doit ? quels font ceux à qui vous la demandez ? Créature foible & ridicule , vous êtes vaine ; vous croyez être louable , & vous vous moquez de ceux qui ne vous louent pas ; il vous appartient bien de railler les autres.

Il faut que la terre foit un féjour bien étrange pour la vertu , car elle ne fait qu'y fouffrir.

Il y a des gens qui fe damnent , dans la feule crainte du ridicule qu'il y a dans le monde à vouloir fe fauver.

Croiroit-on qu'à répéter les idées des hommes , il feroit plus honteux dans le monde d'être converti , que d'être un fripon ?

Le monde ne veut ni qu'on fe donne à Dieu , ni qu'on le quitte.

Achetez-moi , dit la vie éternelle aux chrétiens , par le sacrifice de cette vie passagère.

Achetez ma durée , dit la vie passagère , par
le retranchement d'une infinité de plaisirs qui m'a-
brégeroient ; achetez mes douceurs par le sacrifice de cette vie éternelle.

L'éternité & le tems parlent donc le même
langage ; & il n'est question que de sacrifice
dans la vie. Sacrifiez-moi , dit la Cour , dit le
Prince , dit le Seigneur , dit cet emploi , dit
cette femme : sacrifiez-moi votre santé , disent
les plaisirs ; sacrifiez-moi les plaisirs , dit la santé ; votre honneur , dit la fortune ; votre fortune , dit l'honneur : c'est par-tout sacrifice.

Il y en a un qui est si beau , qu'il en impose
à ceux même qui ne le font pas ; c'est le sacrifice du vice , à la vertu ; du crime , à l'innocence ; de l'improbité , à son contraire. Chaque
homme en particulier a besoin que tout homme
avec qui il vit , fasse avec lui ce dernier sacrifice.

Voilà ce qui rend ce sacrifice bien respectable , ce qui le met à l'abri de la raillerie. Or ,
ce sacrifice fait déja plus de la moitié de la
religion.

Le reste de cette religion , ce sont ses mystères
qu'il faut croire ; c'est-là où cette religion crie
à son tour : sacrifiez-moi , non votre raison , mais
les raisonnemens d'un esprit si borné , qu'il ne se
connoît pas lui-même.

Les gens vertueux sont rares , mais ceux qui
estiment la vertu ne le sont pas ; d'autant plus
qu'il y a mille occasions dans la vie , où l'on a
absolument besoin des personnes qui en ont.
Par exemple , on ne veut se marier qu'à une
honnête fille ; est-elle pauvre ? on n'est point

Q ij

déshonoré en l'époufant : n'a-t-elle que des richeffes fans vertu ? on fe déshonore, & les
hommes font toujours dans cet efprit-là.

La vertu eft fi douce & fi confolante dans le
cœur de ceux qui en ont, fuffent-ils toujours
pauvres, leur indigence dure fi peu, la vie eft
fi courte. Les hommes qui fe moquent le plus
de ce qu'on appelle fageffe, traitent pourtant
fi cavalièrement une femme qui fe laiffe féduire;
ils acquièrent des droits fi infolens avec elle;
ils la puniffent tant de fon défordre; ils la fentent fi dépourvue contre eux, fi défarmée, fi dé-
gradée, à caufe qu'elle a perdu cette vertu
dont ils fe moquoient, qu'en vérité, ce n'eft
que faute d'un peu de réflexion que les femmes fe dérangent; car en y fongeant, qui eft-
ce qui voudroit ceffer d'être pauvre à condition
d'être infâme.

Faut-il qu'on ne foit fage que quand il n'y a
point de mérite à l'être ? Que veut-on dire en
parlant de quelqu'un quand on dit qu'il eft en
âge de raifon ? C'eft mal parler; cet âge de
raifon, eft bien plutôt l'âge de la folie. Quand
cette raifon nous eft venue, nous l'avons comme
un bijou d'une grande beauté, que nous regardons fouvent, que nous eftimons beaucoup, mais
que nous ne mettons jamais en œuvre.

On parle d'une efpèce d'incrédules qu'on appelle athées; s'il y en a, ce que je ne crois
pas, ce n'eft point à force de raifonner qu'ils
le deviennent. Quand ils auroient tout l'efprit
poffible, quand ils en feroient l'abus le plus
fin & le plus fubtil, ce n'eft point de-là que
leur incrédulité tire fa force.

Avec beaucoup de fubtilité d'efprit on peut
s'égarer jufqu'à effayer de ne rien croire : mais

je crois qu'on n'y parviendra jamais. Il faut encore autre chofe pour cela. Il faut être fait d'une certaine façon : on ne devient fermement incrédule, que quand on eft né avec le malheureux courage de l'être. De ce courage, les uns en ont plus, les autres moins : il fe développe plus tard chez les uns, plutôt chez les autres ; chez quelques-uns, c'eft tout d'un coup.

Ce courage, le raifonnement ne le donne point ; c'eft en foi qu'on le trouve, il vient ou d'une incapacité naturelle de fe mettre en peine de la queftion, d'une indifférence profonde & prefque infurmontable pour tout ce qui peut en arriver, ou d'une impoffibilité comme abfolue de fe gêner, fuppofé qu'il fallut prendre un autre parti que celui qu'on a pris.

Otez dans l'incrédule les chofes que je dis-là, ne lui faiffez que fon efprit & fes raifonnemens, je lui défie qu'il s'y fie : mais avec ces mêmes chofes, il n'a que faire de fes raifonnemens ; il les a de trop pour devenir ce qu'il lui plaira.

Je crois que ceux qui font des livres les feroient bien meilleurs, s'ils ne vouloient pas les faire fi bons ; mais d'un autre côté le moyen de ne pas vouloir les faire bons ? Ainfi nous ne les aurons jamais meilleurs.

Quand un Auteur fonge aux Lecteurs qu'il aura, affurément il s'efforce de penfer de fon mieux pour les fatisfaire : & s'il a naturellement beaucoup d'efprit, il me femble qu'il va écrire les plus belles chofes du monde.

Elles feront belles en effet ; mais de quelle beauté ? C'eft de quoi il s'agit. D'une beauté qui n'eft qu'un objet de curiofité pour l'ame, & jamais un profit pour elle : elle ne fe méprend point à ces chofes ; elle les regarde, elle les

admire même : elle dit, cela eſt beau, mais
beau à voir, & voilà tout ; elle ne s'y livre
point, elle s'y amuſe ; ce ſont d'adroites ſingeries, d'induſtrieuſes façons de l'art, qu'elle loue
comme intelligente ; c'eſt tout ce qu'elle en
peut faire, & elle ne s'y attache point comme
ſenſible.

Je trouve que la plûpart des Prédicateurs
ne ſont que des faiſeurs de penſées, que des
Auteurs.

Lorſqu'ils compoſent leurs ſermons, c'eſt la
vanité qui leur tient la plume : la vanité a
bien de l'eſprit ; mais tout ſon eſprit n'eſt que du
babil.

Quand elle rencontre une idée pathétique,
elle ne la quitte point, qu'elle ne l'ait vuidée
de ſentiment, pour la remplir de cette ſpiritua-
lité que peu de gens ont : voilà pourquoi les
Prédicateurs ne parlent la plûpart du tems qu'à
des ſourds.

Pour du ſentiment tout le monde en a ; auſſi
a-t-il la clef de tous les eſprits ; il n'y a que
lui qui les pénètre & qui les éclaire : il ne
trouve point de contradictions ; toutes les ames
s'entendent avec lui : on ne lui fait point de
chicanes ; il ſoumet.

En fait de religion, ne cherchez point à convaincre les hommes, ne raiſonnez que pour leur
cœur : quand il eſt pris, tout eſt fait. Sa perſuaſion jette dans l'eſprit des lumières intérieures,
auxquelles il ne réſiſte point.

Il y a des vérités qui ne ſont point faites pour
être directement préſentées à l'eſprit. Elles le révoltent quand elles vont à lui en droite ligne ;
elles bleſſent ſa petite logique ; il n'y comprend
rien ; elles ſont des abſurdités pour lui.

Mais faites-les, pour ainsi dire, paſſer par le
cœur ; rendez - les lui intéreſſantes ; faites
qu'il les aime comme il faut, qu'il les digère,
qu'il les diſpoſe, il faut que le goût qu'il prend
pour elles les développe. Imaginez-vous un
fruit qui ſe mûrit, ou bien une fleur qui
s'épanouit à l'ardeur du ſoleil ; c'eſt-là l'image
de ce que les vérités deviennent dans le cœur qui
s'en échauffe, & qui peut-être alors commu-
·nique à l'eſprit même une chaleur qui l'ouvre,
qui l'étend, qui le déploie, lui ôte une certaine roideur qui lui bornoit ſa capacité, & empêchoit que ces vérités ne le pénétraſſent.

On ne ſauroit expliquer autrement la docilité
ſubite de certaines gens, & la prompte conviction qui les entraîne.

Il faut bien qu'il ſe paſſe alors entre l'eſprit
& le cœur un mouvement dont il n'y a que Dieu
qui ſache le myſtère. Eſt-ce que la perſuaſion de
l'un ſeroit la ſource des lumières de l'autre ?

En fait de religion, tout eſt donc ténèbres
pour l'homme, en tant que curieux ; tout eſt
fermé pour lui, parce que l'orgueilleuſe envie
de tout ſavoir fut ſon premier péché : mais le
mal n'eſt pas ſans remède ; l'eſprit peut encore
ſe réconcilier avec Dieu par le moyen du cœur.
C'eſt en aimant que notre ame rentre dans le
droit qu'elle a de connoître. L'amour eſt humble,
& c'eſt cette humilité qui expie l'orgueil du premier homme.

Ceux qui connoiſſent Dieu, parce qu'ils l'aiment, qui ſont pénétrés de ce qu'ils voient, ne
peuvent, dit-on, nous rapporter ce qu'ils en
connoiſſent ; il n'y a point de langues qui exprime
ces connoiſſances-là ; elles ſont la récompenſe de
l'amour, & n'éclairent que celui qui aime ; &

quand même il pourroit les rapporter , le monde
n'y comprendroit rien : elles font à une hauteur à
laquelle l'efprit humain ne fauroit atteindre que
fur les ailes de l'amour. Cet efprit humain eft à
terre , & il faut voler pour aller-là.

Ceux qui aiment Dieu communiquent pourtant ce qu'ils en favent à ceux qui leur reffem-
blent ; ce font des oifeaux qui fe rencontrent dans
les airs.

Quelles étranges chofes que tout cela pour le
profane !

A bien examiner l'efprit de l'homme , à voir
les efforts impuiffans de fa curiofité , n'eft-ce pas
un être enchaîné , qui voudroit rompre fes fers ,
& dont l'impuiffance eft plus un effet d'accident
que de nature.

Dans le monde , nous n'avons garde de juger
du fond d'une affaire que nous favons mal , dont
nous ne fommes inftruits qu'en partie ; nous
trouvons qu'il feroit contre le bon fens d'en
décider , quand même elle ne nous regarderoit
pas ; nous attendons pour en juger que nous en
fachions davantage : & voilà ce qu'on appelle fe
conduire avec raifon.

Or , notre ame & fon avenir font pour nous
une furieufe affaire : ceux qui prennent le parti ,
non-feulement de ne pas s'en embarraffer , mais
de décider qu'il n'y a qu'à la laiffer-là , qu'on ne
doit pas s'en inquiéter , qu'elle n'aura que telles
& telles fuites , qui vous difent qu'ils en font
fûrs , & qui agiffent conféquemment à ce qu'ils
difent ; ces gens-là favent donc le fond de cette
grande affaire.

Ne feroit-ce pas qu'on croit toujours être affez bien inftruit de ce qu'on ne fe foucie guère
de favoir ?

Car pour être au fait de cette affaire , ou du moins pour en connoître l'importance , que de chofes faut-il favoir que nous ne favons pas , dont la première eft nous , qui fommes un énigme à nous-mêmes ?

Et d'un autre côté , combien auffi favons-nous de chofes là-deffus , qui nous font foupçonner l'importance de celles que nous ne favons pas ?

Quand un Miniftre d'un puiffant empire fait quelque grand mouvement , & que nous le voyons prendre de certaines mefures fur les motifs defquelles il garde le fecret , qu'eft-ce que cela fignifie , difons - nous ? A quoi cela aboutira-t-il ? Quel eft fon projet ? Car nous concluons fur le champ qu'il en a un qui eft particulier , & qui aura des fuites.

Or , regardez l'homme ; & fait comme il eft , voyez s'il n'y a pas lieu de demander , qu'eft-ce que Dieu en veut faire ? Y eût il jamais d'ouvrage qui annonçât tant de deffein , qui donnât matière à de fi grandes conjectures que fon ame ?

Voilà comment nous raifonnerions , fi nous pouvions nous féparer de nous-mêmes, & nous confidérer dans l'homme. Mais nous nous familiarifons tellement avec ce que nous fommes ; il nous eft fi naturel d'être nous , & d'aller avec notre étonnante façon d'être , que nous ne prenons point garde à ce qu'elle eft , ni à ce qu'elle peut fignifier.

On a beau nous crier : regardez-vous ; l'habitude de nous voir eft formée : nous fommes nous-mêmes le prodige dont il eft queftion , nous vivons avec lui. Le moyen que nous le manquions ? Nous fommes plus preffés d'aller , de jouir de nous , que de nous voir.

Y a-t-il rien de plus fingulier que nous ? D'une part, un corps qui occupe fi peu de place, qu'on a tant de peine à tranfporter.

Et de l'autre, un efprit qui va fi loin, qui fe tranfporte où il veut, qu'aucun éloignement d'un lieu à un autre n'arrête ; qui franchit toutes les efpaces en un inftant, qui mefure les lieux, qui fe rend préfent l'avenir & le paffé. Joignez à cela cette maffe d'idées dont il eft capable, où entrent celle d'un Dieu, celle de l'infini ; de l'immortalité, de l'éternité ; & de mille autres chofes de ce genre, qui feroient fi fuperflues, fi mal afforties à la condition d'une créature, deftinée à ne faire que paffer.

La fource la plus ordinaire des crimes qui fe commettent dans le monde, ce n'eft pas la pauvreté comme on le croiroit, c'eft la honte qu'elle fait à ceux qui la fouffrent.

Mille gens feroient pauvres avec patience, s'ils n'avoient que la peine de l'être ; ou du moins ils ne feroient point d'efforts criminels pour fortir de leur pauvreté, fi elle n'étoit que fatigante ; mais elle eft honteufe.

Un homme fait mauvaife chere, il eft mal vêtu, mal logé, mal chauffé ; il n'y a pas encore là de quoi le tenter d'être coupable, pour ceffer d'être malheureux.

Mais on le méprife parce qu'il eft pauvre, ou bien on le méprifera fi on fçait qu'il l'eft ; & à la fin on le faura, car il n'a pas de quoi empêcher qu'on ne le découvre : il faut du bien pour pouvoir cacher qu'on en manque, de forte qu'il eft méprifé, ou qu'il va l'être ; & voilà ce qui le perd.

Son voifin eft riche, il lui pardonneroit de dîner mieux que lui ; mais fon voifin eft glorieux de ce qu'il dîne mieux que lui ; son voisin a des amis qui l'honorent : & lui, tout le monde le laisse là. On dit en parlant de lui : ce pauvre Monsieur un tel ! Il entre dans une maison , dans une assemblée ; il sent qu'on le reçoit comme une figure hétéroclite & moquable , dont on a la pudeur de ne pas rire encore ; mais dont il est sûr qu'on rira quand elle n'y sera plus : sa présence fait tomber la conversation ; on lui dit , allez-vous-en , à force de ne lui rien dire. Va-t-il ailleurs ? il n'est rien , en quelque endroit qu'il aille : il n'a ni tort ni raison avec personne : il ne vaut la peine ni d'être persuadé , ni d'être contredit. Voilà ce que la pauvreté a d'affreux.

Quel faste , quelle impertinence , quelle funeste inconséquence dans les mœurs des hommes ! Ils punissent de mort celui qui est convaincu d'avoir fait un crime , pour avoir cessé d'être pauvre ; & punissent de mépris , celui qui a le courage de rester pauvre.

Quel monstrueux mélange de démence & de raison , de dépravation & de justice !

La plus étonnante chose du monde , c'est qu'il y ait toujours sur la terre une masse de vertus , qui résiste aux affronts qu'elle y souffre , & à l'encouragement qu'on y donne à l'iniquité même ; car tous les honneurs sont pour l'iniquité , quand elle peut échapper aux loix qui la condamnent.

Et assurément il y a plus de coupables honorés dans le monde , qu'il n'y en a de punis.

Combien de fois rachete-t-on son crime par le gain du crime même ?

Il faut que les hommes portent dans leur ame un furieux fond de justice , & qu'ils aient originairement une bien forte vocation pour marcher dans l'ordre ; puiſqu'il ſe trouve encore d'honnêtes gens parmi eux.

L'iniquité devroit abſorber toute la terre, à la manière dont on vit.

La peur du châtiment arrête beaucoup de méchans, dira-t-on. J'en conviens : mais penſez-vous que cette peur là pût ſuffire pour la ſûreté générale ? Vous imaginez-vous que ce ſoit là tout le myſtère de la conſervation des hommes, & qu'il ne faille que cela pour mettre le monde à l'abri du déluge de crimes qui l'inonderoient ?

Vous vous trompez ; s'il n'y avoit que ce reſſort qui jouât en notre faveur, il manqueroit bientôt. Il eſt pourtant fort ; mais c'eſt parce qu'il eſt joint à d'autres, car il ne ſeroit rien tout ſeul.

L'iniquité aboliroit bientôt juſqu'aux châtimens qu'elle s'eſt donné pour frein à elle-même.

Ce qui garantiroit l'homme inique, ce ne ſeroit donc pas la prudence qu'il auroit de faire des loix contre ceux qui lui reſſemblent. Il ne les reſpecteroit pas lui-même, & donneroit l'exemple de ne les pas reſpecter.

Le nombre des coupables qu'il faudroit punir, ouvriroit les yeux aux coupables même.

Ils ſeroient bientôt abſous, puiſqu'ils ſeroient les plus forts.

A quoi bon les loix que nous avons établies pour notre ſûreté, diroient-ils ? Quel ſeroit l'abus de les ſuivre, puiſque le remède qu'elles apportent eſt auſſi cruel que le mal que nous avons prétendu arrêter par elles ! Si on vouloit les obſerver, il faudroit leur ſacrifier autant d'hommes, que notre méchanceté en immole,

roit. Ce n'eſt donc pas la peine d'avoir égard à
ces loix : tout bien compté , il n'y a qu'à reſter
comme nous ſommes , & nous entre-déchirer
comme à l'ordinaire. Que chacun prenne ces
précautions ; cela ſera plus ſimple , & reviendra au même.

Figurez-vous, par exemple , qu'on tient le
diſcours ſuivant.

Nous ſommes tous méchans ; ainſi nous allons
tous nous entre-détruire.

Pour remédier à cela , convenons de mettre
à mort ceux qui feront tel & tel déſordre :
voilà la convention faite. Il ne manque à ce
traité , pour ſa validité , qu'une petite choſe ;
c'eſt d'être paſſé entre des créatures capables
de l'obſerver.

Mais ceux qui ont eu l'eſprit de le faire ſont
des méchans , qui , à la fin , s'indigneront eux-
mêmes de le voir violer par leurs camarades , de l'impudence que les camarades auront
de prétendre qu'ils l'obſervent , & de l'abus in-
manquable qu'on fera de ce traité , au pré-
judice des uns , en faveur des autres ; voilà le
déſordre & la confuſion qui recommencent.

Mais à ces créatures , à qui le beſoin de vivre
heureux fait faire les loix , & à qui le même
beſoin les fera mépriſer ; gliſſez-leur dans le
fond de l'ame , comme Dieu a fait , la connoiſſance de ce Dieu même ; frappez-les d'une impreſſion de la crainte de ce Dieu , d'une impreſſion d'amour pour la vertu : mettez en eux
une certaine lumière , qui leur rende le crime
auſſi horrible , auſſi condamnable qu'il eſt fu-
neſte ; & l'innocence auſſi louable , qu'elle eſt
utile & néceſſaire : donnez-leur enfin des idées
de juſtice. Et après cela qu'ils faſſent des loix ,

qu'ils jurent de détruire ceux qui oferont les enfreindre.

Je comprends alors que le traité tiendra, & que la peur du châtiment ajouté à tout ce que je viens de dire, balancera leur iniquité, & leur procurera une certaine médiocrité de paix, telle que nous l'avons dans le monde; & telle que nous ne l'aurions point, fi tout ce que j'ai dit manquoit à l'homme.

La crainte de ce Dieu, que les hommes connoîtront, s'affoiblira; ils oublieront Dieu même, n'importe, l'idée en reftera parmi eux; & les hypocrites feront des méchans, qui n'oferont l'être autant qu'ils le voudroient bien.

L'hypocrifie toute affreufe qu'elle eft, fert à l'ordre.

Un homme qui aime la vertu, en force dix autres qui n'en ont point, à faire comme s'ils en avoient.

Il faut en avoir ou en feindre, ou du moins dire qu'on en a, même avec ceux qui n'en ont point. On ne fauroit donner un autre ton au monde, tout corrompu qu'il eft.

L'homme eft glorieux, on ne doit point s'en étonner. Il n'étoit fait que pour avoir un maître, qui eft Dieu; le péché lui en a donné mille, dont la fupériorité lui eft toujours étrangère & douloureufe, quelque néceffaire qu'elle foit aujourd'hui.

Cette fupériorité même, ceux qui l'ont fur les autres n'en font pas plus heureux; ils n'étoient pas faits pour une place que le péché eft caufe qu'ils occupent; ils devoient être mieux qu'ils ne font.

Les gens pieux, ceux qui fervent Dieu, font de tous les hommes les plus fiers & les plus

ſuperbes ; ils n'ont que Dieu pour maître , ils
n'obéiſſent qu'à lui-même , en obéiſſant aux
hommes. C'eſt toujours Dieu qu'ils voient dans
chaque homme , à qui Dieu veut qu'ils ſoient ſoumis ; c'eſt toujours lui qu'ils ſervent : auſſi n'y a-t-il
point de ſerviteurs ni plus fidèles , ni plus ſûrs.

Il y a deux ſortes d'ambition ; celle d'amaſſer
du bien & celle d'amaſſer des honneurs. Il y a
des gens qui n'ont que la première ; d'autres ,
que la ſeconde. Les premiers , ſont des avares
que je mépriſe ; ils n'ont point d'ame : les ſeconds , ſont des ſuperbes qui en ont trop : ceux
qui n'ont ni l'une , ni l'autre , ſont des ames
ordinaires ; le monde en eſt plein : gens qui voudroient de tout ; mais rien avec aſſez d'ardeur.

Les premiers ſont toujours en danger d'être
fripons , & le ſont ſouvent ; les ſeconds , quoique généreux , toujours en danger d'être méchans , le ſont quand il le faut ; les troiſièmes
communément , n'ont ni aſſez de force pour être
méchans , ni aſſez d'avarice pour être fripons.

Je ſerois tenté d'eſtimer les ſeconds , s'ils n'é-
toient pas dangereux ; les troiſièmes , ne méritent pas qu'on les remarque ; il n'y a que les
premiers de mépriſables.

Il y a dans le monde bien des gens qui aiment mieux leurs amis dans la douleur que dans
la joie ; ce n'eſt que par compliment qu'ils vous
félicitent d'un bien , c'eſt avec goût qu'ils vous
conſolent d'un mal.

En vérité il n'y a de mouvemens violens que
chez les perſonnes dévotes ; il n'appartient qu'à
elles d'être paſſionnées ; peut-être qu'elles croient
être aſſez bien avec Dieu pour pouvoir prendre
ces licences-là ſans conſéquence , & qu'elles
s'imaginent que ce qui eſt péché pour nous au-

tres profanes, change de nom, & fe purifie en
paffant par leur ame. Enfin je ne fais pas comment elles l'entendent, mais il eft fûr que la
colère des dévots eft terrible.

Apparemment qu'on fait bien de la bile dans
ce métier-là ; je ne parle jamais que des dévots,
je mets les pieux à part ; ceux-ci n'ont point de
bile, la piété les en purge.

Les ames exceffivement bonnes font volontiers imprudentes par excès de bonté-même ; &
d'un autre côté les ames prudentes font affez
rarement bonnes.

La phyfionomie qui paroît annoncer le moins
de vertus, eft quelquefois celle qui en cache le
plus. La nature fait affez fouvent de ces triche-
ries-là ; elle enterre je ne fais combien de belles
ames fous de pareils vifages : on n'y connoît rien,
& puis quand ces gens là viennent à fe manifefter, vous voyez des vertus qui fortent de
deffous terre.

Dans le mariage, on a plus fouvent à faire à
l'homme raifonnable, qu'à l'aimable homme ; le
bon caractère eft ce qu'on doit demander, &
cela eft plus difficile à trouver qu'on ne penfe ;
les hommes fe contrefont fi aifément, fur-tout
quand ils ont de l'efprit : j'en ai vu qui paroiffoient avec leurs amis les meilleurs gens du
monde ; c'étoit la douceur, la raifon, l'enjoue-
ment même : il n'y a pas jufqu'à leur phyfionomie, qui foit garante de toutes les bonnes qualités qu'on leur trouve. Monfieur un tel a l'air
d'un galant homme, d'un homme raifonnable,
difoit-on tous les jours d'Ergafte ; auffi l'eft-il,
répondoit-on, fa phyfionomie ne ment pas d'un
mot. Oui, fiez-vous à cette phyfionomie fi
douce, fi prévenante, qui difparoît un quart-
                                                     d'heure

d'heure après pour faire place à un visage sombre, brutal, farouche, qui devient l'effroi de toute une maison. Ergaste s'est marié ; sa femme, ses enfans, son domestique, ne lui connoissent encore que ce visage là, pendant qu'il promène par-tout ailleurs cette physionomie si aimable que nous lui voyons, & qui n'est qu'un masque qu'il prend au sortir de chez lui ; pourquoi faut-il que les hommes disputent de défauts avec les femmes ? N'est-on pas content de Léandre quand on le voit ? Eh bien ! chez lui c'est un homme qui ne dit mot, qui ne rit, ni qui ne gronde ; c'est une ame glacée, solitaire, inaccessible ; sa femme, ne la connoît point, n'a point de commerce avec elle ; elle n'est mariée qu'avec une figure qui sort d'un cabinet, qui vient à table, qui fait expirer de langueur, de froid & d'ennui tout ce qui l'environne. N'est-ce pas là un mari bien amusant ? Tersandre, qui est si doux dans les cercles n'est pas meilleur mari ; il venoit l'autre jour de s'emporter contre sa femme, j'arrive ; on m'annonce : je vois un homme qui vient à moi les bras ouverts, d'un air serein, dégagé ; vous auriez dit qu'il sortoit de la conversation la plus badine, sa bouche & ses yeux rioient encore ; tandis que sa femme étoit abattue & fondoit en larmes. Le fourbe ! Voilà ce que c'est que les hommes.

L'orgueil a plus de pouvoir sur nous que la vertu. Il faut qu'on nous donne la vertu, c'est en partie une affaire d'acquisition ; l'orgueil on ne nous le donne pas, nous l'apportons en naissant : nous l'avons tant qu'on ne sauroit nous l'ôter, & comme il est le premier en date, il est dans l'occasion le premier servi ; c'est la nature qui a le pas sur l'éducation ; & il y a là-dessus

R

une chofe, qu'on n'a peut-être pas affez remarquée, c'eft que dans la vie, nous fommes plus
jaloux de la confidération des autres, que de
leur eftime, & par conféquent de notre innocence ; parce que c'eft précifément nous que leur
confidération diftingue, & que ce n'eft qu'à nos
mœurs que leur eftime s'adreffe.

Oh ! nous nous aimons encore plus que nos
mœurs. Eftimez mes qualités tant qu'il vous
plaira, vous diront prefque tous les hommes,
vous me ferez grand plaifir, pourvu que vous
m'honoriez, moi qui les ai, & qui ne fuis pas
elles ; car fi vous me laiffez là, fi vous négligez
ma perfonne, je ne fuis pas content, vous prenez à gauche ; c'eft comme fi vous me donniez
le fuperflu, & que vous me refufaffiez le néceffaire ; faites-moi vivre d'abord, & me diver-
tiffez après ; finon j'y pourvoirai : & qu'eft-ce que
cela veut dire ? C'eft que pour venir à être honoré, je faurai bien ceffer d'être honorable ; &
en effet, c'eft affez là le chemin des honneurs.
Qui les mérite, n'y arrive guère.

Il y a des chofes qui ne regardent que notre
vie ; il y en a qui ne regardent que nous ; on
dira que je rêve de diftinguer cela ; point
du tout, notre vie, pour ainfi dire, nous eft
moins chère que nous, que nos paffions. A voir
quelquefois ce qui fe paffe dans notre inftinct
là-deffus, on diroit que pour être il n'eft pas
néceffaire de vivre, que ce n'eft que par accident que nous vivons ; mais que c'eft naturellement que nous fommes : on diroit que lorfqu'un
homme fe tue, par exemple, il ne quitte la
vie que pour fe débarraffer d'une chofe incommode ; ce n'eft pas de lui dont il ne veut plus,
mais bien du fardeau qu'il porte.

Ce qui flatte les yeux nous recommande ordinairement au cœur ; êtes-vous malheureux &
mal-vêtu, ou vous échappez aux meilleurs cœurs
du monde, ou ils ne prennent pour vous qu'un
intérêt fort tiède ? Vous n'avez pas l'attrait qui
gagne leur vanité, & rien ne vous aide tant à
être généreux envers les gens ; rien ne vous fait
tant goûter l'honneur & le plaisir de l'être, que
de leur voir un air distingué.

La vengeance est douce à tous les cœurs of-
fensés ; il leur en faut une, il n'y a que cela
qui les soulage ; les uns l'aiment cruelle, les
autres généreuse ; & les derniers se contentent
de livrer les ingrats au regret d'avoir malfait.

Il n'y a point de condition qui mette à l'abri du
malheur, ou qui ne puisse lui servir de matière ;
pour être le jouet des événemens les plus terribles, il n'est seulement question que d'être au
monde.

Rien ne flatte plus notre amour propre, que
d'humilier ceux qui nous méprisent.

C'est une erreur de penser qu'une obscure
naïssance nous avilisse, quand c'est nous-mêmes
qui l'avouons, & que c'est de nous qu'on le sait.
La malignité des hommes nous laisse là ; nous
la frustrons de ses droits ; elle ne voudroit que
nous humilier, & nous faisons sa charge ; nous
nous humilions nous-mêmes, elle ne sait plus
que dire.

Les hommes ont des mœurs, malgré qu'ils en
aient ils trouvent qu'il est beau d'affronter leurs
mépris injustes, cela les rend à la raison. Ils
sentent dans leur rage une noblesse qui les fait
taire ; c'est une fierté sensée, qui confond un
orgueil impertinent.

Les dévots fâchent le monde, & les gens

pieux l'édifient ; les premiers n'ont que les lèvres
de dévotes , c'eſt le cœur qui l'eſt dans les autres ; les dévots vont à l'égliſe ſimplement pour **y**
aller , pour avoir le plaiſir de s'y trouver , &
les pieux pour y prier Dieu ; ces derniers ont
de l'humilité , les dévots n'en veulent que dans
les autres. Les uns ſont de vrais ſerviteurs de
Dieu , les autres n'en ont que la contenance ;
faire oraiſon pour ſe dire je la fais ; porter à
l'égliſe des livres de dévotion , pour les manier ,
les ouvrir & les lire ; ſe retirer dans un coin ,
s'y tapir , pour y jouir ſuperbement d'une poſture
de méditatif ; s'exciter à ces tranſports pieux ,
afin de croire qu'on a un ame bien diſtinguée ,
ſi on en attrape ; en ſentir en effet quelques-
uns , que l'ardente vanité d'en avoir fait naître ,
& que le diable , qui ne les laiſſe manquer de
rien pour le tromper , leur donne ; revenir
delà tout gonflé de reſpeɛt pour ſoi-même , &
d'une orgueilleuſe pitié pour les ames ordinaires ; s'imaginer enſuite qu'on a acquis le droit
de ſe délaſſer de ſes ſaints exercices , par mille
petites molleſſes , qui ſoutiennent une ſanté délicate : tels ſont ceux que j'appelle dévots , de la
dévotion deſquels le malin eſprit a tout le profit , comme on le voit bien.

À l'égard des perſonnes véritablement pieu-
ſes , elles ſont aimables pour les méchans mêmes ,
qui s'en accommodent bien mieux que de leurs
pareils ; car le plus grand ennemi du méchant ,
c'eſt celui qui lui reſſemble.

Il y a de certaines hardieſſes , que l'homme
qui eſt né avec du cœur ne ſauroit avoir ; & quoiqu'elles ne ſoient peut-être pas des inſolences ,
il faut pourtant , je crois , être né inſolent ,
pour en être capable.

Quand on manque d'éducation, il n'y paroît jamais tant que lorfque l'on veut en montrer.

Le befoin n'ôte point à l'honnête homme indigent l'orgueilleufe eftime qu'il a pour lui. S'il eft charmé des offres de l'amitié, il n'en rougit pas moins involontairement de les accepter; parce que l'un lui paroit flatteur, & l'autre bas.

On ne s'apperçoit prefque pas qu'un homme ne dit mot, quand il écoute attentivement, du moins s'imagine-t-on toujours qu'il va parler; & bien écouter, c'eft prefque répondre.

Les ames généreufes ont cela de bon, qu'elles devinent ce qu'il vous faut; & vous épargnent la honte d'expliquer vos befoins.

Les malheurs qui arrivent aux riches, ne devroient que corriger leur orgueil, fans flatter la vanité des pauvres : mais on ne voit que trop fouvent le contraire; tous les états ont leur défauts.

Les bienfaits des hommes font accompagnés d'une mal-adreffe fi humiliante pour les perfonnes qui les reçoivent! Imaginez-vous qu'on avoit épluché ma mifère pendant une heure, qu'il n'avoit été queftion que de la compaffion que j'infpirois, que du grand mérite qu'il y avoit à me faire du bien, & puis c'étoit la religion qui vouloit qu'on prit foin de moi; enfuite venoit un fafte de réflexions charitables, une enflure de fentimens dévots. Jamais la charité n'étala les triftes devoirs avec tant d'appareil, j'avois le cœur noyé dans la honte; & puifque j'y fuis, je vous dirai que c'eft quelque chofe de bien cruel, que d'être abandonné au fecours de certaines gens : car, queft-ce qu'une charité qui n'a

point de pudeur avec le misérable , & qui avant
de le soulager , commence par écraser son amour
propre ? La belle chose qu'une vertu qui fait le
désespoir de celui sur qui elle tombe ! Est-ce
qu'on est charitable , à cause qu'on fait des œuvres de charité ? il s'en faut bien. Quand vous
venez vous appésantir sur le détail de mes maux ,
dirois-je à ces gens là ; quand vous venez me
confronter avec toute ma misère , & que le cérémonial de vos questions , ou plutôt de l'inter-
rogatoire dont vous m'accablez , marche devant
les secours que vous me donnez ; voilà ce que
vous appellez faire une œuvre de charité : &
moi , je dis , que c'est une œuvre brutale &
haïssable ; œuvre de métier , & non de sentiment.

Il y a des ames perçantes , à qui il n'en faut
pas beaucoup montrer pour les instruire ; & qui
sur le peu qu'elles voient , soupçonnent tout d'un
coup ce qu'elles pourroient voir.

Si les hommes sçavoient obliger , je crois qu'ils
feroient tout ce qu'ils voudroient de ceux qui
leur auroient obligation ; car , est-il rien de si
doux que le sentiment de reconnoissance , quand
notre amour propre n'y répugne point ? On en
tireroit des trésors de tendresse ; au lieu qu'avec
les hommes , on a besoin de deux vertus ; l'une ,
pour vous empêcher d'être indigne du bien qu'ils
vous font ; l'autre , pour vous en imposer la re-
connoissance.

Les sermons de nos jours sont ordinairement
beaux , & rarement bons ; c'est avec la vanité
de prêcher élégamment , qu'on nous prêche la
vanité des choses de ce monde ; & c'est là le
vice de nombre de Prédicateurs : c'est bien moins
pour notre instruction , qu'en faveur de leur or-

gueil, qu'ils prêchent ; de forte que c'eſt preſque
toujours le péché, qui prêche la vertu dans nos
chaires.

On croit ſouvent avoir la conſcience délicate,
non pas à cauſe des ſacrifices qu'on lui fait ;
mais à cauſe de la peine qu'on prend avec elle,
pour s'exempter de lui en faire.

Ce que je dis là, peint ſur tout beaucoup de
dévots qui voudroient bien gagner le ciel, ſans
rien perdre à la terre ; & qui croient avoir de
la piété, moyennant les cérémonies pieuſes qu'ils
font toujours avec eux-mêmes, & dont ils ber-
cent leur conſcience.

La plûpart des hommes quand on les oblige,
voudroient qu'on ne ſentît preſque pas & le prix
du ſervice qu'on leur rend, & l'étendue de
l'obligation qu'ils en ont ; ils voudroient qu'on
fût bon ſans être éclairé ; cela conviendroit
mieux à leur ingrate délicateſſe : & c'eſt ce qu'ils
ne trouvent pas dans quiconque a beaucoup d'eſprit ; plus il en a, plus il les humilie ; il voit
trop clair dans ce qu'il fait pour eux. Cet eſprit
qu'il a eu eſt un témoin trop exact, & peut-être
trop ſuperbe ; d'ailleurs ils ne ſauroient plus
manquer de reconnoiſſance, ſans en être honteux ; ce qui les fâche au point qu'ils en manquent d'avance, préciſément à cauſe qu'on ſait
trop toute celle qu'ils doivent. S'ils avoient affaire à quelqu'un qui le fût moins, ils en auroient
davantage.

Avec cette perſonne qui a tant d'eſprit, il faudra, ſe diſent-ils, qu'ils prennent garde de ne
pas paroître ingrats ; au lieu qu'avec cette perſonne qui en auroit moins, leur reconnoiſſance
leur feroit preſqu'autant d'honneur, que s'ils
étoient eux-mêmes généreux.

Voilà pourquoi ils aiment tant la bonté de l'une , & pourquoi ils jugent avec tant de rancune de la bonté de l'autre.

L'une favoit bien en gros qu'elle leur rend service , mais elle ne le fait pas finement ; la moitié de ce qui en eft lui échappe , faute de lumière , & c'eft autant de rabattu fur leur reconnoiffance, autant de confufion d'épargnée. Ils font fervis à meilleur marché , & ils lui en favent fi bon gré qu'ils la croient mille fois plus obligeante que l'autre ; quoique le feul mérite qu'elle ait de plus , foit d'avoir une qualité de moins , c'eft-à-dire , d'avoir moins d'efprit. D'où vient que les hommes ont l'injufte délicateffe dont nous parlons ? n'auroit-elle pas fa fource dans la grandeur réelle de notre ame ? Eft-ce que l'ame , fi on peut le dire ainfi , feroit d'une trop haute condition pour devoir quelque chofe à une autre ame ? Le titre de bienfaiteur ne fied-t-il bien qu'à Dieu feul ? Eft-il déplacé par-tout ailleurs ? Il y a apparence ; mais qu'y faire ? Nous avons tous befoin les uns des autres ; nous naiffons dans cette dépendance , & nous ne changerons rien à cela.

Conformons-nous donc à l'état où nous fommes , & s'il eft vrai que nous foyons fi grands , tirons de cet état le parti le plus digne de nous.

Vous dites que celui qui vous oblige a de l'avantage fur vous : eh bien! voulez-vous lui conferver cet avantage , n'être qu'un atôme auprès de lui , vous n'avez qu'à être ingrat ? Voulez-vous redevenir fon égal , il n'y a que cela qui puiffe vous donner votre revanche ? S'en orgueillit-il du fervice qu'il vous a rendu , humiliez-le à fon tour ; & mettez-vous modefte-

ment au-deſſus de lui par votre reconnoiſſance.
Je dis modeſtement : car ſi vous êtés recon-
noiſſant avec faſte , avec hauteur ; ſi l'orgueil
de vous venger s'en mêle , vous manquez votre
coup ; vous ne vous vengez plus , & vous n'êtes
plus tous deux que de petits hommes qui diſ-
putez à qui ſera le plus petit.

CHAPITRE XI.

Lettres diverses.

Lettre à Madame de * * * fur les caractères & mœurs du Peuple de Paris , des Bour- geois , des Bourgeoises & des Dames de Qualité.

JE vous tiens parole , Madame , ou plutôt je vous obéis ; car ce qu'un amant promet à ce qu'il aime , vaut un devoir d'obéiffance envers fon maitre.

Vous avez raifon de vouloir être inftruite des mœurs & du caractère des habitans de Paris , & de tout ce qui fe pratique dans cet abrégé du monde.

Paris eft le centre des vertus & des vices ; c'eft le lieu où les méchans développent leur iniquité ; l'endroit où fe manifefte toute leur ca- pacité de mal faire. La raifon de cela , Madame , eft qu'ils ont abondance d'occafions , & que l'exer- cice met en œuvre & perfectionne leurs mau- vaifes difpofitions.

Les vertus n'y règnent pas moins que les vices ; mais elles y règnent fans bruit & fecré- tement. Les juftes y compofent une partie igno- rée par la faute des hommes. On y voit encore un troifième ordre de perfonnes ; ce font d'hon- nêtes gens d'une probité morale , qui n'ont pour principe , ou qu'un heureux caractère qui les

porte à vivre avec honneur, ou qu'un goût de
fageffe philofophique, qui les maintient dans un
efprit de juftice & d'union avec les hommes. Ce
font de ces gens-là, qui, bornés à fatisfaire
leurs petits plaifirs, tâchent, autant qu'ils peuvent, de ne troubler ceux de perfonne ; de ces
gens, en un mot, qui adoptent le frein des
loix, moins, fi vous voulez, par refpect pour
elles, que par ménagement pour le préjugé public.

Cette fecte, Madame, ne laiffe pas que d'être
un peu pyrrhonienne ; car elle n'a de vertu que
par convention : mais vivre bien avec les hommes & penfer autrement qu'eux, eft une chofe
qui paroît fi belle & fi diftinguée, que dans bien
des endroits de Paris, vous ne paffez pour
homme d'efprit, qu'autant qu'on vous croit con-
firmé dans cette impiété philofophique.

Je m'étendrois là-deffus davantage, fi je ne
prévoyois que dans la fuite de cette relation,
l'occafion fe préfentera d'en parler encore : venons à d'autres matières.

ARTICLE PREMIER.

IL eft difficile de définir la populace de Paris ;
je vais pourtant tâcher de vous en donner quelque idée.

Imaginez-vous un monftre remué par un certain inftinct, & compofé de toutes les bonnes
& mauvaifes qualités enfemble ; prenez la fureur & l'emportement, la folie, l'ingratitude,
l'infolence, la trahifon & la lâcheté ; ajoutez
tout cela, fi vous le pouvez, avec la compaffion tendre, la fidélité, la bonté, l'empreffement
obligeant, la reconnoiffance & la bonne foi, la

prudence même ; en un mot , formez votre
monftre de toutes ces contrariétés ; voilà le peuple , voilà fon génie.

Pour achever le portrait ; il faut lui fuppofer
encore une néceffité machinale , de paffer en un
inftant du bon mouvement au mauvais : détaillons
à préfent ce caractère.

Le peuple eft une portion d'hommes , qu'une
égalité de baffeffe dans la condition réunit : ils
fe querellent , ils fe battent ; fe tendent la main ,
fe rendent fervice & fe deffervent tout-à-la-fois :
un moment voit renaître & mourir leur amitié ;
ils fe raccommodent & fe brouillent , fans s'entendre. Le peuple a des fougues de foumiffion &
de refpect pour le grand Seigneur , & des fail-
lies de mépris & d'infolence contre lui : un denier donné par deffus fon falaire , nous en attire
un dévouement fans réferve ; ce denier retran-
ché vous en attire mille outrages : quand il eft
bon , vous en auriez fon fang ; quand il eft mauvais , il vous ôteroit tout le vôtre : fa malice lui
fournit des moyens de nuire , que l'homme d'efprit n'imagineroit jamais. Tel eft le pathétique
de fes difcours , qu'il laiffe parmi les plus honnêtes gens , & les meilleurs efprits , une opinion de bien ou de mal , pour ou contre vous ,
qui ne manque pas de vous fervir ou de vous
nuire.

Le peuple à Paris a tous les vices qu'il fe reproche dans fes querelles.

Une chofe m'a toujours furpris : deux femmes
s'accufent de mauvaife vie , citent les lieux &
les circonftances ; les affiftans croient tout ; la
querelle finit , & ne leur a fait aucun tort.

Les femmes entre elles ne rougiffent pas de
l'opprobre dont elles fe chargent ; leur motif de

honte eſt d'avoir été vaincues en coups ou en injures.

Plus une femme a la voix vigoureuſe , & plus celle avec qui elle ſe querelle a de tort.

Plus une querelle a de témoins , plus elle s'échauffe : ce n'eſt plus tant alors une vraie colère qui anime les combattans , qu'une émulation d'invectives.

Perſonne ne caractériſe plus éloquemment que le peuple.

On lui inſpire aiſément de la confiance , mais quand il la perd , il déshonore.

Toute belle que vous êtes , Madame , ſi le hazard vous avoit attiré la colère d'une femme du peuple , elle vous feroit rougir de vos propres charmes. L'union des gens mariés parmi le peuple, eſt la choſe du monde la plus divertiſſante ; vous diriez , à les entendre ſe parler & ſe répondre , qu'ils ne peuvent ſe ſupporter , & qu'ils ſouffrent de ſe voir.

Voilà la réflexion que je fais là-deſſus , Madame. Un mot plus haut que l'autre brouille des époux honnêtes gens ; pourquoi cela ? C'eſt que leur commerce eſt ordinairement honnête : cette honnêteté ceſſe-t-elle un moment ? L'union s'altère. Les gens mariés d'entre le peuple ſe parlent toujours comme s'ils s'alloient battre ; cela les accoutume à une rudeſſe de manières , qui ne fait pas grand effet , quand elle eſt ſérieuſe & qu'il y entre de la colère : une femme ne s'allarme pas d'entendre un gros mot ; elle y eſt faite en tems de paix , comme en tems de guerre : le mari de ſon côté , n'eſt point ſurpris d'une réplique brutale , ſes oreilles n'y trouvent rien d'étrange ; le coup de poing avertit ſeulement que la querelle eſt ſérieuſe ; & leur façon de ſe parler en

est toujours si voisine , que ce coup de poing ne
fait pas un grand dérangement.

Savez-vous bien , Madame , qu'à tout prendre , il y a plus de gain dans cette façon de se
traiter , que dans celle des honnêtes gens.

Je compare l'union de ces derniers à une mer
calmé ; les deux époux y voguent en paix :
vient-il un seul coup de vent ; il porte l'allarme
dans la barque , & nos époux accoutumés à une
longue bonace , ne se remettent que long-tems
après de leur frayeur.

La même comparaison me servira pour figurer
l'union des gens du peuple.

Cette mer pour eux est toujours agitée ; les
vents & les éclairs y règnent sans interruption ;
la barque va son train, sans s'en appercevoir ; la
tempête lui est familière, la foudre tombe quelquefois : mais elle est une suite si naturelle de
l'orage , que la barque tâche de se réparer sans
en avoir frémi. Manie de politesse à part , la mer
agitée me paroit préférable à la mer calme.

Je n'aurois jamais fait , si je voulois ne rien
omettre dans le portrait du génie du peuple , in-
constant par nature , vertueux ou vicieux par
accident ; c'est un vrai caméléon qui reçoit toutes
les impressions des objets qui l'environnent.

Là-dessus vous vous imaginez que ce peuple
est méchant ; vous avez raison ; mais il n'a point
une méchanceté de réflexion : c'est une méchanceté de hazard, qui lui vient de ce qu'il voit ou
de ce qu'il entend ; il devient méchant comme
il devient bon, sans le plus souvent être ni l'un
ni l'autre.

Il exprimera , par exemple , des cris de malédiction contre les gens d'affaires ; non pas
qu'il ait conclu qu'ils les méritent ; mais la voix

publique les annonce haïffables : voilà le peuple
irrité contre eux.

On alloit un jour faire mourir deux voleurs
de grand chemin ; je vis une foule de peuple
qui les fuivoit ; je lui remarquai deux mouvemens qui n'appartiennent, je penfe, qu'à la populace de Paris.

Ce peuple couroit à ce trifte fpectacle avec
une avidité curieufe, qui fe joignoit à un fentiment de compaffion pour ces malheureux : je
vis même une femme, qui la larme à l'œil, couroit autant qu'elle le pouvoit pour ne rien perdre
d'une exécution dont la penfée lui mouilloit les
yeux de pleurs.

Que penfez-vous de ces deux mouvemens ?
Pour moi je ne les appellerai ni dureté, ni pitié.
Je regarde en cette occafion l'ame du peuple,
comme une efpèce de machine incapable de fentir & de penfer par elle-même, & comme ef-
clave de tous les objets qui la frapent.

Par ce fyftême je vois clair comme le jour, la
raifon de ces deux mouvemens contraires : on
va faire mourir deux hommes, l'appareil de
leur mort eft fort trifte : voilà la machine frappée
d'un mouvement affortiffant ; voilà le peuple qui
pleure ou qui fe contrifte.

L'exécution de ces hommes a quelque chofe
de fingulier : voilà la machine devenue curieufe.

Je gagerois que le peuple pourroit en même-
tems plaindre un homme deftiné à la mort, avoir
du plaifir en le voyant mourir, & lui donner
mille malédictions.

Que dirons-nous encore de lui ? Il eft de
certains endroits à Paris, Madame, où le peuple
eft en poffeffion d'une liberté defpotique dans

le langage , & fouvent dans les actions : il y règne fouverainement ; il y parle de tout & n'y craint perfonne. Achetez-vous quelque chofe aux marchés publics , par exemple ; votre honneur , votre taille , votre vifage y font à la difcrétion des marchandes : il faut opter , ou d'être dupe ou d'être maltraité : dans ces endroits , qu'on pourroit appeller l'empire des amazônes , vous avez autant de juges & de parties qu'il y a de femmes : fi la colère d'une d'entre elles vous déclare coupable , c'en eft fait ; toutes les autres vous condamnent fans confultation , & vous exé-cutent à la même heure : toute la liberté qu'on vous laiffe c'eft de vous fauver ; & vous reffem-blez en ce cas à des foldats qui paffent par les baguettes en courant.

Je connois un de mes amis , homme d'efprit & de bon fens , qui me difoit un jour , en par-lant du génie du peuple , le moyen le plus fûr de connoître fes défauts & fes vices , feroit de familiarifer quelque tems avec lui , & de lui chercher querelle après. On a trouvé l'invention de fe voir le vifage par les miroirs : une que-relle avec le peuple feroit la meilleure invention du monde , pour fe voir l'efprit & le corps en-femble. Une aimable fille entendant parler ainfi mon ami , nous dit , en badinant : tous mes amans me difent belle ; ma glace & mon amour propre m'en difent autant : mais , pour en avoir le cœur net , quelque jour en carnaval j'uferai de l'invention dont vous parlez.

Qu'ajouterai-je encore fur le caractère du peuple ?

Les dévots d'entre le peuple , le font infini-ment dans la forme : la vraie piété eft au-deffus de la portée de leur cœur & de leur efprit.

Une

Une groffe voix dans un Prédicateur les perfuade : ils ne comprennent rien à ce qu'il dit :
mais il crie beaucoup, & les voilà perfuadés.

Ainfi je ne confeillerois à perfonne de compter
beaucoup fur la religion du plus dévot perfonnage d'entre le peuple : de-là vient auffi qu'il
eft aifé d'en corrompre le plus honnête homme ;
car pour l'engager au crime, il ne s'agit pas de
gagner fon efprit, on a bon marché de cette
piéce ; il faut feulement effacer une impreffion
par une autre, celle du cérémonial de la religion qui les a rendu pieux, par l'impreffion d'une
offre qui les chatouille.

Vous m'avouerez qu'on peut faire tout ce
qu'on veut d'un homme qu'il ne s'agit que de
toucher fenfiblement ; l'impreffion la plus fraîche
eft toujours la victorieufe.

Ne vous attendez pas, Madame, que j'épuife
la matière là-deffus ; je n'en dirai plus qu'un
mot.

Le peuple dans les provinces reconnoît autant de maîtres qu'il eft de gens au-deffus de
lui.

L'intérêt feul fait ici la vraie dépendance du
peuple. Le Cordonnier y va de pair avec le Duc
& le Marquis : fi l'on ne veut pas qu'il manque
de refpect pour les grands noms, il faut acheter fon hommage. L'argent eft le feul titre de
grandeur qu'il révère : le peuple eft comme un
gros mâtin : le mâtin aboie après tout ce qui
paffe ; jettez-lui un morceau de pain, il vous
careffe.

Ainfi, Madame, fi vous venez jamais à Paris,
au cas que vous ayez affaire au peuple, prenez
avec lui des mefures qui mettent vos charmes
à l'abri de la correction.

S

ARTICLE II.

Le bourgeois à Paris, Madame, eſt un animal mixte, qui tient du grand Seigneur & du peuple.

Quand il a de la nobleſſe dans ſes manières, il eſt preſque toujours ſinge : quand il a de la petiteſſe, il eſt naturel ; ainſi il eſt noble par imitation, & peuple par caractère.

Entre les bourgeois la cérémonie eſt ſans fin : je crois en ſavoir la raiſon, en ſuivant toujours mes principes.

Il règne parmi les gens de qualité une certaine politeſſe dégagée de toute fade affectation : cette politeſſe n'eſt autre choſe qu'une façon d'agir naturelle, épurée de la groſſièreté que pourroit avoir la nature.

Le bourgeois voudroit bien imiter cette politeſſe ; mais malheureuſement ſon premier effort pour cela le tire de l'air naturel, & tout ce qu'il fait eſt cérémonie.

Le bourgeois dans ſes ameublemens, ſes maiſons & ſa dépenſe, eſt ſouvent auſſi magnifique que le ſont les gens de qualité ; mais la manière dont il produit ſa magnificence a toujours certain air ſubalterne, qui le met au-deſſous de ce qu'il poſſede : y paroît-il indifférent ? on voit qu'il gêne ſa vanité : en jouit-il avec faſte ? il s'y prend avec petiteſſe.

Le bourgeois eſt quelquefois fier avec les gens au-deſſus de lui ; mais c'eſt une fierté qu'il ſe donne, & non pas qu'il trouve en lui : il fait comme ceux qui ſe hauſſent ſur leurs talons pour paroître plus grands.

Un bourgeois qui s'en tient à ſa condition, qui

en fait les bornes & l'étendue , qui fauve fon
caractère de la petiteffe de celui du peuple ; qui
s'abftient de tout amour de reffemblance avec
l'homme de qualité , dont la conduite en un mot
tient le jufte milieu , cet homme feroit mon
fage.

Généralement parlant , à Paris , vous trouverez de la franchife & de l'amitié dans le bourgeois ; mais il ne faut point le tâter fur la bourfe :
une froideur fubite & l'éloignement , fuccéderont
aux marques d'affection que vous en aurez re-
çues : le bourgeois alors fe fait de vous fuir un
principe de fageffe & d'habileté ; il fe croiroit
votre dupe , s'il vous avoit obligé.

Je connois un homme qui avoit été long-tems
en commerce d'amitié avec un bourgeois. Il eut
un jour un befoin preffant de quelque fomme
d'argent ; il écrivit au bourgeois , & le pria de
la lui prêter. Je me trouvois chez lui , quand il
reçut la lettre : il lui répondit qu'il lui étoit im-
poffible de lui faire ce plaifir. Lorfque le laquais
fut parti , Monfieur.... me demande de l'argent
à emprunter , me dit-il : malpefte qu'il eft fin
avec fes amitiés ! mais , j'en fais autant que lui.
Monfieur , répondis-je , il n'y a pas grande finefle
à avoir befoin d'argent , & à demander à fes amis.
Bon , fes amis ! reprit-il : il en a cinquante comme moi ; mais il n'aura garde de leur propofer la
chofe : il fait bien qu'il n'y auroit rien à faire , &
il m'a cru plus fot qu'un autre. Peut-être plus
généreux , répondis-je. Il n'y a plus que les bêtes
qui le font , me dit-il.

Parlons un peu des dames bourgeoifes ; car
vous avez fans doute plus d'envie de connoître les perfonnes de votre fexe , que celles du
nôtre.

Comme je n'ai d'ordre que le hazard dans cette relation, je ne ferai point difficulté de vous dire ici ce que j'aurois pu vous dire ailleurs.

C'eſt qu'il y a différentes bourgeoiſes : le commerce, par exemple, eſt un métier qui fait une eſpéce de bourgeoiſie : la pratique fait une autre eſpéce ; & dans ces deux eſpéces là, il y a encore une différence du plus au moins.

Je ſuis tenté de vous dire que pour l'ordinaire les bourgeoiſes marchandes, ſont de groſſes perſonnes bien nourries : vous en trouvez de fort bruſques, qui vous querellent preſqu'au premier ſigne de difficulté que vous faites : vous en trouvez d'affables; mais d'une affabilité vive & bruyante : rien n'eſt épargné pour vous faire plaiſir : on devine ce qu'il vous plaît : faites un geſte de tête, toute la boutique eſt en mouvement, cet empreſſement d'actions eſt entremêlé, comme je vous l'ai dit, d'un torrent de douceurs & d'honnêtetés.

Un jour, un provincial nouvellement débarqué dans Paris, entra dans la boutique d'une de ces marchandes pour acheter quelque choſe de conſidérable. D'abord, ſalut gracieux, étalage empreſſé : la marchandiſe ne lui plaiſoit pas, il mâchoit un refus de la prendre, & n'oſoit le prononcer ; la reconnoiſſance pour tant d'honnêtetés l'arrêtoit : plus il héſitoit, plus la marchande chargeoit ſon homme de nouveaux motifs de reconnoiſſance. De dépit de lui voir prendre tant de peines, & de n'avoir pas la force d'être ingrat, il ſe leve & tire ſa bourſe : tenez, Madame, lui dit-il, votre marchandiſe ne me convient pas, & je n'ai nulle envie de la prendre ; vous m'avez accablé d'honnêtetés, & j'enrage : je n'ai pas le front de ſortir ſans acheter : voilà ma bourſe, je vous laiſſe la liberté de me vendre, ou de me

renvoyer ; le dernier m'obligera davantage. Ce
difcours ne démonta pas la marchande ; il crut
le pauvre homme, avoir trouvé le fecret de fe
tirer d'affaire avec honneur : ce que vous me
dites eſt trop obligeant, lui dit-elle, je n'ai pas
le cœur moins bon que vous, Monſieur, & je
ne puis répondre mieux à la bonté du vôtre, qu'en
vous vendant ma marchandife ; j'en fais la valeur,
& vous feriez affurément trompé ailleurs, je veux
vous faire du bien malgré que vous en ayez ; là-
deffus elle ouvrit la bourfe en prit ce qu'il lui
falloit, fit couper la marchandife, & la livra à
notre provincial, de qui cette action avoit diffipé la honte ; mais il n'étoit plus tems d'être
courageux.

Vous me direz là-deffus, que toute autre marchande n'auroit point été capable de profiter de
la bêtife de l'autre avec autant d'efprit ; mais
vous ferez bien furprife, quand je vous dirai
qu'elle en avoit fort peu, quoiqu'il y eut bien
de la fineffe dans fa replique.

Il y a à Paris un certain efprit de pratique parmi les marchands : rien n'eſt plus adroit, plus
fouple, plus fpirituel, que leur façon d'offrir à
qui vient acheter. Vous croyez que cette foupleffe veut réellement de l'efprit, & qu'elle eſt
mieux, ou moins bien pratiquée, par ceux ou
celles qui ont plus ou moins d'efprit ; point du
tout : cette foupleffe, cet art de captiver la bienveillance, d'embarraffer la reconnoiffance, n'eſt
qu'un métier qui s'apprend, comme celui de
tailleur ou de cordonnier : les plus fpirituels n'y
font pas les plus parfaits : dans cet art, un garçon de boutique épais & pefant d'intellect, y
fera le plus habile.

Il me vient une penfée affez plaifante, fur le

babil obligeant des marchands dont j'ai parlé ;
je les compare aux chirurgiens, qui avant que
de vous percer la veine, passent long-tems la
main sur votre bras pour l'endormir : les marchandes, pour tirer l'argent de votre bourse, en-
dorment aussi votre intérêt à force d'empresse-
mens & de discours ; & quand le bras est en
état, je veux dire, quand elles ont tourné votre
esprit à leur profit, le coup de lancette vient
ensuite ; elles disposent de votre volonté, elles
coupent, elles tranchent, elles arrachent votre
argent, & vous ne vous sentez blessé que quand
la saignée est faite.

La boutique de ces marchands est un vrai
coupe-gorge pour les bonnes gens qui n'ont pas
la force de dire non : êtes-vous belle & jeune ?
elles vous cajolent sur vos appas en déployant
leurs marchandises ; les complimens ne sont point
étrangers à la vente, on diroit qu'ils sont partie
de la marchandise même. Vous êtes cajolée, vous
écoutez, vous leur en savez gré, vous vous pré-
venez pour elles ; tout cela sans que vous vous
en apperceviez. Etes-vous vieux ou vieille ? elles
ont des recettes de surprises pour tout âge. Etes-
vous jeune homme ? elles font ensorte qu'un peu
de galanterie vous amuse, pendant lequel tems
la bourse se délie, & l'argent est jetté sur la
table tout en badinant. Vous me demanderez
peut-être, Madame, si la bonne foi regne dans
la boutique des marchands.

Si vous entendez par cette bonne foi, une certaine exactitude de conscience sans détour, en
un mot, cette bonne foi prescrite à la rigueur par
la loi, je vous répondrai franchement, que je n'en
fais rien ; en revanche, je vous dirai qu'il peut
s'y trouver une bonne foi mitigée, qui, déga-

gée de la févérité du précepte, s'accommode à
l'avidité que les marchands ont de gagner, fans
violer abfolument la religion. Le marchand partage le différend en deux : la religion veut une
régularité abfolue, l'avidité veut un gain hors
de tout fcrupule. On eft chrétien, mais on eft
marchand ; ce font deux contraires ; c'eft le froid
& le chaud ; il faut vivre & fe fauver : que fait-
on ? on cherche un tempérament : comme chrétien, je m'abftiendrai d'un gain exhorbitant ;
comme marchand je le ferai raifonnable ; le malheur eft que ce n'eft prefque jamais le chrétien ,
mais bien le marchand qui fixe ce raifonnable.

Le difcours fur le commerce commence à m'en-
nuyer ; changeons de fujet fans changer d'objet.
Tous les plaifirs, toutes les délices de la vie font
à Paris, tellement à portée de celui qui les peut
prendre, qu'il faut être d'un tempérament bien
infenfible, pour ne point abufer de la poffibilité
de les goûter. Les riches marchands ne s'en
refufent guère. Il eft fur-tout un agrément fort
goûté du bourgeois opulent. C'eft, ne vous déplaife, Madame, l'agrément d'aimer une perfonne, qui n'eft point fa femme ; mais qui le
traite avec autant de bonté que fon époufe même.

A propos de ces femmes fi bonnes, puifque
j'en fuis à elles, détaillons un peu les différens
degrés de bonté que comprend le métier de
femme obligeante.

Paris, Madame, eft aujourd'hui rempli de
femmes exceffivement bonnes, dont la charité
ne fait acception de perfonnes : cette forte de
femmes poffede le dégré de bonté le plus éminent.
Il y en a d'autres d'une charité un peu inférieure ,
& que j'appellerai, pour quitter le langage figuré ,
des coquettes parfaites.

Ce font de ces femmes qui n'affichent point,
pour ainfi dire, l'excès de leur coquetterie, qui
ne la promènent point dans les rues; mais qui,
fans beaucoup de façons, la montrent toute entière à ceux à qui le hazard la fait deviner.

Il y en a d'une autre efpéce encore, qui font
celles à qui les bourgeois donnent volontiers le
fuperflu de leur bien. Dans le métier de coquetterie, elles font fans doute les plus honorables ;
& le défaut qui fe trouve dans leur conduite,
eft à préfent, parmi la plûpart des femmes, un fi
petit objet, que depuis le peuple jufqu'aux femmes de qualité, tout s'en méle, & perfonne n'en
rougit.

Je me trouvois un jour en compagnie, j'y vis
une des plus belles perfonnes de la ville ; je
m'approchai d'elle dans le deffein de la féliciter
de fes appas ; elle me reçut honnêtement : mais
elle avoit de grandes diftractions. J'apperçus dans
un coin un homme de cinquante ans, & en
rabat ; il fronçoit le fourcil, & jettoit de notre
côté de noirs regards, qui fignifioient de méchante humeur.

Un de mes amis, plus au fait que moi des
mœurs & de la conduite de ceux qui compofoient
la compagnie, vint me tirer par la manche,
m'arracher d'auprès de ma belle, fous prétexte
de me dire quelque chofe : vous ne favez pas,
me dit-il, que vous caufez de l'inquiétude à
deux perfonnes, à la Demoifelle à qui vous
parlez, & à celui que vous voyez dans le coin,
ajoute t-il, en me montrant mon homme en rabat. Eft-ce fon mari, répondis-je ? non ; c'eft
apparemment fon père ? Ce n'eft ni l'un, ni l'autre, me dit-il. Mais c'eft un ami, c'eft un brutal dont elle a befoin. Mademoifelle de .... n'a

pas de bien, & elle eſt obligé d'avoir des ména-
gemens pour cet homme là, qui lui fait plaiſir.

J'entends, répondis-je ; elle fait avec lui un
troc de ce qu'elle a, contre ce qui lui manque
& qu'il peſſede ; mais comment n'a-t-elle pas
honte de ſe montrer en ſi bonne compagnie,
puiſqu'on fait le ſecret de ſon petit ménage ?
Vous vous moquez, me dit-il : ſi une petite bagatelle déshonoroit, il n'y auroit pas ici une
femme qu'on ne dût fuir : on vit à préſent plus
aiſément dans le monde ; la rareté de l'argent a
fait congédier bien des ſcrupules ; les bonnes
mœurs ne ſont plus ſi farouches ; ſe conſerver
un amant utile, c'eſt prudence. Une femme regarde comme un bienfait, l'amour qu'un homme
riche veut bien prendre pour elle. Mais enfin,
répondis-je, l'honneur ? Bon l'honneur! me dit-
il en m'interrompant : le public ne ſe ſcandaliſe
plus de ces bagatelles là ; & ôtez le ſcandale,
il n'y aura plus de cruelles.

Je ne ſais plus où j'en ſuis : je parlois des bourgeoiſes, ou des marchandes.

Diſons encore un mot ſur ces dernières.

Le comptoir eſt une place d'une dangereuſe
conſéquence pour un mari, quand ſa femme eſt
belle, & qu'elle l'occupe ; les regards des curieux qui la contemplent, donnent aux ſiens une
hardieſſe, qui des yeux paſſe dans le diſcours ;
& du diſcours dans les actions.

Une femme qui s'accoutume à regarder ceux
qui la regardent, répond aiſément à ceux qui lui
parlent.

Les marchandes à Paris, peuvent au comptoir
avoir impunément auprès d'elle, un ſoupirant ;
mais je doute qu'elles l'aient impunément pour
leur innocence.

S'il étoit poffible que la coquetterie fe perdît
parmi les femmes, on la retrouveroit chez les
filles des marchands ; je ne crois pas qu'on foit
obligé de l'y aller chercher ; les bourgeoifes de
toutes efpèces en ont bonne provifion.

La paffion la plus dominante des bourgeoifes,
c'eft la vanité ; elle eft la tige de tous les autres
menus défauts qu'elles contractent. Sans la vanité,
elles n'aimeroient pas la bonne chère ; fans la
vanité, elles ne feroient point avides de plaifirs.

La vue d'une bourgeoife magnifique, quoique
galante, va triompher de la vertu de cinquante
de fes femblables, qui la verront, & qui auront
autant de parure qu'elle. La preuve la plus certaine, qu'elles voudroient être à fa place, c'eft
le mépris qu'elles témoigneront pour elle.

Parmi les bourgeoifes, la médifance n'eft
qu'une expreffion de l'envie qu'elles auroient de
la mériter.

Ce qui gâte l'efprit des bourgeoifes, c'eft le
fafte continuel qui s'offre à leur yeux : chaque
équipage que rencontre en fon chemin une femme à pied, porte en fon cerveau une impreffion
de douleur & de plaifirs ; de douleur, en fe
voyant à pied ; de plaifirs, en fe figurant celui qu'elle auroit fi elle poffédoit une pareille
voiture : le moyen que le cerveau d'une femme
tienne à cela.

Varions les matières ; laiffons là les bourgeois
& leurs femmes, pour les reprendre en chemin
faifant ; & parlons un peu des dames de qualités, cela vous réjouira.

Otez à la campagnarde de qualité le mafque
qu'elle porte, quand monté fur fa haquenée,
elle traverfe d'un château à l'autre ; ôtez-lui
fa vanité crue fur les antiquités de fa famille, fon

ton bruyant, fon eftomac redreffé par intervalle
de réflexions ; l'embarras total de fa contenance,
& fa marche à mouvement uniforme ; car tout
cela compofe l'œconomie de fa figure ; ôtez-lui
fes fils, le Marquis, le Chevalier, petits enfans qu'elle dreffe devant vous à la révérence
villageoife, & qui par fatalité font toujours mor-
veux quand ils arrivent, afin d'être mouchés du
mouchoir de la mère : paffez-moi le portrait :
ôtez-lui, dis-je, toutes ces chofes, il ne vous
refte plus rien de curieux chez elle, fi ce n'eft
la langueur, ou le ton emphatique des complimens qu'elle faits quand elle eft en ville.

Tout cela vu & entendu, le fujet eft épuifé ;
les femmes de qualité dans ce pays font un fpectacle bien plus varié ; les définirai-je en général ? Le projet en eft hardi ; n'importe.

La femme de qualité a tous les défauts de la
bourgeoife ; mais, pour ainfi dire, tirés au clair
par l'éducation & l'ufage. Elle poffede un goût
de hardieffe fi heureux, qu'elle jouit du bénéfice de l'effronterie, fans être effrontée. Peut-
être ne doit-elle cet avantage qu'à la nature de
l'efprit des hommes, faciles à donner des droits
plus amples à qui les étonne par de plus fortes
impreffions.

L'air de mépris le mieux entendu de la femme
de qualité pour la bourgeoife, ce font fes car-
reffes & fes honnêtetés ; & là-deffus, rien n'eft
plus poli que la femme de qualité, dit la bourgeoife. L'innocente qui ne voit pas le ftratagê-
me, & qui ne fent pas que par cette politeffe
la voilà marquée au coin de la fubordination.

Dans la femme de qualité, l'habillement, la
marche, le gefte & le ton, tout eft formé par
les graces ; mais ces graces-là, la nature ne les

a point faites : ce ne font point de ces graces qui font partie néceffaire de la figure, que l'on a fans y penfer, qui nous fuivent par tout, qui font en nous, qui font nous-mêmes : ce font des graces de hazard, d'après coup, que la vanité des parens a commencées, que l'exemple & le commerce aifé des autres femmes ont avancées, & qu'une étude de vanité perfonnelle a finies.

Graces ridicules aux gens raifonnables, atti-rantes pour les jeunes gens, impofantes pour le peuple, inimitables aux bourgeoifes, quoique toujours copiées par elles ; voifines du mal dont elles applaniffent les voies, & peut-être le chef-d'œuvre de l'orgueil.

Et voilà, Madame, ce qu'on appelle airs du monde.

On ne peut aifément exprimer ce que c'eft que le commerce mutuel des femmes de qualité. Sans aller même jufqu'au crime, tout eft jeu pour elles jufqu'à leur réputation ; & cette réputation eft un jeu pour ceux dont elles dépendent.

Parmi elles, attrape qui peut, tout paffe ; un bon mot tire tout le monde d'affaire ; elles font les confidentes les unes des autres, fe prê-tent réciproquement fecours dans l'occafion, fe promettent le fecret, que réciproquement elles violent auffi ; la médifance court, on la croife par une autre, & pendant que la demande & la répartie amufe le public, elles reftent en bonnes amies fpectatrices des effets plaifans de leur perfidie.

Il y a l'efpéce des femmes-tendres ; ce font celles dont le cœur embraffe la profeffion du bel amour ; leur efprit fourmille d'idées délicates ; elles aiment, en un mot, plus par métier que par paffion : un amant infidèle met leur talent au jour : fans lui on ne fauroit pas qu'elles ont mille graces attendriffantes dans une affliction de tendreffe.

Il y a l'efpéce des femmes coquettes : celles-là font l'amour indiftinctement ; ce font des femmes à promenades , à rendez-vous impru-dens ; ce font des furieufes d'éclat ; elles ne languiffent point ; elles aiment hardiment, fe plaignent de même ; c'eft pour elles faveurs du hazard , quand on trouve un de leurs billets d'in-trigue , tout cela va au profit de leur gloire. Il y a des femmes prudes : ce font celles qui s'en-têtent , non de l'amour de l'ordre , mais de l'eftime qu'on fait de ceux qui font dans l'ordre : elles font ordinairement âgées ; cabale d'autant plus dangereufe qu'elle eft du côté des plaifirs dans une oifiveté dont elles enragent.

Que vous dirai-je encore ? Les femmes de qualité élevées dans les ufages de Cour , qui favent leurs droits & l'étendue de leur liberté ne rougiffent pas d'avoir un amant avoué ; ce fe-roit rougir à la bourgeoife. De quoi rougiffent-elles donc ? C'eft de n'avoir point d'amant , ou de le perdre. J'aurois pu dire des amans ; ce pluriel ailleurs déshonorant , fait ici cortége glo-rieux. Chaque pays a fa guife : on fait à la Cour le prix de la vie, & l'on n'y admet nulle ma-xime qui ne tende à le faire fentir.

Nous avons dit qu'elles y rougiffoient de n'a-voir point d'amant , cela n'eft pas difficile à com-prendre , en les fuppofant coquettes. Une femme qui vit fans être aimée, vit dans l'opprobre & dans la dernière des réputations ; la plus galante des femmes de la Cour a le pas fur elles dans l'ef-prit des hommes. Je ne fais même , à bien exa-miner l'efprit de la Cour , fi cette plus galante n'eſt pas dans mille momens la plus eſtimée. Ces momens ſont ceux où les courtiſans ne font point de réflexions raiſonnables : il ſeroit hardi de parier qu'ils en fiſſent quelquefois.

Il faut donc des amans, il faut même ſe les conſerver. Ah ! c'en eſt trop, me répondrez-vous : ceci devient ſérieux, ſur tout avec des amans de Cour, qui veulent bien eſſuyer des détails de bienſéance, qui s'attendent bien à combattre des imitations de vertu : mais non pas la vertu même ; & qui ſavent à un jour près, aſſigner la durée raiſonnable de ces imitations ; qui ſoupirent enfin, non pour tâcher de vaincre ; car tâcher, ſuppoſe des efforts pour un ſuccès douteux, mais parce que les ſoupirs ſont un cérémonial qui doit préceder la récompenſe ; & qu'il eſt de l'ordre qu'une femme paroiſſe récompenſer, & non donner d'avance.

Comment donc conſerver des amans de cette eſpéce ? Comment ? Comme on peut, par des eſpérances. Ah ! grands Dieux ! eſt-il permis d'en ſouffrir l'idée dans un homme ? Une femme a-t-elle beſoin d'un plus grand oubli de vertu pour les remplir que pour les donner ? C'eſt conteſter ſur le tems, & non ſur le crime.

Oh ! Madame, attendez : ces eſpérances qui vous choquent, ne ſont pas ſi criminelles que vous le penſez ; ſi nous parlions d'une femme ordinaire, j'entends, femme de ville ou femme de province, vos conſéquences ſeroient juſtes. Une éducation roturière, purgée de licences, & qui lui apprit à obſerver les vertus à la lettre, lui défend de ſouffrir un amant : le ſouffre-t-elle ? Elle a fait un premier pas dans la voie du crime : lui permet-elle d'eſpérer ? Elle en a fait mille, ou bien les fera.

En effet, avant que d'en venir là, que de diminutions journalières dans la fageffe ! que d'inutiles travaux de pudeur ! quelle fucceffion de mouvemens libertins n'a-t-il pas fallu pour aguérir fon ame, pour la familiarifer avec l'idée du crime ? Elle donne des efpérances ; le crime eft réfolu, elle l'envifage, elle s'y promet. Que ne s'y livre-t-elle ? Ce n'eft pas la pudeur qui l'en empêche, c'eft le fouvenir d'en avoir eu qui la retarde.

Voilà, Madame, l'hiftoire du cœur ordinaire qui donne des efpérances ; vous vous imaginez qu'il en eft de même du cœur d'une femme de Cour ; mais il n'y a rien du tout de tout cela. Quoi qu'elle foit mariée, elle peut avoir un foupirant ; il fait comme partie de fon équipage : quand aux efpérances qu'elle lui donne, c'eft un difcours en l'air, un proverbe, un vaudeville de Cour ; en fait de galanterie, elle ne fait pas ce qu'elle donne alors.

Mais l'amant qui en attend l'échéance, comme d'un bon billet, preffe, s'impatiente, fait fes diligences, menace d'infidélité ; & fi quelqu'un alors fe préfente pour tenir fa place, en cas de défertion, je crois franchement qu'une femme eft en péril manifefte.

L'on voit encore une autre forte de femmes de Cour. Il eft, par exemple, des coquettes honoraires ; ce font celles qui font leurs preuves d'agrémens & de charmes, en laiffant feulement aborder les amans, & qui, réfolues d'être fages, prennent de publiques atteftations de la facilité qu'elles auroient de fe mettre au rang des aimables folles.

Ce n'eft pas la vertu parfaite ; mais que voulez-vous, Madame ? La corruption eft tellement ſympathique avec le cœur humain , qu'on ne peut l'en purger ſi bien qu'il n'y reſte ſouvent ou la honte de n'oſer paroitre ſage , ou du penchant à ne pas l'être. Là-deſſus ne pourroit-on pas dire que le vice eſt comme l'amour chéri de l'ame ; elle le regrette en y renonçant , & ne le hait jamais.

Il y a des femmes de qualité plus courageuſes encore que ces dernières , & qui ne ſouffrent point d'adorateurs. On voudroit bien qu'elles fuſſent coquettes ; elles ſavent qu'on le voudroit bien , & le ſavent avec plaiſir ; voilà leur co-quetterie : il leur eſt doux d'être comptées comme des beautés inacceſſibles ; il leur eſt doux , toutes ſéqueſtrées qu'elles ſont de la foule , d'in-quiéter les ſens des ſpectateurs.

Je vous parlerois ici, Madame , des femmes de qualité dévotes ; mais c'eſt une eſpéce trop marquée ; il nous ſuffit de ſavoir en général , que la dévotion dont il s'agit les éloigne du monde , ſans le plus ſouvent les approcher de Dieu.

Quand je vois ces ſaintes ames , je ne puis m'empêcher de les comparer à ces ſoldats que leurs bleſſures envoient aux Invalides , les bleſ-ſures de nos femmes , c'eſt l'âge & le déchet de leurs charmes. Adieu le monde , belle vo-cation ! les habits , le maintien , le diſcours , les démarches , tout eſt pieux , le cœur même prend du goût pour la façon des actions pieu-ſes ; il aime ſon métier ; le formulaire ambu-lant ou contemplatif lui en plaît : on gémira ſans douleur aux pieds des autels , on verſera des pleurs , dont la ſource ſera , non l'amour de Dieu , mais la vive & jalouſe imitation de cet amour ; je veux dire que l'ame entrera dans
ſon

fon fujet, ainfi qu'un Acteur tragique entre dans la paffion qu'il repréfente.

Mais, fans m'en appercevoir, je traite une matière que je m'étois interdite, peu s'en eft fallu que je ne parlaffe de ceux à qui ces Dames confient leur confcience, gens au profit de qui tourne la piété de nos dévotes, pendant que Dieu n'en a que les honneurs.

Je ne fais, mais l'inquiétude, le fcrupule, toujours renaiffant, & les vifites fréquentes chez l'homme de Dieu, font une image bien reffem- blante des mouvemens d'un cœur tendre : ce pourroit être de l'amour qui n'a fait que chan- ger de nom ; peut-être que l'ame s'y méprend elle même, & qu'elle n'eft jamais plus profane, que quand elle paroît fcrupuleufe.

Lettre fur les beaux Efprits.

Vous voulez que je vous parle des beaux Efprits de Paris, Madame, la matière eft fine ; & bien m'en prend d'avoir un zèle d'obéiffance, qui m'étourdit fur les difficultés du fujet : j'ofe- rai donc obéir ; mais obfervez, s'il vous plaît, Madame, qu'ici tout mon devoir eft d'ofer, & point de réuffir ; à moins qu'il ne foit vrai, comme on dit, que l'amour donne de l'efprit : nous faurons bientôt ce qu'il en faut croire ; car je vais éprouver le proverbe, comme partie ca- pable, s'il en fût jamais.

Paris fourmille de beaux Efprits : il n'y en eût jamais tant ; mais il en eft d'eux à peu près comme d'une armée ; il y a peu d'Officiers gé- néraux, beaucoup d'Officiers fubalternes, un nombre infini de foldats.

J'appelle Officiers généraux, les Auteurs,

T

qu'en fait d'ouvrage de goût le public avoue
pour excellens.

Après eux viennent les grands médiocres
dans le même genre de travail : paffez-moi le
nom plaifant que je leur donne ; ou bien met-
tons-les à la tête des Officiers fubalternes ; ap-
pellons les premiers de ceux-là.

Imaginez-vous , Madame , un efpace entre
l'excellent & le médiocre ; c'eft celui qu'ils occupent. Leurs idées font intermédiaires ; ce
n'eft pas que ce milieu qu'ils tiennent foit fenti
de tout le monde ; il n'appartient qu'au lecteur
excellent lui-même de les y voir ; & leur caractère d'efprit , généralement parlant , leur fait
tour à tour trop de tort & trop d'honneur : trop
de tort , parce que bien des gens machinalement connoiffeurs du beau , ne fe fentant pas
affez frappés du ton de leurs idées , les confondent avec les médiocres : trop d'honneur ,
parce que bien des gens auffi n'ayant qu'un goût
peu fûr , peu décifif , les jugent excellens fur
la foi du peu de plaifir qu'ils prennent à la lecture de leurs ouvrages.

Après eux , font les médiocres ; comme les
Officiers fubalternes , gens dont le talent eft de
fixer avec ordre fur du papier un certain genre
d'idées raifonnables ; mais communes , qui fuffifent pour le commerce & la conduite des honnêtes gens entr'eux , & par-là fi familières ,
qu'elles ne méritent pas d'être expreffément of-
fertes à la curiofité du lecteur un peu délicat.

Difons un mot en paffant des efprits du plus
bas rang ; ce font des Auteurs au-deffous du
médiocre ; gens fi miférables , que c'eft fortune à eux que de fixer même une idée commune dans fon degré de force & de juftefse.

Un fi petit talent ne vaut pas là peine d'une plus grande analyfe ; qu'il vous fuffife de dire, Madame, que ces Meffieurs n'ont point de nom, qu'on ne connoît chacun d'eux ni par la chûte, ni par le fuccès particulier de leurs ouvrages ; fût-ce par la chûte, ce feroit toujours être connu par quelque chofe. Un médiocre compofe-t-il ? s'il tombe, du moins dit-on un tel eft tombé ; comme on dit un tel Officier a été tué : mais à l'égard de ces derniers, on fait en gros que mille de fes productions paroiffent, & ne valent rien ; c'eft comme un bataillon qui fe préfente, & que le moufquet fait tomber ; qui eft-ce qui s'avifera de demander le nom des foldats morts ?

Il y a d'autres Auteurs encore que nous mettrons, fi vous voulez, au rang des beaux Efprits : ce font les Traducteurs ; ils favent les langues favantes, ils reffufcitent l'efprit des anciens, qui, difent-ils, vaut cent fois mieux que l'efprit des modernes ; du moins faut-il avouer qu'ils le croient de bonne foi, puifque nous ne voyons pas qu'ils s'eftiment affez pour penfer par eux-mêmes. C'eft agir conféquemment à leur principe.

Je vous aurois parlé plutôt d'une autre forte d'Auteurs, fi je n'avois jugé qu'ils tiendront à injure de fe voir au rang de ceux qu'on appelle beaux Efprits : ce font les Phifolophes & les Géometres. J'ai quelquefois penfé au peu de cas que ces Meffieurs-là femblent faire des productions de fentiment & de goût, auffi-bien qu'à la diftinction avantageufe que le public fait d'eux.

Le bel Efprit, il eft vrai, ne s'eft pas fait de la Géométrie, une fcience particulière ; il n'eft

T ij

point Géometre ouvrier ; c'eſt un Architecte né ,
qui , méditant un édifice , le voit s'élever à ſes
yeux dans toutes ſes parties différentes ; il en
imagine & en voit l'effet total par un raiſonnement imperceptible , & comme ſans progrès ,
lequel raiſonnement pour le Géometre , contien-
droit la valeur de mille raiſonnemens qui ſe ſuc-
cédroient avec lenteur. Le bel Eſprit, en un mot,
eſt doué d'une heureuſe conformation d'organes ,
à qui il doit un ſentiment fin & exact de toutes
les choſes qu'il voit ou qu'il imagine ; il eſt entre
ſes organes & ſon eſprit d'heureux accords , qui
lui forment une manière de penſer, dont l'étendue , l'évidence & la chaleur, ne font qu'un
corps ; je ne dis pas qu'il ait chacune de ces
qualités dans toute leur force ; un ſi grand bien
eſt au-deſſus de l'homme ; mais il en a ce qu'il
en faut pour voler à une ſphère d'idées , dont
non-ſeulement les rapports , mais la ſimple vue
paſſe le Géometre.

A l'égard des Philoſophes , la nature & ſes
principaux effets ne ſont-ils pas le nœud gor-
dien pour eux ; ſommes - nous à nous - mêmes
moins énigmes qu'il y a quatre mille ans ? Qu'a
pu penſer ſur l'homme un Philoſophe, qu'un bel
Eſprit excellent ne nous puiſſe dire , & plus
ingénieuſement , & par des préceptes plus ac-
commodés à nos façons non réfléchies de connoître & de ſentir ? A entendre faſtueuſement
prononcer le nom de Philoſophe, qui ne croiroit que ſon eſprit eſt d'un autre genre que celui du bel Eſprit ? L'homme pour l'ordinaire eſt
cependant leur ſujet connu , en quoi différent-ils
donc ? C'eſt que l'un traite ce ſujet dans un
poëme , dans une ode ; l'autre le traite dans un
corps de raiſonnemens qu'on appelle ſyſtême.

L'un gliſſe l'inſtruction à la faveur du ſentiment ;
c'eſt un maitre careſſant qui vous fait des leçons utiles , mais intéreſſantes : l'autre eſt un
pédagogue qui vous régente durement , & dans
un triſte ſilence.

Pourquoi donc penſe-t-on plus reſpectueuſe-
ment du Philoſophe que du bel Eſprit ? Ne ſe-
rois-ce pas que le Philoſophe , ou bien l'homme
a ſyſtême , nous propoſant une connoiſſance ex-
preſſe de nous-mêmes , nous fait penſer que
nous ſommes difficiles à comprendre , & par-là
importans ; au lieu que le Philoſophe qui fait un
poëme ou une ode, ſemble ne nous expoſer à nos
propres yeux , que pour nous divertir ? Ce deſ-
ſein-là ne nous fait pas tant d'honneur.

Pardon , Madame , ſi ceci m'a conduit un peu
loin : ce que j'ai dit eſt une idée que j'avois
depuis long-tems dans l'eſprit & qui a trouvé
jour. Revenons à nos Auteurs. Je ſais que vous
aimez à raiſonner ; je vais tâcher de vous ſervir
à votre goût.

L'amour propre eſt à peu près à l'eſprit ce
qu'eſt la forme à la matière. L'un ſuppoſe l'autre. Tout eſprit a donc de l'amour propre , comme
toute portion de matière a ſa forme ; de même
auſſi que toute portion de matière eſt pliable à
une forme plus ou moins fine & variée , ſuivant
qu'elle eſt plus ou moins fine & délicate elle-
même ; de même encore notre amour propre
eſt plus ou moins ſubtil , ſuivant que notre eſprit
a lui-même plus ou moins de fineſſe.

Ces principes établis , concluons que l'Auteur
excellent eſt de tous les Auteurs celui dont
l'amour propre eſt le plus ſubtil.

Tâchons d'en développer le jeu : tout homme
vraiment ſupérieur , a le ſentiment de ſa ſupé-

riorité; il a les yeux bons, il voit inconteſta-
blement ce qu'il eſt : or, il ſe complaît à ſe
voir, il s'eſtime ; voilà le début de ſon amour
propre ; il veut des témoins de ſes avantages ;
en voilà le progrès ; il veut des témoins ſans
faveur, naïfs, irréprochables, portant témoignage avec étonnement qui les décelle infé-
rieurs ; il veut mettre leur propre orgueil en
défaut ; il eſt bon juge des moindres expreſſions
de confuſion qui échappent à cet orgueil ; il
apprécie un geſte, le ſilence même : voilà la
fineſſe de l'amour propre excellent. Mais obſer-
vez, Madame, que cet amour propre eſt à ſon
dernier période, quand avec l'art de ces appré-
ciations dont j'ai parlé, il joint encore l'art de
dérober ſes inquiétudes ſuperbes, & de jouir
de ſes découvertes, ſans paroître y avoir tâché.
Inſinuer qu'il eſt bonnement, innocemment ſupérieur, eſcamoter à ceux qu'il ſurpaſſe juſqu'à la triſte conſolation de l'appeller vain ; voilà
ce *nec plus ultrà* de l'orgueil d'un Auteur.

Lettre ſur Inès de Caſtro, Tragédie de la Motte *.

LE public, mon cher Ami, a déja fait l'éloge
d'Inès de Caſtro par la grande avidité qu'il a
marqué pour la voir, & moi qui vous parle

---

* Ce qui donna lieu à cette lettre, c'eſt qu'il parut dans le
rems une feuille dans le *Spectateur François*, qui faiſoit d'*Inès*
une amère critique. M. de Marivaux n'en étoit point l'Auteur.
Il l'apprit au Public & dit ſon ſentiment ſur cette piéce, ſans
ſe répandre en invective contre le Zoïle moderne qui avoit eu
la baſſeſſe d'emprunter le titre d'un des ouvrages de notre Auteur, pour diſtiller ſous un nom reſpectable, le venin de
l'envie ſur un Poëte dont la facilité & les talens ſont bien
marqués.

j'étois de ce public-là , & même de la portion
de ce public la plus avide. Ainfi c'eſt déjà vous
dire en gros ce que je penſe de l'ouvrage. Je
n'ai pas le tems d'en faire le détail , je vous en
dirai ce que je pourrai ſans ordre & ſuivant que
les choſes me viendront.

Je trouve d'abord qu'il règne un extrême intérêt dans cette Tragédie : mais de cet intérêt
rare qu'il n'appartient qu'à peu d'Auteurs de jetter
dans ces ſortes d'ouvrages ; intérêt qui vient
moins des faits que de la manière de les traiter ; intérêt encore plus ſemé , plus répandu , que
marqué ſeulement en quelques endroits.

Dans les Tragédies ordinaires , paroît-il une
ſituation intéreſſante ? Elle frappe ſon coup : &
voilà qui eſt fini juſqu'au moment qu'il en re-
vienne un autre.

Ici chaque ſituation principale eſt toujours té-
nue préſente à nos yeux. Elle ne finit point ,
elle vous frappe par-tout ſous des images paſſa-
gères qui la rappellent ſans la répéter ; vous la
revoyez dans mille autres petites ſituations mo-
mentanées , qui naiſſent du dialogue des perſon-
nages , & qui en naiſſent ſi naturellement que
vous ne les ſoupçonnez point d'être la cauſe de
l'effet qu'elles produiſent ; de façon que dans
tout ce qui ſe paſſe actuellement d'intéreſſant ,
réſide encore comme à votre inſu , tout ce qui
s'eſt paſſé : delà vient que vous êtes remué d'un
intérêt ſi vif & ſi ſoutenu , & qui eſt d'autant
plus infaillible , que hors les endroits extrêmement marqués , vous ne diſtinguez plus les inſtans où il vous gagne , ni les efforts qui les
contiennent.

Et certainement c'eſt ce qu'on peut regarder
comme le trait du plus grand maitre ; on auroit

beau chercher l'art d'en faire autant , il n'y a
point d'autre fecret pour cela que d'avoir une
ame capable de fe pénétrer jufqu'à un certain
point des fujets qu'elle envifage. C'eft cette profonde capacité de fentiment qui met un homme
fur la voie de ces idées fi convenables , fi figni-
ficatives ; c'eft elle qui lui indique ces tours fi
familiers , fi relatifs à nos cœurs ; qui lui en-
feigne ces mouvemens faits pour aller les uns
avec les autres , pour entraîner avec eux l'image
de tout ce qui s'eft déjà paffé ; & pour prêter
aux fituations qu'on traite , ce caractère fédui-
fant qui fauve tout , qui juftifie tout , & qui
même expofant des chofes qu'on ne croiroit pas
régulières , les met dans un biais qui nous affu-
jétit toujours à bon compte ; parce qu'en effet
le biais eft dans la nature , quoiqu'il ceffât d'y
être , fi on ne favoit pas le tourner : car en fait
de mouvement , la nature a le pour & le contre ,
il ne s'agit que de bien ajufter.

Par exemple , le Prince , malgré la convention faite avec fa maîtreffe de cacher leur amour ,
à caufe du danger qu'il y a de le découvrir ,
l'avoue pourtant par une vivacité qui le prend
auffitôt qu'on l'en accufe.

Un génie borné auroit fait fon perfonnage plus
difcret , il n'auroit pas même imaginé qu'on eût
pu fe conduire autrement ; & fans jetter les yeux
plus loin , il s'en feroit tenu au parti qui avoit
d'abord la mine la plus raifonnable , & qui étoit
que le Prince fe taife là-deffus ; & c'eft juftement
avec cet efprit-là qu'on fait des ouvrages auffi
froids : tous les poëmes dramatiques qui font
médiocres , font pleins de ces régularités gla-
cées ; mais il y a une conduite fenfée d'un ordre
fupérieur , & c'eft celle que tient un Auteur qui

fait qu'il y a des occurrences, ou c'eſt agir ju-
dicieuſement que mettre une étourderie apparente à la place d'une action qui ſe préſente d'a-
bord, & qui ſeroit dans l'ordre ordinaire de la
raiſon ; qu'enfin il y a des inſtans où la paſſion
fournit à un homme des vues ſubites, auxquelles
il eſt impoſſible qu'il réſiſte, fuſſent-elles étour-
dies, & qui doivent l'emporter ſur tout ce qu'il
avoit réſolu auparavant de faire, & qu'il avoit
cru le plus ſage : car tout paſſionné qu'il eſt, cet
homme-là, il compare rapidement ce qu'il ſent
alors, à ce qu'il avoit projetté, & peut-être n'a-
t-on jamais le ſens ni plus droit, ni plus vif que
dans ces momens-là. La paſſion eſt ſouvent meilleure ménagère de ſes intérêts qu'on ne penſe, &
je croirois que la raiſon même dans des grands
beſoins la ſecoure de tout ce que ſes lumières
ont de plus ſûr : car l'homme eſt ainſi fait, que
tout ce qu'il a lui ſert & vient à lui quand il
le faut.

. Mais je m'écarte, revenons au fils d'Alphonſe ;
en vertu de quoi étoit-il convenu avec ſa maîtreſſe de ne pas avouer leur amour ? En vertu de
ce qu'il croyoit que cet amour n'étoit encore
connu de perſonne : mais il voit que la Reine l'a
pénétré, cela change la thèſe : elle l'en accuſe
devant ſon père ; n'en eût-elle encore qu'un
ſoupçon, c'eſt tout de même pour Inès que ſi
elle en étoit ſûr. Cette amante n'en ſera pas
moins l'objet de ſes fureurs, quoiqu'objet douteux. Il ſeroit donc inutile pour le Prince de s'en
tenir à la négative ; bien plus il va devenir dangereux de nier : car dans l'état où ſont les choſes, c'eſt priver Inès de la ſeule défenſe qui peut
lui reſter contre la Reine, & cette défenſe c'eſt
l'aveu franc & hardi que le Prince fera de ſon

amour pour elle : on pourra refpecter , ou du
moins ménager une fille de qualité , chérie d'un
Prince héritier préfomptif de la couronne ; d'un
Héros qui fait lui-même les délices de tout un
peuple. Ajoutez à cela je ne fais quoi de courageux que fent un homme dont l'ame eft haute ,
qui le dégoûte bientôt de toute prudence crain-
tive , & qui lui dit qu'on n'oferoit le braver &
le pouffer à bout dans une chofe à laquelle il a
déclaré qu'il s'intéreffe.

Voilà donc tout ce que le Prince envifage ,
dans l'état où il fe voit ; voilà les idées en
conféquence defquelles fa paffion inquiète lui
fait négliger une convention qu'un Auteur ordinaire auroit crue facrée.

Eh bien ! cette hardieffe ne lui réuffit pas ;
le Roi n'en menace pas moins Inès , & quelques perfonnes voudroient même qu'il la fît fouftraire , comme fi le Prince qu'il s'agit de gagner en devoit par-là devenir plus docile : mais
paffons cela ; le Roi, dis-je , n'en menace pas
moins Inès , il la fait même prifonnière de la
Reine , dont il ne connoît ni la malice , ni la
noirceur. Oh ! pour lors le Prince fe taira , n'ayez
pas peur qu'il parle : il croyoit fervir Inès en
avouant qu'il l'aimoit ; il s'eft trompé ; il va
croire qu'il l'affaffineroit en avouant qu'il eft
marié avec elle : & voilà bien la paffion qui
promène toujours nos idées d'une extrémité à
l'autre ; & quelquefois c'eft les mener bien ;
ainfi c'en eft fait, jamais il ne dira fon mariage , & pour tirer Inès du péril, il n'y fait
plus rien que de l'enlever : c'eft ce qu'il tente
& qui ne lui réuffit pas non plus ; il eft vrai
qu'Inès lui fait manquer fon coup , & fe refufe
à une action violente & rebelle. Eh ! que ne la

force-t-il à le fuivre, dira-t-on, c'eft fon époufe.
Oui, mais une époufe à qui le myftère de leur
union a confervé tous les droits d'une amante :
elle hait le crime, fon époux en fait un qui
n'eft pas confommé, & cette époufe vertueufe
veut lui en fauver l'énormité, qui y joindroit
un fuccès coupable, & fe facrifie elle-même à
ce peu d'innocence qu'elle peut encore lui conferver ; car pour le Prince il ne court aucun
rifque : fon père fera fon Juge, & ce père ne
fe vengera que fur Inès de la violence de fon
fils repentant. Que j'aime alors à voir la paffion
de ce Prince, toute fougueufe qu'elle eft, connoître pourtant les égards les plus tendres, &
n'en relever pas moins la tendre vertu d'Inès !
Que cela peint bien les fentimens d'un époux,
qui ne l'eft jufqu'ici que fous la figure d'un amant
qu'on favorife, qui n'ofe être heureux qu'en tremblant, & qui voit encore la pudeur de fon époufe
s'allarmer du bonheur fecret qu'il obtient.

Pendant qu'Inès lui repréfente tout ce que fon
action a de criminel envers fon Roi, ce Roi
dont le Prince vient de forcer la garde, arrive, & trouve fon fils l'épée à la main. Cher-
ches-tu à m'ôter la vie, lui dit-il, ou quelque
chofe de femblable ? Ces mots défarment le
Prince, il jette fon épée avec une promptitude
qui exprime tendrement à fon père tout l'abandon qu'il lui fait de fa perfonne, toute l'horreur qu'il a lui-même de l'idée qu'on lui im-
pute, & toute l'étendue de fon innocence à cet
égard.

On démêle bien que le père fent toute la
force de fon gefte & du difcours qui le fuit,
il continue pourtant de paroître irrité, & je
penfe que c'eft dans cet endroit-là que le Prince

outré de fe voir toujours plus malheureux, &
fa maîtreffe toujours plus expofée, retombe dans
un tranfport de paffion qui me femble admirable. Si on ne ménage Inès, dit-il, il fera tout
périr, il tuera tout.

En l'entendant parler ainfi, vous croiriez qu'il
ne connoît plus perfonne. Point du tout, il eft
en lui un caractère généreux qui tient la main
à fon emportement. Du milieu de ces projets
de vengeance, & de cette fureur aveugle il fort
machinalement une exception généreufe en faveur de fon père qui le maltraite, & en faveur de Conftance, à laquelle le fpectateur ne
penfe pas alors, & dont on fe rappelle tout
d'un coup la douceur & la vertu, que l'on voit
bien être les feules caufes de cette exception
que le Prince fait pour elle, & pour celle qu'on
veut qu'il époufe malgré lui : je ne fais rien de
fi beau que cela. Mais à propos de Conftance,
de cette Princeffe rejettée du Prince qu'elle
aime, & qui ne fert, pour ainfi dire, qu'à mettre
le hola par tout, qui, de quelque côté qu'on la
confidère, fait un perfonnage comme difgracié,
d'ailleurs affez uniforme, & qui femble ne devoir pas lui attirer une grande attention, avez-
vous rien de plus piquant qu'elle dans cette tragédie ? Perdez - vous un inftant fes intérêts de
vue ? Combien ne vous les recommande-t-elle
pas, par le facrifice qu'elle en fait elle-même,
par la douleur qu'il lui en coûte en les négli-
geant, par la contrainte où elle tient cette douleur, afin que fon injure frappe moins la Reine
& le Roi même, par la fenfibilité qu'elle éprouve
aux malheurs du Prince & de fa maîtreffe, par
ce fecours affectueux qu'elle leur prête fans
qu'ils le fachent, & qu'elle leur offre enfuite ;

tout cela fans fafte , fans infinuer aucune de ces
oftentations romaines , qui gâtent ce qu'on fait
de généreux en le ventant , & qui humilient
ceux qu'on oblige. Oui , je l'avoue , Conftance
m'a charmé , c'eft un caractère abfolument neuf ;
on oublie de l'admirer , à force de l'aimer. Sa
douceur & fa fimplicité nous dérobent ce qu'il
y a de grand ; je n'y fens rien de cette vertu
affectée au théâtre , & avec laquelle peut-
être feroit-on infupportable dans le monde. Conftance eft comme une perfonne qui vivroit parmi
nous , qui vaudroit mieux que nous tous , &
dont nous fentirions avec plaifir la fupériorité ,
fans y réfléchir avec l'étonnement qu'elle mé-
riteroit.

Avez vous remarqué ce que vaut l'aveu qu'elle
fait au Roi de l'amour qu'elle a pour fon fils ?
Que les fentimens d'un cœur qui fe choifit un
pareil confident font refpectables! Que ce choix
eft bien garànt d'une ame dont les foibleffes
mêmes n'enfanteront que des actions vertueufes !
Pour la Reine fa mère , je ne l'aime point. Mon
fentiment eft que Monfieur de la Motte s'eft
trompé dans ce caractère : cette femme-là déplaît moins , parce qu'elle eft méchante , que
par fa manière de l'être. Une Reine comme
elle doit être plus décemment fenfible à ces
affronts , & laiffer aux femmes du commun cet
éclat humiliant qu'elles font des leurs. Je voudrois donc qu'elle diffimulât fans en valoir mieux ;
que fes emportemens n'appriffent pas que c'eft
elle qui a empoifonné Inès , & qu'elle ne fût
foupçonnée de ce coup qu'à caufe de l'intérêt
qu'elle auroit eu à le faire.

Après cela , je conviens que fa méchanceté
va au profit des autres perfonnages : le malheur

d'Inès en eſt plus touchant, la vertu de Conſtance plus ſenſible, le Roi moins libre de ſe diſſimuler les torts de ſon fils, & plus obligé de le punir quand ils le rendent criminel. La paſſion du Prince en eſt plus exercée, ſon ſilence obſtiné ſur ſon mariage en eſt plus raiſonnable : car il y a apparence qu'il meûre ou qu'il vive, l'aveu qu'il en feroit perdroit Inès, à qui l'on ne peut juſqu'ici rien reprocher, ſinon qu'il l'aime ; enfin, cette méchanceté nous amène ce bel endroit, où le Roi après avoir condamné ſon fils par une rigueur qui n'eſt point dans nos mœurs, à la vérité, mais que la loi, bien exactement obſervée, ne déſavoueroit point ; où le Roi, dis-je, parlant à la Reine qui a pourſuivi la mort du Prince, lui dit : eh! pourquoi jugiez-vous ſa mort ſi néceſſaire ? En ajoutant après, je vois bien que mon fils n'a plus de mère.

Cet endroit-là me fera encore remarquer une choſe, c'eſt cette connoiſſance intime & réciproque qu'au milieu de leurs diviſions le père & le fils dans toute la piéce ont, de l'amour qu'ils ont l'un pour l'autre : jamais ils ne s'aiment plus, ils ne ſe le font jamais plus entendre que dans leurs actions qui le démontrent le moins ; & pour ſurcroît de peine, il faut qu'ils gênent leurs ſentimens ; l'un, dans la crainte que ſon père ne s'en ſerve pour le gagner ; l'autre, dans la crainte que ſon fils n'arrache à la nature une grace que la juſtice lui refuſe.

Voilà de grandes ſources d'intérêts ; mais c'eſt bien dommage que le Prince aille mourir.

Auſſi le Conſeil que le Roi tient pour le juger me bleſſe-t-il en partie ; ſa tournure ingénieuſe ne me conſole pas de l'arrêt qu'on y pro-

nonce : le Juge qui abſout le Prince , tout ſon
rival qu'il eſt , je l'eſtime d'abord ; mais quand
l'autre le condamne politiquement , après avoir
cité les obligations qu'il a à ce Prince ; oh ! je
ſuis ſon ſerviteur : ſa juſtice s'explique d'une façon trop bizarre ; le parallele que j'en fais avec
les obligations qu'il cite , me la rend odieuſe ,
toute louable qu'elle eſt dans le fond : outre
cela je m'apperçois tout d'un coup qu'on a voulu
contraſter trop ſpirituellement les avis de ces
deux Juges : l'Auteur eſt trop là-dedans , lui qui
ne paroît nulle part que là ; & je ſens malgré
moi que cela ne s'accorde pas avec l'intérêt ſérieux & de bonne foi qui m'occupe : peut être
ai-je tort de penſer comme cela ; mais il eſt
comme impoſſible de ne pas tomber dans ce tort-
là , & mon tort eſt celui de l'Auteur.

Je ne ſais pourquoi je n'ai preſque rien dit
du perſonnage d'Inès , qui contribue de tout ſon
rôle au plaiſir que donne cette Tragédie , & dont
les diſcours , dans le dernier acte ſur tout , em-
portent le cœur. Adieu , mon Ami , le papier me
manque.

CHAPITRE XII.

Abrégé de l'indigent Philosophe *.

JE m'appelle l'indigent Philosophe, & je vais vous donner une preuve que je suis bien nommé ; c'est qu'au moment où j'écris ce que vous lisez, (si pourtant vous me lisez, car je ne suis pas sûr que ces espéces de mémoires aillent jusqu'à vous, ni soient jamais en état d'avoir des lecteurs ;) au moment que je les écris, je suis à plus de cinq cens lieues de ma patrie, qui est la France, & réduit en une extrême pauvreté. Bref, je demande ma vie, & le soir je me gîte où l'on veut bien me recevoir.

Voilà, je pense, une misère assez complette. Vous n'êtes peut-être pas fait pour être mieux, me direz-vous, mon cher & benin Lecteur. C'est ce qui vous trompe : je suis d'assez bonne famille ; mon père étoit dans les affaires, issu lui-même d'un père Avocat, qui avoit des aïeux Officiers militaires. Cela n'est pas si mauvais ; je suis même né riche ; mais j'ai hérité de mes parens un peu de trop bonne heure.

Je n'avois que vingt ans quand ils sont morts ;

&

---

* Nous avons cru que le Public verroit avec un nouveau plaisir un Ouvrage plein d'une philosophie gaie & aimable, si nous le débarrassions des endroits qui ne lui ont offert qu'une répétition de propos qui n'ont pas assez de noblesse pour être si souvent reproduits. C'est ce que nous avons tâché de faire avec le plus grand soin. Nous desirons d'y avoir réussi, & nous serons bien payés de nos peines si cet abrégé est bien accueilli.

& à vingt ans, aimant la joie comme je l'aimois, vif & fémillant comme je l'étois, fe trouver maître de cinquante mille écus de bien, je
n'augmente pas d'un fol ; feroit-il naturel, à
votre avis, que j'euffe de quoi vivre à préfent
que j'ai près de cinquante ans ? Non, la vie
que je mène aujourd'hui n'eft pas bâtarde ; elle
vient en droite ligne de celle que j'ai menée, & que je devois mener, de l'humeur dont
j'étois.

Je n'ai que ce que je mérite, & je ne m'en
foucie guères. Quand j'avois du bien je le man-
geois ; maintenant je n'en ai plus, je m'en tiens
à ce qu'on me donne : il eft vrai que fi l'on me
donnoit autant que je voudrois, j'en mangerois
encore plus que j'en ai mangé ; je n'en ferois
pas plus corrigible : il n'y avoit que la pauvreté qui pût me mettre à la raifon ; & , graces au
ciel, me voilà bien en fûreté contre ma foibleffe ; je fuis pauvre au fouverain degré, &
même un pauvre à peindre ; mon habit eft très-
mauvais, & le refte de mon équipage lui reffemble : Dieu foit loué, cela ne m'empêche pas de
rire, & je ris de fi bon cœur, qu'il m'a pris envie
de faire rire les autres.

Pour cela, je viens d'acheter quelques feuilles
de papier pour me mettre par écrit, pour me
montrer ce que je fuis, & comment je penfe ;
& j'efpère qu'on ne fera pas fâché de me connoitre.

Au refte, dans le tems que j'étois en France,
j'entendois qu'on difoit fouvent à l'occafion d'un
livre, ah ! que cet homme-là écrit bien ! qu'il
écrit mal ! pour moi, je ne fais pas comment
j'écrirai : ce qui me viendra, nous l'aurons fans
autre cérémonie ; car je n'en fais pas d'autre que

V.

d'écrire tout couramment mes penfées ; fi mon livre ne vaut rien, je ne perdrai pas tout : çar je ris d'avance de la mine que vous ferez en le rebutant : ma foi cela me divertit affez ; mon livre, bien imprimé, bien relié, vous aura pris pour dupe ; & par-deffus le marché, peut-être ne vous y connoitrez-vous pas, ce qui fera encore très-comique.

Enfin, arrive ce qui pourra ; je me fuis fait un plaifir d'écrire, & je n'irai pas m'en abftenir, dans la crainte que ce que j'écrirai ne vaille rien ; c'eft une penfée trop férieufe pour moi, ou, fi vous voulez, trop au-deffous d'un homme joyeux : oui, trop au-deffous ; & je vous dirai que parmi les hommes je n'ai encore trouvé que la joie de raifonnable, parce que les gens qui aiment la joie n'ont point de vanité ; tout va bien, pourvu qu'ils fe réjouiffent ; c'eft penfer à merveille : ce n'eft pas avoir de l'efprit que d'être autrement.

Vous moquez-vous de moi ? Grand bien vous faffe, je ne m'en mets pas en peine : quand j'étois un enfant, j'étois vain ; cela étoit à fa place : à préfent que je fuis un homme, je ne m'amufe plus à cela, j'ai mis toute ma vanité à ne faire de mal à perfonne, & toute ma fageffe à me divertir du refte ; ce n'eft pas le tout que d'être pauvre ; ce n'eft pas affez de de porter des haillons, il faut favoir en faire fon profit : & tel que vous me voyez, je ne prife l'eftime des hommes que ce qu'elle vaut. Dites-moi, ne ferai-je pas bien avancé, quand vous direz que j'ai de l'efprit ? Sera-ce un grand malheur, quand vous direz que je n'en ai point ? J'en ai peut-être, mais pour le montrer comme vous voudriez qu'il fût, il faudroit que je me

donnaffe de la peine, & cela ne me divertiroit
plus : ai je me contente de celui que j'ai à
l'ordinai je ne me fatiguerai point à le trouver, je le tiens, je n'ai rien à lui reprocher ; car
il m'a toujours réjoui.

Mais voilà affez de préambule : je fuis naturellement babillard, il faut que cela fe paffe.
Parlons de ma vie à cette heure : je vais vous
en donner des lambeaux fans ordre ; car je n'ai
point chargé ma mémoire de dates : mais il faut
remettre la partie à une autre fois ; car le jour
me manque, & je n'ufe pas d'autre lumière :
je vais manger un morceau ; on avale fort bien
fans chandelle, & on digère de même ; fi votre
fouper reffembloit au mien, vous ne vous cou-
cheriez pas de fi bon cœur que je le ferai : mais
pour moi, ma friandife & ma philofophie font
les meilleures amies du monde ; ce que la dernière offre à l'autre, celle-ci le trouve toujours
bon ; l'appétit vient là-deffus, qui s'entend encore avec elles ; & moyennant ce trio-là, je
m'accommode on ne peut pas mieux.

Bonfoir, j'ai foupé ; je me fuis levé un peu
matin, je me couche de bonne heure ; je ne
veux rien perdre.

Dieu aide les gens gaillards : hier en me couchant je n'avois pas un fol pour le lendemain,
aujourd'hui je me retire avec plus d'argent qu'il
ne m'en faut pour vivre dix jours ; & je ne
donnerois pas ces dix jours-là pour une année
de la vie d'un Miniftre d'Etat : perfonne ne
viendra m'efcroquer les momens que je prétends
paffer à ne rien faire : vive les plaifirs de ceux
qui n'en ont guère ; il n'y a rien qui les rende
fi piquans que d'en avoir rarement, fans compter
qu'il ne faut pas bien de l'apprêt pour être aife,

quand on ne l'eſt pas ſouvent ; on ſe réjouit où
les autres ne ſentent rien ; il faut des machines
aux gens du monde pour les divertir. A gens
comme moi il ne faut preſque rien : par exemple , me voilà charmé , parce que je vais être
huit ou dix jours ſans travailler. Allez - vous - en
propoſer l'oiſiveté comme un plaiſir à un ambitieux , à un homme de Cour ; c'eſt lui propoſer
un martyre ; il faut qu'il aille , qu'il parle , qu'il
agiſſe , qu'il s'inquiète , qu'il n'ait ni le tems
de dormir , ni celui de manger ; il ne vit plus
dès qu'on lui laiſſe le tems de vivre ; & cependant , le miſérable qu'il eſt , de combien de
choſes qui me manquent ſon repos ſeroit-il aſ-
ſaiſonné ? Il eſt riche , il pourroit faire bonne
chère ; il a des maiſons de campagne , il peut
s'y aller promener ; il a des amis qui valent
mieux que lui , & qu'il pourroit avoir chez lui
quand il voudroit ; il eſt logé comme un Roi
dans ſon louvre ; il a du vin de Champagne &
de Bourgogne dans ſes caves ; & tout cela ne
lui ſert de rien , ſon ame jeûne de tout au
milieu de cette abondance de douceurs dont
elle peut jouir : ſavez - vous bien pourquoi ?
C'eſt que ſa folie fait pénitence des excès de
cupidité où elle s'eſt jettée : oh ! parbleu je
n'ai jamais laiſſé prendre un ſi mauvais pli à la
mienne , je l'ai ſtilée à tout ; c'eſt une vraie
avanturière : aujourd'hui que mon lit eſt dur ,
je n'en ſouhaite pas un plus molet , je mets
ſeulement mon ragoût à pouvoir y dormir la
graſſe matinée. Je n'ai point d'amis qui me
viennent voir , mais en revanche je vais voir
tout le monde dans les rues : je m'amuſe des
hommes qui paſſent , & quand je vois paſſer
un coquin que je connois , je le mépriſe , ſans

avoir la peine maudite de lui faire des compli-
mens, & de le traiter comme un homme estimable, comme je ferois, si j'étois dans le monde.
Je ne fais pas bonne chère ; mais j'ai bon appétit :
je ne bois pas de bon vin ; mais comme je n'en
bois guère en tout tems, le mauvais me paroit
du nectar ; & quand je n'ai que de l'eau, je
ne la bois qu'à ma soif, cela la rend délicieuse :
sans cela croiroit on que les malheureux, les
gens pauvres pussent résister à leur état ? Non :
mais la nature est une bonne mère, qui n'abandonne pas ses enfans, quand la fortune les
abandonne. Un homme étoit riche, il devient
pauvre : laissez-le faire, la nature en lui a pourvu à tout ; c'est un soldat qui a armes & bagages : quand il étoit riche, il étoit délicat ; à
présent qu'il n'a plus rien, la friandise le quitte,
l'amour de commodité le laisse-là, son goût
baisse & devient ce qu'il faut qu'il soit pour s'ajuster à son état ; il aimera le pain comme il aimoit
la perdrix, l'eau fraîche comme il aimoit le bon
vin, le vin comme il aimoit la plus exquise des
liqueurs ; en un mot, ses besoins s'humanisent,
ils demandent peu, parce qu'ils ne peuvent avoir
beaucoup, & le peu qu'ils ont les satisfait cent fois
mieux que le beaucoup, quand ils l'avoient.

Que dites-vous de ma morale ? Elle n'est
pas fort réfléchie : c'est qu'elle est naturelle. Il y
a des gens qui moralisent d'une manière si sublime, que ce qu'ils disent n'est fait que pour
être admiré : mais ce que je dis, est fait pour
être suivi ; & voilà la bonne morale, le reste
n'est que vanité, que folie : les gens d'esprit
gâtent tout, ils vont chercher tout ce qu'ils disent dans un pays de chimère ; ils font de la
vertu une précieuse qui est toujours en peine de

ſavoir comment elle fera pour ſe guinder bien
haut, pour ſe diſtinguer. Ils croient donc que
c'eſt-là la vertu : je leur apprend moi de deſſus
mon eſcabeau qu'il n'y a rien de ſi ſimple que
ce qu'on appelle vertu, bonne morale, ou raiſon : nous n'avons pas beſoin d'un grand effort
d'eſprit pour agir raiſonnablement, la raiſon
coule de ſource, quand nous voulons la ſuivre : je dis la véritable raiſon ; car celle qu'il
faut chercher, cette raiſon qui eſt ſi fine, ſi
ſpirituelle & ſi ſublime, ce n'eſt pas la bonne ;
c'eſt nous qui la faiſons celle-là, c'eſt notre orgueil qui la forge ; auſſi la fait-il giganteſque,
afin qu'elle nous étonne. Il me vient une comparaiſon qu'il faut que je vous diſe ; imaginez-
vous un habit tout uni, quelque bienfait qu'il
ſoit à votre taille, on ne dira guère en vous
voyant paſſer, voilà un homme qui eſt bien habillé : mais portez-vous un habit chamaré, bro-
dé d'or ou d'argent ; oh ! tous les paſſans s'ar-
rêteront pour vous regarder : oh ! le bel habit,
dira-t on. Hé bien ! cette vertu ſimple & telle
que la nature nous la donne, elle ne fait pas plus
de bruit, n'eſt pas plus remarquable qu'un habit
uni ; perſonne n'y prend garde : au lieu que le
faſte que vous voyez dans de certaines actions
qui vous paroiſſent des prodiges de raiſon ou de
vertu ; ce faſte-là qui frappe tant, reſſemble à
la broderie de l'habit chamaré ; il faut mettre par-tout de la broderie, il faut de l'étalage dans tout, ſans quoi rien ne paroit dans le
monde.

Je me ſouviens d'avoir vu autrefois un Seigneur qui preſqu'en un même jour perdit ſon fils
unique & la moitié de ſon bien : on s'attendoit
à de marques de douleur & d'affliction ; mais

malheureufement pour lui, c'étoit un homme qui
paffoit pour un modèle de raifon, pour un héros
en fermeté d'ame, pour un fage, c'eft tout dire;
il avoit pris fon goût à figurer comme cela dans
le monde; il fallut donc foutenir la gageure dans
le double malheur qui lui arriva. Je le plaignis
de tout mon cœur, j'eus pitié de lui à caufe des
peines que cette fermeté qu'il alloit jouer lui
donneroit; & en effet le pauvre martyre de
l'orgueil ne verfa pas une larme, il fe montra
inébranlable: il jetta un foupir ou deux, dit-on,
pour rendre fon courage plus vraifemblable, pour
montrer aux gens que ce n'étoit pas faute de fenfibilité qu'il n'étoit pas au défefpoir, comme y
auroit été un autre. Il fit voir qu'il ne tenoit qu'à
lui d'être fujet comme le refte des hommes aux
foibleffes de la nature; mais qu'il avoit la force
de les repouffer. Je le vis le lendemain de fes
infortunes, je regardai fon vifage: mais je ne
vis qu'un mafque; la férénité même n'a pas l'air
plus paifible que l'avoit ce vifage; oh! je me
dis à moi-même, la raifon toute unie ne fait
pas cet effet-là, il y a ici de la broderie; &
je devinois jufte: car je fais à n'en pouvoir douter, que feul dans fon cabinet mon homme pleuroit & fe défoloit comme une femme, & qu'il
s'en donnoit à cœur joie, fi l'on peut parler
ainfi. Vraiment je le trouvois bien plus foible,
& plus femme, quand il reprenoit fon mafque
devant le monde; il me paroiffoit bien plus pufillanime: car fe donner le tourment de reffentir
fa douleur pour avoir la gloire de paffer pour
un homme admirable en fermeté, je pardonne-
rois cette vanité à une femme, parce qu'elle
eft d'un fexe plus foible que nous; & à mon
gré, il n'y a point de plus grande foibleffe que

l'orgueil de feindre des vertus qu'on n'a pas : cette petitesse est digne d'une créature artificieuse & superbe comme la femme, n'est-il pas vrai ?

Cependant on admira le Comédien, à qui ses singeries coutèrent cher ; car autant qu'il m'en ressouvient, je crois qu'il mourut de la violence qu'il se fit pour les soutenir : sa comédie le tua ; cela n'est pas sain, & mourir pour mourir, j'aimerois encore mieux mourir en homme foible, qu'en comédien qui fait le fort, & qui ne l'est pas : j'aurois du moins l'avantage de n'avoir voulu tromper personne, & je remporterois l'honneur d'avoir été de bonne foi : quand on meurt franchement de douleur, la mort n'est que la punition de notre foiblesse, & cela n'est pas si laid qu'une mort qui est la punition d'une fourberie. Oh ! l'impertinente mort à mon gré ! je serois immortel, si je n'avois à finir que par-là.

C'est assez moraliser, laissons-là les folies des hommes ; & si nous en faisons, comme absolument il en faut faire, du moins n'en faisons que de celles qui divertissent. Par exemple, j'ai mangé tout mon bien, moi : eh bien ! c'est une grande folie, je ne conseille à personne de la faire ; car pour avoir du plaisir, il n'est pas nécessaire de se ruiner ni de devenir pauvre : la pauvreté est une chose qu'on ne peut retrancher ; ce n'est pas elle qui m'a rendu joyeux & content comme je le suis ; je l'étois avant que d'avoir tout mangé : mais si j'avois à recommencer, si on me remettoit dans mon premier état, j'aimerois mieux faire des folies ruineuses qui seroient du moins gaies, pendant qu'elles dureroient, que de faire de ces folies tristes, dures & meurtrières : j'aimerois mieux avoir le plaifir d'être fou , que d'avoir la douleur de faire le fage , avec tout l'honneur qui m'en reviendroit.

A propos de folies , l'autre jour je me trouvai dans une falle où un homme charitable de la ville affemble quelquefois des pauvres pour leur diftribuer de l'argent , & d'autres charités ; il y avoit un grand miroir dans cette falle , je m'en approchai pour voir un peu ma figure , qu'il y avoit long-tems que je n'avois vue : j'étois fi barbouillé que cela me fit rire ; car il faut tirer parti de tout : je me regardois comme on regarde un tableau , & je voyois bien à ma phyfionomie que j'avois dû me ruiner , il n'y avoit pas l'ombre de prudence dans mon vifage , pas un trait qui fit efpérer qu'il y en auroit un jour; c'étoit le vrai portrait de l'homme fans fouci , & qui dit, n'ai-je rien ? Je m'en moque. Voilà donc celui qui a mangé tout mon bien , dis-je en m'approchant de ma figure ; voilà le libertin qui me fait porter des guenilles , & qui ne s'en foucie guère : voyez-vous le fripon ? tout ce qu'il a fait il le feroit encore.

Quelqu'un de mes camarades entra comme je finiffois la converfation par un faut. Ami, vous êtes bien gaillard , me dit-il. Vraiment oui , répondis-je ; je viens de voir un homme qui ne doit rien , & qui n'a rien à perdre. Pardi , je vaux bien cet homme-là , me dit-il; ainfi vous n'avez qu'à faire une gambade en me voyant ; fautez , fautez , je le mérite. Et pour m'en donner l'exemple il fauta lui-même ; & puis je fautai : il me le rendit ; je lui rendis : je crois que nous fauterions encore , fi nous n'avions pas entendu ouvrir la porte de l'appartement ; c'étoit l'hom-

me charitable qui venoit à nous, & qui nous
mit à chacun une piéce d'argent dans la main,
en nous demandant nos prières pour lui : ce que
je n'ai jamais manqué de lui accorder ; car tout
fans fouci que je fuis, je crains Dieu ; j'ai toujours eu des fentimens de religion, je ne les ai
pas toujours mis en pratique, pendant que je me
ruinois, mes actions n'alloient pas mieux que
mon patrimoine, la diffipation de l'un entrainoit
le défordre des autres ; mais maintenant que je
fuis pauvre, j'ai pris, comme on dit, aux cheveux, l'occafion d'être homme de bien, & voici
comment j'ai raifonné : j'aimois les femmes, &
les femmes aimoient mon argent ; à préfent que
je n'en ai plus, qu'eft-ce que je ferois de mon
amour pour les femmes ? Rien ; elles ne voudroient plus de moi : il ne faut donc plus vouloir d'elles ; auffi-bien en les fouhaitant, fans les
avoir, je foufirirois, & je me damnerois d'un
péché pénible : faifons donc de néceffité vertu.
Depuis ce raifonnement quand j'en ai vu quelqu'une, & que fon idée me vient lanterner l'efprit, je mets tout d'un coup la main dans ma
poche ; je n'y trouve rien, & là-deffus je renvoie les defirs libertins à qui a le malheur de
pouvoir en acheter la fatisfaction : pour moi qui
n'ai pas le fol, l'inutilité de me laiffer tenter
m'eft démontrée ; je brife avec la tentation & je
me dévoue à la continence par force : de-là je
tâche de m'y dévouer par vertu, & ainfi de main
en main, & pour ainfi dire par cafcade, j'arrive à traiter cet article-là affez chrétiennement :
on appelle cela faire fon falut cahin, caha, &
fournir fa carrière en boiteux ; mais on fe tire
d'affaire comme on peut, & un boiteux qui ne
fe laffe pas fait fon chemin comme un autre.

Par ma foi, plus j'examine mon état, & plus je m'en loue ; fi j'étois dans le monde, apparemment que j'aurois quelque charge ; je ferois marié, j'aurois des enfans ; la charge, il faut la faire ; fa femme, il faut la fupporter ; fes enfans, il faut les élever, & puis les marier, c'eft-à-dire, ne garder que la moitié de la vie, & fe défaire de l'autre en leur faveur. C'eft la règle ; n'eft-ce pas-là quelque chofe de bien touchant que ce tracas? Je connois des gens qui ont tout ce que je dis-là, femme, charge & enfans, & qui font riches ; je les vois penfans, ils rêvent creux, ils ont des phyfionomies férieufes, qui fervent de remède à l'envie de rire ; parlez-leur, ils fe plaignent toujours ; c'eft de leur femme qui joue ; c'eft de l'état qui va mal ; c'eft du ciel, il ne pleut pas à leur fantaifie ; c'eft du chaud, c'eft du froid ; c'eft d'un fils libertin, d'une fille coquette, d'une troupe de valets qui les fervent mal, & les pillent bien : après cela c'eft des amis qu'il faut régaler, & qui ne feront peut-être pas contens, qui ont plus d'envie de compter vos plats que de les manger ; c'eft leur vanité qui vient voir fi la vôtre fe foutient noblement ; leur faites-vous trop bonne chère ? Ils vous trouvent fuperbe & faftueux ; vous les irritez, parce que vous leur rendez la revanche onéreufe : les régalez-vous de bon cœur, mais frugalement, faute de pouvoir faire mieux ? votre bon cœur n'eft qu'un fot qui ne leur apprête qu'à turlupiner de vos moyens : êtes-vous affez bien meublé pour eux, avez-vous affez de valets ? Ils prendront garde à tout cela ; vous le favez, vous craignez ce qu'ils penferont, vous avez peur de rougir devant eux, il s'agit de leur confidération ou de leur mépris, le coup de chapeau fera déformais

plus honnête , ou plus cavalier , felon l'état où
ils vous trouveront ; car enfin tâtez - vous vous-
même , voyez fi , fuivant le hazard de ces chofes-
là, un homme ne vous eft pas plus ou moins important dans le monde ? Allez-vous manger volontiers
chez des gens d'un étalage médiocre, qui donnent
de tout leur cœur , mais qui ne peuvent que donner peu ? Leur amitié vous pique-t-elle ? Vous
honorez-vous fort de les connoître ? Parlez-vous
d'eux fouvent ? Non , ce font de bonnes gens
que vous aimez bien ; mais pour les laiffer-là ;
leur commerce ne vous pare point ; votre orgueil n'y gagne rien ; ce ne font point-là les connoiffances qui vous donnent du nom , qui vous
vantent dans l'efprit des autres ; vous-même vous
ne vous fouciez guère de ceux qui n'ont que de
pareils amis, vous voulez que les vôtres faffent
du fracas , & vous voulez en faire auffi , pour
être recommandé à leur amour propre, pour être
fûr la lifte de ceux qu'on peut voir en toute fûreté d'orgueil. Avec qui eft-il , dira-t-on , en
vous montrant? Avec Monfieur un tel, & Madame une telle. Oh ! voilà qui va bien ; on par-
lera de vous , on vous citera , vous en ferez
digne : & qui eft ce Monfieur un tel dont le
commerce vous eft fi honorable ? Hélas ! le plus
fouvent il n'eft rien lui , quant à fon efprit , fon
cœur & fes vertus ; mais il a bon équipage, un
bon cuifinier ; il fait de la dépenfe , il fe donne
de bons airs ; on le voit aux fpectacles, les
Dames le faluent , les hommes l'accueillent ;
c'eft un homme enfin. Non, je dis mal , ce n'eft
pas un homme, c'eft un riche , un poffeffeur de
places , un Seigneur ; & on voit par-tout des gens
qui font tout cela, fans mériter le grand nom
d'homme ; car qu'eft-ce qu'un homme ? Eft-ce là

naiſſance qui le fait? Non; appellez-le comme vous
voudrez, elle ne le fait que le fils de ſon pere.

J'allois l'autre jour dire de belles choſes ſur
l'homme, ſi la nuit n'étoit pas venue m'en empêcher; mais quand la nuit vient, mon luminaire
finit; & puis bonſoir à tout le monde.

Or ſus, continuons mes rapſodies, j'y prens
goût; elles ne ſont peut-être pas ſi mauvaiſes;
mais je les ai gâtées en diſant que j'étois François, & ſi jamais mes compatriotes les voient,
je les connois, ils ne manqueront pas de les
trouver pitoyables. C'eſt une plaiſante nation
que la nôtre; ſa vanité n'eſt pas faite comme
celle des autres peuples; ceux-ci ſont vains tout
naturellement, ils n'y cherchent point de ſubtilité,
ils eſtiment tout ce qui ſe fait chez eux cent fois
plus que tout ce qui ſe fait par-tout ailleurs;
ils n'ont point de bagatelle qui ne ſoit au-deſſus
de tout ce qu'il y a de plus beau; ils en parlent
avec un reſpect qu'ils n'oſent exprimer, de peur
de les gâter; & ils croient avoir raiſon : ou ſi
quelquefois ils ne le croient point, ils n'ont garde
de le dire; car où ſeroit l'honneur de la patrie ?
Voilà ce qu'on appelle une vanité franche; voilà
comme la nature nous la donne de la première
main, & même comme le bon ſens ſeroit vain
ſi jamais le bon ſens pouvoit l'être.

Mais nous autres François il faut que nous tou-
chions à tout, nous avons changé tout cela ;
vraiment nous y entendons bien plus de fineſſe,
nous ſommes bien autrement déliés ſur l'amour
propre : eſtimer ce qui ſe fait chez nous; eh !
où en ſeroit-on, s'il falloit louer ſes compatriotes? Ils ſeroient trop glorieux & nous trop
humiliés. Non, non, il ne faut pas donner cet
avantage-là à ceux avec qui nous vivons tous les

jours, & qu'on peut rencontrer par-tout. Louons
les étrangers, à la bonne-heure, ils ne font pas-
là pour en devenir vains; & au furplus nous ne
les eftimons pas plus pour cela, nous faurons
bien les méprifer quand nous ferons chez eux:
mais pour ceux de notre pays, mirmidons que
tout cela.

Voilà votre portrait, Meffieurs les François.
On ne fauroit croire le plaifir qu'un François
fent à dédaigner nos meilleurs ouvrages, &
à leur préfenter des faribolles venues de loin.
Ces gens là penfent plus que nous, dit-il, en
parlant des étrangers; dans le fond il ne le
croit pas; & s'il s'imagine qu'il le croit, je
l'affure qu'il fe trompe: eh! que croit il donc?
Rien; mais c'eft qu'il faut que l'amour - propre
de tout le monde vive. 1°. Il parle des habiles
gens de fon pays, & tout habiles qu'ils font,
il les juge; cela eft hardi, cela lui fait paffer
un petit moment affez flatteur: il les humilie,
autre irrévérence qui lui tourne en profondeur
de jugement; qu'ils viennent alors, qu'ils paroiffent, ils ne l'étonneront point, il les verra
comme d'autres hommes, ils ne déferreront
point, Monfieur: ce fera puiffance contre puiffance, & quand il met les étrangers au-deffus
de fon pays, Monfieur n'eft plus du pays au
moins; c'eft l'homme de toute la nation, de
tout caractère d'efprit; & fomme totale, il en
fait plus que les étrangers même.

Ce n'étoit peut-être pas la peine de vous dire
cela, Lecteur François; car je m'imagine que
vous ne vous fouciez guère de quelle humeur
vous êtes: ni moi non plus, je n'y prends nul intérêt; & fi vous lifez mes paperaffes, fouvenez-vous
que c'eft l'homme fans fouci qui les a faites.

Je gagerois pourtant bien que vous croyez que je fuis à Paris, quoique je vous ai dit que j'en étois à plus de quatre cens lieues. Eh bien ! fi j'y fuis, tant mieux pour moi, car j'aime à rire ; & Paris eft de tous les théâtres du monde celui où il y a la meilleure comédie, ou bien la meilleure farce, fi vous le voulez : farce en haut, farce en bas, & plût à Dieu que ce fût toujours farce, & que ce ne fût que cela ! plût à Dieu qu'on en fût quitte pour rire de ce qu'on voit faire aux hommes ! je les trouverois bien aimables, s'ils n'étoient que ridicules ; mais quand ils font méchans, il n'y a plus moyen de les voir, & on voudroit pouvoir oublier qu'on les a vus : ah ! l'horreur !

Je demandois l'autre jour ce que c'étoit qu'un homme, j'en cherchois un ; mais je ne mettois pas le méchant au nombre de ces créatures appellés hommes, & parmi lefquels on peut trouver ce que je cherche ; je fais où le mettre le méchant ; il ne feroit bon qu'au néant, mais il ne mérite pas d'y être : oui, le néant feroit une faveur pour ce monftre qui eft d'une efpéce fi fingulière, qui fait le mal qu'il fait, qui goûte avec réflexion le plaifir de le faire, & qui, fentant les peines qui l'affligeroient le plus, apprend par-là à vous frapper des coups qui vous feront les plus fenfibles ; enfin qui ne voit le mal qu'il peut vous faire, que parce qu'il voit le bien qu'il vous faut ; lumière affreufe ! fi elle ne doit lui fervir qu'à cela, ou bien l'emploi qu'il en fait eft criminel ; c'eft à lui à vuider la queftion, cela le regarde de plus près qu'un autre.

Il n'y a que le méchant dans le monde qui ait à prendre garde à fon fyftême ; il n'y a que

lui qui foit obligé d'être fi fûr de fon fait , qu'il
ne fe trompe point : remarquez que la plûpart
du tems , les méchans font les plus ignorans de
tous les hommes ; & fi par hazard il y en a
quelqu'un qui raifonne , qu'il s'examine un peu ,
fi ce ne feroit pas pour fe mettre en pleine liberté d'être méchant , qu'il s'eft imaginé qu'il
n'y avoit point de mal à l'être ; cela fe pourroit fort bien ; car , qu'il regarde les honnêtes
gens , les gens de bien , qui font en petit nombre à la vérité , mais qui , malgré cela , fou-
tiennent la fociété ici bas , & la fauvent du défordre affreux que lui méchant & fes femblables
y mettroient ; car que deviendroit la terre ,
fi le peu de vertu qui y refte ne fervoit de
contre - poids à l'énorme corruption qui s'y trouve ? Bien nous en prend que cela foit ainfi ,
que toujours un peu de bon confervé fur cette
terre y maintienne un ordre que l'extrême quantité du mauvais emporteroit fans une providence :
mais c'eft que Dieu 'eft plus fort que l'homme ,
il faut que l'homme puiffe toujours voir clair ,
& que le bien foit toujours-là pour juger le
mal , & le mal le refpecte.

    Revenons à notre méchant , qui croit pouvoir
l'être impunément : je difois qu'il regardât les
gens de bien , & affurément il y en a parmi
eux qui ont autant ou plus d'efprit que lui : être
un homme de bien , n'eft pas être un fot , &
de toutes les bêtifes , la plus grande feroit de
le penfer. L'homme d'efprit vertueux peut voir
tout ce que voit le méchant , peut fe dire tout
ce que celui-ci fe dit , & peut-être plus ; car
le vertueux a plus de dignité dans l'ame , il
porte plus haut le fentiment de fon excellence
que nous avons tous ; car c'eft même l'abus de

ce

ce fentiment qui fait que nous fommes tous orgueilleux ; en un mot, ce fentiment nous eſt naturel, & celui qui le confulte le plus peut en apprendre bien des chofes inconnues à celui qui
le néglige ; il peut en tirer bien de preſſentimens d'une haute deſtinée ; ces preſſentimens,
il eſt vrai, c'eſt tout ame, cela n'a point d'expreſſions, & l'eſprit alors apperçoit ce qu'il ne
ſauroit dire, il n'apperçoit que pour lui ; mais
auſſi ne ſerions-nous pas plus divins dans ce que
nous voyons comme cela, que dans ce que nous
pouvons exprimer, & ce que nous faiſons nous-
mêmes ?

Quoi qu'il en ſoit, pourquoi l'homme vertueux
avec tout l'eſprit qu'il a, trouve-t-il les raiſonnemens du méchant abſurdes ? Pourquoi cette
différence dans leur fentiment ? Car enfin l'homme
vertueux feroit quelquefois tenté d'être méchant.
Pourquoi y réfiſte-t-il, puiſqu'il en fait autant
que ce méchant qui n'y réfiſte pas, & qui croit
que cela eſt fans conféquence ? Oh ! mais, dira
ce dernier, c'eſt qu'il eſt retenu par une crainte
que je n'ai point : eh bien ! penſez-vous qu'il y
ait moins de bon fens dans ſa crainte ſublime,
que dans votre defir avide & brutal de vous
prouver qu'il n'y a point de riſque à être ce
que vous êtes ? Eſt-on moins aveugle dans votre
cas que dans le fien ? Et moi je vous dis que
c'eſt tout le contraire.

Un homme qui fouhaite un bien avec ardeur,
& qui brûle de l'envie de voir qu'il n'y a point
de dangers à y courir, a bientôt fait fon affaire ; cette extrême envie de jouir expédie
bien vite les difcuſſions : on n'eſt pas délicat
ſur les raiſons légitimes de faire une chofe, quand
on veut abfolument la faire : mais l'homme qui,

X

malgré le penchant qu'il auroit à la faire, craint
en même-tems le péril qu'il peut y avoir à s'y
livrer ; oh ! c'eft lui qui y regarde de près ; &
affurément, s'il faut de la fineffe dans l'exa-
men, ce fera lui qui l'aura, & dans toutes les
affaires de la vie, vous vous en fierez toujours
bien plus à lui qu'à l'autre ; tenez, ôtez la peine
qu'il y a d'être bon & vertueux, nous le ferons tous ; il n'y a que cette peine qui a fait
de fi fottes philofophies : les fyftémes hardis,
les erreurs les plus raifonnées, tout vient delà.
On ne fauroit croire ce que cette peine-là fait
devenir notre pauvre efprit, ni jufqu'où elle
le dupe ; & malheureufement pour nous encore, la nature prête quand nous voulons nous
égarer dans nos confidérations ; elle a de quoi
tromper celui qui la veut voir mal, comme elle
a de quoi éclairer celui qui la veut voir bien.

Mais à propos de confidérations, je m'avife
de voir que je ne m'en fuis pas mal donné : je
ne fais point comment cela s'eft fait ; mais fi
elles ne font pas bonnes pour vous, elles ont
tout ce qui leur faut pour moi ; c'eft qu'elles
me rendent meilleur ; & au furplus, fi le Japon
me venoit en penfée, je parlerois du Japon :
eh ! pourquoi non ? Me fuive qui voudra, au
refte, quand on a mangé fon bien, qu'on n'a
plus de commerce avec la vanité de ce monde,
& qu'on eft vêtu de guenilles ; enfin, quand on
ne jouit plus de rien, on raifonne de tout.

Les chofes vont, & je les regarde aller :
autrefois j'allois avec elles, & je n'en valois
pas mieux ; parlez-moi, pour bien juger de
tout, de n'avoir plus d'intérêt à rien. Autrefois,
par exemple, je n'aurois pas penfé fi jufte fur
une chofe qui me frappe actuellement.

C'est que je vois de ma fenêtre un homme qui passe dans la rue, & dont l'habit, si on le vendoit, pourroit marier une demi-douzaine d'orphelines ; voilà un vrai gibier pour un chasseur de mon espéce : ah ! que j'aurois de plaisir à tirer dessus du grenier où je suis. Voyons, voici un pauvre homme comme moi qui lui tend la main pour avoir quelque chose, & il ne lui donne rien, apparemment qu'il lui dit, Dieu vous bénisse ; & c'est toujours quelque chose que de renvoyer à Dieu une charité qu'on ne veut point faire : parlons à notre homme. Ah ! Monsieur, que vous avez bonne mine ! que vous êtes brillant ! je cherche un homme, c'est-à-dire, quelqu'un qui mérite ce nom : par hazard, ne seriez-vous pas mon fait ? Car vous en avez grande apparence. Attendez un moment que ma raison vous regarde : c'est une excellente lunette pour connoître la valeur des choses. Ah ! il me semble que votre habit n'a plus tant d'éclat, votre or se ternit, je le trouve ridicule ; qu'est-ce que vous faites de cela sur un vêtement ? On vous prendroit pour une mine de Pérou : eh ! morbleu, n'êtes-vous pas honteux de mettre sur vous tant de lingots en pure perte, pendant que vous pourriez les distribuer en monnoie à tant de malheureux que voici, & qui meurent de faim ? Ne leur donnez rien si vous voulez, gardez tout pour vous ; mais ne leur prouvez pas qu'il ne tient qu'à vous de leur racheter la vie : n'en voient-ils pas la preuve sur votre habit ? Hé ! du moins cachez-leur votre cœur ; ôtez cet habit qui le découvre, & qui en montre la dureté ; ôtez cet habit qui insulte à leur misère, & qui n'a ni faim ni soif. Ne savez-vous pas bien qu'il seroit barbare de jetter votre argent dans la rivière , pendant que vous pourriez en fecourir des affamés qui n'auroient pas de quoi vivre ? Eh bien ! n'eft - ce pas le jetter dans la rivière , que de le jetter fur un vêtement qui n'en a que faire , qui n'en devient ni plus chaud pour l'hiver , ni plus froid pour l'été ? Eh ! pour qui le gallonnez-vous , ou le brodez - vous tant ? Eft - ce pour moi ? Eft - ce afin de m'infpirer plus de confidération pour vous ? Je ne donne plus dans ce piége-là ; j'ai vécu plus d'un jour : le marchand ni le tailleur ne rendent point un homme refpectable ; d'ailleurs je ne faurois vous regarder dans cet état - là , fans que les pleurs m'en viennent aux yeux. Retirez-vous , je ne fuis point un barbare : je vois des gens qui fouffrent , je vois le bien que vous pourriez leur faire , & votre vûe m'af- flige. Allez , vous dis-je , vous n'êtes point un homme , & j'en cherche un. Si je voulois un tigre , je vous donnerois la préférence fur tous les tigres à quatre pattes ; car ils ne font pas fi tigres que vous , puifqu'ils ne favent point qu'ils le font , & qu'il ne tient qu'à vous de connoître que vous l'êtes.

Voyons ailleurs. Je vois là-bas bien des hom- mes , n'y en aura-t-il pas un tel qu'il me le faut ? Attendez , j'en vois un devant qui tout le monde fe courbe. Qui eft-il ? C'eft un homme titré , les conventions l'ont fait un grand , c'eft-à-dire , qu'elles lui ont donné le privilége d'être encore plus petit que les autres. S'en fert-il ? Je n'en fais rien : mais c'eft une terrible chofe que de n'avoir pas befoin de mérite pour être refpecté ; & ceux qui le faluent voudroient bien n'en avoir pas plus befoin que lui : ce n'eft pas lui qu'ils fa- luent , c'eft fon privilége. Quand ces gens - là

fe plaignent d'un grand, quand ils difent qu'il
eft dur, qu'il eft ingrat, qu'il les méprife, laiffons-les dire : en vérité, ils ne le méritent
pas meilleur ; car ils haïffent moins les mauvaifes qualités, qu'ils ne lui envient la liberté
qu'il a de les produire.

J'ai connu dans ma vie un homme qui ne
pouvoit fouffrir l'orgueil des grands Seigneurs ;
il n'y avoit rien de plus beau que la morale
qu'il débitoit là-deffus : s'il faifoit jamais fortune, ce feroit le plus raifonnable de tous les
hommes, difoit-on. Cette fortune lui vint, il
fut mis en place ; je n'ai jamais rien vu de fi
fot, de fi fuperbe que lui alors ; & d'où vient
qu'il avoit paru fi différent ? C'eft que quand un
homme eft dans une condition médiocre, il n'ofe
pas donner l'effor à fon orgueil : il faut qu'il
lui retienne la bride, il faut que notre homme
file doux, en bon françois ; car s'il s'émancipe,
on l'humilie, & cela eft mortifiant : de forte
que par un orgueil prudent il s'humilie lui-même,
afin que perfonne ne s'en mêle. Après cela vous
le voyez bon, fimple, accommodant, ne pouvant comprendre les grands airs de certaines
gens, n'imaginant point comment on peut être
orgueilleux, levant les épaules fur tous ceux
qui le font. Ah ! le bon apôtre : tenez, voici
ce qu'il penfe, puifque je ne faurois montrer
mon orgueil, il faut que je m'en venge fur
ceux qui ont la liberté de montrer le leur, &
qui le montrent. Il faut que je dife qu'ils me
font pitié, cela les rendra plus petits aux yeux
des autres, & empêchera qu'on ne les voie
fi fort au-deffus de moi : car ces gens-là, je
ne faurois les fouffrir, on ne paroît rien auprès d'eux, & je me foulage en les abaiffant.

Outre cela , c'eſt qu'en faiſant profeſſion de regarder l'orgueil comme une ſottiſe , on croira
que je n'en ai point , & que ce ſeroit peine
perdue d'en avoir avec moi , parce que je le
mépriſerois ſans en être piqué , ou bien que je
n'y prendrois pas garde.

Hem ! l'entend-il bien notre hypocrite ? Soyez
bien ſûr qu'il penſe tout ce que je lui fais dire ,
& par tout où vous trouverez de ces eſprits
raiſonnables , qui ont tant de pitié de l'orgueil
des autres , ayez en toute ſûreté pitié du leur :
c'eſt un priſonnier qui voudroit être libre , &
qui cherche querelle à tout orgueil qui a ſes
coudées franches , comptez là-deſſus.

Mais je m'admire , moi , de tout ce que j'ai
dit depuis une heure , je n'en voulois pas dire
un mot , j'ai toujours été entraîné je ne ſais
comment. Quand j'ai mis la plume à la main ,
j'ai cru que j'allois continuer la ſuite de mon
diſcours de l'autre jour , où il s'agiſſoit de ſavoir ce que c'étoit qu'un homme , & le définir.
Point du tout , je l'ai oublié. Oh ! bien , que
cela vienne à propos ou non , je veux pourtant
dire ce que c'eſt que cet homme. Ce n'eſt ni
la naiſſance , ni les richeſſes qui le font ; ce
n'eſt pas non plus celui qui a de l'eſprit , ce n'eſt
pas la créature qui penſe ; car la penſée , & le
ſentiment , & tout ce que vous avez enfin ,
appartient bien à l'homme ; mais cela ne
fait pas l'homme : je n'appellerois cela que les
outils avec leſquels on doit le devenir. Or,
qu'eſt-ce donc , encore une fois qu'un homme ?
Hélas ! je ne le dirai , j'en ſuis ſûr , que d'après
vous-même , & d'après tout le monde , qui
en iroit bien mieux , ſi nous avions quantité
d'hommes.

Un homme, c'eſt cette créature avec qui vous
voudriez toujours avoir affaire, que vous voudriez trouver par tout, quoique vous ne vouliez
jamais lui reſſembler. Voilà ce que c'eſt ; vous
n'avez qu'à étendre ce que je dis là : tous les
hommes la cherchent cette créature, & par-là
tous les hommes ſe font leur procès, s'ils ne
font pas comme elle. Adieu, l'homme ſans ſouci
n'y voit plus goute.

Je viens de relire ce que j'ai écrit la dernière
fois, & je ne l'ai pas trouvé mauvais, ma foi,
je l'ai trouvé bon ; c'eſt de l'excellente morale,
en profitera qui pourra, il ne la faut pas meilleure pour les honnêtes gens : à l'égard de ceux
qui ne ſe ſoucient pas de l'être, je ne les compte
pas ; car, ou ils n'ont point d'eſprit, ou ils n'ont
que cela, & ſi c'eſt le dernier, c'eſt encore pis ;
ils ne liront ma morale que pour voir ſi elle eſt
bien penſée : voilà toute la tâche de ces Meſ-
ſieurs-là ; ils reſſemblent à ceux à qui on donne
de l'or, qui ne s'en ſerviroient point, & qui ſe
contenteroient de le peſer, pour ſavoir à quel
karat il ſeroit. Ne ſeroit-ce pas là un beau gain ?
Eh bien ! je les avertis qu'avec tout leur bel
eſprit, je ne les reconnois point pour juges
en fait de morale : l'eſprit ne ſait ce que c'eſt
quand il en juge tout ſeul, & que le cœur n'eſt
pas de la partie ; il faut que ces deux piéces
marchent enſemble, ſans quoi on ne tient à
rien.

Mais à propos de morale, quelque bonne
que ſoit la mienne, elle pourroit paroître ſin-
gulière, parce qu'elle eſt à moi : un ſage de
mon eſpéce ne l'eſt peut-être pas aſſez, pour
avoir le droit de moraliſer : je n'ai pas eu la
ſageſſe de conſerver mon bien, & je m'aviſe

quand je n'en ai plus de tomber dans les réflexions les plus férieufes ; cela n'eſt pas dans
les règles , n'eſt-il pas vrai ? mais je me moque
des règles , & il n'y a pas grand mal à cela :
notre eſprit ne vaut pas la peine de toute la
façon que nous faifons fouvent après lui ; nous
avons trop d'orgueil pour la capacité qu'il a ,
& nous le chargeons prefque toujours de plus
qu'il ne peut.

Ma tête a d'abord réglé ma conduite , & à
préſent ma plume obéit aux fantaiſies de mon
eſprit : je n'ai jamais eu ni prudence ni méthode ,
& je veux qu'on me retrouve dans mon livre ;
je veux que les gens férieux , les gais , les triſtes , quelquefois les fous ; enfin , que tout le
monde me cite , & vous verrez qu'on me citera ; bref , je veux être un homme , je veux être
moi , & non pas un Auteur ; & donner ce que mon
eſprit fait , & non pas ce que je lui ferois faire :
auſſi je ne vous promets rien , je ne jure de rien :
& ſi je vous ennuie , je ne vous ai pas dit que cela
n'arriveroit pas ; ſi je vous amuſe , je n'y ſuis
pas obligé , je ne vous dois rien ; ainſi le plaiſir
que je vous donne eſt un préſent que je vous
fais ; & ſi par hazard je vous inſtruis , je ſuis
un homme magnifique , & vous voilà comblé de
mes graces.

Vous riez , peut-être levez-vous les épaules ;
mais , dites - moi , qu'eſt - ce qu'un Auteur mé-
thodique ? Comment pour l'ordinaire s'y prend-
il pour compoſer ? Il a un fujet fixe fur lequel
il va travailler , fort bien ; il s'engage à le traiter , l'y voilà cloué : allons , courage , il a une
demi - douzaine de penſées dans la tête fur lefquelles il fonde tout l'ouvrage ; elles naiſſent
les unes des autres , elles font conféquentes ,

à ce qu'il croit du moins ; comme fi le plus fouvent il ne les devoit pas à la feule envie de
les avoir, envie qui en trouve, n'en fut-il point ;
qui en forge, qui les lie enfuite, & leur donne
des rapports de fa façon, fans que le pauvre
Auteur fente cela, ni s'en doute ; car il s'imagine que ·le bon fens a tout fait, ce bon fens
fi difficile à avoir, ce bon fens qui rendroit les
livres fi courts, & qui en feroit fi peu, s'il les
compaffoit tous, à moins qu'il n'en fit d'auffi
peu gênans que l'eft le mien : ce bon fens fi
fimple, parce qu'il eft raifonnable ; qui fait
mieux critiquer les fciences humaines, & quelquefois s'en moquer, les inventer ; qui n'a
point de part à une infinité de doctrines, qui
font les délices de la curiofité des hommes :
enfin, ce bon fens qui ne fauroit durer avec
aucune folie, comme avec la vanité d'avoir de
l'efprit, par exemple, & qui, lorfque nous
écrivons, & qu'il nous éclaire, nous a bientôt
dit, fur notre fujet, ce qu'il en faut dire ; car
il ne fe prête point à nos allongemens ; & c'eft
avec eux que nous faifons des volumes.

Auffi voit-on des ouvrages fi languiffans. J'admire comment l'Auteur peut les finir ; car à la
vingtiéme page, fon efprit à demi-mort ne va
plus, il fe traîne : vous lifez fon livre, vous
le trouvez folide à caufe qu'il eft pefant : vous
autres Lecteurs, vous êtes pleins de ces mé-
prifes-là.

Je vous dis vos vérités fans façon ; car je fuis
l'homme fans fouci, & je ne vous craint point :
vous ne verrez point de préface à la tête de
mon livre, je ne vous ai point prié de me
faire grace, ni de pardonner à la foibleffe de
mon efprit : cherchez ce verbiage dans les Au-

teurs, il leur eſt ordinaire ; & il eſt étonnant qu'ils ne s'en corrigent point : mais c'eſt qu'ils ſont ſi enfans, qu'avec cette fineſſe ils s'imaginent que vous ne pourrez pas vous empêcher de leur vouloir du bien, & qu'ils vont vous remplir d'une bonté, d'une charité, à la faveur deſquelles ils feront gliſſer l'admiration qu'ils méritent : vous ſerez le lion qui n'a plus de griffes, tant vous ſerez bien amadoués. La plaiſante idée ! elle me divertit.

Quand un Auteur regarde ſon livre, il ſe ſent tout gonflé de la vanité de l'avoir fait ; il en perd la reſpiration, il plie ſous le faix de ſa gloire ; & ce livre, il va le faire imprimer : les hommes en connoîtront-ils la beauté ? crieront-ils au miracle ? Il voudroit bien leur dire que c'en eſt un, mais ils n'aiment pas qu'on leur diſe cela : ils veulent au contraire qu'on ſoit humble avec eux, c'eſt leur fantaiſie. Allons, ſoit, dit notre Auteur, faiſons comme il leur plaît.

Là - deſſus il dreſſe une préface dans l'intention d'être humble ; vous croyez qu'il va l'être, il le croit auſſi lui ; mais comment s'y prendra-il ? Oh ! voici le beau : imaginez vous un géant qui ſe baiſſe pour paroître petit ; il a beau ſe baiſſer, le pantalon qu'il eſt, on lui voit toujours ſes grandes jambes qui le hauſſent de tems en tems, parce que la poſture le fatigue. Eh bien ! ce géant-là, c'eſt la vanité de nôtre Auteur : tenez, regardez bien, le voilà qui va ſe baiſſer : (Lecteur, la matière dont j'entreprends de parler, dit-elle, eſt ſi grande, & ſurpaſſe tellement mes forces, que je n'auſois oſé la traiter, ſi je n'avois compté ſur ton indulgence.) Fort bien, c'eſt ici où le géant ſe fait petit.

Chut, pourſuivons : (ce n'eſt pas que quelques amis dont je reſpecte les lumières n'aient
tâché de me perſuader que mon travail ne dé-
plairoit pas ; il eſt vrai que l'étude profonde
que j'ai fait ſur ma matière, a dû, ſi je ne me
flatte, m'en donner une aſſez grande connoiſſance.) Voilà les jambes qui ſe redreſſent ; quelle
ſingerie ! je n'ai point d'eſprit, j'en ai plus qu'un
autre ; on auroit pu mieux faire que moi, perſonne ne l'entend mieux ; ſoyez indulgent, ad-
mirez-moi ; mon ſujet me ſurpaſſe, il ne me
ſurpaſſe point ? Tout cela s'agence dans la préface d'un Auteur ſans qu'il s'en apperçoive.

Foibles créatures que nous ſommes ! nous ne
faiſons que du galimatias, quand nous voulons
parler de nous avec modeſtie.

Et à propos de modeſtie, l'autre jour un honnête domeſtique (ſi j'étois dans le monde je
dirois un valet, un laquais, parce que ma vanité ſeroit en haleine, & que le langage des
honnêtes gens du monde me ſeroit apparemment
familier : mais aujourd'hui, je vóis les choſes
tout ſimplement ; dans un domeſtique, je vois un
homme ; dans ſon maître, je ne vois que cela
non plus ; chacun à ſon métier ; l'un ſert à table,
l'autre au barreau, l'autre ailleurs ; tous les
hommes ſervent, peut-être que celui qu'on appelle valet, eſt le moins valet de la bande ; c'eſt-
là tout ce que le bon ſens peut voir là-dedans,
le reſte n'eſt pas de ſa connoiſſance, & dans
l'état où je ſuis, on n'a que du bon ſens, on
perd de vue les arrangemens de la vanité humaine.)

Or donc, cet honnête domeſtique, à l'occaſion
de qui ma parenthèſe me paroît fort raiſonnable,
me prêta l'autre jour un livre qui traitoit de

la modeftie, qui difoit qu'il n'y en avoit nulle part de véritable : auroit-il raifon ? Je
n'en fais rien : mais effectivement il me femble à
moi, que la modeftie de tout le monde a l'air
gauche.

Nous ne manquons pas de gens qui croient
être modeftes, & qui le croient de bonne foi,
ils le paroiffent même à ne regarder que la fu-
perficie ; mais examinez-les d'un peu près ;
celui-ci ne fe loue point, par exemple, n'ayez
pas peur qu'il fe vante d'avoir la moindre qualité, il n'oferoit prefque dire qu'il eft un honnête homme, il ne fe fert là-deffus que de phra-
fes mitigées, encore les bégaie-t-il ; il eft bon,
il eft généreux, ferviable, franc, fimple, il eft
tout cela, fans en avoir jamais dit un mot. Oh !
c'eft qu'il vous trompe, il l'a dit, & le dit
toujours ; car toujours il vous fait remarquer qu'il
ne le dit point.

En voici un qui rougit, quand vous le louez ;
vous l'embarraffez tant, qu'il ne fait que vous
répondre, il perd fa contenance : oh ! celui-là eft
modefte ; non, c'eft qu'il a tant d'amour-propre, qu'il en eft timide & inquiet ; vous le louez
en compagnie ; tout le monde le regarde, &
il n'aime pas à voir l'attention de tout le monde
fixée fur lui ; il eft en peine pendant que vous
le louez, de ce que les autres en penfent ; il a
peur qu'on ne l'épluche en ce moment-là, &
qu'il n'y perde ; il a peur qu'on ne croie qu'il
prend plaifir à ce que vous dites, & que cela
n'indifpofe la vanité des autres contre lui. Trouvez le moyen de lui perfuader que tout le monde
eft auffi charmé de l'entendre louer qu'il le feroit lui-même : vous verrez qu'il fera embarraffé ; il vous aidera à dire, il fe livrera à

vous comme un enfant ; il vous dira , mettez encore cela ; & puis encore cela ; ainſi ce n'eſt pas votre éloge qu'il craint , il le ſavoureroit mieux qu'un autre ; mais c'eſt l'eſprit injuſte & dédaigneux de ceux qui écoutent : appellez-vous cela modeſtie ?

Je connois un homme qui bien loin de ſe louer , ſe ravale preſque toujours , il combat tant qu'il peut la bonne opinion que vous avez de lui ; eût-il fait l'action la plus louable , il ne tiendra pas à lui que vous ne la regardiez comme une bagatelle ; il n'y ſongeoit pas quand il l'a faite , il ne ſavoit pas qu'il faiſoit ſi bien , & ſi vous inſiſtez , il la critique , il lui trouve des défauts , il vous les prouve de tout ſon cœur , & c'eſt parce que vous êtes prévenu en ſa fa- veur que vous ne le voyez pas ; que voulez-vous de plus beau ? Ah ! le fripon , il ſait bien qu'il ne vous perſuadera pas , il ne prend pas le che- min d'y réuſſir ; vous l'avez cru vrai dans tout ce qu'il diſoit : eh bien ! ſon coup eſt fait , vous voilà pris ; de quel mérite ne vous paroîtra pas un homme , qui , tout eſtimable qu'il eſt , ne ſait pas qu'il l'eſt , & ne croit pas l'être ? Peut- on ſe défendre d'admirer cela ? Non , à ce qu'il a cru : auſſi vous attendoit-il là , & vous y êtes.

Je m'ennuierois de compter les faux modeſtes de cette eſpéce , ils ſont ſans nombre , il n'y a que de cela dans la vie ; & comme , dit mon livre , la modeſtie réelle & vraie n'eſt peut-être qu'un maſque parmi les hommes : il eſt vrai qu'il y a tel maſque qu'il eſt difficile de ne pas prendre pour un viſage ; il y en a auſſi quantité de ſi groſſiers qu'on les devine tout d'un coup ; & ceux là je les pardonne volontiers , à cauſe qu'ils me font rire ou qu'ils me font pitié.

Je connois de bonnes gens très-plaiſans, par exemple ; c'eſt que fachant le cas qu'on fait de ceux qui ne ſe louent point, ils ont là-deſſus fait leur plan, ils ont dit ; je ſerai modeſte, allons, cela eſt arrêté, & ils le ſont, ils vous le diroient eux-mêmes ; & ſi vous le dites le premier, ils en conviennent de tout leur cœur, ils vous rapportent des exemples de leur modeſtie, ils vous marquent les tems ; les lieux ; les actions, avec une ſatisfaction, une naïveté pleine d'innocence ; après cela ils concluent, ils diſent, cela eſt vrai, mon défaut n'eſt pas d'être vain ; & pour preuve de cela, c'eſt qu'ils en font vanité de n'être pas vains ; auſſi, ces gens-là, je ne dis pas qu'ils ſont maſqués, car ils ne portent point leur maſque, ils ne l'ont qu'à la main, & vous diſent : tenez, le voilà ; & cela eſt charmant. J'aime tout-à-fait cette manière d'être ridicule ; car enfin, il faut l'être, & de toutes les manières de l'être, celle qui mérite le moins de blâme ou de mépris, du moins à mon gré, c'eſt celle qui ne trompe point les autres, qui ne les induit pas à erreur ſur notre compte ; il n'y a que les vanités fines & ſouples qui me révoltent.

Les ridicules bien francs, qui ne ſe cachent point, comme je dis, qui ſe livrent à toute ma critique, à toute la moquerie que j'en puis faire, je ne leur dis mot, je les laiſſe-là, ce ſeroit les battre à terre ; mais les fourberies d'une ame vaine, les ſingeries adroites & déliées, les impoſtures ſi bien concertées, qu'on ne ſait preſque par où les prendre pour les couvrir de l'opprobre qu'elles méritent, & qui mettent preſque tout le monde de leur parti ; oh ! que je les hais, que je les déteſte.

Cependant il faut faire semblant de n'en rien
voir ; car il faut vivre avec tout le monde : il
ne s'agit pas de marquer ses dégoûts, & les
gens qui se piquent de ne pouvoir souffrir ces
sortes de défauts-là, qui les persécutent dans les
personnes qui les ont, je ne les aime pas trop
non plus ces gens : ils ne sont point aimables ;
& qu'ils n'aillent point dire qu'ils n'en agissent
comme cela, que parce qu'ils sont amis de la
vérité ; ce discours ne vaut rien, ces grands
amis de la vérité ne la disent point, quand ils
parlent ainsi. Ce n'est pas le parti de la vérité
qu'ils prennent là-dedans, c'est qu'ils sont extrêmement vains eux-mêmes, & que leur vanité ne
sauroit endurer le succès des fausses vertus des
autres : cela fatigue leur amour-propre, & non
pas leur raison. Entendez-vous, Messieurs les
véridiques, ne nous vantez point tant votre caractère, je n'en voudrois pas moi ; vous n'êtes
que des hypocrites aussi, avec cette haine vi-
goureuse dont vous faites profession contre certains défauts ; & des hypocrites peut-être plus
haïssables que les autres ; car sous ce beau prétexte d'antipathie vertueuse sur ce chapitre, vous
ne trouvez personne à votre gré, vous satyrisez
tout le monde, aussi bien l'imposteur qui joue des
vertus qu'il n'a pas, que l'honnête homme qui
les a ; vous êtes ennemi déclaré de tous les
honneurs d'autrui, vous n'en voudriez que pour
vous ; tout ce qui est loué & estimé vous déplaît ; je ne suis point votre dupe ; laissez les
gens en paix, souffrez la vertu ; pardonnez
aux autres hommes leur vanité, elle est plus
supportable que la vôtre, elle vit du moins avec
celle de tout le monde ; les autres hommes ne
font que ridicules ; & vous, par-dessus le mar-

ché , vous êtes méchans ; ils font rire , & vous vous offenſez ; ils ne cherchent que notre eſtime , & vous ne cherchez que nos affronts : eſt-il de perſonnage plus ennemi de la ſociété que le vôtre ?

Cependant on a la bonté de vous craindre ; c'eſt à qui ſera de vos amis , afin de n'être pas mordu : j'ai remarqué même que votre prote-ction (car votre amitié en eſt une) gâte ceux à qui vous l'accordez ; ils ne s'inquiètent plus d'eux , il leur ſemble , parce que vous les ai-mez , que leur fortune eſt faite ; ils ne ſe gê-nent plus , ils parlent haut , ils raiſonnent ſur les autres , ils les jugent ; & en effet on les écoute , on les entoure ; & pendant que tout le monde n'ouvre la bouche ſur votre chapitre qu'avec crainte & reſpect , ils jouiſſent ſuper-bement de l'avantage de parler de vous d'une manière aiſée & familière ; on voudroit bien être à leur place ; ils racontent vos reparties , vos jugemens , vos audaces ; ils ajoutent qu'ils vous querellent tous les jours , qu'ils vous re-tiennent , mais que vous n'entendez pas raiſon ſur certaines choſes. C'eſt un étrange homme , diſent-ils , il faut marcher droit avec lui , les caractères faux ne l'accommodent pas ; du reſte , le meilleur garçon du monde , & le plus ſim-ple : je lui dis ce que je veux , quelquefois il ſe fâche , il me divertit ; mais on ne le chan-gera point.

Tout ce que je dis-là , au reſte , je l'ai vu ar-river comme je le raconte , & je le rend trait pour trait.

Ecoutez , mon Lecteur futur , je vous mé-priſerois bien , ſi vous réſſembliez à certaines gens qu'il y a dans le monde. Oh ! que l'eſprit
de

de l'homme eft fot , & que les bons Auteurs font de grandes dupes , quand ils fe donnent la peine de faire de bons ouvrages ! Encore , s'ils n'écrivoient que pour fe divertir , comme je fais à préfent , paffe. Un Lecteur , quelque oftrogot qu'il foit , par exemple , ne fauroit mordre fur le plaifir que j'y prends , je l'en défie. Qu'il dife , s'il veut , que mon livre ne vaut rien , que m'importe ! il n'eft pas fait pour valoir mieux. Je ne fonge pas à le rendre bon , ce n'eft pas là ma penfée , je fuis bien plus raifonnable que cela , vraiment ; je ne fonge qu'à me le rendre amufant.

Eft-ce qu'il y a des Lecteurs dans le monde , je veux dire des gens qui méritent de l'être ? Hélas ! fi peu que rien ; je dis même à Paris , qui eft une ville où il y a tant de beaux Efprits , tant de jeunes gens qui font de fi jolis petits vers , de la petite profe fi délicate ; où il y a tant de femmes qui font fi aimables , & qui , à caufe de cela , font fi fpirituelles : tant d'hommes qui ont du jugement , parce qu'ils font graves & flegmatiques ; tant de pédans qui ont l'air de penfer fi mûrement : enfin , à Paris , où il y a tant de gens qui font mine d'avoir du goût , & qui ont appris par cœur je ne fais combien de formules d'approbation ou de critique , de petites façons de parler avec lefquelles il femble qu'on y entende fineffe.

Mais laiffons cela ; je n'en parle qu'à l'occafion de deux perfonnes que je viens , en paffant , d'entendre raifonner fur un excellent livre , & qui en raifonnent pitoyablement ; dans le fond , il n'y a pas grand inconvénient à tout cela : car , qu'eft-ce que l'efprit , pour qu'on fe fcandalife tant des injures qu'on lui fait ?

Y

Je jetterois à croix & à pile de dire que j'en
ai beaucoup ou que je n'en ai point du tout,
je ne croirois ni gagner ni perdre. Quelques
idées de plus qui n'aboutissent à rien qu'à faire
souvent du mal, qui ne donnent que du babil
& de l'orgueil à celui qui les a, n'est ce pas-là
l'esprit ? Je ne vois presque que le papetier qui
ait intérêt qu'on ne le méprise point ; croyez-
moi, celui qui n'en a guère est aussi avancé que
celui qui en a beaucoup, & celui qui n'en a
point s'en passe avec un peu de sens commun ;
car il ne faut que de cela dans la vie, il n'y
a que de cela non plus, & je crois que les
hommes ne vont pas plus loin : des passions &
du sens commun, voilà leur lot ; cela est en
eux comme le sang est dans leurs veines ; voilà
ce qu'ils reçoivent de la nature : de l'esprit &
des livres, voilà ce qu'ils y ajoutent, & on se
passeroit bien de leurs présens. Quand je parle
de sens commun, les faiseurs de livres diront
qu'ils ne cherchent que lui quand ils écrivent ;
mais celui qui est cherché ne vaut rien, il n'y
a que celui qui nous vient dans le besoin qui
est bon ; c'est le véritable, & il arrive assez
sans qu'on le cherche ; il est simple, il ne sait
point se redresser, se mettre sur ses ergots pour
faire le prédicateur à propos de rien ; il laisse
faire cela à l'esprit, qui est le singe ; c'est ce
singe-là qui est philosophe, & qui nous donne
souvent des visions au lieu de science.

Je me souviens qu'un jour à la campagne nous
disputions deux de mes amis & moi sur l'ame.
Un bon paysan qui travailloit auprès de nous,
entendit notre dispute, & me dit après : Monsieur, vous avez tant parlé de nos ames ; est-
ce que vous en avez vu quelqu'une ? Il avoit

raifon de me demander cela , & je le demanderois à tous ceux qui en difputent.

A propos de fcience , il me revient encore
dans l'efprit un fait qu'il faut que je dife. J'ai eu
autrefois une maîtreffe qui étoit favante , fa
folie étoit de philofopher fur les paffions , pendant que je lui parlois de la mienne ; cela m'im-
patienta ; & je me mis à mon tour à philofopher dans mon petit particulier contre elle. J'a-
vois remarqué qu'elle étoit glorieufe de favoir
fi bien jafer , je pris le parti de la louer beaucoup , & de faire le furpris de fa pénétration ;
elle m'en croyoit enchanté : favez-vous bien ce
qui en arriva ? C'eft que pendant qu'elle défi-
niffoit les paffions , je lui en donnai en tapinois
une pour moi , que fa vanité lui fit prendre par
reconnoiffance , & qui m'ennuya à la fin , parce
que j'en méprifai l'origine : elle fut fâchée de
la retraite que je fis ; mais elle ne perdit pas
tout ; comme elle aimoit à philofopher , je lui
laiffois de la befogne pour cela en me retirant ;
elle ne parloit des paffions que par théorie ,
comme de l'amour , de la jaloufie , de fes foibleffes ; il n'y avoit que fon efprit qui les connoiffoit , je les lui mis dans le cœur , afin de
les approcher de plus près d'elle , de forte
qu'il ne tint qu'à elle de les connoître encore
mieux ; mais je crois qu'elle s'occupa plus à les
fentir qu'à les examiner ; on ne fonge guère à ce
qu'elles font quand on les a , depuis ce tems-là
j'ai conçu qu'on ne les connoît bien que lorfqu'on ne les a plus.

Si les femmes lifent cet article-ci , elles m'en
voudront du mal ; mais qu'elles me le pardonnent ,
c'eft la feule fois de ma vie que j'ai été inconftant ; encore ne l'ai-je été que parce que je ne

m'étois fait aimer que par espiéglerie , & que
je ne pouvois songer à l'amour de ma maîtresse
sans le trouver comique , & sans la trouver
elle-même ridicule de l'avoir pris : je crois que
j'avois raison , mon inconstance étoit de bon
sens.

Un homme de ma connoissance fit un jour à
peu près comme moi : c'étoit un fort honnête
homme ; mais il n'étoit pas riche , il plaidoit, sa
fortune dépendoit du gain de son procès ; tout
ce qu'il avoit d'argent passoit à la nourriture
de ce procès , & au profit des défenseurs de
son bon droit ; cela rendoit sa garde-robe modeste ; il étoit fort simplement vêtu.

Dans cet état , il prit de l'amour pour une
très-jolie Demoiselle ; notez qu'il étoit garçon de
bonne mine , mais ses habits étoient trop bruns ;
la Demoiselle ne fit que jetter les yeux sur sa
figure si peu décorée , voilà qui fut fait , elle
ne le regarda plus ; il avoit de l'esprit , & sentit
fort bien la cause de sa disgrace ; de crainte pourtant de se tromper , il ne se rebute point , il
revient , & soupire plus fort : hélas ! loin qu'on
l'entendit , on ne savoit pas seulement qu'il fut-
là ; son misérable habit étoit une nuée qui le couvroit : mais attendez , il gagna son procès , &
courut vîte chez le marchand acheter de quoi se
défaire de sa nuée ; deux jours après il retourne
chez la Demoiselle , brillant comme un soleil.
Oh ! le soleil éblouit , & échauffa pour le coup. Ce
n'étoit plus le même homme , on n'avoit plus
d'yeux que pour lui ; on lui répondoit avant qu'il
eût parlé : tout ce qu'on lui disoit étoit compliment : que vous êtes bien habillé ! que cet habit
est galant ! qu'il est de mon goût ! & puis , laissez
moi , car je vous crains , ne revenez plus ; &

puis, quand vous reverra - t' - on ? Jamais, ma belle Demoiſelle, répondit à la fin notre homme, jamais : mais je vous enverrai la belle décoration où je me ſuis mis, puiſque vous en êtes ſi touchée : quant à moi, ce n'eſt que par mépriſe que vous me dites de revenir ; il y a deux mois que vous me voyez, & que vous ne le ſavez pas : ainſi, ce n'eſt pas à moi à qui vous en voulez, car je n'ai point changé ; j'ai pris d'autres habits, voilà tout ; c'eſt eux qui ſont aimables, & non pas moi, je vous le dis en conſcience. Adieu, Mademoiſelle ; cela dit, il ſortit, & ne la revit jamais.

Qu'il y a de femmes dans le monde comme cette fille - là ! êtes-vous laid, mal-fait ? Allez chez le marchand, ſa boutique eſt un magaſin de belles tailles, & de jolis viſages : les pierreries rendent encore un homme bien redoutable, on ne ſauroit croire le bon air qu'elles donnent.

Par ma foi, la nature a beſoin qu'il y ait des femmes dans le monde, nous auſſi ; mais ſi on les regardoit bien fixement, d'un certain côté, (je dis en général, car il y a des exceptions par-tout,) elles paroîtroient trop riſibles, pour avoir rien à démêler avec notre cœur ; elles ceſſeroient d'être aimables, & ne ſeroient plus que néceſſaires.

En voilà pourtant aſſez contre elles, & je m'étonne moi-même d'en avoir parlé ſur ce ton là ; car perſonne n'a plus été leur humble ſerviteur que moi : mais tout ce que j'en dis ne leur fera jamais de tort. Ceux qui diſent du mal d'elles, & qui prêchent leurs défauts, ſont aux invalides, répondoit un jour un de mes amis à un vieillard qui vouloit lui inſpirer de l'in-

différence pour elles ; j'y fuis auffi aux invalides , auffi bien que ce vieillard ; car ma pauvreté vaut bien de la vieilleffe avec elles , fur-
tout avec les femmes du monde : je ne dis pas
affez ; l'état d'un vieillard n'eft pas fi défefpé-
ré que le mien ; encore quand il eft riche lui
paffent - elles qu'il eft jeune ; mais quand on
eft pauvre , il n'y a plus de reffource , on eft
mort , ou bien autant vaut. Le mal eft qu'on
n'eft mort qu'à leur compte , & qu'on ne l'eft
pas pour foi ; au contraire , jamais on ne fent
tant que l'on vit que lorfqu'elles vous retran-
chent du nombre des vivans ; c'eft que le diable
ne veut rien perdre ; quand il voit qu'elles ne
veulent plus de vous , il vous fait faire les deux
mains , comme on dit au jeu ; c'eft - à - dire ,
qu'avec tout le goût que vous avez pour elles ,
il vous donne encore le goût qu'elles ont perdu
pour vous ; des deux parts il n'en fait qu'une ,
à vous la maffe ; n'êtes-vous pas bien à votre aife
après cela ?

　Une de mes parentes fut mariée à un homme
extrémement âgé ; elle étoit jeune & aimable ,
cela ne lui convenoit point ; mais elle étoit née
fi fage & fi raifonnable , qu'on crut que l'inégalité des âges feroit fans conféquence , elle-même
n'y fentit pas grand inconvénient quand elle fe
maria : elle époufa fon vieillard fans chagrin , &
pleine de confiance en fes forces , d'autant plus
qu'il étoit extrémement riche , & qu'il lui faifoit un bon parti ; mais comme on dit prover-
bialement , c'étoit compter fans fon hôte que de
croire qu'elle s'en accommoderoit ; & cet hôte ,
c'eft le diable , ou nous.

　A peine y avoit-il deux mois que la pauvre
fille étoit mariée , que je lui vis les yeux plus

éveillés, plus languiſſans & plus inquiets que
de coutume ; car tout cela y étoit. Rien de plus
ſerein, de plus paiſible & de plus tranquille
que ces yeux-là auparavant. Comme nous étions,
elle & moi, très-familiers enſemble, je lui demandai à qui elle en avoit ; je vous trouve différente de ce que vous étiez, lui dis-je ; vous
n'êtes pas contente. Tais-toi, mon couſin, me
dit-elle, ne parlons point de cela. J'inſiſtai,
contez-moi ce qui en eſt, lui dis-je, y a-t-il
quelque choſe qui vous chagrine ? Je n'ai, me
dit-elle, qu'un mot à te répondre ; mon mari
eſt ſi vieux. Eh ! ne ſaviez-vous pas bien qu'il
l'étoit quand vous l'avez épouſé, lui dis-je ? Non,
reprit-elle, je ne ſongeois pas à cela, & je ne
ſavois pas que j'y ſongerois. Elle ne m'en dit
pas davantage, je devinai le reſte ; c'eſt que
nous ſommes des eſprits de contradiction : pendant qu'on peut choiſir ce qu'on veut, on n'a
envie de rien ; quand on a fait ſon choix, on
a envie de tout, fut-il bon, on s'en laſſe ; comment donc faire ? Eſt-on mal, on veut être bien,
cela eſt naturel : mais eſt-on bien, on veut être
mieux ; & quand on a ce mieux, eſt-on content ? Oh ! que non : quel remède à cela ? Sauve
qui peut.

Voyez, voilà deux jeunes gens qui s'aiment,
on ne veut pas les marier enſemble ; ils ſéchent
ſur pied, ils ſe meurent : mariez-les, vous leur
rachetez la vie, ils ne veulent que cela ; ils ne
ſe ſoucient pas d'avoir de quoi vivre, ils vivront
aſſez du plaiſir d'être enſemble ; enfin les voilà
unis, & par-deſſus le marché ils ſont riches :
que de joie ! que de tranſports ! qu'ils vont être
heureux ! point du tout : regardez-les deux mois
après, Monſieur ſort déjà de ſon côté, & Ma-

dame ou lien ; ils se voient, parce qu'ils se rencontrent ; qu'est donc devenu leur amour ? Il
s'est perdu quand il a eu ses coudées franches ;
on ne le gênoit plus, il n'étoit plus contrarié,
on l'a laissé libre ; il est mort de sa liberté. A
présent que nos jeunes gens sont mariés, s'il venoit une défense de s'aimer & de se voir, qu'il
leur fût interdit de se trouver bien ensemble,
vous verriez tout d'un coup renaitre leur tendresse, ou plutôt leur esprit de contradiction,
comme je l'ai déjà dit : oui, je crois que pour
faire cesser tous les mauvais ménages, il n'y auroit qu'à défendre les bons.

Il y a des peuples dans l'Europe qui aiment
la liberté, jusqu'à sacrifier tout pour elle ; ils
sont devenus furieux quand on a voulu la leur
ôter : veut on les assujettir ? Ce n'est pas par la
violence qu'il faut s'y prendre ; rendez-les si li-
bres, laissez-les jouir d'une liberté si outrée,
qu'ils s'en ennuient, & qu'elle les choque eux-
mêmes : ne prenez pas garde à eux ; laissez-
les faire ; ne vous mêlez de rien ; oubliez-les ;
ils viendront vous dire de les mettre aux fers,
ils vous reprocheront votre patience ; ils vous
donneront en un jour plus de pouvoir contre
eux, que la violence ne vous en donneroit en
cent ans ; ils voudront un maitre, parce qu'ils
n'en ont point, & vous pouvez vous reposer
sur eux de l'étendue des droits qu'ils vous donneront alors.

J'ai une fois aimé en ma vie une femme avec
passion, parce qu'à l'occasion de quelque chose,
elle avoit dit qu'elle ne pouvoit me souffrir ; &
qu'elle ne me verroit jamais : je m'irritai de ce
qu'elle avoit des volontés si mutines ; quand
je crus l'avoir un peu adoucie, je lâchai prise ;

voilà l'homme. De qui dans la vie veut on fe faire
aimer ? De ceux qui ne fe foucient pas de nous.
Il y a des gens qui donneroient deux de leurs
meilleurs amis, pour avoir l'amitié d'un homme
qui les fuit. Dire du mal de quelqu'un, n'eft le
plus fouvent que fe plaindre de fon indifférence
pour vous. Dans le tems que j'étois dans le monde, on me difoit qu'il y avoit un homme qui marquoit toujours de l'aigreur dans fes difcours,
quand il parloit de moi, je m'avifai tout d'un
coup de fonger que je le faluois froidement,
quand je le rencontrois : je le tiens, dis-je alors
en moi-même, cet homme-là veut que je l'aime,
il l'a mis dans fa tête, parce qu'il s'eft imaginé
que je ne l'aimois pas ; j'avois raifon de penfer
cela, à peine je l'eus falué d'un air riant qu'il
me marqua tant d'amitié, que je n'en favois
que faire ; mais malheureufement j'en pris auffi
pour lui, cela fit qu'il m'aima toujours ; mais
qu'il ne me citoit plus. Puifque je rapporte de
tems en tems de petits traits de ma vie, ne vaut-
il pas mieux que je vous la donne toute entière ? Cela ne m'empêchera pas de m'écarter
quand il me plaira : vous voyez bien que j'écris
comme fi je vous parlois, je n'y cherche pas
plus de façon, & je n'y en mettrai jamais davantage.

Au refte, je ne vous entretiendrai pas le foir
bien long-tems ; car je fuis prié d'un repas avec
mes camarades : vous entendez bien que je veux
dire un repas de gueux, je vous en promets le
récit quand j'en ferai revenu ; ce fera pour vous
une leçon de joie ; ces repas-là ne font pas les
plus mauvais, je vous affure. La politeffe n'y
gêne perfonne. Auffi, n'a-t-on que faire d'elle,
quand on veut fe divertir : ce n'eft pas le plaifir

qui l'a inventé ; au contraire je ne doute pas
qu'il ne la chaffe quelque jour ; je parle de cette
politeffe, ou fi vous voulez de cette bienféance,
de ce bel air que les gens du monde ont dans
leur feftin , où il faut s'obferver , & avoir une
façon de boire & de manger qui eft de convention : diantre , cela eft férieux, prenez garde à
vous. Si vous hauffez trop le coude en buvant ,
on dira que vous n'êtes qu'un provincial, qu'un
petit bourgeois qui n'a pas coutume d'être en
bonne compagnie : voyez ce que c'eft ; ô gens du
monde , que vous êtes de pauvres gens !

Je difois un jour à un gentilhomme qui étoit
tout frais débarqué de fa province , & que des
perfonnes de confidération avoient prié à fouper ; eh ! Monfieur, où allez-vous vous fourer ?
Vous êtes bien hardi de vous préfenter tout de
gô à pareille fête, vous qui ne favez tout fimplement manger & couper vos morceaux qu'à
la manière de votre pays. Croyez-vous qu'il fuffife d'avoir bon appétit ? Vraiment, vous n'y êtes
pas : c'eft même le père des incongruités que
l'appétit dans un homme qui ne fait pas le conduire en ce pays-ci. Comment remercierez-vous
ceux qui boiront à votre fanté ? Je vous vois
d'ici , vous pancherez civilement la tête, & vous
ferez un joli garçon avec cette contorfion-là. Dites-moi , aurez-vous en mangeant cet air libre
& aifé qu'il convient d'avoir avec fa fourchette ,
fon affiette , fon verre, & fon couteau ? Avez-
vous étudié votre dictionnaire de friandife & de
gourmandife ? Il faut qu'un galant homme le fache , fous peine de ne paroître qu'un manant.
Comment ferez-vous affis ? Vous tiendrez-vous
bien droit à table ? Vous ne ferez qu'un échalas.
Y ferez-vous fans façon , ah ! le payfan. Le gen-

tilhomme épouvanté de ce que je lui difois, prit
là chofe très-férieufement, & aima mieux être
malade, que d'aller à fon repas : il m'avoua même,
fix mois après, que j'avois raifon, & qu'il voyoit
bien qu'il m'avoit eu obligation.

Les hommes avec toutes leurs façons reffem-
blent aux enfans : ces derniers s'imaginent être
à cheval, quand ils courent avec un bâton entre
les jambes ; de même les hommes ; ils s'imaginent à caufe de certaines belles manières qu'ils
ont introduites entre eux, pour flatter leur orgueil, ils s'imaginent en être plus confidérables,
& quelque chofe de plus grand; les voilà à cheval.
Il y a tel homme dans le monde qui eft fi fort fur
fon droit, fur fon quant à foi, qu'il aimeroit mieux
effuyer une fourberie, qu'une impoliteffe. A combien de fots coupe-t-on la bourfe en cajolant leur
vanité ! tout le monde eft bourgeois-gentilhom-
me, jufqu'aux gentilhommes même. Les hommes
font plus vains que méchans : mais je dis mal ;
ils font tous méchans, parce qu'ils font tous
vains. Y a-t-il rien de fi malin, de fi peu charitable que la vanité offenfée ? Je fuis bon, difoit un ancien, dont le nom ne me revient pas,
je fuis généreux ; mon bien, ma vie, tout ce
que je poffede eft à mes amis, aux indifférens
même ; me trahit-on ? je l'oublie : me nuit-on ?
me fait-on du mal ? Je le pardonne ; mais ne
m'humiliez pas.

CHAPITRE XIII.

Du Style.

J'ENTENDS quelquefois parler du ftyle, & je ne comprens rien aux éloges, ni aux critiques qu'on fait de celui de certaines gens.

Vous voyez fouvent des gens d'efprit vous dire : le ftyle de cet Auteur eft noble, le ftyle de celui-ci eft affecté, ou bien obfcur, ou plat, ou fingulier.

Enfin c'eft toujours du ftyle dont on parle, & jamais de l'efprit de celui qui a ce ftyle. Il femble que dans le monde il ne foit queftion que des mots, & point des penfées.

Cependant ce n'eft point dans les mots qu'un Auteur qui fait bien fa langue, a tort ou raifon.

Si les penfées me font plaifir je ne fonge point à le louer de ce qu'il a été choifir les mots qui pouvoient les exprimer.

Cet un homme, qui, comme je l'ai déjà dit, fait bien fa langue, qui fait que les mots ont été inftitués pour les expreffions propres, & les fignes des idées qu'il a eues : il n'y avoit que ces mots-là qui puiffent faire entendre ce qu'il a penfé, & il les a pris. Il n'y a rien d'étonnant à cela : encore une fois je ne fonge point à lui en tenir compte : ce n'eft pas-là ce qui fait fon mérite ; c'eft d'avoir bien penfé que je le loue ; car pour les expreffions de fes idées, il ne pouvoit faire autrement que de les prendre, puifqu'il n'y avoit que celles-là qui puffent communiquer fes penfées.

Cet homme-là au contraire penfe mal, ou foiblement, ou fans juftefse ; tout ce qu'il penfe eft outré : ce que je ne conçois que par les mots dont il s'eft fervi pour me communiquer fes penfées.

Dirai-je qu'il a un mauvais ftyle ? m'en prendrai-je à fes mots ? Non, il n'y a rien à corriger. Cet homme qui fait bien fa langue, a dû fe fervir des mots qu'ils a pris, parce qu'il étoient les feuls fignes des penfées qu'il a eues.

En un mot, il a fort bien exprimé ce qu'il a penfé ; fon ftyle eft ce qu'il doit être ; il ne pouvoit pas en avoir un autre : tout fon tort eft d'avoir eu des penfées, ou bafses, ou plattes, ou forcées, qui ont exigé néceffairement qu'il fe fervit de tels ou tels mots, qui ne font, ni bas, ni plats, ni forcés en eux-mêmes, & qui entre les mains d'un homme qui aura plus d'efprit, pourront fervir une autre fois à exprimer de très-fines ou de très-fortes penfées. Ce que je dis-là eft inconteftable. Il faut feulement un peu raifonner pour le fentir ; mais on ne fe met au fait de rien, à moins qu'on ne raifonne.

Je fuppofe une femme qui connoifse toutes les couleurs ; elle imagine un meuble où il en entre quatre : elle ordonne ce meuble, on le lui apporte. Vous êtes préfent, & ce meuble ne vous plaît point.

Direz-vous à cette femme : cela eft mal exécuté, ce ne font pas là les couleurs que vous deviez employer pour avoir un meuble comme vous l'avez imaginé ? Non, ce ne feroit pas lui parler raifon ; car ces couleurs, difpofées comme elles font, font bien l'effet qu'elle a imaginé : elle ne pouvoit avoir ce meuble qu'avec les mêmes couleurs arrangées comme elles le font.

Et en quoi donc a-t-elle tort ? C'eft d'avoir

imaginé ce meuble dans ce goût-là ; c'eſt ſon imagination qui ne vaut rien ; quoique très-bien rendue par les coûleurs qui ſont bonnes.

Ces couleurs ſont ici comme le ſtyle de la choſe ; & la choſe étant ce qu'elle eſt, voilà ce que le ſtyle en devoit être.

Pour achever d'éclaircir ce que je veux dire, poſons quelque principes qui feront aifés à comprendre.

Je les ai quelquefois dit à des gens d'eſprit, & même à des femmes ; je les ai fait convenir que ces difcours qu'on tient fur le ſtyle ne ſont qu'un verbiage que l'ignorance & la malice ont mis à la mode, pour diminuer le prix des ouvrages qui ſe font diſtinguer.

Il s'agit encore ici d'un petit raifonnement : il y fera queſtion d'idées & de penſées, matière qui a toujours l'air arbitraire, & qui effarouche ; mais je n'ai que deux mots à dire, & je tâcherai d'être clair.

Je diſtingue entre penſée & idée, & je dis que c'eſt avec pluſieurs idées qu'on forme une penſée.

Qu'eſt-ce donc que j'appelle une idée ? Le voici.

J'ai vu un arbre, un ruban, &c. J'ai vu un homme en colère, jaloux, amoureux ; j'ai vu tout ce qui peut ſe voir par les yeux de l'eſprit, & par les yeux du corps : pour abréger, je confond ſous le nom d'idée, ce qui a corps & ce qui n'en a point, ce qui ſe voit & ce qui ſe ſent, quoique je ſache bien la différence qu'on y met.

Or, en voyant ces différentes choſes, j'ai pris de chacune d'elles ce que j'appelle idée ; il m'en eſt reſté l'image, ou la perception dans l'eſprit.

A préfent que j'ai l'idée de ces différentes chofes qui m'ont frappées comment ferai-je, quand je fongerai à un arbre , pour inftruire les autres que je fonge à un arbre , ou à une autre chofe qui me viendra dans l'efprit , fur-tout quand elle ne me fera pas préfente ?

Les hommes entr'eux ont pourvu à cela ; ils ont inftitué des fignes de l'idée qu'on a dans l'efprit. On eft convenu que le mot d'arbre fignifieroit l'idée que nous avons d'un arbre ; dès que je prononce ce mot , on m'entend , & ainfi du refte.

Le nombre des mots ou des fignes, chez chaque peuple , répond à la quantité d'idées qu'il a.

Il y a des peuples qui ont peu de mots , dont la langue eft très-bornée ; & c'eft qu'ils n'ont qu'un petit nombre d'idées : c'eft la difette d'idée qui fait chez eux la difette de leur langue ou de leurs mots.

Il y a des peuples dont la langue eft très-abondante ; c'eft parce qu'il y a parmi eux une grande quantité d'idées , à chacune defquelles il a fallu un mot ou un figne.

Ils ont , par exemple , démêlé dans l'homme , dans fes paffions , dans fes mouvemens , mille chofes qu'un autre peuple n'y a pas vues ; c'eft une fineffe d'efprit & de vue qui eft générale parmi eux , & qui les oblige d'inventer autant de mots qu'elle leur a procuré d'idées.

S'il venoit en France une génération d'hommes qui eût encore plus de fineffe d'efprit qu'on n'en a jamais eu en France & ailleurs , il faudroit de nouveaux mots , de nouveaux fignes , pour exprimer les nouvelles idées dont cette génération feroit capable : ces mots que nous avons ne fuffi-

roient pas, quand même les idées qu'ils expri-
meroient auroi..nt quelque ressemblance avec les
nouvelles idées qu'on auroit acquises : il s'agi-
roit quelquefois d'un degré de plus de fureur,
de passion, d'amour, ou de méchanceté qu'on
appercevroit dans l'homme ; ce seroit ce dégré
de plus qu'on appercevroit, qui alors demanderoit un signe, un mot propre qui fixât l'idée qu'on
en auroit acquise.

Mais je suppose, comme il est peut-être
vrai, que nous avons aujourd'hui tout autant
d'idées que l'homme sera jamais capable d'en
avoir.

Je dis que chacune des idées en tout genre
a son signe, son mot que je n'ai qu'à prononcer
pour apprendre aux autres à quoi je songe.

Nous voilà donc fournis des idées de chaque
chose, & des moyens de les exprimer, qui sont
les mots.

Que faisons-nous de ces idées & de leurs
mots ?

De ces idées nous en formons des pensées que
nous exprimons avec ces mots ; ces pensées nous
les formons en approchant plusieurs idées que
nous lions les unes aux autres : c'est du rapport
& de l'union qu'elles ont alors ensemble, que résulte la pensée.

Penser, c'est donc unir plusieurs idées particulières les unes aux autres.

Je songe aux charmes d'une femme. Ces charmes, voilà une idée.

Après cela je songe à une femme, autre idée.
Je songe à l'effet que ces charmes produisent,
autre idée. Je songe à quelque chose d'intérieur
en moi, sur qui tombe cet effet, encore une autre
idée.

Mais

Mais ce n'eſt encore-là avoir que des idées ; lions-les enſemble , pour en former une penſée quelconque.

Les charmes d'une femme égarent la raiſon.

Cette penſée n'eſt encore que dans mon eſprit , & n'eſt pas exprimée, comment fais-je pour l'exprimer ? Je me ſers du mot qui eſt le ſigne de chacune de mes idées.

L'idée des charmes s'exprime par le mot charmes. L'idée d'une femme par le mot d'une , & par celui de femme.

L'idée préciſe que j'ai de l'effet que ces charmes produiſent s'expriment par le mot d'égarer, qui , moyennant la conjugaiſon que j'en fais , pour marquer le tems , me rend égarent ; & puis l'idée que j'ai de la choſe qui eſt égarée s'exprime par le mot de raiſon.

A l'égard du petit mot de , les , qui précède celui de charmes , & du mot de la , qui précède celui de raiſon ; ce ſont encore des petites conjonctions qu'on a imaginées, pour aider à la liaiſon des idées entre elles , & dont nous apprenons l'uſage en apprenant les mots.

De ſorte que j'ai d'abord eu des idées qui ont chacune leur mot.

De ces idées j'en ai formé une penſée , & cette penſée je l'ai exprimée, en donnant à chacune de ces idées le ſigne qui la ſignifie.

Ainſi , un homme qui ſait bien ſa langue , qui ſait tous les mots , tous les ſignes qui la compoſent , & la valeur préciſe de ces mots conjugués ou non , peut penſer mal , mais il exprimera toujours bien ſes penſées.

Venons maintenant à l'application de tout ce que j'ai dit.

Vous accuſez un Auteur d'avoir un ſtyle pré-

Z

cieux. Qu'eſt-ce que cela ſignifie ? Que voulez-
vous dire avec votre ſtyle ?

Je vois d'ici un jeune homme qui a de l'eſprit,
qui compoſe, & qui, de peur de mériter le même
reproche, ne va faire que des phraſes : il crain-
dra de penſer finement, parce que s'il penſoit
ainſi, il ne pourroit s'exprimer que par des mots
qu'il ſoupçonne que vous trouvériez précieux.

De ſorte qu'il rebute toutes les penſées fines &
un peu approfondies qui lui viennent ; parce que,
dès qu'il les a exprimées, il lui paroît que les mots
propres, dont il n'a pu s'empêcher de ſe ſervir,
ſont recherchés.

Ils ne le ſont pourtant pas ; ce ſont ſeulement
des mots qu'on ne voit pas ordinairement aller
enſemble, parce que la penſée qu'ils expriment
n'eſt pas commune ; & que les dix ou douze
idées, qu'il a été obligé d'unir pour former ſa
penſée, ne ſont pas ordinairement enſemble.

Mais ce jeune homme ne raiſonne pas ainſi :
la critique qu'il vous entend faire ne lui en apprend pas tant ; elle ne parle que de ſtyle &
de mots, & il ne prend garde qu'à ces mots.

Qu'en arrive-t-il ? que pour avoir un ſtyle ordinaire, il n'oſe employer que des mots qu'on
a l'habitude de voir enſemble, & qui, conſé-
quemment, n'expriment que les penſées de tout
le monde ; car ces mots ne ſont d'ordinaire
enſemble, que parce que la liaiſon des idées,
dont ils ſont le ſigne, eſt familière à tout le
monde.

Mais ſi on lui avoit dit, l'Auteur qu'on accuſe d'être précieux fait bien ſa langue, & ne
péche point dans ſon ſtyle : il ne vouloit dire
que ce qu'il a dit, & il l'a fort bien exprimé ;
mais ce qu'il a fort bien exprimé, n'eſt pas bien

pensé : c'est un Auteur dont les pensées sortent du vrai, qui dans les objets, dans les sentimens qu'il peint, y ajoute des choses qui n'y sont pas, qui y sont étrangères, ou qui n'y appartiennent pas assez. Il ne saisit pas les vraies finesses de ses sujets, il les peint d'après lui, & non pas d'après eux : il pense subtilement, & non pas finement ; il invente, il ne copie pas. Voilà son fort, voilà ce que la critique qu'on fait de lui devroit vous apprendre, & ce qu'elle ne vous apprend pas.

Elle ne parle que de son style, où il n'y a rien à redire. Du moins le vice de ce style, s'il y en a un, n'est qu'une conséquence bien exacte du vice de ses pensées.

Qu'elle nous montre donc le vice de ses pensées, & qu'elle laisse-là le style qui ne sauroit être autrement qu'il est ; quand cet homme pensera mieux, quand il ne mettra rien d'inutile, rien d'outré, rien d'empoulé, rien de faux dans ses pensées, il n'y aura conséquemment plus de vice dans son style, & il paroîtra s'exprimer fort bien, sans qu'il apprenne pourtant à s'exprimer mieux ; car, encore une fois, il sait sa langue, & ne la saura jamais mieux qu'il la sait, & pour s'exprimer bien, il n'est question que de la savoir. Aussi cet Auteur s'exprime-t-il bien, même en pensant mal.

Mais est-il vrai qu'il pense mal ? C'est ce qu'il faut prouver ; & s'il y a un reproche à lui faire, il ne peut tomber que là-dessus, & non pas sur le style, qui n'est qu'une figure exacte de ses pensées, & qui peut-être encore n'est accusé d'être mauvais, d'être précieux, d'être guindé, recherché, que parce que les pensées qu'il exprime sont extrêmement fines, & qu'elles n'ont

pu fe former que d'une liaifon d'idées fingulières,
lefquelles idées n'ont pu à leur tour être exprimées qu'en approchant des mots, des fignes qu'on
a rarement vu aller emfemble.

Ne feroit-il pas plaifant que la fineffe des penfées de cet Auteur fût la caufe du vice imagi-
naire dont on accufe fon ftyle ?

Cela fe pourroit bien : & fur ce pied-là,
l'homme qui penfera beaucoup donnera fouvent
beau jeu à ceux qui s'acharnent fur le ftyle.

L'homme qui penfe beaucoup approfondit les
fujets qu'il traite ; il les pénètre, il y remarque des chofes d'une extrême fineffe, que tout
le monde fentira, quand il les aura dites ; mais
qui, en tout tems, n'ont été remarquées que
de très-peu de gens : il ne pourra affurément les
exprimer que par un affemblage d'idées & de mots
très-rarement vus enfemble.

Voyez combien les critiques profiteront contre
lui de la fingularité inévitable du ftyle que cela
va lui faire. Que fon ftyle fera précieux ! mais
auffi, de quoi s'avife-t-il de tant penfer, & d'appercevoir, même dans les chofes que tout le
monde connoît, des côtés que peu de gens
voient, & qu'il ne peut exprimer que par un
ftyle qui paroîtra néceffairement précieux ? Cet
homme-là a grand tort.

Il faudroit lui dire de penfer moins, ou prier
les autres de vouloir bien qu'il exprime ce qu'il
aura penfé, & de fouffrir qu'il fe ferve des feuls
mots qui peuvent exprimer fes penfées, puifqu'il
ne peut les exprimer qu'à ce prix-là.

Quand elles feront exprimées, il faudra voir
fi on les entend.

Sont-elles obfcures ? Qu'on lui dife alors : il
vous a été permis d'unir telles idées, & con-

féquemment tels mots qu'il vous a plu, pour former vos penfées : peu nous importe que telles idées, auffi bien que tels mots, foient ordinairement ou rarement enfemble : nous ne demandons pas mieux, que l'union même en foit fingulière, parce que cela nous promet des penfées ou neuves, où rares, ou fines : mais vous vous mêlez de faire le grand efprit, d'avoir befoin de cette fingularité d'union dans vos idées, & conféquemment dans vos mots, & cela ne vous procure que des penfées qui ne font pas intelligibles, ou qui peignent les chofes autrement qu'elles ne font, qui y ajoutent des fineffes qui n'y font pas : penfez donc avec netteté, avec juft'effe, &c.

Oh ! voilà des reproches férieux, raifonnés & raifonnables, pourvu qu'on en prouve la juftice.

Eh ! comment la prouvera-t-on ? En examinant chaque penfée, en voyant fi elle s'entend ; car il faut qu'elle foit nette & claire : après cela eft-elle allongée, ou ne l'eft-elle pas ? Pourroit-on la former avec moins d'idées qu'elle n'en a qui la compofent, & par conféquent l'exprimer avec moins de mots, fans rien ôter de fa fineffe, & de l'étendue du vrai qu'elle embraffe ?

Enfuite, eft-elle vraie ? L'objet qu'elle peint, regardé dans ce fens-là, eft-il conforme au portrait qu'elle en fait ? Par exemple.

L'efprit eft fouvent la dupe du cœur.

C'eft M. de la Rochefoucault qui l'a dit : fuppofons que cela ne fût dit que d'aujourd'hui, par quelque Auteur de nos jours. Ne l'accuferoit-on pas de s'être exprimé dans un ftyle précieux ? Il y a de l'apparence.

Pourquoi, s'écrieroit un critique, ne pas dire

que l'esprit est souvent trompé par le cœur, que
le cœur en fait à croire à l'esprit ? C'est la même
chose.

Non pas, s'il vous plaît, lui répondrois-je ;
vous n'y êtes point : ce n'est plus là la pensée
précise de l'Auteur ; vous la diminuez de force,
vous la faites baisser : le style de la vôtre) puisque
vous parlez de style) ne vous exprime qu'une
pensée assez commune. Le style de cet Auteur
nous en exprime une plus particulière, plus fine,
& qui nous peint ce qui se passe quelquefois entre
l'esprit & le cœur.

Cet esprit, simplement trompé par le cœur,
ne me dit pas qu'il est souvent trompé comme
un sot, ne me dit pas même qu'il se laisse tromper. On est souvent trompé sans mériter le nom
de dupe : quelquefois on nous en fait habillement accroire, sans qu'on puisse nous reprocher
d'être de facile croyance ; & cet Auteur a voulu
vous dire que souvent le cœur tourne l'esprit,
comme il le veut, qu'il le fait aisément incliner
à ce qu'il lui plaît, qu'il lui ôte sa pénétration,
ou la dirige à son profit ; enfin, qu'il le séduit
& l'engage à être de son avis bien plus par les
charmes de ses raisons, que par leur solidité. Cet
Auteur a voulu vous dire que l'esprit a souvent
la foiblesse, en faveur du cœur, de passer pour
raisonnable, pour possible, pour vrai, ce qui
ne l'est pas ; & le tout, sans remarquer qu'il a
cette foiblesse-là.

Voilà bien des choses, que l'idée de dupe ren-
ferme toutes, & que le mot de cette idée exprime toutes aussi.

Or, si l'idée de l'Auteur est juste, que trou-
vez-vous à redire au signe dont il se sert pour
exprimer cette idée ?

Il y a des gens qui , en faifant un ouvrage d'efprit , ne faififfent pas toujours précifément une certaine idée qu'ils voudroient joindre à une autre. Ils la cherchent , ils l'ont dans l'inftinct , dans le fond de l'ame ; mais ils ne fauroient la développer , & par pareffe , ou par néceffité , ou par laffitude , ils s'en tiennnent à une autre qui en approche , mais qui n'eft pas la véritable , & qu'ils expriment pourtant bien , parce qu'ils prennent le mot propre de cette idée à peu près reffemblante à l'autre , & en même-tems inférieure.

Si Montagne avoit vécu de nos jours , que de critiques n'eut-on pas fait de fon ftyle ? car il ne parloit ni françois , ni allemand , ni breton , ni fuiffe. Il penfoit , il s'exprimoit au gré d'une ame finguliere & fine. Montagne eft mort , on lui rend juftice ; c'eft cette fingularité d'efprit , & conféquemment de ftyle , qui fait aujourd'hui fon mérite.

La Bruyère eft plein de fingularités : auffi a-t-il penfé fur l'ame , matière pleine de chofes fingulières.

Combien Pafcal n'a-t-il pas d'expreffions de génie ?

Qu'on me trouve un Auteur célèbre qui ait approfondi l'ame , & qui dans les peintures qu'il fait de nous & de nos paffions , n'ait pas le ftyle un peu fingulier.

CHAPITRE XIV.

Réflexions diverses.

Réflexions sur l'esprit humain, à l'occasion de Corneille & Racine *.

I L y a deux sortes de grands hommes à qui l'humanité doit ses connoissances & ses mœurs, & sans qui le passage de tant de conquérants auroit condamné la terre à rester ignorante & féroce ; deux sortes de grands hommes qu'on peut appeler les bienfaiteurs du monde & les réparateurs de ses vraies pertes.

J'entends par les uns, les hommes immortels qui ont pénétré dans la connoissance de la vérité, & dont les erreurs même ont souvent conduit à la lumière ; ces Philosophes, tant ceux de l'antiquité, dont les noms sont assez connus, que ceux de notre âge, tels que Descartes, Newton, Mallebranche, Locke, &c.

J'entends par les autres, ces grands génies qu'on appelle quelquefois beaux Esprits ; ces critiques férieux ou badins ; ces peintres sublimes

---

* Ces Réflexions sur l'esprit humain sont aussi précieuses pour le fond des choses que par le tour délicat & réfléchi qui étoit propre à M. de Marivaux. Cet Ouvrage contenoit un parallele sublime de Corneille & de Racine qu'il avoit lû à l'Académie Françoise, qui s'est sans doute perdu, & nous regardons la privation de ce morceau comme une grande perte pour la Littérature. Nos recherches pour le retrouver ont été infinies & malheureusement inutiles.

des grandeurs & des misères de l'ame humaine, qui, en nous inftruifant dans leurs ouvrages, nous perfuadent à force de plaifirs, qu'ils n'ont pour objet que de nous plaire & de charmer notre loifir ; je mets Corneille & Racine dans ce qu'il y a de plus refpectable dans l'ordre de ceux-ci, fans parler de ceux de nos jours, qu'il n'eft pas tems de nommer en public, que la poftérité dédommagera du filence qu'il faut qu'on obferve aujourd'hui fur eux, & dont l'envie contemporaine qui les loue à fa manière, les dédommage dès-à-préfent en s'irritant contre eux.

Communément dans le monde, ce n'eft qu'avec une certaine admiration qu'on parle de ceux que je nomme Philofophes ; on va jufqu'à la vénération pour eux, c'eft un hommage qui leur eft dû.

On ne va pas fi loin pour ces génies, parmi lefquels j'ai compté Corneille & Racine ; on leur donne cependant de très - grands éloges ; on a auffi de l'admiration pour eux, mais une admiration bien moins férieufe, bien plus familière, qui les honore beaucoup moins que celle dont on eft pénétré pour les Philofophes.

Ce n'eft pas - là leur rendre juftice ; s'il n'y avoit que la raifon qui fe mêlât de nos jugemens, elle défavoueroit cette inégalité de partage que les Philofophes même, tout Philofophes qu'ils font, ne rejettent pas, qu'il leur fiéroit pourtant de rejetter, & qu'on ne peut attribuer qu'à l'ignorance du commun des hommes.

Ces hommes en général ne cultivent pas les fciences ; ils n'en connoiffent que le nom qui leur en impofe, & leur imagination refpectueufement étonnée des grandes matières qu'ils

traitent, acheve de leur rendre ces matières encore plus inacceffibles.

De-là vient qu'ils regardent les Philofophes
comme des intelligences qui ont approfondi des
myftères , & à qui feuls il appartient de nous
donner le merveilleux fpectacle des forces & de
la dignité de l'efprit humain.

A l'égard des autres grands génies , pourquoi
les met on dans un ordre inférieur ? Pourquoi
n'a-t on pas la même idée de la capacité dont
ils ont befoin ?

C'eft que leurs ouvrages ne font une énigme
pour perfonne ; c'eft que le fujet fur lequel ils
travaillent a le défaut d'être à la portée de tous
les hommes.

Toutes les ames, depuis la plus foible jufqu'à
la plus forte , depuis la plus vile jufqu'à la plus
noble , toutes les ames ont une reffemblance générale ; il y a de tout dans chacune d'elles :
nous avons tous des commencemens de ce qui
nous manque , par où nous fommes plus ou moins
en état de fentir & d'entendre les différences
qui nous diftinguent.

Et c'eft-là ce qui nous procurant quelques lumières communes , avec les génies dont je parle ,
nous mene à penfer que leur fcience n'eft pas un
myftère , & n'eft dans le fond que la fcience de
tout le monde.

Il eft vrai qu'on n'a pas comme eux l'heureux talent d'écrire ce qu'on fait ; mais à ce
talent près , qui n'eft qu'une manière d'avoir de
l'efprit , rien n'empêche qu'on en fache autant
qu'eux , & on voit combien ils perdent à cette
opinion-là.

Auffi tout lecteur ou tout fpectateur , avant
qu'il les admire , commence-t-il par être leur

juge , & prefque toujours leur critique ; de pareilles fonctions ne difpofent pas l'admirateur
à bien fentir la fupériorité qu'ils ont fur lui ;
il a fait trop de comparaifon avec eux pour
être étonné de ce qu'ils valent ; & d'ailleurs ,
de quoi les loue-t-il ? Ce n'eft pas de l'inftruction qu'il en tire ; elle paffe en lui fans qu'il
s'en apperçoive : c'eft de l'extrême plaifir qu'ils
lui font , & il eft fûr que ce plaifir - là leur
nuit encore ; ils en paroiffent moins importans ;
il n'y a point de dignité à plaire : c'eft bien
le mérite le plus aimable , mais en général ,
ce n'eft pas le plus honoré.

On voit même des gens qui tiennent au-deffous d'eux de s'occuper d'un ouvrage qui plaît ;
c'eft à cette marque-là qu'ils le dédaignent comme
frivole : nos grands hommes pourroient bien
devoir à tout ce que je viens de dire , le titre
familier & fouvent moqueur• de beaux Efprits
qu'on leur donne pendant qu'ils vivent , qui , à
la vérité , s'ennoblit beaucoup , quand ils ne font
plus , & qui d'ordinaire fe convertit en celui de
grands génies qu'on ne leur difpute pas alors.

Ce n'eft pas qu'ils aient enrichi le monde d'aucune découverte , ce n'eft pas-là ce qu'on entend ;
les belles chofes qu'ils nous difent ne nous frappent
pas même comme nouvelles ; on croit toujours
les reconnoître , on les avoit déja entrevues ;
mais jufqu'à eux on en étoit refté-là ; jamais
on ne les avoit vues d'affez près , ni affez fixement pour pouvoir les dire ; eux feuls ont
çu les faifir & les exprimer avec une vérité
qui nous pénètre , & les ont rendues conformément aux expériences les plus intimes de notre
ame ; ce qui fait un accident bien neuf & bien
original ; voilà ce qu'on leur attribue.

Ainſi ils ne ſont ſublimes que d'après nous
qui le ſommes foncièrement autant qu'eux ; &
c'eſt dans leur ſublimité que nous nous imagi-
nons contempler la nôtre.

Ainſi ils ne nous apprennent rien de nous ,
qui nous ſoit inconnu ; mais le portrait le plus
frappant qu'on nous ait donné de ce que nous
ſommes , celui où nous voyons le mieux combien nous ſommes grands dans nos vertus , terribles dans nos paſſions , celui où nous avons
l'honneur de démêler nos foibleſſes avec la ſagacité la plus fine , & par conſéquent la plus
conſolante , celui où nous nous ſentons le plus
ſuperbement étonnés de l'audace & du courage
de la fierté, de la ſageſſe, j'oſe dire auſſi de la
redoutable iniquité dont nous ſommes capables ;
(car cette iniquité , même en nous faiſant frémir , nous entretient encore de nos forces ;) enfin , le portrait qui nous peint le mieux l'importance & la ſingularité de cet être qu'on appelle
homme , & qui eſt chacun de nous , c'eſt à eux
à qui nous le devons.

Ce ſont eux , à notre avis , qui nous aver-
tiſſent de tout l'eſprit qui eſt en nous , qui y
repoſoit à notre inſçu , & qui eſt une ſecrette
acquiſition de lumière & de ſentiment que nous
croyons avoir faite , & dont nous ne jouiſſons
qu'avec eux ; voilà ce que nous en penſons.

De ſorte que ce n'eſt pas préciſément leur eſprit qui nous ſurprend , c'eſt l'induſtrie qu'ils ont
à nous rappeller le nôtre ; voilà en quoi ils
nous charment.

C'eſt-à-dire que nous les chériſſons, parce qu'ils
nous vantent , ou que nous les admirons , parce
qu'ils nous valent ; au lieu que nous reſpectons
les Philoſophes , parce qu'ils nous humilient.

Je n'attaque point ce respect-là ; il n'est pas d'ailleurs si humiliant qu'il le paroît.

Ce n'est pas précisément devant les Philosophes que nous nous humilions, il ne faut pas qu'ils l'entendent ainsi ; c'est à l'esprit humain, dont chacun de nous a sa portion, que nous entendons rendre hommage.

Nous ressemblons à ces cadets qui, quoique réduits à une légitime, s'énorgueillissent pourtant dans leurs aînés, de la grandeur & des richesses de leur maison.

Mais les autres grands génies sont-ils moins dans ce sens nos aînés que les Philosophes ? Et pour quitter toute comparaison, sont-ils en effet partagés d'une capacité de moindre valeur, ou d'une espéce inférieure ?

Nous le croyons ; j'ai déja dit en passant ce qui nous mene à le croire ; ne serions-nous pas dans l'erreur ? Il y a des choses qui ont un air de vérité, mais qui n'en ont que l'air, & il se pourroit bien que nous fissions injure au don d'esprit peut-être le plus rare, au genre de pensée qui caractérise le plus un être intelligent.

Je doute du moins que le vrai Philosophe, je ne parle point du pur Géomêtre ou du simple Mathématicien ; mais de l'homme qui pense, de l'homme capable de mesurer la sublimité de ces deux différens ordres d'esprit, je doute que cet homme fut de notre sentiment.

Au défaut des réflexions qu'il feroit là-dessus tenons-nous-en à celles que le bon sens peut dicter, & que je vais rapporter après avoir encore une fois établi bien exactement la question.

Une science, je dis celle de nos grands génies, où nous sommes tous, disons-nous, plus ou moins initiés, qui n'est une énigme pour per-

fonne, pas même dans fes profondeurs, qu'on
ne nous apprend point, qu'on ne fait que nous
rappeller comme fublimes quand on nous les préfente, & jamais inconnues ; une fcience au moyen
de laquelle on peut bien nous charmer, mais
non pas nous inftruire ; une fcience qu'on apprend fans qu'on y penfe, fans qu'on fache qu'on
l'étudie, ne le cede-t-elle pas à des fciences
fi difficiles, que le commun des hommes eft réduit à n'en connoître que le nom, qui donnent
à ceux qui les favent des connoiffances d'une uti-
lité admirable ; à des fciences apparemment plus
étrangères à l'efprit humain en général, puifqu'il
faut expreffément & péniblement les apprendre
pour les favoir, & que peu de gens, après une
étude même affidue, y font du progrès.

Voilà des objections qui paroiffent fortes ;
c'eft leur force apparente qui fait qu'on s'y repofe
& qu'on s'y fie.

Tâchons d'en démêler la valeur.

Le vrai Philofophe dont je parlois tout à
l'heure, ne voudroit pas qu'on s'y trompât même
en fa faveur ; une impofture de notre imagination, fi ce que nous penfons en eft une, n'eft pas
digne de lui.

A l'égard de ces hommes qui nous abandon-
neroient volontiers à notre illufion là-deffus, pour
profiter de l'injufte & faux honneur qu'elle leur
feroit, ils ne méritent pas qu'on les ménage. Examinons donc.

La fcience du cœur humain, qui eft celle des
grands génies, appellés d'abord beaux Efprits,
n'eft, dit-on, une énigme pour perfonne ; tout le
monde l'entend, & qui plus eft, on l'apprend
fans qu'on y penfe : d'accord.

Mais de ce qu'il nous eft plus aifé de l'apprendre que les autres fciences, en doit-on conclure qu'elle eft par elle-même plus difficile ou moins profonde que les autres fciences? Non ; & c'eft ici où eft le fophifme.

Cette facilité que nous trouvons à l'apprendre plus ou moins, & qui nous diffimule fa profondeur, ne vient point de fa nature, mais bien de la nature de la fociété que nous avons enfemble.

Ce n'eft pas que cette fcience foit effectivement plus aifée que les autres ; c'eft la manière dont nous l'apprenons qui nous la fait paroître telle , comme nous le verrons dans un moment.

D'un autre côté, il faut étudier très-expreffément & très-péniblement les autres fciences pour les favoir : d'accord auffi.

Ce n'eft pas non plus qu'à force de profondeur elles aient par elles-mêmes le privilége particulier, & comme excluſif, d'être plus difficiles que la fcience de nos grands génies. C'eft encore la nature de notre fociété qui produit cette difficulté accidentelle , ce travail folitaire & affidu qu'elles exigent ; on pourroit les acquérir à moins de frais.

En un mot, c'eft cette fociété qui nous oblige à de très-grands efforts pour les favoir, & qui ne nous ouvre point d'autre voie.

C'eft auffi cette fociété qui nous difpenfe de ces mêmes efforts pour favoir l'autre ; je vais m'expliquer.

Figurons-nous une fcience d'une pratique fi urgente qu'il faille abfolument que tout homme , quel qu'il foit, la fache , plus ou moins & de très-bonne heure , fous peine de ne pouvoir être admis à ce concours d'intérêts, de relations & de besoins réciproques qui nous unissent les uns & les autres.

En même-tems figurons-nous une science que par bonheur tous les hommes apprennent inévitablement entre eux.

Telle est la science du cœur humain, celle des grands hommes dont il est question.

D'une part la nécessité absolue de savoir, de l'autre la continuité inévitable des leçons qu'on en reçoit de toutes parts, font qu'elle ne sauroit rester une énigme pour personne.

Comment, en effet, seroit-il possible qu'on ne la sût pas plus ou moins ?

Ce n'est pas dans les livres qu'on l'apprend ; c'est elle au contraire qui nous explique les livres, & qui nous met en état d'en profiter ; il faut d'avance la savoir un peu pour les entendre.

Elle n'a pas non plus des professeurs à part ; à peine suffiroient-ils pour vous en donner la plus légère idée, rien de ce que je dis-là, n'en feroit une connoissance inévitable. C'est la société, c'est toute l'humanité même qui en tient la seule école qui soit convenable ; école toujours ouverte, où tout homme étudie les autres & en est étudié à son tour ; où tout homme est tour à tour écolier & maître.

Cette science réside dans le commerce que nous avons tous & sans exception ensemble.

Nous en commençons l'insensible & continuelle étude presqu'en voyant le jour.

Nous vivons avec les sujets de la science, avec les hommes qui ne traitent que d'elle, avec leurs passions qui l'enseignent aux nôtres, & qui même en nous trompant nous l'enseignent encore ; car c'est une instruction de plus que d'y avoir

été

été trompé : il n'y a rien à cet égard-là de perdu avec les hommes.

Voilà donc tout citoyen du monde né avec le sens commun ; l'esprit le plus simple & le plus médiocre, le voilà presque dans l'impossibilité d'ignorer totalement la science dont il est question, puisqu'il en reçoit des leçons continuelles, puisqu'elles le poursuivent & qu'il ne peut les fuir.

Ce n'est pas-là tout ; c'est qu'à l'impossibilité comme insurmontable de ne pas s'instruire plus ou moins de cette science qui n'est que la connoissance des hommes, se joint pour lui une autre cause d'instruction que je crois encore plus sûre, c'est une nécessité absolue d'être attentif aux leçons qu'on lui en donne.

Où pourroit être sa place ? Et que deviendroit-il dans cette humanité assemblée, s'il n'y pouvoit ni concourir ni correspondre à rien de ce qui s'y passe, s'il n'entendoit rien aux mœurs de l'ame humaine, ni a tant d'intérêts sérieux ou frivoles, généraux ou particuliers, qui, tour à tour, nous unissent ou nous divisent ?

Que deviendroit-il si faute de ces notions de sentiment que nous prenons entre nous, & qui nous dirigent, si dans l'ignorance de ce qui nuit ou de ce qui sert dans le monde, & si par conséquent exposé à n'agir presque jamais qu'à contre-sens, il alloit misérablement heurter contre tous les esprits, comme un aveugle contre tous les corps ?

Il faut donc nécessairement qu'il connoisse les hommes ; il ne sauroit se soutenir parmi eux qu'à cette condition.

Il y va de tout pour lui d'être à certain point au fait de ce qu'ils font, pour savoir y accommoder ce qu'il est, pour juger d'eux, sinon fine-

A a

ment, du moins à un degré fuffifant de juftefle qui
convient à fon état & à la forte de liaifon ordinaire
ou fortuite qu'il a avec eux.

Il y va toujours de fa fortune, toujours de
fon repos ; fouvent de fon honneur, quelquefois
de fa vie ; quelquefois du repos, de l'honneur,
de la fortune, & de la vie des autres.

Réflexions fur Thucydide.

D'ABLANCOURT en commençant fa traduction de Thucydide au lieu de dire littéralement
comme l'Auteur Grec, Thucydide, Athénien,
écrit la guerre, &c. le fait commencer ainfi :
J'entreprends d'écrire l'hiftoire, &c.

Et dans fes remarques fur fa traduction, il dit
pour raifon du changement qu'il fait, qu'une
traduction plus littérale feroit plate, & feroit
tort à Thucydide.

Mais par-là peut-on lui répondre, vous nous
faites tort à nous Lecteurs, qui ferions charmés
de connoître Thucydide tel qu'il eft; nous croyons
voir l'Auteur Grec, l'Auteur ancien avec le tour
d'efprit qu'on avoit de fon tems ; & vous le tra-
veftiffez, vous lui ôtez fon âge : ce n'eft plus là
Thucydide. Il feroit plat, dites-vous, fi vous ne
le corrigiez : hé ! qu'importe ! nous aimerions
mieux fa platitude même que vos corrections
que nous ne demandons point dans cette occa-
fion-ci.

Quand vous travaillerez fur un fujet que vous
aurez imaginé, ôtez les platitudes qui vous feront échappées, vous ferez fort bien, & nous ne
les regretterons point ; elles ne pourroient être
que des platitudes de notre fiècle, & celles-là nous
les connoiffons, nous n'en fommes pas curieux.

Mais de celles de Thucydide ou de tout autré Auteur d'une antiquité auſſi reculée, il n'en eſt pas de même. En les retranchant, vous nous privez d'un ſpectacle qui feroit neuf pour nous; car il y a apparence qu'elles ne reſſemblent point aux nôtres, & ſuppoſé qu'elles y reſſemblaſſent, ce feroit une ſingularité que nous verrions avec plaiſir.

En un mot, c'eſt l'hiſtoire de l'eſprit humain que vous nous dérobez dans cette partie-là. Nous n'en avons que la moitié, quand vous ne nous rendez que la beauté des Anciens, & que vous ſupprimez leurs défauts.

C'eſt pour l'honneur des Anciens que vous prenez cette précaution-là, dites-vous; mais dans le fond leur honneur doit nous être aſſez indifférent : il nous feroit auſſi agréable de les connoître, que de les eſtimer plus qu'ils ne valent.

Votre manière de traduire Thucydide & votre attention pour ſa gloire, dites-vous, n'ôtent rien à l'hiſtoire des faits qu'il rapporte : je n'en ſais rien. On peut encore vous arrêter là-deſſus. S'il eſt vrai qu'il y ait un rapport entre les événemens, les mœurs, les coûtumes d'un certain tems, la manière de penſer, de ſentir & de s'exprimer de ce tems-là; le rapport que je crois indubitable ſe trouve aſſurément dans ce que Thucydide a penſé, a ſenti, a exprimé.

Vous ne pouvez donc altérer ſa façon de raconter, ſans nuire à ce rapport, ſans altérer ſes faits mêmes, ſans changer un peu la forte d'impreſſion qu'ils nous feroient. Je ſerois tenté de croire qu'ils perdent quelque choſe de leur air étranger, & que vos tours modernes en affoibliſſent le caractère.

Je n'inſiſte pourtant pas ſur ce que je dis-là ;

je me contente de penſer qu'on peut le dire ; je veux bien auſſi que d'Ablancourt ait eu raiſon d'en uſer comme il a fait dans ſon Thucydide. Une traduction trop littérale, en pareil cas, rebuteroit peut-être la plûpart des Lecteurs : on auroit beau leur conſerver une ſimplicité à la grecque, ils ne ſe ſoucieroient guère de ſes trois mille ans d'antiquité, & ne la trouveroient pas meilleure qu'une ſimplicité de nos jours. Je dis ici ſimplicité, & non pas platitude ; car je ne ſuis pas du ſentiment de d'Ablancourt ſur l'endroit de Thucydide qu'il a corrigé.

Thucydide, Athénien, écrit la guerre, ne me paroît point plat ; je n'y vois que du ſimple & du naïf : à la vérité, ce n'eſt pas le ſimple ni le naïf de notre tems, & il ſeroit preſque impoſſible que ce fût la même choſe.

Voyons les raiſons de cette impoſſibilité ; elles ne ſeront pas difficiles à ſentir, quoiqu'elles demandent un peu d'attention.

Sans remonter plus haut que Thucydide, le monde, depuis cet Auteur Grec juſqu'à nous, a ſi ſouvent changé de face ; les paſſions des hommes, leurs vices & leurs vertus ſe ſont déployées en tant de manières différentes ; les hommes ont ſucceſſivement paſſé par tant d'eſpéces de corruption, de ſageſſe & de folie ; ils ont été tant de fois & ſi différemment polis & groſſiers, bons & méchans, ſociables & féroces, ſi différemment raiſonnables & ſots, ſi différemment hommes & enfans ; ils ſe ſont vus par tant de côtés, qu'il doit aujourd'hui leur en reſter un fond d'idées conſidérablement augmenté.

En un mot, l'eſprit que nous avons à préſent nous vient de trop loin ; il a trop fermenté avant

que d'arriver jufqu'à nous, pour n'être pas très-
différent de ce qu'il a été.

Je ne parle pas feulement de ce qu'on appelle
bel efprit, de l'efprit de belles lettres, mais de
l'efprit des nations en général.

Tous les pays du monde, à cet égard, fe ref-
fentant de la dureté & des événemens de l'humanité, de la diverfité des loix, des coûtumes,
& des gouvernemens qu'elle a éprouvés, du
nombre infini de guerres, de ravages & d'inva-
fions qu'elle a effuyés; Sefoftris, Cyrus, Alexan-
dre, les fucceffeurs de ce dernier, & fur-tout
les Romains même, n'ont pu troubler ni agiter
la terre, ni lui donner de fi violentes fecouffes,
fans y jetter de nouvelles idées, fans caufer de
nouveaux développemens dans la capacité de
penfer & de fentir des hommes.

Je ne compte pas une infinité de moindres
événemens qui fe font paffés dans l'intervalle de
ces grandes révolutions, mais qui infenfiblement
ont porté coup, & dont l'impreffion, quoique
plus lente, eft encore venue accroître, nourrir
ce fond d'idées dont je parle, & n'a peut être
nulle part laiffé les hommes dans un état d'efprit
& de mœurs uniforme.

Il eft vrai que nous n'avons pas toute la fuite
des idées des hommes, le fond qui nous en refte
eft bien au-deffous de ce qu'il pourroit être;
chaque révolution arrivée fur la terre, en y ex-
citant de nouvelles idées, en a diffipé, éteint
& comme anéanti beaucoup de celles qui y
étoient.

Les conquérans que nous venons de citer &
les peuples conquis, les uns avant que de fe foumettre, les autres avant que d'être foumis,
avoient eu des mœurs, des coûtumes & des

façons de penser différentes de celles qu'ils eurent après.

Les vainqueurs en prirent de conformes à l'orgueil & à la profpérité de leur état ; les vaincus en reçurent de conformes à leur abaiffement, & à la volonté de leurs nouveaux maîtres : de ces loix, tant anciennes que nouvelles, de ces mœurs, de ces coûtumes, & du tour d'imagination qui en réfultoit, nous n'en avons pas, je l'avoue, une connoiffance bien complette : mais enfin tout n'en a pas été perdu : la tradition, les monumens & l'hifloire nous en ont confervé d'affez amples détails, & quelquefois la plus grande partie.

Comparons ce qui nous refte à de fimples débris. Jamais l'amas de ces débris n'a été fi grand qu'il l'eft aujourd'hui, à compter depuis les Grecs, ou même depuis les Affyriens jufqu'à nous.

Nous avons donc plus de relations de l'humanité que les Affyriens, les Grecs & les Romains en avoient, par conféquent auffi un plus grand fond d'idées qu'eux tous, & un fond d'efprit en vertu duquel nous ne devons être ni naïfs, ni fimples, ni plats, comme on l'étoit autrefois. Ce que je dis-là ne paroît pas douteux ; voici cependant ce qu'on peut m'objecter ; c'eft que les faits ne s'accordent pas avec mon raifonnement.

Jettons les yeux fur les nations les plus célèbres, me dira-t-on : les Grecs & parmi eux les Athéniens lorfqu'ils commencèrent à s'affembler, durent, felon vous, trouver un affez grand fond d'efprit & d'idées déjà tout amaffé ; car fans doute le monde avoit déjà éprouvé beaucoup d'aventures que nous ne favons pas.

Ce même fond d'idées devoit être confidéra-

blement groffi quand il parvint aux Romains ;
il a dû être immenfe quand nous l'ayons reçu.

Cependant voyons l'avantage que les premiers
Athéniens & les premiers Romains en retirè-
rent, & à quoi il nous a fervi à nous-mêmes.

Qu'eft-ce que c'étoit que les Athéniens, malgré les avantages que vous leur fuppofez ? Des
fauvages, des hommes brutes & féroces, qui
furent à peine fe bâtir des cabanes, & à qui il
fallut que Cécrops, Egyptien, apprit à avoir des
loix & des dieux.

Reconnoiffez-vous à cela des hommes qui devoient avoir hérité de cette fucceffion d'idées
dont vous parlez ? Et ces aventuriers qui fondè-
rent Rome, qui n'ont d'abord ni loix civiles, ni
Magiftrats, qui font brutalement confifter tout
leur mérite à être féroces & braves, font-ils ce
qu'ils doivent être dans le tems où ils arrivent ?
Diroit-on à les voir, que la fageffe d'Egypte,
& même l'efprit d'Athènes, ont déjà paru fur
la terre.

Nous-mêmes qui fommes venus bien plus tard ;
nous à qui l'Univers agité depuis long-tems devoit avoir tranfmis une fi vafte & fi profonde expérience, quel ufage avons-nous fait de cette
prodigieufe collection d'idées, qui, felon vous,
nous étoient échues en partage ? Nos commencemens font-ils dignes de tout l'efprit que le monde
avoit avant nous ? Se reffent-il, comme vous le
dites, de la dureté, de l'humanité, & du paffage
des Egyptiens, des Grecs & des Romains ? En
avons-nous eu moins de barbarie dans nos mœurs,
moins d'ignorance, moins de groffièreté dans nos
préjugés ?

S'il a donc fallu que les hommes recommen-
çaffent à fe former fur nouveaux frais ; fi tout ce

développement de l'esprit qui s'étoit fait avant
eux, ne les a sauvé nulle part de la nécessité
d'essuyer la même enfance & les mêmes misères
d'esprit, il faut bien que ce fond d'esprit venu de
si loin, que cette succession d'idées que les hommes se transmettent, à ce que vous prétendez,
ne soit pas vraie, & qu'en tout tems les révolutions l'aient rendue impossible.

Elle n'est pas même plus sensible dans nos progrès que dans nos commencemens. Notre esprit
est bien inférieur à ce qu'il devroit être ; il n'y
a point de proportion entre ce que nous en avons
& ce que nous en aurions reçu, si cette succession étoit vraie. N'y cherchons donc point tant
de mystère, & convenons que les hommes en
tout païs se forment eux-mêmes ; qu'ils peuvent
bien recevoir quelque chose de leurs voisins ou
de leurs contemporains ; mais qu'à cela près, ils
tirent tout de la société qui les unit, & du commerce que les esprits mis en commun y ont ensemble.

Ainsi l'école d'une nation, c'est la nation même ; ainsi chaque peuple a la sienne, où il fait
d'âge en âge plus ou moins de progrès, où il
acquiert plus ou moins d'idées, de finesse & de
goût, suivant qu'il sort plus ou moins de lumière de la totalité des esprits qui forment son
école.

C'est de ce nombre infini de jugemens, de
réflexions, d'idées folles & sensées, que la totalité des esprits répand dans la nation ; c'est de la
diversité d'opinions vraies ou fausses qu'elle y ver-
se, que chaque particulier tire la matière des
nouvelles idées qu'il a lui-même, & qui vont à
leur tour s'ajouter à la source dont elles lui
viennent.

Oui, vous dites vrai; l'école d'une nation en
fait d'esprit, est la nation même : mais cette succession d'idées dont nous parlons, n'en est pas
moins sûre. Car le choc continuel des esprits qui
composent cette nation, suffiroit seul pour accroître insensiblement la mesure d'esprit qui s'y
trouve, suffiroit, de votre propre aveu, pour y
jetter la matière de nouvelles idées : pour y produire de nouveaux accidens de lumière & de
connoissance ; mais ce n'est pas-là tout.

Cette nation n'est pas séparée des autres par
des barrières impénétrables, & ce que vous appellez son école, se fortifie continuellement de
ce que les hommes d'une autre nation y portent,
& s'augmente encore de la différence de l'esprit
étranger qui vient se mêler au sien.

Réflexions sur les Hommes.

EN général il peut y avoir un degré d'ignorance meurtrière parmi les hommes en fait de
morale.

Il y a un degré de connoissance qui leur nuit
peut-être encore davantage.

Il y a une médiocrité de connoissance dont ils
se trouveroient mieux, & qui est le point où ils
faudroit qu'ils fussent.

Dans le degré médiocre, ils en sauroient assez
pour savoir se rendre suffisamment heureux ; mais
ils n'en sauroient pas assez pour savoir échapper
au reproche d'être méchans.

Plus les hommes, par la finesse de leur esprit,
connoissent d'iniquités de cœur, & plus ils commettent de crimes.

En vain cette même finesse leur apprend-elle
de nouvelles vertus, ils s'en tiennent à les savoir,

& ne les exercent pas ; mais pour des crimes, malheur à toute société d'hommes dans laquelle il y a aſſez d'eſprit & d'expérience pour ſavoir en combien de façons fines, ſecretes & impunies, on peut manquer d'honneur, de juſtice & de vertu !

Il faudroit donc pour le bonheur des hommes qu'ils ne fuſſent ni trop ignorans ni trop avancés.

Trop d'ignorance leur donne des mœurs barbares ; le trop d'expérience leur en donne d'habillement ſcélérates.

La médiocrité de connoiſſances leur en donneroit de plus douces.

Une des plus fortes raiſons des conquêtes & de la ſupériorité des Romains ſur toutes les nations, c'étoit la fierté qu'un Romain recevoit avec ſon éducation.

C'étoit cette opinion ſuperbe qu'il avoit de la dignité de ſon nom ; c'étoit l'opinion que les autres peuples en avoient eux-mêmes.

Ce nom romain aſſujettiſſoit leur imagination, c'étoit un titre ſous lequel elle plioit : la haine même qu'on avoit pour les Romains, tiroit ſon origine de l'épouvante & du reſpect qu'ils inſpiroient.

Aujourd'hui cette haute opinion qu'un peuple auroit de lui-même, celle que les autres peuples en auroient, ne feroit plus tant de fracas.

Les hommes ne ſont plus ſuſceptibles de cet abattement, ni de ce tour d'imagination en faveur d'une autre nation. On s'eſt trop éprouvé de part & d'autre, & l'orgueil d'une nation n'en impoſeroit pas juſque-là.

Mais cet orgueil, malgré le médiocre effet qu'il produiroit aujourd'hui, en produiroit encore un aſſez grand pour rendre une nation extrê-

mement refpectable, pour faire chez elle d'excellens foldats, qu'on regarderoit comme excellens
ailleurs.

Enfin, ce feroit en tous tems un furieux avantage pour un peuple, que cette idée altière qu'il
auroit de lui-même : c'eft une efpéce d'arme qui
ajouteroit à fa force, & qui feroit une partie de
la foibleffe des autres.

Il eft, pour ainfi dire, heureux de battre les
efprits, avant que battre les corps.

Combien y a-t-il de Sylla, de Craffus, de Ma-
rius, de Céfar même, étouffés fous un gouvernement monarchique.

Eh ! tant mieux : ces gens-là ne font bons que
dans l'hiftoire, où pourtant nous aurions intérêt de
ne les pas mettre ; mais où nous avons la cruauté,
je dirois volontiers la duperie, de nous amufer des
fpectacles fanglans qu'ils ont donnés ; fi jamais
les hommes deviennent fages, leur hiftoire n'a-
mufera guère.

Toutes les fois qu'un grand homme, un grand
politique a befoin d'un crime pour réuffir dans fon
entreprife, dreffez-lui des ftatues, s'il ne le com-
met pas.

Voilà l'homme digne d'exciter le fentiment de
notre excellence à le proclamer grand.

Mais quand nous admirons des hommes qui
auroient mérité d'expier dans des fupplices les
moyens dont ils fe font fervis pour arriver au
fuccès ; des hommes qui ont proftitué leur ame
au befoin qu'ils avoient d'un crime, qui n'ont
pas eu la force de fe refufer aux expédiens de
ces fcélérats qu'on extermine, notre admiration
n'eft plus qu'une démence.

Les difcours d'entoufiafte & d'infpiré, que
Cromwel tenoit fouvent dans l'armée, & qui

auroient dû le ruiner de crédit, lui qui n'étoit encore qu'Officier général, la réuſſite de ſes mêmes diſcours, la continuation de ſa faveur auprès de tant de bons eſprits, ſes camarades, tout cela marque que dans de longs démélés, & qu'à force de partis, de raiſonnemens & de cabales dans une grande affaire ; tout cela marque, dis-je, qu'il ſe fait une telle fermentation dans les meilleurs eſprits, qu'ils s'écartent tant de la raiſon & du bon ſens, qu'ils s'en éloignent par un écart ſi ſenſible, quoique journalier, qu'on peut aſſurer que la tête des hommes en cet état, n'eſt plus la tête qu'ils avoient avant leurs débats ; qu'elle eſt totalement altérée à leur inſçu ; ce ne ſont plus les mêmes hommes ; ceux qui gardent tout leur eſprit, qui reſtent comme ils étoient auparavant, & avec le même flegme, ſont des hommes vraiment ſupérieurs aux autres ; mais peut-être par-là même bien plus hors de ſervice alors que ces vigoureuſes imaginations, comme étoit celle de Cromwel, de qui les eſprits, dans l'état où ils étoient, relevoient bien plus qu'ils n'euſſent relevé d'une raiſon ſagement ſublime, mais trop peu ardente pour eux.

A l'égard de Cromwel, on dira qu'il jouoit ſes inſpirations, ſoit ; mais il falloit une furieuſe ardeur d'imagination pour eſpérer quelque ſuccès de ſes ridicules inſpirations, & pour être délivré de la pudeur qui les lui auroit défendues : il ne ſe croyoit pas inſpiré, il n'avoit pas cette folie-là ; mais il avoit le degré d'emportement qu'il falloit, s'il ſe diſoit inſpiré.

Cet emportement, par l'événement, a paſſé pour une politique prudente ; mais n'importe ; tant de chaleur ne va pas ſans quelques grains de fines extravagances qui donne le courage d'hazarder certains moyens.

Il y a des reſſources d'une politique ſenſément profonde.

Il y a des reſſources d'une politique exceſſivement hardie & preſque imprudente, à force d'audace & de groſſièreté dans ſes moyens ; il faut quelquefois de ces reſſources-là ; c'eſt-à-dire, que, dans de certaines occaſions, il faut des fous d'un puiſſant eſprit.

Un ſage, avec les lumières les plus ſublimes, périroit là ; un fou d'un puiſſant eſprit périroit ailleurs.

A quoi bon faire des livres pour inſtruire les hommes, les paſſions n'ont jamais lu ; il n'y a point d'expérience pour elles ; elles ſe laſſent quelquefois, mais elles ne ſe corrigent guère ; & voilà pourquoi tant d'événemens ſe répètent.

Entre gens de même profeſſion, de même métier ou de même talent, toute la juſtice que les hommes peuvent ſe rendre, c'eſt d'eſtimer très-ſobrement ceux qui ſont très-eſtimables.

Ils ne s'avouent pas entre eux plus d'eſtime que cela : ce qu'ils en doivent de plus eſt dans le fond de leur conſcience, où ils ne veulent pas la voir. Leur amour-propre fait ſi bien qu'il ne la fait pas lui-même, quoiqu'il ait toujours beſoin de ſe perſuader qu'il l'ignore.

Dire d'un homme qu'il a trop de prudence, trop de ſageſſe, trop de bonté, trop de courage, trop d'eſprit ; ce n'eſt point dire qu'il a une prudence, un eſprit, un courage infini ; de toutes les qualités dont je parle, on n'en a jamais trop, quand on n'en a qu'infiniment ; & jamais on n'en a infiniment, quand on en a trop.

La trop grande prudence va pourtant bien loin ;
& d'un coin qui fort de la ligne d'infinité de
prudence , infinité qui ne fignifie autre chofe
qu'une juſteſſe infinie de vue ; une prudence infinie n'eſt jamais exceſſive , elle n'a pas ce défaut là ; ſa juſteſſe infinie de vue l'en garantit :
trop de prudence fait qu'on en manquè , commè
trop de fineſſe fait qu'on n'eſt plus fin.

Etre toujours infiniment prudent , c'eſt ne l'être
jamais plus qu'il ne faut ; une prudence infinie
vous apprend juſqu'à quel point vous devez porter vos meſures en tel ou tel cas ; vous fait
ſentir que vous les trahiriez ; ſi vous les portiez
plus loin , & que vous les trahiriez par telle
ou telle raiſon.

Ainſi , voir les raiſons qui doivent vous empêcher de porter vos précautions plus loin ; voir
celles qu'il faut négliger , celles qu'il faut cacher ou montrer ; voilà ce qu'on appelle voir
avec une juſteſſe infinie : & c'eſt en tout cela
que conſiſte l'infinité de prudence.

Trop de courage fait le téméraire ; avec trop
de courage on ſe perd ; avec un courage infini
on ſe ſauve ou l'on triomphe ; on fait tout ce
qu'il eſt poſſible de faire , on ne s'arrête qu'à
l'impoſſible : il n'y a jamais de qualité infinie qui
ne ſoit ſage ; point de qualité exceſſive qui ne
ſoit folle , quelque quantité de vues que four-
niſſe le trop de prudence , il n'y en a pas une
qui ſoit une conféquence néceſſaire de l'autre ;
ce ſont autant de vues imperceptiblement dé-
tachées.

Où le trop d'une qualité commence , la qualité
finit & prend un autre nom. Ainſi le trop libéral n'eſt qu'un prodigue dont on aime la pro-
digalité , ſans pouvoir la trouver raiſonnable.

Le trop courageux n'eſt qu'un furieux, qu'un téméraire qui peut tout perdre : le trop prudent, qu'un rêveur, qui paſſe toujours le but de la prudence qu'il faut ; qui ajoute à la difficulté de ſes entrepriſes, par la multiplicité des précautions qu'il prend mal-à-propos, & qui ſe cache en tant d'endroits, qu'à la fin on le découvre.

Le trop ſage n'eſt qu'un hétéroclite, qu'un fou grave ; l'ami exceſſif, qu'un homme ſouvent nuiſible, auſſi dangereux qu'un ennemi même : le trop ſpirituel, qu'un homme qui n'a pas aſſez d'eſprit pour contenir le ſien, pour ne pas noyer la force ou la fineſſe de ſes idées, dans l'abondance de ſes idées même ; qui n'a jamais aſſez d'eſprit pour ſavoir la juſte meſure qu'il en faut avoir, & d'où dépend en toute occaſion le ſuccès de l'eſprit même.

Réflexions diverſes ſur les Romains.

IL n'y a point eu d'empire avant celui des Romains, qui ait été ſi difficile à s'établir que le leur. Auſſi n'y a-t-il point eu de peuple qui ait été préparé de ſi longue-main pour devenir le maître du monde.

Ce qui mit autrefois les Perſes en état de fonder leur Monarchie, ce fut l'éducation auſtère qu'ils recevoient chez eux ; & pour parler plus exactement, ce fut une grande place, où ſuivant les âges, & dans différentes claſſes, on les accoutumoit à une vie ſobre, à des exercices qui les rendoient ſains & robuſtes, où on leur inſpiroit du courage, de l'honneur & de la ſoumiſſion à leur chefs, où on leur apprenoit à dire la vérité & à déteſter l'ingratitude ; ce qui

donne en effet à l'ame un caractère mâle &
généreux : ce fut de cette place que fortirent
les vainqueurs de l'Afie ; ce fut-là qu'ils fe for-
mèrent ; ils ne leur en fallut pas davantage alors
pour être fupérieurs à toutes les nations qu'ils
attaquèrent. Lorfqu'enfuite les Macédoniens
vinrent renverfer leur empire, ils eurent befoin
à leur tour d'être plus formés & plus avancés
que ne l'avoient été les Perfes. Il n'étoit plus
fi aifé de foumettre le monde ; il avoit déja
éprouvé plufieurs dominations, & il devoit être
capable de plus de réfiftance, parce qu'il avoit
été plus agité.

Il eft vrai que les Perfes, depuis la fondation
de leur empire, étoient devenus bien efféminés
& bien mols, & on en concluroit que dans cet
état on pouvoit les fubjuguer auffi aifément qu'ils
avoient fubjugué les autres : mais il faut obferver que leur molleffe n'étoit plus qu'un abus de
la puiffance & de la profpérité qu'ils avoient
acquifes, que c'étoit la molleffe d'une nation plus
inftruite & moins neuve.

Ils avoient le reffouvenir orgueilleux de leurs·
conquêtes paffées, auffi-bien que l'hiftoire de
tous les événemens qui les avoient précédés,
& ce font-là des lumières & même des vraies
forces.

Ajoûtez - y leurs fréquens démêlés avec les
Grecs, les révoltes de leurs propres fatrapes
qu'ils étoient obligés de réduire, & tout cela
enfemble en faifoit une nation plus fuperbe, qui
fe croyoit plus refpectable, qui avoit le fecours
de plus de connoiffances, & dont la défaite devoit coûter plus de peine.

Ainfi, ces leçons domeftiques de courage &
de vigueur, qui avoient autrefois fuffi aux Perfes

pour

pour s'établir, n'auroient pas suffi aux Macédoniens pour les vaincre.

Auffi en reçurent-ils de bien plus fûres & de
bien plus inftruétives.

Ce fut dans les combats, & pendant plus de
vingt ans d'exercice, qu'ils apprirent à devenir
foldats fous les meilleurs maitres de ce tems ;
fous Philippe qui les commandoit, & qui étoit
le premier homme de fon fiécle ; on peut dire
aufli fous les Grecs à qui Philippe avoit fouvent à faire, & qui étoient alors la feule nation
du monde qui entendit la guerre, & qui pouvoit par conféquent en donner les meilleures leçons à fes ennemis même.

Du tems des premiers Empereurs de Rome,
on ne pouvoit pas dire que l'Etat eut un maître,
eut un gouvernement afluré : tout y étoit une
efpéce de fiétion de République & de Monarchie.

En voici la preuve ; c'eft que depuis Céfar,
qui avoit lui-même affeété de gouverner avec le
Sénat, Augufte qui lui fuccéda ne fe difoit pas
le maître, ou du moins fe faifoit conferver fa
charge de maître par le Sénat, de qui il feignoit de recevoir fon pouvoir à chaque fois
qu'il paroiffoit expirer.

Enfin, c'eft que Tibère en fit autant ; de façon
qu'il n'y avoit rien de moins établi, rien de
moins décidé dans les efprits que les droits d'un
vrai maître.

A quoi pouvoit aboutir un pareil gouvernement, où le Citoyen n'étoit ni fujet ni libre,
où il n'y avoit que de lâches efclaves qui affe-
étoient une liberté qu'ils n'avoient plus, & un
maître hypocrite qui affeétoit d'obferver une
égalité dont il ne laiffoit que la chimère ?

Pourquoi foutenoit-on le menfonge de part

B b

& d'autre ? Pour ne pas fupprimer l'idée que la République étoit toujours la maîtreffe ; & cette idée, quoique réduite à n'être que cela, fauvoit la fierté du nom Romain, & diffimuloit l'infolence du nom de maître.

CHAPITRE XV.

Difcours d'une Religieufe à une jeune Demoifelle qui fe deftinoit au Cloître.

VOUS voulez vous faire Religieufe, Mademoifelle, l'accueil que nos fœurs vous font, les careffes qu'elles vous prodiguent, les difcours qu'elles vous tiennent, & les infinuations artificieufes de Madame de Sainte - Hermite : tout vous y porte, vous allez vous engager dans notre état fur la foi d'une vocation que vous croyez avoir, & que vous n'auriez peut-être pas fans tout cela. Prenez-y garde, Mademoifelle ; j'avoue que fi vous êtes bien appellée, vous vivrez tranquille & contente ; mais ne vous en fiez pas aux difpofitions où vous vous trouvez, elles ne font pas affez fûres, je vous en avertis : peut-être cefferont-elles avec les circonftances qui vous les infpirent à préfent, mais qui ne font que vous les prêter ; je ne faurois vous dire quel malheur c'eft pour une fille de votre âge de s'y être trompée, ni ce que ce malheur peut devenir pour elle : vous ne vous figurez ici que des douceurs, il y en a fans doute ; mais ce font des douceurs particulières à notre état, & il faut être née pour les goûter : nous avons auffi nos peines, que le monde ne connoit point, & il faut être née pour les fupporter ; il y a telle perfonne qui dans le monde auroit pu foutenir les plus grands malheurs, qui ne trouve pas en elle de quoi fupporter les devoirs d'une Religieufe, tout fimples qu'ils

vous paroiſſent : chacun à ſes forces ; celles dont
on a beſoin parmi nous , ne ſont pas données
à tout le monde , quoiqu'elles ſemblent devoir
être bien médiocres , j'en fais l'expérience ;
c'eſt à votre âge que je ſuis entrée ici : on m'y
mena d'abord comme on vous y mène ; je m'y
attachai comme vous à une Religieuſe , dont je
fis mon amie , ou pour mieux dire , careſſée par
toutes celles qui y étoient , je les aimai toutes ,
je ne pouvois m'en ſéparer ; j'étois une ca-
dette , toute ma famille aidoit au charme qui
m'attiroit chez elles : je n'imaginois rien de ſi
doux que d'être du nombre de ces bonnes filles
qui m'aimoient tant , pour qui ma tendreſſe étoit
une vertu , & avec qui Dieu me paroiſſoit ſi
aimable , avec qui j'allois le ſervir dans une
paix ſi délicieuſe. Hélas ! Mademoiſelle , quelle
enfance ! je ne me donnois pas à Dieu ; ce n'étoit
point lui que je cherchois dans cette maiſon ; je
ne voulois que m'aſſurer la douceur d'être toujours chérie de ces bonnes filles , & de les
chérir moi-même ; c'étoit-là le puérile attrait qui
me menoit , je n'avois point d'autre vocation.
Perſonne n'eut la charité de m'avertir de la mépriſe que je pouvois faire , & il n'étoit plus
tems de me dédire quand je connus toute la
mienne ; j'eus cependant des ennuis & des dégoûts ſur la fin de mon noviciat ; c'étoit des ten-
tations , venoit-on me dire affectueuſement , en
me careſſant encore. A l'âge où j'étois , on n'a
pas le courage de réſiſter à tout le monde ,
je crus ce qu'on me diſoit , tant par docilité
que par perſuaſion ; le jour de la cérémonie de
mes vœux arriva , je me laiſſai entraîner , je fis ce
qu'on me diſoit ; j'étois dans une émotion qui
avoit arrêté toutes mes penſées : les autres déci-

dèrent de mon fort, & je ne fus moi-même qu'une fpectatrice ftupide de l'engagement éternel que je pris, & qui me fera éprouver toute la vie la plus grande douleur ; la raifon ne modère point les chagrins que nous caufent le mal que nous nous fommes fait nous-mêmes. Ah ! ma chère fille, vous frémiriez d'horreur, fi vous pouviez entendre les cris du défefpoir dont nos cellules ne retentiffent que trop fouvent.

La religion ne change point les cœurs, & dans la retraite les vices qu'on auroit eu dans le monde n'en deviennent que plus profonds : rien, par exemple, n'eft plus méprifable que l'envie, rien cependant n'eft plus en vogue dans le fiécle où nous vivons, & rien n'eft plus commun dans les monaftères. Le malheur eft que quand une fois cette paffion s'eft emparée d'une ame dévote, elle y caufe les plus funeftes ravages. Un cœur qui s'en laiffe gouverner ne connoît, fi j'ofe le dire, ni probité ni religion. Une amie vous facrifie, une parente vous abandonne, une inconnue vous hait, une ennemie vous calomnie, une dévote, ou pour mieux dire, une bigotte jaloufe de votre bonheur, eft plus à craindre qu'une lione en furie ; elle fait jouer les plus artificieux refforts pour vous trahir & pour vous perdre ; & ces refforts ne manquent prefque jamais : de-là les cabales, les intrigues dans une communauté, les efpionneries pour découvrir vos démarches & empoifonner vos actions. Les moindres fautes font divulguées comme d'énormes fcandales ; on obfcurcit vos plus droites intentions ; un cœur gâté par le fatal venin ne fe reffent plus de l'humanité : oui, cette paffion infpire toujours les moyens de nuire. Tantôt,

c'est une parole indiscrette qu'on traite de scandaleuse, une foible irrévérence qu'on nomme
impiété. Est-on au parloir, on a entendu, pu-
bliera-t-on, des conversations tendres & équi-
voques? On fait voler ces discours de bouche
en bouche, c'est un secret qu'on vous confie,
très-persuadé qu'on ne le gardera pas. En effet
celle-ci le dit à une autre, une troisième à une
quatrième, on augmente toujours la narration,
insensiblement les supérieures en sont informées,
elles se préviennent & s'indisposent contre vous:
vous l'ignorez pendant un certain tems; leurs
soupçons qui ne sont que de foibles indices,
se fortifient peu à peu; ensuite on vous tour-
mente, la plus légère faute est punie avec la
dernière rigueur: alors votre amour-propre s'ir-
rite, le cœur se révolte, vous criez à l'inju-
stice; en un mot, vous devenez le martyr de
votre tempérament & la victime des faux préjugés.

L'esprit outragé par mille corrections s'afflige
& devient tiéde dans la pratique de la vertu;
la piété semble incommode, les devoirs s'ob-
servent avec une excessive nonchalance; on n'y
trouve ni goût ni plaisir, parce que vous ne
jouissez pas de la tranquillité nécessaire. La fer-
veur de votre état se trouvant captivée sous le
chagrin des mortifications qu'on fait essuyer, le
ressentiment triomphe, & ce ressentiment vous
dévore, parce qu'il est restraint par l'impuissance
de se venger: alors tout vous déplaît; rien ne
vous console; adieu la paix, le cœur n'est plus
capable de la savourer.

Ces tracasseries, ma chère Demoiselle, vous
semblent peut-être en ce moment des puériles
minuties; mais elles deviendroient très-pesantes

fi vous y étiez expofée. Une ame qui a des fentimens, & qui penfe d'une certaine façon, ne
peut digérer ces chagrins. Quelques frivoles
qu'ils vous paroiffent, ils vous troublent; vous
inquiètent, vous affligent, & produifent la nonchalance, la froideur : or il eft rare que la tié-
deur n'enfante pas l'indévotion. En bonne foi,
dites-moi, Mademoifelle, vous qui avez un
cœur noble & fincère, fi vous pourriez vous
accommoder de cette manière de vivre ? Vous
fentez-vous affez de force pour vous élever au-
deffus de tout reffentiment ? Je n'en crois rien,
chère fille. Je penfe que vous ferez bien de
vous confulter davantage. L'attachement que
vous avez pris pour une de nos fœurs vous fait
illufion; permettez que je vous dife encore ma
façon de penfer là-deffus ; on ne fauroit croire
combien l'amitié d'une Religieufe eft attrayante,
combien elle engage une fille qui n'a rien vu,
& qui n'a nulle expérience ; on aime alors cette
Religieufe autrement qu'on aimeroit une amie
du monde ; c'eft une efpéce de paffion que l'attachement innocent qu'on prend pour elle ;
il eft fûr que l'habit que nous portons, &
qu'on ne voit qu'à nous, que la phyfionomie
repofée qu'il nous donne contribuent à cela,
auffi bien que cet air de paix qui femble répandu dans les maifons, & qui les fait imaginer comme un afyle doux & tranquille ; enfin, il n'y a pas jufqu'au filence qui règne parmi
nous, qui ne faffe une impreffion agréable fur une
ame neuve & un peu vive.

Ne fentez-vous pas, ma chère amie, la vérité de ce que je vous dis ? Plus vous en
êtes perfuadée, plus vous devez vous défier de
votre vocation : croyez-moi, vous avez befoin

de faire bien des réflexions, afin de diſtinguer ſi elle vient de Dieu, ſi la vertu vous guide, & ſi des vues humaines ne vous engagent point à prendre un parti dont peut-être vous vous repentirez toute la vie. Après ce que je viens de vous dire, je vous livre à vous-même; vous avez aſſez d'eſprit pour vous décider.

F I N.

TABLE

DES CHAPITRES.

*A*vis de l'Editeur.   page 1

Vie ou Eloge historique de M. de Marivaux.   3

CHAP. I. *Des Portraits.*   41

Portrait de Madame de * * *   ibid.

———— d'une Coquette qui voudroit ne pas le paroître.   42

———— d'un Homme singulier.   43

———— d'un Fat.   44

———— d'une nouvelle Mariée.   46

———— d'une Veuve âgée qui veut encore plaire.   ibid.

———— d'un Homme suffisant.   47

———— d'une Femme légère.   48

———— d'un jeune Homme.   49

———— de Julie.   50

———— de Lucinde.   51

———— d'Eugénie.   ibid.

———— d'une Belle évanouie.   53

———— de Madame de Miran.   ibid.

———— de Madame d'Orsin.   58

———— de Marianne.   70

———— de Mademoiselle Fierville.   71

———— de Madame de Farre.   ibid.

———— de Mademoiselle de Farre.   72

———— de Madame Darsire.   74

———— de deux Dames de Qualité.   ibid.

———— de M. de Tervire.   75

———— de Madame d'Auteuil.   76

TABLE

———— d'une Abbesse. 77
———— de M. de Sercourt. ibid.
———— d'une Religieuse. 78
———— de Madame de Fécourt. 79
———— de M. de Fécourt. 82
———— de Cléantis. ibid.
———— d'un Ministre. 85
———— de Madame de Ferval. 88
———— d'une Présidente. 92
———— de Madame Habert. ibid.
———— d'un Directeur. 93
———— de Madame Harpin. 94
———— de Mademoiselle Agathe Harpin. 95
———— de Madame Alhain. 96
CHAP. II. Lettres diverses. 97
Lettre d'un Père sur l'ingratitude de son Fils. ibid.
———— d'une Femme vertueuse à un Homme qu'elle adore, & qu'elle prend la courageuse résolution de ne plus voir. 106
———— d'une Amante abusée à l'Auteur de son infortune. 111
———— de la même à son Père. 113
CHAP. III. Le Philosophe solitaire ; Conte moral. 115
CHAP. IV. Mémoires d'une Coquette, retirée du monde. 125
CHAP. V. Le Miroir. 145
CHAP. VI. Les avantages de la Vertu ; Ouvrage de sentiment. 161
CHAP. VII. Tableau de la Vertu indigente, & leçon d'humanité. 181
CHAP. VIII. De la Beauté & du Je ne sais quoi ; Fiction ingénieuse. 188

DES CHAPITRES.

———— *Différence de l'Homme fier , du Glorieux & du Fanfaron.* 195

CHAP. IX. *Penſées ſur les Femmes & ſur
l'Amour.* 197

Penſées ſur les Femmes en général. ibid.

———— *ſur les Coquettes.* 210

———— *ſur les Femmes mariées.* 215

———— *ſur l'Amour.* 222

CHAP. X. *Penſées diverſes.* 231

CHAP. XI. *Lettres diverſes.* 266

*Lettre à Madame de * * * ſur les caractères
& mœurs du Peuple de Paris, des
Bourgeois , des Bourgeoiſes , & des
Dames de Qualité.* ibid.

———— *ſur les beaux Eſprits.* 289

———— *ſur Inès de Caſtro ; Tragédie de la
Motte.* 294

CHAP. XII. *Abrégé de l'indigent Philoſophe.* 304

CHAP. XIII. *Du Style.* 348

CHAP. XIV. *Réflexions diverſes.* 360

*Réflexions ſur l'eſprit humain , à l'occaſion de
Corneille & Racine.* ibid.

———— *ſur Thucydide.* 370

———— *ſur les Hommes.* 377

———— *ſur les Romains.* 383

CHAP. XV. *Diſcours d'une Religieuſe à une
jeune Demoiſelle qui ſe deſtinoit
au Cloître.* 387

Fin de la Table.

APPROBATION.

J'AI lu par ordre de Monseigneur le Vice-Chancelier, un Manuscrit ayant pour titre, *Esprit de Marivaux*. J'ai cru y retrouver la finesse des pensées & la délicatesse des tournures qui étoient propres à cet Auteur ; cet Ouvrage n'acquerra qu'un nouveau mérite par l'analyse, & j'estime qu'on en peut permettre l'impression. A Paris, ce 10 Avril 1768.

Signé MARCHAND.

PRIVILEGE DU ROI.

LOUIS, PAR LA GRACE DE DIEU, ROI DE FRANCE ET DE NAVARRE : A nos amés & féaux Conseillers, les Gens tenant nos Cours de Parlement, Maîtres des Requêtes ordinaires de notre Hôtel, Grand Conseil, Prévôt de Paris, Baillifs, Sénéchaux, leurs Lieutenans-Civils, & autres nos Justiciers qu'il appartiendra : SALUT. Notre amé le sieur DE LESBROS, Nous a fait exposer qu'il desireroit faire imprimer & donner au Public, *l'Esprit de Marivaux ou Analectes de ses Ouvrages, précédés de la Vie Historique de l'Auteur ;* s'il Nous plaisoit lui accorder nos Lettres de Permission pour ce nécessaires. A CES CAUSES, voulant favorablement traiter l'Exposant, Nous lui avons permis & permettons par ces Présentes, de faire imprimer ledit Ouvrage autant de fois que bon lui semblera, & de le faire vendre & débiter par tout notre Royaume pendant le tems de *trois* années consécutives, à compter du jour de la date des Présentes. FAISONS défenses à tous Imprimeurs, Libraires, & autres personnes, de quelque qualité & condition qu'elles soient, d'en introduire d'impression étrangere dans aucun lieu de notre obéissance : à la charge que ces Présentes seront enregis-

ftrées tout au long fur le regiftre de la Communauté
des Imprimeurs & Libraires de Paris , dans trois mois
de la date d'icelles ; que l'impreſſion dudit Ouvrage
fera faite dans notre Royaume & non ailleurs , en
beau papier & beaux caracteres ; que l'Impétrant fe
conformera en tout aux Réglemens de la Librairie ,
& notamment à celui du dix Avril mil ſept cent vingt-
cinq, à peine de déchéance de la préſente Permiſſion ;
qu'avant de l'expoſer en vente, le manuſcrit qui aura
fervi de copie à l'impreſſion dudit Ouvrage , fera remis
dans le même état où l'approbation y aura été donnée,
ès mains de notre très-cher & féal Chevalier, Chancelier-
Garde de Sceaux de France, le ſieur DE MAUPEOU,& qu'il
en fera enfuite remis deux Exemplaires dans notre Bi-
bliotheque publique , un dans celle de notre Château
du Louvre , un dans celle dudit ſieur DE MAUPEOU :
le tout à peine de nullité des Préſentes ; du contenu
deſquelles vous MANDONS & enjoignons de faire jouir
ledit Expoſant & ſes ayans cauſes, pleinement & paifiblement, fans fouffrir qu'il leur ſoit fait aucun trouble ou empêchement. VOULONS qu'à la copie des Pré-
fentes qui fera imprimée tout au long, au commen-
cement ou à la fin dudit Ouvrage, foi foit ajoutée
comme à l'original. COMMANDONS au premier notre
Huiſſier ou Sergent fur ce requis , de faire pour l'exécution d'icelles , tous actes requis & néceſſaires, fans
demander autre permiſſion , & nonobſtant clameur de
haro , charte Normande, & lettres à ce contraires ; car
tel eſt notre plaiſir. Donné à Paris le dix-ſeptiéme jour
du mois de Novembre l'an de grace mil ſept cent
ſoixante-huit, & de notre regne le cinquante-quatrié-
me. Par le Roi en ſon Conſeil.

Signé, LE BEGUE.

Regiſtré ſur le Regiſtre XVII *de la Chambre Royale*
& Syndicale des Libraires & Imprimeurs de Paris ,
No 308 , fol. 590 , conformément au Réglement de 1723 ,
qui fait défenſes, art. 41 , à toutes perſonnes, de quelque
qualité & condition qu'elles ſoient, autres que les Li-

braires & Imprimeurs , de vendre , débiter , faire afficher
aucuns livres , pour les vendre en leurs noms , soit qu'ils
s'en disent les Auteurs ou autrement : & à la charge de
fournir à la susdite Chambre neuf exemplaires prescrits
par l'art. 108 du même Réglement. A Paris, ce 20 Dé-
cembre 1768.

Signé, BRIASSON, Syndic.

DE L'IMPRIMERIE DE Ph. D. PIERRES,
Imprimeur ordinaire du Grand Conseil du Roi.